Stefan Burban

Die letzte Bastion

STEFAN BURBAN

DIE LETZTE BASTION

DAS GEFALLENE IMPERIUM 1

ATLANTIS

Eine Veröffentlichung des
Atlantis-Verlages, Stolberg
Oktober 2013

Druck: Schaltungsdienst Lange, Berlin

Titelbild: Allan J. Stark
Umschlaggestaltung: Timo Kümmel
Lektorat und Satz: André Piotrowski

ISBN 978-3-86402-108-4

Besuchen Sie uns im Internet:
www.atlantis-verlag.de

Prolog

Am Rande des Abgrunds

Terranisch-Imperiale Liga
Zentralsektor
Militärbasis Luna 3
Solsystem

18. Juni 2847

Der Boden bäumte sich unter Captain Horatio Lestrade auf. Der drahtige Offizier in der marineblauen Uniform der terranisch-imperialen Raumflotte hielt sich nur unter größten Mühen aufrecht.

Der Mann in Zivilkleidung mit dem schütteren Haar, der vor ihm auf dem Sessel saß, traktierte die Tastatur auf dem Tisch mit beiden Händen, als wolle er die Tasten in den Tisch hineinhämmern.

»Wie lange noch?«, fragte Lestrade gepresst.

»Bin gleich so weit«, erklärte der Mann aufs Höchste konzentriert und wischte sich einige Schweißperlen von der Stirn.

Lestrade gönnte dem Computer, der die ganze hintere Wand des Raumes einnahm, kaum einen Blick, obwohl dieser den Grund für sein Hiersein darstellte.

Eine weitere Explosion erschütterte die Militärbasis Luna drei in ihren Grundfesten. Dieses Mal konnte sich Lestrade nur aufrecht halten, weil er im letzten Moment nach der Sessellehne seines Gesprächspartners griff und sich mit den Fingernägeln festkrallte.

»Mario?! Es ist langsam wirklich an der Zeit.«

»Ich weiß! Ich weiß«, erwiderte der Mann und steigerte seine Bemühungen sogar noch.

Lestrades Armbandkom piepste und forderte die uneingeschränkte Aufmerksamkeit des Captains.

»Ja?«, fragte er ungeduldig.

»Captain?« Die Stimme gehörte Commander Eugene Mueller, seinem XO an Bord der VENGEANCE.

»Was gibt es, Eugene?«

»Die Drizil haben die Mars-Verteidigungslinie durchbrochen. Ihre Hauptstreitmacht hält direkt auf die Erde zu. Die Kolonien der Jupitermonde sind bereits gefallen und der Mars steht kurz davor zu fallen. Falls wir hier wegwollen, müssen wir es jetzt tun.«

»Irgendwelche Nachrichten von Lord Admiral Maskirov?«

»Tot. Sein Flaggschiff wurde während des Rückzugs zum Mars zerstört. Genauso wie die Hälfte seines Kommandos. Alles fällt auseinander. Die Verteidigung wird das nicht mehr lange durchhalten. Die Flotte im System ist in Dutzende Grüppchen zersplittert.«

Lestrade schloss für einen Moment die Augen. Maskirov war es gewesen, der ihn vor fünf Jahren zum Captain befördert und zum Kommandanten der VENGEANCE ernannt hatte. Und schon zuvor hatte ihn ein beinahe freundschaftliches Verhältnis mit dem Mann verbunden. Dessen

Tod traf ihn in seiner Seele und öffnete ein tiefes Loch, das kaum zu füllen war.

»Captain?«, drängte Mueller. »Weitere Drizilschiffe nehmen Kurs auf den Erdmond.«

In diesem Moment stieß der Mann auf dem Sessel einen triumphierenden Schrei aus, betätigte noch zwei Tasten und zog ein Speichergerät aus einem Schlitz an der Seite des Computers.

»Bereiten Sie alles für den Start vor. Ich bin unterwegs.«

Lestrade riss dem Mann das Speichergerät praktisch aus den Händen und wandte sich den ungeduldig hinter ihm wartenden Marines zu. »Gentlemen. Es wird Zeit zu gehen.«

Er wandte sich ein letztes Mal um. »Komm, Mario. Wir verschwinden.«

»Ohne mich, alter Freund.«

Lestrade blieb abrupt stehen und warf dem Mann einen ungläubigen Blick zu.

»Sieh mich nicht so an«, lächelte sein Gegenüber wehmütig.

»Selbstmord ist doch sonst nicht deine Art«, hielt Lestrade ihm vor.

»Mit Selbstmord hat das wenig zu tun, Horatio.« Er deutete auf den Computer. »Jemand muss dafür sorgen, dass den Drizil das hier nicht in die Hände fällt. Ich werde den gesamten Speicherkern löschen und den Computer anschließend in die Luft jagen. Es ist die einzige Möglichkeit, um zu verhindern, dass die Drizil Profit aus der Einnahme dieser Basis schlagen.«

»Und was wird dann aus dir?«

Der Mann zuckte ergeben mit den Achseln. »Das wird sich zeigen. Je nachdem, in welcher Stimmung die Drizil sind. Kriegsgefangenschaft – oder tot.«

»Mario ...«, begann Lestrade, doch der Mann hob Einhalt gebietend die Hand.

»Meine Entscheidung steht. Mach es mir nicht noch schwerer. Es gibt keinen anderen Weg. Vielleicht können wir auf diese Weise ein paar wenige Systeme und Menschenleben retten. Es ist nur eine kleine Hoffnung, doch wenn mein Hierbleiben die Eroberung auch nur eines einzigen Systems verhindert, dann hat es sich für mich gelohnt.«

»Captain«, drang erneut die Stimme seines XO aus dem Armbandkom, »Enterschiffe der Drizil haben die Außenhülle der Militärbasis gerammt. Wir konnten nicht alle abschießen.«

»Ich komme«, erwiderte der Offizier eilig, bevor er sich wieder seinem Gegenüber zuwandte. »Viel Glück, Mario.«

»Dir auch, Horatio.«

Captain Horatio Lestrade drehte sich um und warf keinen Blick zurück, während er, umgeben von seinen Marines, den Korridor entlangeilte. Er fürchtete, vor Scham, Frustration und Wut in Tränen auszubrechen, würde er es doch tun.

Die Militärbasis Luna schmiegte sich in einen Krater auf der Oberfläche des Erdmondes, der vor Äonen von einem Meteoriten geschlagen worden war. Die Basis beherbergte etwa fünfhundert zivile Angestellte und an die eintausendfünfhundert Soldaten. All diese Personen waren auf den Beinen und liefen durcheinander. Angesichts der Invasion und der drohenden Niederlage verfielen sie langsam in Panik.

Die Soldaten unter der Basisbesatzung schienen noch bemüht, so etwas wie Ordnung und Disziplin aufrechtzuerhalten, doch die Zivilisten wirkten wie eine Horde aufgeschreckter Hühner.

Plötzlich drang eine hektisch klingende Stimme aus den Deckenlautsprechern. »Driziltruppen in der Basis! Driziltruppen in der Basis! Alle Mann auf Abwehrstation!«

Soldaten der Basis gingen am Ende des Korridors in Stellung, den Feind erwartend. Zivilisten, die sie behinderten, wurden ungeduldig aus dem Weg gescheucht.

Aus dem Augenwinkel bemerkte Lestrade, wie die Marines in seiner Begleitung ihre Kampfanzüge versiegelten und die M-22-Nadelgewehre durchluden.

Lestrade hätte sich in diesem Augenblick nichts sehnlicher gewünscht, als ebenfalls in einem Kampfanzug zu stecken. Die Drizil waren eine fledermausähnliche Spezies, auf die die Menschheit vor etwa einem Jahrzehnt zum ersten Mal getroffen war. Und wie Fledermäuse waren die Drizil fast blind, verfügten jedoch über ein Organ, das ähnlich einem Echolot zur Orientierung Schallwellen ausstieß. Diese Schallwellen stellten jedoch für Menschen auch eine höchst gefährliche Waffe dar. Die Effekte des ausgestoßenen Tones reichten von leichter Benommenheit und Ohnmacht über geplatzte Trommelfelle bis hin zu Koma und in Extremfällen sogar Tod, da die Schallwellen in der Lage waren, Gehirnblutungen auszulösen, falls sie eine bestimmte Hochfrequenz erreichten.

Lestrade hätte nicht gedacht, dass die Drizil in der Lage waren, die Verteidigung des Solsystems derart schnell zu überwinden. Ansonsten hätte er auf jeden Fall seinen Kampfanzug angelegt, bevor er sein Schiff verließ. Jedoch schienen ihm zu diesem Zeitpunkt Geschwindigkeit und Beweglichkeit wichtiger denn umfassender Schutz.

Etwa hundert Meter voraus peitschte eine Explosion durch den Korridor. Menschen in der Nähe wurden wie Stoffpuppen durch die Luft geschleudert. Viele standen nicht mehr auf.

Die Luft füllte sich von einer Sekunde zur nächsten mit Qualm und hauchfeinen Trümmern aus den Überresten der Korridorwände. Lestrade hustete würgend. Seine Augen begannen zu tränen. Trotzdem erkannte er wie durch einen Schleier Gestalten, die in einem seltsamen, staksigen Gang durch den Rauch schlichen.

»Vorsicht, Sir!«, schrie einer der Marines, packte Lestrade grob am Kragen und schubste ihn unsanft in einen angrenzenden Korridor. Die Marines eröffneten sofort das Feuer. Die Nadelgewehre verschossen Hochgeschwindigkeitsprojektile in Form von Metallspitzen mit einer Länge von 5 Zentimetern. Die Geschosse waren in der Lage, so gut wie jede Panzerung, einschließlich der Außenskelette der Drizil, zu durchdringen und das weiche Gewebe darunter in Fetzen zu schießen. Bei jedem Schuss verursachten sie ein charakteristisch zischendes Geräusch.

Lestrade vermochte von seinem Standort aus nicht zu sehen, ob die Marines etwas trafen, doch er hörte die schrillen Schmerzensschreie aus Drizilkehlen.

Lestrade nickte grimmig. Der Krieg war vielleicht verloren, doch die Menschheit ging nicht kampflos unter. Die Marines zogen sich kämpfend in den Korridor zurück, in dem sich der Captain befand. Doch einer aus der Gruppe wurde an der Brust vom Impuls einer Drizilwaffe getroffen und gegen die nächste Wand geschleudert.

Drizilwaffen fraßen sich regelrecht durch Panzerung. Der Mann war tot, noch bevor er auf dem Boden aufschlug.

Der Offizier, der die Marines anführte, schubste Lestrade weiter, während er sich immer wieder umsah. Aus dem Korridor drangen weitere Kampfgeräusche. Die Stationsbesatzung wehrte sich offenbar immer noch gegen die Eindringlinge.

Stolz keimte in Lestrade auf. Diese Männer und Frauen wussten, dass der Kampf aussichtslos war und das Ergebnis feststand. Dennoch kämpften sie bis zum bitteren Ende.

Ungefähr zwanzig Minuten später erreichten sie ohne weitere Zwischenfälle schließlich die Andockrampe, an der die VENGEANCE festgemacht war. Die Tür öffnete sich zischend und schloss sich ebenso geräuschvoll hinter ihnen. Explosionen erschütterten nun die gesamte Basis in einer nicht enden wollenden Kakofonie.

Die Andockrampe ragte in einem zwanzig Meter langen Rohr von der Basis weg und verband Militärbasis Luna drei mit dem angedockten Schlachtkreuzer.

Die zwanzig Meter wirkten auf Lestrade wie ein ewig langer Marsch. Das Rohr bäumte sich mehrmals unter dem gewaltigen Druck naher Explosionen auf. Das Metall knirschte protestierend unter dem enormen Druck. Mit einem Stoßseufzer der Erleichterung erreichte Lestrade die zweifelhafte Sicherheit seines eigenen Schiffes.

Erschöpft drehte er sich zum Anführer der Marines um. »Danke. Das war gute Arbeit.« Er schielte nach den Rangabzeichen auf der Brust des Kampfanzugs. »Major ...«

Der Verschlussmechanismus des Kampfanzugs öffnete sich zischend und der Marine nahm den Helm ab. Eine feuerrote Mähne und ein müdes, aber lächelndes Gesicht kamen zum Vorschein.

»Ross«, erwiderte die Soldatin. »Major Melissa Ross.«

Als Lestrade die Brücke des Schlachtkreuzers der Swordmaster-Klasse HMS Vengeance erreichte, waren die Startvorbereitungen bereits abgeschlossen und das Schiff entfernte sich langsam von der Luna-Militärbasis, während es Fahrt aufnahm.

Sein XO erwartete ihn bereits.

»Status?«, verlangte Lestrade.

»Luna ist eingenommen. Wir haben vor etwa vier Minuten den Funkkontakt zur Basis verloren. Die Drizil rücken gegen die Erde vor.« Mueller machte eine Pause und Lestrade bekam den deutlichen Eindruck, dass dem Mann irgendetwas unangenehm war. »Das Geschwader erwartet Ihre Befehle, Captain.«

»*Meine* Befehle? Was ist mit Commodore Rodriguez?«

»Gefallen«, lautete die knappe Antwort.

»Die Crown of Sol?«

Mueller schüttelte den Kopf. »Wurde auf dem Weg hierher zerstört. Der Schlachtkreuzer und seine Begleitschiffe gerieten einem feindlichen Schwarm in die Quere. Sie hatten keine Chance.«

Lestrade ließ sich schwer in seinen Sessel fallen. Die Last der Verantwortung, die nun auf ihm ruhte, drohte ihn zu zerdrücken. Mit dem

Tod von Rodriguez rückte er als dienstältester Captain des Geschwaders automatisch in die Position des Interims-Commodore auf.

Durch das Brückenfenster hatte er einen einzigartigen Blick auf die Lunabasis. Etwa zwei Dutzend Enterschiffe der Drizil steckten in der metallenen Hülle. Durch einige Bullaugen sah er Flammen im Innern der Basis wüten. Luna war tatsächlich verloren, das stand außer Frage.

Es kostete ihn sichtlich Mühe, doch Lestrade riss sich zusammen. Seine Leute brauchten ihn. Dringend.

»Zeigen Sie mir die Aufstellungen der eigenen und der feindlichen Streitkräfte.«

Ein Hologramm wuchs direkt vor ihm aus dem Boden. Es zeigte das gesamte Solsystem, wobei es eigene Einheiten und Einrichtungen in beruhigendem Grün, feindliche jedoch in bedrohlichem Rot darstellte.

Die Sache sah nicht gut aus.

Der Großteil der Drizilstreitkräfte konzentrierte sich auf die wichtige Marskolonie und die Erde selbst. Das Abwehrfeuer von der Oberfläche des Mars wurde beständig schwächer. Weder in der Umlaufbahn noch in der näheren Umgebung des Roten Planeten befanden sich noch terranisch-imperiale Schiffe. Zumindest keine kampffähigen. Das All war übersät mit unzähligen Trümmerteilen. Er schätzte, dass bei der Verteidigung des Mars mindestens vierzig Schiffe zerstört worden waren.

Die Erde andererseits wurde noch hart umkämpft. Etwa siebzig terranische Schiffe hatten sich in die nähere Umgebung der Erde zurückgezogen und lieferten den Drizil einen erbitterten Abwehrkampf.

Die Drizil bevorzugten für die Kriegsführung hauptsächlich leichte und schnelle Einheiten. Ihre Kampfweise sah überraschende Präzisionsschläge vor. Oftmals attackierten sie terranische Kommandoschiffe zuerst, sozusagen, um der Schlange den Kopf abzuschlagen. Das Rückgrat ihrer Raumstreitkräfte bestand aus Fregatten und Zerstörern sowie Trägern für die Jägerunterstützung. Ihr einziges Zugeständnis an schwere Kriegsschiffe stellten die Großkampfschiffe der Intruder-Klasse dar. Die Drizil benutzten sie aus diesem Grund häufig als Kommandoschiffe für ihre Schwärme.

Das menschliche Imperium hingegen setzte auf schweres Gerät. Schlachtkreuzer der Swordmaster- und Behemoth-Klasse waren die schwersten von imperialen Werften gebauten Einheiten, doch es gab noch Angriffskreuzer, Begleitkreuzer und Träger. Zur Unterstützung verfügten terranische Flotten zudem über Korvetten, die dafür zuständig waren, die

Peripherie einer Streitmacht gegen schnelle feindliche Einheiten abzuschirmen, und über Torpedoschnellboote, die in Gruppen operierten, ein Ziel torpedieren und durch ihre bloße Masse überwältigen konnten.

Die terranischen Schiffe, die sich bis zum Orbit der Erde durchgekämpft hatten, gehörten allesamt schweren Schiffsklassen an. Die leichteren Schiffe waren bereits zerstört worden.

Die Drizil würden für die Einnahme des Planeten einen hohen Preis bezahlen müssen, so viel war sicher. Doch auch der Ausgang dieser Schlacht stand im Grund bereits fest. Die Linie der Verteidiger wurde mit jeder Minute, die verging, dünner und es schlüpften bereits erste Landungsschiffe durch die Verteidigung. Darüber hinaus bekamen die Drizil laufend Verstärkung. Die Flut an Schiffen schien gar kein Ende mehr zu nehmen.

Jede Faser in Lestrades Körper schrie danach, zur Erde zu fliegen und sich seinen Kameraden anzuschließen. Sie standen mit dem Rücken zur Wand und brauchten jedes Schiff. Nur das Wissen, das er eine dringendere Mission zu erfüllen hatte, hielt ihn zurück. Er warf einen kurzen Blick auf die Aufstellung seines eigenen Kommandos.

Um die VENGEANCE hatten sich einundzwanzig Schiffe versammelt. Einundzwanzig von ursprünglich fünfunddreißig.

Nach Commodore Rodriguez' Tod und dem Verlust seines Schiffes, war die VENGEANCE der einzig verbliebene Schlachtkreuzer der Swordmaster-Klasse. Des Weiteren bestand die Einheit noch aus zwei Schlachtkreuzern der Behemoth-Klasse, fünf Angriffskreuzern der Ares-Klasse, fünf Begleitkreuzern der Guardian-Klasse, zwei Trägern der Fortress-Klasse und sechs Korvetten der Gunner-Klasse.

Das war nicht viel, um die Linien der Drizil zu durchbrechen. Nach vorsichtigen Schätzungen hielten sich derzeit zwischen 400 und 600 feindliche Schiffe im System auf.

Die imperiale Schiffskonstruktion war ebenso funktionell wie einfach. Imperiale Schiffe bestanden aus drei dreieckigen Modulen, die leicht versetzt übereinander angeordnet waren. Auf der Spitze des untersten Moduls befand sich die Kommandobrücke in einer durchsichtigen Kuppel. Während eines Gefechts ließ sich die Brücke mit Panzerlamellen absichern. Die Brückenbesatzung konnte jedoch weiterhin uneingeschränkt die Vorgänge rund um das Schiff über eine 360°-Hologrammsicht verfolgen. Hinter dem Kopf folgte der zylindrische Schiffskörper und am Heck die Antriebssektion mit den sechs halbmondförmigen Schubdüsen, die im Kreis angeordnet waren. Die Hauptbewaffnung imperialer Schiffe bestand aus mehreren Torpedorohren, die nicht nur in der Lage waren, nach vorn und nach achtern zu feuern, sondern in beschränktem Umfang auch zur Seite.

Drizilschiffe sahen hingegen ganz anders aus. Sie wirkten wie gefährlich aussehende Vögel mit ausgebreiteten Schwingen, was zweifellos eine psychologische Wirkung erzielen sollte. Außerdem gab es eine Theorie unter Exo-Anthropologen, nach der die Drizil von Vögeln abstammten. Ihre Schiffskonstruktion schien dies zu untermauern.

»Sir?«, meldete sich der weibliche Kommunikationsoffizier zu Wort. »Eine Übertragung.«

»Herkunft?«

Der Lieutenant hantierte einige Sekunden an ihrer Station, bevor sie sich mit großen Augen erneut zu ihrem Kommandanten umdrehte.

»Von der Erde. Es ist Marschall Yaraton.«

Ein Blitz durchzuckte Lestrade und für einige wichtige Momente war er nicht in der Lage, sich zu regen oder auch nur ein Wort zu sagen. Yaraton war der Oberbefehlshaber der imperialen Streitkräfte und er wich nie weit von der Seite des Kaisers.

»Verbindung aufbauen!«

Ohne nennenswerte Verzögerung baute sich ein Hologramm vor Lestrades Kommandosessel auf. Das durchscheinende Abbild eines Mannes in den Sechzigern mit schütterem Haar, Geheimratsecken und ernsten Augen erschien.

»Marschall?«

»Captain«, begrüßte der Mann Lestrade und nickte ihm knapp zu. »Ihr Status?«

»Mission abgeschlossen, Marschall. Ich habe es. Wir starten gerade von der Lunabasis.«

»Ausgezeichnet. Ich schicke Ihnen einige taktische Daten über die Aufstellung der Drizilschiffe. Möglicherweise haben wir eine Schwachstelle in ihrer Formation entdeckt, durch die Sie schlüpfen können.«

»Vielen Dank, Marschall.« Lestrade zögerte. »Wo sind Sie gerade?«

Der Mann lächelte wehmütig. »Noch auf der Erde. Genau wie Seine Majestät.«

»Aber ...«

»Ich weiß. Wir sollten längst fort sein, doch es ist nicht alles nach Plan verlaufen. Wir haben zu lange gewartet. Unser Fluchtweg ist abgeschnitten. Die Drizil schießen jedes Schiff ab, das die Blockade zu durchbrechen versucht.«

»Halten Sie durch. Wir kommen und holen Sie.« Lestrade wollte gerade den Befehl geben, als Yaratons erhobene Hand ihn zurückhielt.

»Keine Chance, Lestrade. Vergessen Sie es. Keines Ihrer Schiffe würde einen Rettungsversuch überleben. Ihre Aufgabe ist wichtiger als unsere Flucht. Und das wissen Sie auch.«

Lestrade zögerte erneut. Schließlich nickte er ergeben.

»Ja, Sir.«

»Wie ich höre, ist Commodore Rodriguez gefallen?«

Das Hologramm flackerte leicht und Lestrade glaubte, im Hintergrund Explosionen und Schüsse zu hören. Die Hauptstadt stand bereits unter massivem Beschuss.

»Ja, Sir.«

Ein Lächeln zog die Mundwinkel des Marschalls leicht nach oben. »Dann spreche ich hiermit eine Schlachtfeldbeförderung aus und erhebe Sie in den Rang eines Commodore. Leider müssen wir die Zeremonie und das Prozedere angesichts der Umstände auslassen, aber Sie verstehen das sicher.«

Lestrade schluckte schwer.

Erst beim dritten Versuch gelang es ihm, seine staubtrockene Kehle unter Kontrolle zu bringen und ein einzelnes Wort herauszubringen.

»Verstanden ...«

Marschall Yaraton nickte Lestrade ein letztes Mal zu. »Viel Glück ... Commodore.«

Ohne auf eine Antwort zu warten, fiel das Hologramm in sich zusammen und verschwand.

Lestrade saß wie betäubt auf seinem Sessel, sich der Blicke seiner Brückenbesatzung kaum bewusst. Commodore. Er hatte immer gehofft, es eines Tages in den Rang eines Commodore oder vielleicht sogar eines Lord Admirals zu schaffen. Doch nicht so. Nicht, während die Zivilisation der Menschheit in sich zusammenfiel. Und auf seinen Schultern lastete die Verantwortung, wenigstens einen Teil dieser Zivilisation zu retten.

»Sir?«, sprach sein XO ihn an. »Ihre Befehle?«

»Haben Marschall Yaratons Daten uns erreicht?«

»Jawohl«, bestätigte Mueller.

»Einspeisen.«

Kurz darauf starrte Lestrade auf eine Sternkarte des Solsystems.

Die Daten von der Erde waren in der Tat hilfreich, verfügte der Blaue Planet doch über weitreichendere und vor allem sensiblere Sensoren als jedes seiner Schiffe.

»Sehen Sie das?«, fragte er seinen XO, der neugierig näher trat und die Stelle betrachtete, auf die Lestrade deutete.

»Ja, allerdings. Die Drizil kümmern sich im Wesentlichen um Mars und Erde. Dazwischen befinden sich so gut wie keine feindlichen Einheiten. Sie konzentrieren sich darauf, die letzten Widerstandsnester zu brechen. In Richtung Sonne sind kaum Schiffe von ihnen. Wenn wir jetzt ausbrechen und in Richtung Sonne beschleunigen ...«

»Gelingt es uns vielleicht, durchzubrechen, bevor sie reagieren können«, vollendete Lestrade den Satz.

»Alle Schiffe Gefechtsformation einnehmen. Kurs auf die Sonne nehmen.«

»Aye-aye, Sir.«

»Wie viel Drizilschiffe befinden sich auf unserer unmittelbaren Flugbahn?«

»Achtzehn, Sir.«

Lestrade überlegte fieberhaft. Das war zwar kein schlechtes Verhältnis, doch schlechter, als er es sich gewünscht hätte. Dieses Gefecht würde nicht ohne Blessuren für sein Geschwader ausgehen. Da führte kein Weg dran vorbei. Falls die Drizil seine Taktik durchschauten und es ihnen gelang, weitere Schiffe zur Verstärkung heranzuführen, bevor ihm der Durchbruch gelang, würde es noch weit schlimmer werden, vielleicht sogar unmöglich.

Doch derlei Gedanken behielt er wohlweislich für sich. Ein Kommandant musste selbst in schwierigen oder ausweglosen Situationen einen kühlen Kopf bewahren und Optimismus ausstrahlen. Optimismus war das A und O.

Die einundzwanzig Schiffe beschleunigten gleichmäßig auf Reisegeschwindigkeit Richtung Sonne, während um sie herum das Solsystem in Chaos und Blut versank. Für einen Augenblick überlegte Lestrade, den Kurs zu ändern und die Schiffe anzugreifen, die die Erde belagerten. Nur die Dringlichkeit seiner Mission und die Tatsache, dass sonst niemand mehr hier war, der diese Mission hätte ausführen können, hinderten ihn daran.

»Feindliche Schiffe auf unserer Flugbahn«, meldete Mueller. »Direkter Kurs auf uns.«

»Effektive Gefechtsdistanz?«

»In zweiunddreißig Minuten. Feindliche Schiffe halten direkt auf uns zu. Außerdem sind feindliche Einheiten aus der Mars-Umlaufbahn ausgeschwenkt und verfolgen uns.«

»Können Sie uns einholen?«

»Möglicherweise. Falls uns die Schiffe voraus zu lange aufhalten.«

»Dann wollen wir mal den Weg freiräumen«, meinte Lestrade mehr zu sich selbst und fletschte kampflustig die Zähne. Wenigstens würde er sich nicht davonstehlen, ohne vorher noch einige Drizil ins Jenseits zu schicken.

»Energiewaffen laden und Fernkampfbewaffnung in Bereitschaft.«

»Aye-aye, Cap... Commodore.«

Lestrade hörte Muellers Fauxpas, entschloss sich jedoch dazu, diesen zu ignorieren. Alle Beteiligten würden Zeit brauchen, sich an seinen neuen Rang zu gewöhnen. Er selbst bildete da keine Ausnahme.

Die Minuten vergingen quälend langsam, während die zwei Verbände aufeinander zuschossen. Auf dem taktischen Hologramm bemerkte er, wie die Drizilschiffe aus Richtung Mars an ihrem Heck klebten und sich abmühten, die kleine Gruppe fliehender menschlicher Schiffe einzuholen. Lestrade warf der Anzeige an der oberen rechten Ecke einen kurzen Blick zu. Die Uhr lief rückwärts und zeigte die Zeit an, die das Geschwader benötigte, um die zum Sprung in den Hyperraum notwendige Mindestgeschwindigkeit zu erreichen.

Es würde knapp werden. Verdammt knapp sogar. Falls sie die Schiffe voraus schnell genug abfertigten, konnten sie es jedoch schaffen. Mit viel - mit sehr viel - Glück.

»Noch zwölf Minuten, Sir.«

»Jäger ausschleusen!«

Die beiden Träger der Fortress-Klasse setzten in kurzen Intervallen ihre Jäger ab. Jedes der beiden Schiffe führte acht Staffeln zu je sechs Jägern mit sich. Die kleinen Vanguard-Jäger - schnittige Aufklärer mit Stummelflügeln und Doppeltriebwerk - übernahmen die Spitze der Formation, dicht gefolgt von den schwereren Shadow-Abfangjägern und den klobigen und schwerfälligen Mammoth-Jagdbombern.

Lestrade hätte sich im Augenblick nichts sehnlicher gewünscht, als eine Anzahl Torpedoschnellboote auf seiner Seite zu wissen. Die winzigen, aber tödlichen Schiffe hätten eine schöne Schneise in die feindliche Formation gerissen.

Leider waren alle Boote im Solsystem bereits zerstört oder in schwere Kämpfe verwickelt.

Den terranischen Jägern standen schwere Driziljäger vom Typ Blutstachel und Abfangjäger vom Typ Flüsterwind gegenüber. Die Namen der Drizil für diese Maschinen waren nicht für menschliche Zungen geeignet, doch die Übersetzung kam an diese beiden Bezeichnungen am ehesten heran.

Lestrade bemerkte sofort das Ungleichgewicht. Nicht nur, dass die Drizil vier Trägerschiffe gegen seine zwei ins Gefecht führten, die Drizilträger waren überdies in der Lage, zwölf Staffeln zu je acht Jägern mit sich zu führen.

Die beiden Jagdverbände formierten sich jeweils oberhalb ihrer Großkampfschiffe, um dem zu erwartenden Fernkampfbeschuss nicht in die Quere zu kommen.

»Effektive Gefechtsdistanz erreicht.«

»FEUER!«

Das Geschwader spie eine Salve Torpedos auf den nahenden Gegner. Die Drizil eröffneten beinahe zeitgleich das Feuer. Während menschliche Schiffe Torpedoprojektile feuerten, verschossen die Drizilschiffe nicht nur eine Art Torpedos, die aus purer Energie bestanden, sondern zusätzlich etwas ungleich Tödlicheres. Ihr Feind feuerte im Fernkampf nämlich Projektile ab, die mit einer geleeartigen Masse gefüllt waren. Es handelte sich um eine Art genmanipulierter Amöben, die von den Schiffsbesatzungen nur die *Grüne Pest* genannt wurde.

Einmal infiziert, musste ein Schiff in neunzig Prozent der Fälle als verloren angesehen werden. Die Projektile waren in der Lage, Panzerung zu durchbrechen, und entließen die *Grüne Pest* ins Innere des Zielschiffes. Dann begann das Grauen. Die Amöben fraßen sich durch alles, egal ob anorganisch oder organisch.

Im Laufe der Zeit hatte es viele Ansätze gegeben, dieser Bedrohung Herr zu werden, um Schiff und Besatzung zu retten. Ein Lösungsvorschlag lautete, die betreffende Sektion abzuschotten und dem Vakuum auszusetzen, ein anderer schlug den Einsatz von Marines mit Flammenwerfern vor. All dies waren zwar gangbare Möglichkeiten, doch oft konnten diese nicht schnell genug umgesetzt werden, um ein Schiff zu retten, und es blieb nur noch der Einsatz der Rettungskapseln.

Lestrade dankte Gott auf Knien dafür, dass die Drizil die *Grüne Pest* nicht gegen Planeten, sondern nur gegen andere Kriegsschiffe einsetzten.

Die *Pest* machte nämlich keinen Unterschied zwischen Menschen und Drizil. Ein infizierter Planet könnte nie wieder betreten, geschweige denn kolonisiert werden. Und da die Drizil hinter menschlichen Welten, deren Lebensraum und Rohstoffen her waren, gingen die Kriegsgegner der Menschheit mit ihrer biologischen Waffe sehr sorgfältig um. Sie achteten peinlich genau darauf, diese Waffe nicht in unmittelbarer Nähe eines bewohnbaren Planeten einzusetzen, um das Risiko zu vermeiden, einen intakten Planeten durch Fehlschüsse zu kontaminieren.

Beide Seiten achteten weiterhin darauf, dass ihre Lenkwaffen nicht unkontrolliert durchs All flogen, sofern sie kein feindliches Schiff trafen. Im Falle des Imperiums limitierte der Brennstoff die Reichweite der Torpedos. Ging der Brennstoff zur Neige, zerstörten sie sich nach fünf Sekunden selbst. Die Energietorpedos der Drizil lösten sich nach einer Weile selbständig auf. Keiner der Kriegsparteien war daran gelegen, dass nach einer Schlacht Hunderte von potenziellen Zeitbomben durch ein System trieben.

Die Durchschlagskraft der Energietorpedos der Drizil war enorm, auch wenn sie auf dem Weg zwischen Herkunftsschiff und Ziel viel von ihrer Energie einbüßten und diese in die Kälte des Alls abstrahlten, doch nichts im Arsenal des Feindes war so gefürchtet wie die *Grüne Pest*.

»Achtung! Einschlag!«

Die Vengeance bäumte sich mit einer Plötzlichkeit auf, die Lestrade die Luft aus den Lungen presste. Nur sein Sicherheitsgurt verhinderte, dass er über seine eigene Brücke geschleudert wurde.

Mit einem Auge beobachtete er das taktische Display. Neun feindliche Großkampfschiffe verschwanden mit einem Mal vom Plot. Drei Zerstörer, ein Träger, vier Fregatten und sogar ein Drizil-Flaggschiff der Intruder-Klasse – oder wie die Drizil sie nannten, der Ek'naj'mek-Klasse, der größte Kriegsschiffstyp im Arsenal des Feindes. Das Schiff war um dreißig Prozent größer als ein Schlachtkreuzer der Swordmaster-Klasse, der das größte Schiff auf terranischer Seite war.

Eine weitere Energietorpedosalve der Drizil hämmerte brutal auf sein Geschwader ein und schüttelte sein Schiff durch. Es wurde zur Tortur, auch nur einen klaren Gedanken zu fassen.

»Schadensbericht!«

Sein XO eilte umgehend an seine Seite. »Bugpanzerung ist um zwanzig Prozent reduziert. Kein interner Schaden. Noch sind die Drizilwaffen nicht durchgedrungen.«

»Der Rest des Geschwaders?«, fragte Lestrade, obwohl er bereits wusste, dass ihm die Antwort nicht gefallen würde.

Mueller zögerte einen Moment. Er fuhr erst fort, als Lestrade ihm einen scharfen Blick zuwarf. »Zwei Korvetten zerstört. Totalverlust. Einer der Begleitkreuzer ist schwer angeschlagen. Lebenserhaltung und künstlicher Schwerkraft sind nur minimal verfügbar. Torpedobewaffnung um fast sechzig Prozent reduziert.«

Lestrade knirschte mit den Zähnen. Das kurze Gefecht war sogar noch schlimmer ausgegangen, als er befürchtet hatte. Doch ihm blieb keine Zeit, mit seinem Schicksal zu hadern, denn die überlebenden Drizilschiffe schlossen schnell auf. Ein Nahkampf war unvermeidlich.

Er fragte sich, warum die Drizil nicht die *Grüne Pest* einsetzten, doch er vermutete, dass diese Schiffe wohl ihren Vorrat an dieser Waffe aufgebraucht hatten. Immerhin kämpften sie schon den ganzen Tag und diesen Einheiten waren mit Sicherheit bereits viele terranische Schiffe zum Opfer gefallen.

Die Jäger beider Seiten gaben Vollschub und beharkten sich auf kürzeste Distanz. In der Schwärze des Alls blühten rote und grüne Explosionen auf, als Maschinen hüben wie drüben wie überreifes Obst zerplatzten.

Die schweren Mammoth-Jäger mit den Zwillingsgeschütztürmen auf dem Dach und der lang gezogenen Schnauze, in der sich die Zielerfassungssensoren befanden, führten den Vorstoß an.

Die Kontrahenten schenkten sich nichts und Gnade wurde zu einem Wort ohne Bedeutung. Der Gegner war zwar zahlenmäßig überlegen, doch das terranisch-imperiale Pilotenprogramm galt als das beste überhaupt und die menschlichen Piloten manövrierten den Gegner immer wieder aus.

Eine beliebte Taktik war es, in Dreiergruppen zu agieren. Ein Jäger spielte den Köder, bot sich als Ziel an, und wenn Driziljäger die Verfolgung aufnahmen, schnappte die Falle zu und zwei andere terranische Jäger erledigten die Verfolger. Leider war es oftmals auch der Köder, der dabei auf der Strecke blieb. Die Drizil jedoch zahlten einen hohen Zoll an Leben und Material.

Die Kampfschiffe der Drizil kamen drohend näher und passierten ihre menschlichen Widersacher auf kürzeste Distanz.

»Volle Breitseite!«, befahl Lestrade und die Schiffe seines Geschwaders eröffneten das Feuer auf den verhassten Feind.

Die Laserbatterien der Breitseite schnitten tiefe Breschen in die Flanken der feindlichen Kriegsschiffe. Panzerung wurde auseinandergeschnitten und schmolz in dicken Tropfen dahin, die im All nahezu umgehend zu seltsam anmutenden Formen erstarrten. Punktverteidigungslaser bemühten sich währenddessen, die Jäger der Drizil und die Geschosse der feindlichen Kriegsschiffe ins Visier zu nehmen. Sie gaben immer wieder kurze Lichtimpulse ab, die alles zerfetzten, mit dem sie in Berührung kamen.

Auf kurze Distanz verwendeten die Drizil Geschütze, die Explosivprojektile verschossen, die im Falle eines Treffers in der Lage waren, die Panzerung aufzureißen.

Lestrade rannen dicke Schweißperlen über die Stirn. Mit einer ungeduldigen Geste wischte er sie beiseite.

Eine weitere Korvette geriet ins Kreuzfeuer zweier feindlicher Fregatten und innerhalb weniger Sekunden überzog das gegnerische Feuer die Oberfläche des kleinen, unglückseligen Schiffes mit einem Teppich aus Feuer.

Die Panzerung hielt derartige Kräfte nicht lange aus und das Schiff brach der Länge nach auf. Männer und Frauen wurden zappelnd ins All gerissen, als es in Stücke gerissen wurde.

Der bereits angeschlagene Begleitkreuzer Norwegen lieferte sich ein Duell mit gleich zwei feindlichen Zerstörern und einem Flaggschiff der Intruder-Klasse. Trotz seiner enormen Gefechtsschäden schlug sich die Norwegen fabelhaft. Der Skipper des Begleitkreuzers bewies ein intuitives Geschick dafür, das Schiff immer wieder durch das gegnerische Feuer gleiten zu lassen und dem Gegner dabei unbeschädigte Panzerung zuzuwenden, an der der Beschuss nahezu wirkungslos verpuffte.

Im Gegenzug schoss die Norwegen einen der Zerstörer in Stücke und den zweiten manövrierunfähig. Das hilflose Schiff trudelte steuerlos davon. Die Mannschaft konnte nur noch hoffen, dass irgendwann jemand die Zeit fand, sie zu bergen.

Der Intruder erwies sich jedoch als härtere Nuss. Das Drizilschiff war fast viermal so groß wie der Begleitkreuzer und um ein Vielfaches besser bewaffnet.

Die beiden Schiffe tauschten auf kürzeste Distanz Salven aus und fügten sich gegenseitig schwere Schäden zu. Der Intruder verlor mehrere Geschützrohre an Bug und Steuerbord, der Begleitkreuzer durch die Antwort des Drizilschiffes im Gegenzug fast seine gesamte Backbordbewaffnung. Die Norwegen begann zu schlingern, was auf eine Beschädigung des Reaktors und/oder des Antriebs hindeutete.

Eine Jagdstaffel und ein Angriffskreuzer der Ares-Klasse eilten herbei, um dem Schiff zu Hilfe zu kommen. Der kampfstarke Kreuzer verheerte die Panzerung oberhalb des Drizilschiffes, während die Mammoth-Jäger Präzisionsangriffe flogen, um Waffenstellungen, Kommunikationsanlagen und vitale Systeme zu zerstören.

Das Abwehrfeuer des Intruder wischte zwei Mammoth-Jäger wie Fliegen beiseite und ließ den Ares-Angriffskreuzer erzittern wie ein verwundetes Tier.

Die Norwegen hatte indes nahezu ihr komplettes Waffenarsenal eingebüßt und dachte nur noch an Flucht. Die Drizil waren jedoch nicht bereit, ihr diese Option zu gestatten. Salve um Salve schlug auf den Begleitkreuzer ein, zertrümmerte Panzerung und drang ins Innere des Schiffes vor. Eine Reihe von Sekundärexplosionen riss die Panzerung an mehreren Stellen von innen auf. Flammen leckten ins Freie, nur um vom Vakuum erstickt zu werden. Die Norwegen wurde von innen heraus verzehrt.

Lestrade bezweifelte, dass von der Besatzung überhaupt noch jemand am Leben war.

Wut überkam ihn und füllte jede Faser seines Körpers mit Hass. Und wieder hatten die Drizil gute Menschen ermordet. Menschen, die ihr Schicksal nicht verdienten. Natürlich lag das in der Natur des Krieges, doch dies interessierte Lestrade in diesem Moment nicht.

»Beidrehen!«, befahl er.

Die Vengeance schwenkte gehorsam in einem Dreißiggradwinkel herum, um das feindliche Großkampfschiff ins Visier zu nehmen. Dieses war vollauf damit beschäftigt, den Ares-Kreuzer zu bedrängen, dessen Lage inzwischen ebenfalls immer verzweifelter wurde.

»Feuer!«

Wie ein Vorbote der Hölle ließ die Vengeance ihr gesamtes Waffenarsenal auf den völlig überraschten Intruder nieder. Mit der ersten Salve schaltete die Vengeance den Antrieb des Großkampfschiffes aus. Die zweite Salve zerriss die durch den Kampf mit der Norwegen ohnehin schon geschwächte Steuerbordpanzerung wie Papier. Die Lasersalven drangen tief ins Innenleben des Intruder vor und verdampften auf ihrem Weg Geräte, Ausrüstung und Besatzungsmitglieder gleichermaßen.

Mithilfe seiner Manövrierdüsen schwenkte der Intruder schwerfällig herum, um sich diesem neuen überragenden Gegner zu stellen, doch Lestrade ließ ihm dazu keine Gelegenheit. Er setzte eine weitere Salve nach, die von einer heftigen Explosion am Heck belohnt wurde. Das Schiff stellte sein Feuer von einer Sekunde zur nächsten ein - nur Augenblicke bevor es von einer gewaltigen Detonation auseinandergerissen wurde.

Lestrade ließ sich schwer in seinen Sessel sinken. Er atmete ein paarmal gut durch, bevor er sich erneut dem taktischen Plot zuwandte. Es befanden sich keine feindlichen Schiffe mehr auf ihrer Flugbahn. Die meisten Drizileinheiten in ihrer unmittelbaren Umgebung waren zerstört und die wenigen Überlebenden flüchteten unter den Feuerschutz der verfolgenden Drizilschiffe. Die Verfolger holten immer mehr auf, doch sie würden zu spät kommen.

»XO? Kurs auf die Sonne. Sobald wir die Korona hinter uns gelassen und eine angemessene Geschwindigkeit aufgebaut haben, springen wir in den Hyperraum.«

»Aye, Sir.«

Lestrade musterte sein taktisches Display und zählte die verbliebenen Einheiten unter seinem Kommando. Außer der Norwegen und der dritten Korvette hatten sie noch einen Angriffskreuzer der Ares-Klasse und einen weiteren Begleitkreuzer der Guardian-Klasse verloren, außerdem einen Träger. Die überlebenden Jäger setzten zur Landung auf dem verbliebenen Träger an. Es waren nicht einmal genug, um die Hangars des einen Trägers aufzufüllen, den sie noch hatten.

Sie waren entkommen, keine Frage. Doch der Preis hierfür war ungeheuer hoch.

»Welche Sprungkoordinaten soll ich eingeben, Commodore?«

Lestrade dachte einen Augenblick angestrengt nach. Die Frage war eigentlich keine. Im Moment gab es nur einen sicheren Ort in der Galaxis.

»Nach Perseus, Eugene. Bringen Sie uns nach Perseus.«

Teil I

Ankunft

Terranisch-Imperiale Liga
Äußerer Sektor 18/1-A
Koloniewelt Perseus

31. Dezember 2847

1

General Carlo Rix, Befehlshaber der 18. Legion, stieg von der Rampe und nutzte diesen kurzen Augenblick der Muße, um innezuhalten.

Endlich wieder daheim, dachte er.

Er legte den Kopf in den Nacken und atmete die würzige, lebendige Luft seiner Heimatwelt Perseus ein. Perseus war zu sechzig Prozent von Wäldern bedeckt, wodurch die Luft einen einzigartigen Geschmack erhielt. Sie roch frisch, nicht so tot oder abgestanden wie die Luft von Planeten, auf denen es hauptsächlich Industrie gab.

Das Perseussystem bestand aus insgesamt zwölf Planeten, von denen jeder einige Monde aufwies, doch Perseus IV war der einzige stellare Körper im System, der in der Lage war, Leben zu ermöglichen. Welten mit atembarer Atmosphäre, Wasser und einem angenehmen Klima waren im Universum selten gesät. Carlo Rix hatte bereits viele Welten besucht, doch keine besaß diese urtümliche Schönheit wie seine Heimat.

Er konnte es kaum erwarten, sein Quartier aufzusuchen und dort seinen Kampfanzug abzulegen. Den Helm trug er locker unter dem Arm.

Hinter ihm marschierten die Soldaten der Sturmkohorte Aquila (Adler) die Rampe herunter, eintausendeinhundert Mann an der Zahl. Imperiale Soldaten trugen während ihres Dienstes einen Kampfanzug, aus einem hitzeabweisenden Stoff, der an bestimmten Stellen (Rücken, Arme, Brust) durch Metall verstärkt war. Ihre Nadelgewehre trugen sie über der Schulter und in ihren Gürteln steckten jeweils zwei Kampfmesser für den Nahkampf. Der Anblick wirkte überaus beeindruckend.

Die sonst so disziplinierten Soldaten feixten und scherzten, während sie an ihm vorübermarschierten. Das überwältigende Gefühl, endlich wieder zu Hause zu sein, hatte von ihnen allen Besitz ergriffen.

Sein Blick wanderte den Raumhafen entlang. Im Abstand von je hundert Metern standen die übrigen vier Truppentransporter der Legion. Jeder gehörte einer weiteren Kohorte.

Im Einzelnen handelte es sich um die Kampfkohorte Invictus (unbesiegbar), die Kampfkohorte Ferreus (eisern), die Kampfkohorte Rigidus (unbeugsam) und die Aufklärungskohorte Obskurus (unsichtbar). Die Legion umfasst somit bei voller Stärke fünftausendfünfhundert Mann. Und jede Kohorte wiederum bestand aus fünf Zenturien zu je zweihundertzwanzig Mann. Die Zenturien waren ihrerseits organisiert in Fünf-Mann-Feuertrupps.

Auf der Seite jedes Truppentransporters prangte stolz der Legionsadler - das Emblem der imperialen Legionen. Und unter dem Adler standen zwei Worte: Ehre und Hingabe. Das Motto der 18. Legion. Am Bug des Schiffes prangte darüber hinaus das Wappentier der 18. Legion: der Drachengeier. Dabei handelte es sich um eine auf Perseus heimische Raubvogelart, die, anders als ihre Artgenossen auf der Erde, ihre Nester nicht auf Bäumen baute, sondern in der Erde. Die Drachengeier lebten in Kolonien, und obwohl sie von kleiner Statur waren - ihre Spannweite betrug nur knapp einen halben Meter -, scheuten sie noch nicht einmal den Angriff auf Menschen. Im Übrigen handelte es sich um Fleischfresser. Die Städte auf Perseus hatten darum zum Schutz ihrer Bürger Lautsprecher installiert, die ein Hochfrequenzsignal ausstrahlten, das für die Drachengeier äußerst schmerzhaft war und sie auf diese Weise fernhielt.

Carlo seufzte tief. Es tat gut, nach drei Monaten endlich wieder heimatlichen Boden unter den Füßen zu haben. Am liebsten hätte er Perseus gar nicht verlassen, doch ein Hilferuf aus einem benachbarten System hatte seine unmittelbare Aufmerksamkeit erfordert.

Hier in den Randzonen waren weniger die Drizil das Problem, sondern vielmehr Schmuggler, Piraten und Banditen. Jenseits der Terranisch-Imperialen Liga gab es Dutzende nicht kartografierte menschliche Siedlungen, oftmals Überbleibsel von verloren gegangenen Kolonistenschiffen. Sie nannten sich freie Menschen und lehnten die Autorität des Imperiums ab.

Sie überlebten, indem sie sich eher zweifelhaften Geschäftszweigen hingaben. Hin und wieder bedeutete dies, dass sie imperiale Siedlungen und Kolonien auf der Suche nach Technologie oder Nahrungsmitteln überfielen.

Und bedauerlicherweise war die 18. Legion die einzig mobile Truppe in achtzig Lichtjahren Umkreis. Ansonsten gab es nur Milizen, die zwar gut genug waren, ihre Kolonien gegen die meisten Übergriffe zu verteidigen, doch nicht die Ausrüstung besaßen, die fliehenden Banditen zu verfolgen. Und hier kam die Legion ins Spiel.

Carlo Rix war mit der Sturmkohorte Aquila losgezogen, um nach einem Überfall auf die Carellan-Kolonie die Banditen zu verfolgen. Doch die Jagd war bedauerlicherweise ergebnislos verlaufen. Die Banditen erwiesen sich inzwischen als äußerst geschickt darin, ihre Spuren zu verwischen und im Zwielicht zwischen den Sternen zu verschwinden.

Mittlerweile gab es sogar Gerüchte, die Banditen hätten einen Anführer und sogar eine eigene Hauptwelt. Als wären sie eine eigene Nation mit eigener Regierung. Als er loszog, um die Banditen zu jagen, war seine Motivation nicht nur, den Überfällen Einhalt zu gebieten, sondern auch diese Heimatwelt der Piraten und ihren Anführer zu finden, sollte er denn tatsächlich existieren. Aber nichts hatten sie gefunden. Drei Monate hatten sie nur Schatten und Geister gejagt und nichts vorzuweisen.

Carlo zog einen ehrlichen Kampf diesem Herumgestolpere allemal vor. Beinahe wünschte er sich einen Kampf mit den Drizil herbei. Die versteckten sich wenigstens nicht.

Seine Lippen verzogen sich kurz zu einem wissenden Schmunzeln. Heute war Silvester. Der letzte Tag des Jahres 2847.

Obwohl jede menschliche Welt einen eigenen Kalender führte aufgrund des eigenen Umlaufs um die jeweilige Sonne, lebten sie genauso nach dem Erdkalender, wonach sie in den Genuss bestimmter Feiertage kamen.

Die Soldaten der Legion würden heute feiern. Es war einer der Gründe, aus denen er die Sturmkohorte AQUILA zurück nach Perseus geführt hatte. Die Männer und Frauen hatten sich eine Pause verdient und es wäre ungemein grausam gewesen, sie von diesen Feierlichkeiten fernzuhalten.

Es würde andere Tage und andere Piratenjagden geben. So hoffte er jedenfalls. Carlo streckte den bulligen Körper, der durch seinen Kampfanzug noch gedrungener wirkte, hob den kurz geschorenen, dunkelhaarigen Kopf in Perseus' Sonne und genoss das Gefühl der Wärme auf seiner Haut.

Perseus war ein sehr gemäßigter Planet, auf dem so gut wie alles gedieh, was man in die Erde pflanzte. Ein Nebeneffekt der relativ nahen Umlaufbahn um die hiesige Sonne.

»Träumst du?«, fragte plötzlich eine joviale Stimme hinter ihm.

Carlo Rix wandte den Kopf gerade weit genug, um über die Schulter blicken zu können.

Colonel René Castellano scherte aus der Formation marschierender Soldaten aus und trat zu seinem langjährigen Freund und Befehlshaber. Noch während er die Rampe herabschritt, löste er die Verschlüsse seines

Helms und zog ihn mit einem erleichterten Seufzer vom Kopf. Er schüttelte seine strohblonde Mähne, bevor er den Helm auf den Boden stellte und seinen Fuß darauf setzte.

René war nicht nur die Nummer zwei der Befehlshierarchie der Legion und somit Carlos Stellvertreter, darüber hinaus befehligte er auch die Sturmkohorte AQUILA.

»Ein wenig«, lächelte Carlo zur Begrüßung. »Hab nur darüber nachgedacht, was für ein gutes Gefühl es ist, wieder zu Hause zu sein.«

»Amen«, erwiderte René gelassen. »Wurde auch wirklich Zeit.«

»Allerdings.« Carlo wurde schlagartig ernst. »Auch wenn wir nicht wirklich viel vorzuweisen haben. Und das nach drei Monaten.«

Sein Stellvertreter zuckte ergeben mit den Achseln. »Und wenn schon. Wir haben unser Möglichstes getan. Legionäre sind schwere Infanterie, dann am besten, wenn sich ein klares Ziel bietet. Um Schatten zu jagen, sind wir definitiv die Falschen.«

»Aber wir sind hier draußen die Einzigen.«

»Erinnere mich bloß nicht daran.«

René legte den Kopf weit in den Nacken und drehte ihn zur einen Seite und wieder zurück, um seine verspannten Muskeln zu lockern.

»Ich kann es kaum erwarten, endlich diesen verdammten Anzug auszuziehen. Und ein Bad zu nehmen. Ein heißes, dampfendes Bad. Und danach gibt es erst einmal ein richtiges Frühstück. Nicht diese verdammten Konzentrate. Schmecken wie Styropor.«

Bei dem übertriebenen Gejammer seines Freundes, huschte ein Lächeln über Carlos sonst so ernstes Gesicht. »Für einen Soldaten bist du ganz schön wehleidig.«

René strich sich gespielt großspurig eine Strähne aus dem Gesicht. »Immerhin bin ich auch der hübscheste Mann weit und breit. Und das soll auch so bleiben. Es ist doch niemandem gedient, wenn ich vom Fleisch falle und stinke wie eine Beutelratte.«

»Dein Bad wird vielleicht noch warten müssen.«

»Und wieso, wenn ich fragen darf?«

Carlo wies auf das andere Ende des Raumhafens, wo sich eine Gruppe versammelt hatte, die sie erwartete. Die Ungeduld, von der die Gruppe getrieben wurde, war selbst auf diese Entfernung spürbar.

»Empfangskomitee«, erwiderte Carlo knapp.

René deutete auf einen korpulenten Mann in der Mitte der Gruppe, der sich angeregt mit einer Frau und einem Mann unterhielt.

»Lord Gouverneur Cavanaugh«, erklärte er verwirrt. »Das ist ja wirklich hoher Besuch. Der kommt doch sonst nicht zur Begrüßung.«

Carlo nickte, während er die Gruppe musterte. Die düsteren Blicke, die die Menschen einander zuwarfen, entgingen ihm keineswegs.

»Etwas ist vorgefallen. Etwas Schlimmes.«

René nickte, ohne etwas zu erwidern. Stattdessen musterte er die Soldaten der Sturmkohorte Aquila, die auf dem freien Platz vor dem Truppentransporter inzwischen Aufstellung genommen hatte.

»Lass die Kohorte wegtreten«, befahl Carlo. »Und dann hören wir uns an, was sie uns zu sagen haben.«

René nickte, hob seinen Helm auf und trat vor die versammelten Soldaten.

»Legionäre der Aquila-Kohorte«, sprach er mit voller Stimme, die über den Platz hallte und sogar noch in den hintersten Winkeln des Landebereichs gut zu vernehmen war. »Ihr habt gut und ehrenvoll euren Dienst versehen. Perseus heißt euch willkommen. Wegtreten.«

Die Soldaten traten kollektiv einen Schritt rückwärts und salutierten, indem sie sich mit der geballten Faust auf die linke Brustseite schlugen.

Noch während René zu seinem Befehlshaber zurückkehrte, löste sich die Formation auf und die Soldaten strömten den Kasernen entgegen, die direkt ans Flugfeld grenzten. Einige würden erst mal eine Mütze voll Schlaf nehmen, andere würden duschen oder etwas essen. Die weitaus meisten jedoch würden sich in Zivil kleiden, die nahe gelegene Stadt Haaras aufsuchen und sich dort vergnügliche Gesellschaft überwiegend des anderen Geschlechts suchen. Es sei ihnen gegönnt. Drei Monate Dauereinsatz waren eine lange und anstrengende Tortur. Die Männer und Frauen hatten sich etwas Abwechslung verdient.

Carlo hingegen wusste, dass Vergnügungen oder Erholung für ihn und seinen Stellvertreter noch etwas warten mussten. Seite an Seite schlenderten sie betont langsam auf die Gruppe zu. Carlo nahm sich Zeit, alle der Reihe nach zu mustern.

Lord Gouverneur James Cavanaugh wirkte nervös, beinahe ängstlich. Mit einem Taschentuch wischte er sich ständig den Schweiß von der Stirn.

Der Mann war Adliger, und das ließ er auch jeden spüren, mit dem er sprach. Nichtadlige betrachtete er als nicht ebenbürtig. Das schloss Carlo mit ein. Wäre er Aristokrat gewesen, wäre er berechtigt, sich Lord General zu nennen. Dass er dies nicht durfte, war für Cavanaugh eine ständige Erinnerung daran, dass Carlo ein Mann aus dem einfachen Volk war. Carlo hatte sich auf die harte Tour durch sämtliche Ränge nach oben gedient. Keine geringe Leistung in einer Gesellschaft, die die oberen Militärränge - insbesondere der Legionen - als elitär betrachtete.

Zu seiner Rechten stand Major Marie Schneider, Befehlshaberin der Kampfkohorte Rigidus. Die Offizierin warf immer wieder ihr braunes Haar zurück, das ihr in Locken über die Schulter fiel. Selbst auf diese Entfernung fielen Carlo die Zornesfalten auf ihrer Stirn ins Auge. Sie hatte nicht viel Geduld mit Politikern, eine Eigenschaft, die er mit ihr teilte.

Zur Linken des Gouverneurs stand Major Akira Hitoshi, Kommandeur der Aufklärungskohorte Obskurus. Groß, schlank, mit undeutbarem Gesichtsausdruck und in etwa so ausdrucksstark wie eine in Marmor gemeißelte Statue. Den Mann brachte so schnell nichts aus der Ruhe. Eigentlich kein Wunder, wenn man bedachte, dass seine Einheit meistens die erste war, die in eine Kampfzone eindrang, und oftmals auch die letzte, die sie verließ. Es war ihre Aufgabe, die feindlichen Stellungen auszukundschaften und zu identifizieren, bevor ein eigentlicher Angriff schwerer Kräfte erfolgte. Für eine solche Aufgabe benötigte man einen ganz besonderen Menschenschlag. Carlo fiel dabei auf Anhieb der Begriff *Nerven wie Drahtseile* ein.

Etwas abseits der Gruppe stand Major Sam Hutchinson, der allerdings sogar von seinen eigenen Untergebenen nur Hutch genannt wurde. Ein Hüne von Mann, mit glatt rasiertem Schädel und dafür Backen- und Kinnbart. Sein Äußeres hätte man im Prinzip bedrohlich nennen können, würde es nicht durch das ständige Lächeln auf dem Gesicht des Mannes gemildert. Hutch war eine echte Frohnatur. Der Mann kommandierte darüber hinaus die Kampfkohorte Invictus.

Dann war da noch Major Abbigail ›Abby‹ Cummings, die Kleinste im Bunde. Zumindest von der Körpergröße her. Mit ihren eins sechzig wirkte sie unter den anderen Soldaten fast ein wenig fehl am Platz, doch Carlo wusste aus Erfahrung, dass man sie nicht unterschätzen durfte. Sie war so gefährlich wie jeder andere Legionär unter seinem Kommando. Musste sie auch sein, denn sonst hätte sie es nie in die imperialen Legionen geschafft. Sie kommandierte die Kampfkohorte Ferreus.

Die hinter der Gruppe auf und ab gehende, schlanke, dunkelhaarige Frau strahlte eine Aura der Unruhe aus: Master Sergeant Angela Flynn, die Ausbilderin der Legion.

So manch einer hätte ihre Unruhe für Nervosität halten können. Carlo wusste, dass die Wahrheit nicht weiter entfernt hätte sein können. Es war keine Nervosität, sondern unterdrückter Tatendrang, der sie dazu trieb, nicht still stehen zu können. Ein weiteres Indiz, dass etwas sehr Übles passiert sein musste.

Der Letzte im Bunde war General Victor Lecomte, der Befehlshaber der planetaren Miliz von Perseus. Obwohl sechstausend Mann stark, war die Miliz eigentlich nur dafür da, die Ordnung aufrechtzuerhalten, und übernahm Polizeiaufgaben. Die Legion hegte keine besondere Einstellung zur Miliz, weder positiv noch negativ. Sie waren schlichtweg uninteressant.

Lecomte war in den Fünfzigern, drahtig und trug eine Brille auf der Nase. Er war kein besonders guter Soldat. Konnte er auch nicht sein, da er nie im Gefecht gestanden hatte. Wie sollte er auch, da Perseus noch nie angegriffen worden war? Der Planet lag einfach zu abgelegen, um strategisch wertvoll zu sein. Seinen hohen Posten verdankte er ausschließlich seinen administrativen Fähigkeiten. Kurz gesagt, der Mann war ein Bürohengst.

Als sie die Gruppe erreichten, nickte Carlo allen der Reihe nach freundlich zu. Cavanaugh und Lecomte sparte er sich dabei bis zum Schluss auf.

»Guten Morgen, meine Damen und Herren«, sprach er sie an. René blieb einen Schritt hinter ihm stehen. Die linke Hand hinter dem Rücken, die rechte hielt seinen Helm.

Angela Flynn nahm als Erste Haltung an. Die Befehlshaber der Kohorten folgten ihrem Beispiel nur Sekunden später. Lecomte schloss sich verspätet an, während der Gouverneur nur unsicher vor sich hin starrte.

Carlo blickte von einem zum anderen. Was ihm zuerst auffiel, war, dass ihm kaum einer seiner Untergebenen in die Augen sah. Sie starrten alle einen Punkt hinter seiner linken Schulter an. Die Gesichter bildeten ein Sammelsurium miteinander konkurrierender Gefühle. Bis auf Akiras Gesicht natürlich. Seine Augenbrauen zitterten leicht. Das war die einzige erkennbare Gefühlsregung im Gesicht des Offiziers.

»Nun?«, begann Carlo. »Sagt mir jetzt jemand, was los ist, oder muss ich raten?«

»Es ... es gibt schlimme Neuigkeiten.« Lord Gouverneur Cavanaugh trat unruhig von einem Fuß auf den anderen. Der Mann stockte und begann, seine Fußspitzen einer eingehenden Begutachtung zu unterziehen.

»Jaaa?!«, fragte Carlo leicht ungeduldig, indem er das einzelne Wort unnötig in die Länge zog.

»Es begann etwa einen Monat nach ihrem Aufbruch«, sprach der Gouverneur weiter. »Wir erhielten schlagartig keine Verbindung mehr zu anderen Sektoren. Die Kommunikation riss einfach ab.«

Carlo zuckte mit den Achseln. »Das ist nicht weiter ungewöhnlich. So etwas kam schon früher vor und wurde immer wieder ins Lot gebracht. Technische Probleme. Nichts weiter.«

Derlei Kommunikationsstörungen waren tatsächlich nicht weiter ungewöhnlich. In Zeiten der interstellaren Expansion lagen einzelne bewohnte Systeme so weit auseinander, dass abgelegene Welten - wie Perseus - oftmals Wochen, manchmal sogar Monate keine Nachrichten von anderen Systemen erhielten. Das war zwar ärgerlich, vor allem für Bewohner mit Verwandten auf anderen Welten, aber ließ sich nicht verhindern. Das Problem, wie überlichtschnelle Kommunikation oder Kommunikation in Echtzeit zwischen einzelnen Systemen zu bewerkstelligen war, hatte leider noch niemand gelöst. Die Drizil zum Glück auch nicht.

»Dann blieb das wöchentliche Postschiff aus«, fuhr der Gouverneur fort.

Carlo runzelte nachdenklich die Stirn. Das war schon ungewöhnlicher. Dass die Kommunikation ausfiel, war beileibe kein Einzelfall. Dass aber das Postschiff nicht mehr verkehrte, war schon sehr viel geheimnisvoller. Und bedrohlicher. Postschiffe verkehrten immer, es sei denn, etwas verhinderte ihr Auslaufen.

»Und weiter?«, forderte Carlo den Gouverneur auf.

Cavanaugh sah sich in der Runde um. Die Offiziere begegneten unruhig dessen Blick. »Dann erhielten wir Besuch. Sie kamen vor drei Tagen hier an.«

»Wer kam an?«

Der Gouverneur räusperte sich verlegen. »Sie sollten jemanden kennenlernen, General. Und zwar dringend.«

Die Offiziere führten Carlo und René in einen Raum in einer leer stehenden Kaserne am Rande des Raumhafens. Während des kurzen Marsches war nicht viel gesprochen worden und das Schweigen zehrte an Carlos Nerven.

Das Gefühl drohenden Unheils nahm Ausmaße an, die es ihm schwer machten, nach außen hin gelassen zu wirken.

Die Offiziere verteilten sich entlang der Wände des kleinen Zimmers, während Lord Gouverneur Cavanaugh an die Seite des einzigen Anwesenden eilte, den Carlo nicht kannte.

Der Mann erhob sich bei ihrem Eintreten. Er war relativ jung und trug die Uniform eines Commodore der terranisch-imperialen Raumflotte. Obwohl er als Flottenoffizier nicht musste, nahm er vor Carlo unwillkürlich Haltung an. Die Insignien eines Commodore am Kragen wirkten recht neu, was darauf hinwies, dass der Mann diesen Rang noch nicht lange innehatte.

Carlo blieb im Türrahmen stehen und musterte den anderen Offizier ausgiebig. Dieser ließ es ohne erkennbare Gefühlsregung über sich ergehen. Vielmehr machte er den Eindruck, dem Legionskommandanten seine Inspizierung gestatten zu wollen.

Schließlich nickte Carlo, trat vollends ein und schloss die Tür hinter sich.

»Und Sie sind ...?«

»Commodore Horatio Lestrade«, stellte sich der Flottenoffizier vor.

»Commodore von was?«

»Geschwader 21, 5. Flotte.«

Carlo runzelte verwirrt die Stirn. »Die 5. Flotte unter Lord Admiral Maskirov? Die sollte doch meines Wissens irgendwo in der Nähe des Waronsystems eingesetzt sein? Sie sind weit weg von zu Hause, Commodore.«

Lestrade seufzte auf.

Ein Laut tiefer Frustration, was Carlo keineswegs entging. Was zum Teufel ging hier nur vor? In diesem Moment kam ihm etwas anderes in den Sinn. Beim Anflug seines Truppentransporters auf Perseus hätte er eigentlich etwas so Großes wie ein Geschwader entdecken müssen. Doch ihm war nichts dergleichen begegnet.

»Commodore?«, fragte er, während ihm ein Schauder über den Rücken lief. »Wo sind die Schiffe Ihres Geschwaders?«

»Versteckt hinter dem dritten Mond des Planeten. Ich bin mit einem Beiboot heruntergekommen.«

»Versteckt? Alle fünfunddreißig Schiffe ihres Geschwaders?«

»Alle vierzehn.«

Vor Überraschung riss Carlo die Augen auf. Er konnte gerade noch verhindern, dass er einen erschrockenen Laut ausstieß. Er bemerkte, wie René sich hinter ihm unruhig bewegte.

»Erklären Sie mir das!«, forderte Carlo Lestrade mit heiserer Stimme auf.

»Was wissen Sie über den Kriegsverlauf der letzten zwei Jahre?«, fragte der Commodore im Gegenzug.

»Nicht viel«, entgegnete Carlo. »Wir sind hier seit über drei Jahren stationiert. Seit dem fehlgeschlagenen Monrir-Feldzug.«

Bei der Erwähnung des letzten großen Feldzugs, an dem die 18. Legion teilgenommen hatte, zuckte René zusammen, als hätte ihn ein elektrischer Schlag getroffen. Die 18. Legion war damals zusammen mit vier weiteren Legionen dazu eingeteilt worden, die Drizil-Invasoren von der Monrir-Kolonie zu vertreiben. Die Kämpfe waren brutal gewesen. Zusätzlich zu den Invasoren hatten Schnee und Kälte auf dieser lebensfeindlichen Welt den Expeditionsstreitkräften enorm zugesetzt. Nach sechs Monaten waren von den fünf eingesetzten Legionen drei vollständig zerschlagen und die zwei übrigen hatten mehr als fünfzig Prozent Verluste zu beklagen. Am Ende war ein Entlastungsangriff notwendig gewesen, um die Reste der 18. und 21. Legion von Monrir zu evakuieren. Monrir war endgültig an den Feind gefallen.

Die 21. Legion war aufgelöst, ihre Überlebenden anderen Einheiten zugeteilt worden, während die 18. Legion nach Perseus geschickt worden war, um unter der Bevölkerung neue Legionäre zu rekrutieren und auszurüsten. Die Verluste auszugleichen, hatte den Großteil der letzten drei Jahre benötigt, während der die 18. Legion sich den Krieg von der Ersatzbank aus ansehen und Piraten und Banditen jagen musste. Trotzdem hatte sich die 18. noch immer nicht ganz von den Verlusten auf Monrir erholt. Zu viele Lücken klafften noch in der Aufstellung der Einheit.

»Nachrichten über den Krieg kommen hier eher spärlich an«, fuhr Carlo fort und gab vor, Renés Entgleisung nicht bemerkt zu haben. »Dafür ist Perseus viel zu abgelegen. Jede wichtige Haupthandelsroute ist mindestens dreißig Lichtjahre entfernt. Das ist vermutlich einer der Gründe, weshalb wir hier bisher unbehelligt gelebt haben. Wenn man von den Banditen mal absieht.«

»Das könnte sich bald ändern«, antwortete Lestrade und leckte sich mit der Zunge über die trockenen Lippen. »Bis vor etwa zwei Jahren gelang es uns, unsere Stellung gegen die Drizilangriffe relativ gut zu behaupten und ihren Vormarsch zu stoppen. Hin und wieder verloren wir eine Kolonie und hin und wieder gelang es uns, eine besetzte Kolonie zurückzuerobern.«

Lestrade stockte. Es bereitete ihm sichtlich Mühe zu sprechen.

»Nur weiter«, forderte Carlo ihn mitfühlend auf.

»Unsere Ressourcen gelangten an ihre Grenzen. Die Drizil nutzten es, um mehrere Offensiven zu starten. Sie rückten immer weiter vor. Wir leisteten ihnen auf jedem Lichtjahr Widerstand und sie nahmen trotzdem Kolonie um Kolonie. Sogar die Kernwelten waren nicht länger sicher.«

»Wie kann das sein? Dass die Drizil derart erfolgreich Krieg führen, ist schwer vorstellbar.«

»Es ist aber so. Und schwer vorstellbar war es für uns alle. Das können Sie mir glauben.«

Das bezweifelte Carlo keinen Augenblick. Die Menschheit war den Drizil vor etwa einem Jahrzehnt zum ersten Mal begegnet. Es war nicht viel über sie bekannt. Sie waren fledermausähnlich und hoch technisiert. Das war eigentlich schon alles. Und vor etwa sechs Jahren griffen sie ohne Vorwarnung eine imperiale Kolonie an und besetzten sie.

Der Beginn des Krieges.

Wo die Heimatwelten der Drizil lagen, wurde nie herausgefunden. Und genau darin lag eigentlich auch der Grund für Carlos Skepsis begraben. Der Weltraum war groß, sogar verdammt groß. Um ein bestimmtes System anzufliegen, benötigte man die Koordinaten - zumindest agierten terranische Schiffe auf diese Art. (Es war nur eine Vermutung, dass die Drizil dies ebenso handhabten.) Ansonsten stocherte man nur mit geschlossenen Augen herum und suchte die Nadel im Heuhaufen.

Was die berechtigte Frage aufwarf, woher die Drizil die Standorte und Koordinaten der imperialen Welten kannten, die sie angriffen. Es existierten einige Theorien darüber. Eine besagte, dass die Drizil Kundschafterschiffe in die entlegensten Winkel der Galaxis sandten, um bewohnbare Welten zu finden. Fanden sie eines, erstatten die Kundschafterschiffe Bericht, eine Flotte rückte an und nahm das betreffende System in Besitz. Egal, ob es schon bewohnt war oder nicht.

Eine weitere Theorie besagte, dass die Drizil die Koordinaten aus den Navigationscomputern gekaperter menschlicher Schiffe erhielten und auf diese Weise andere imperiale Welten fanden. Diese Theorie schien zwar zu Beginn des Krieges fundiert, doch war inzwischen nicht mehr haltbar, da bereits seit Beginn des zweiten Kriegsjahrs die Navigationscomputer terranischer Schiffe über einen Selbstzerstörungsmodus in Form eines Computervirus verfügten, das sämtliche Daten und Koordinaten löschte.

Es gab noch eine weitere Theorie. Allerdings war es die unglaubwürdigste. Und zwar besagte sie, dass die Drizil in der Lage waren, Schiffe im Hyperraum bis hin zu ihren Heimatbasen und Kolonien zu folgen. Falls diese Theorie tatsächlich zutraf, waren die Drizil den Menschen zumindest in Sachen Astrophysik und Hyperraumnavigation um Lichtjahre voraus.

Es kursierten noch sehr viele weitere Theorien, doch diese drei wurden immer wieder hervorgeholt und praktisch zu Tode diskutiert.

Im Weltraum gab es nur eine begrenzte Anzahl Planeten mit atembarer Atmosphäre, ausreichend Wasser und angenehmem Klima. Die Drizil benötigten in etwa dieselben Bedingungen wie Menschen, was die Welten der Menschheit zu einem verführerischen Ziel machte. Und die Drizil waren sogar bereit, dafür einen Krieg vom Zaun zu brechen.

Die Menschen hatten im Lauf der Jahre mehrere eigene Erkundungsschiffe losgeschickt, um feindliche Basen und Systeme zu finden. Doch man war nur auf eine Reihe zweitrangiger Kolonien gestoßen, was zwar eine Folge begrenzter Gegenoffensiven ermöglicht hatte, doch es war nie gelungen, die Kern- oder sogar Heimatwelten der Drizil zu finden, sodass kein massiver Gegenschlag gegen den Feind geführt werden konnte.

Auf diese Weise hatte sich das terranisch-imperiale Militär nach und nach bei der Verteidigung der eigenen Welten verzettelt und aufgerieben. Ein Krieg ließ sich aus der Defensive heraus niemals gewinnen und es war schwer bis unmöglich, in die Offensive zu gehen, wenn man die Stellungen des Gegners nicht kannte.

»Wie Sie schon sehr richtig bemerkten«, fuhr Lestrade fort, »war die 5. Flotte im Waronsystem im Einsatz, als wir zum Solsystem gerufen wurden.«

Carlos Nackenhaare richteten sich schlagartig auf.

Lestrade schluckte schwer. »Die Drizil haben das Solsystem eingenommen – einschließlich der Erde.«

Betäubtes Schweigen senkte sich über den Raum. Carlo schüttelte den Kopf, um seine Gedanken zu klären.

»Nein«, sagte er schließlich. »Das ist unmöglich! Das glaube ich einfach nicht.«

»Es ist wahr«, beharrte Lestrade bedrückt. »Ich war dort. Ich habe es gesehen.« Er sah betreten zu Boden. »Das Solsystem fiel innerhalb weniger Tage. Die Kolonien der Jupitermonde fielen bereits am ersten Tag in Feindeshand. Die Plutokolonie zwei Tage später. Mars und Erde wurden noch umkämpft, als wir aus der Blockade ausbrachen.« Lestrade schüttelte verständnislos den Kopf.

»Um hierher zu kommen, mussten wir einige Haken schlagen. Sind immer wieder aus dem Hyperraum gefallen, haben den Kurs gewechselt und sind wieder gesprungen. Wir wollten nicht riskieren, aus Versehen Drizilschiffe hierher zu führen.«

Carlo zog einen Stuhl zu sich heran und setzte sich darauf. Seine Füße fühlten sich an wie Wackelpudding. Seine ganze Welt - nein, schlimmer noch -, sein ganzes Universum hatte sich gerade auf den Kopf gestellt. Doch er fühlte, dass Lestrade mit seinem Bericht noch nicht am Ende war. Etwas gab es noch zu berichten. Mit einem Nicken forderte er den Flottenoffizier auf fortzufahren. Dieser nahm die Geste zur Kenntnis.

»Jedes Mal wenn wir aus dem Hyperraum gefallen sind, haben wir einige Stunden gewartet, ob wir Neuigkeiten oder Informationen auffangen, bevor wir wieder gesprungen sind. An Neuigkeiten gab es einiges, doch nichts Gutes. Einen Tag nach unserem Aufbruch ist die Erde gefallen. Darin sind sich alle aufgefangenen Nachrichten einig. Organisierten Widerstand gibt es kaum noch. Auf vielen Welten wird noch gekämpft, aber ...«

»Aber ...?«

»Viele Welten haben kapituliert. Hoffnungslosigkeit hat sich nach dem Fall des Solsystems ausgebreitet. Man glaubt nicht mehr, die Drizil schlagen zu können. Von anderen Welten haben wir allerdings nichts mehr gehört. Wir wissen nicht, wie es jetzt dort aussieht.«

»Der Kaiser?«

»Niemand weiß etwas. Weder über ihn noch über seine Familie oder über ein Mitglied seines Beraterstabes sind verlässliche Informationen zu bekommen.«

Die Terranisch-Imperiale Liga verfügte an der Spitze zwar über einen Kaiser, dieser war jedoch mehr oder weniger nur eine Galionsfigur ohne echte Macht, zu wenig mehr als repräsentativen Zwecken befugt. Die Liga war eine konstitutionelle Monarchie. Die wahre Macht lag in Händen des Senats. Trotzdem wäre die Gefangennahme oder sogar der Tod des Kaisers für die Moral von Militär und Bevölkerung ein schwerer Schlag, der kaum wiedergutzumachen war.

Wut kochte in Carlo hoch und er bedachte den Flottenoffizier mit einem zynischen Blick.

»Warum sind Sie geflohen? Sie hätten bleiben und bei der Verteidigung der Erde helfen sollen.«

Carlo konnte sich diese Spitze nicht verkneifen. Zu tief saß der Stachel der Scham in seinem Fleisch und seiner Seele. Er selbst hätte auf der Erde sein müssen. Tief in seinem Inneren wusste er, dass die Anwesenheit der 18. Legion keine Rolle gespielt und das Ende lediglich hinausgezögert hätte, eine leise Stimme im hintersten Teil seines Schädels flüsterte ihm jedoch etwas anderes zu, dass es eben doch einen Unterschied gemacht hätte.

Lestrade zuckte zurück, als hätte er eine schallende Ohrfeige erhalten. Ärger und verletzter Stolz verdrängten vorübergehend Erschöpfung und Lethargie, die von ihm Besitz ergriffen hatten.

»Denken Sie wirklich, ich wäre freiwillig gegangen? Es wurde mir *befohlen*, General. Wäre es nach mir gegangen, wäre ich liebend gern im Solsystem geblieben und wäre an der Seite der übrigen Verteidiger gefallen. Ich habe den Großteil meiner Einheit verloren, um die Blockade zu durchbrechen.«

»Und doch sitzen Sie hier vor mir, höchst lebendig.«

Carlo fühlte eine Hand auf seiner Schulter. René war, ohne dass er es bemerkt hatte, neben ihn getreten. Die ruhige, unaufdringliche Präsenz seines Freundes beruhigte ihn praktisch auf der Stelle und er atmete einmal gut durch. Dass er sich unfair verhielt, war ihm durchaus klar, es kümmerte ihn jedoch wenig.

»Und wie lauteten Ihre Befehle, Commodore?«, fragte René leise.

Lestrade beruhigte sich angesichts dieser sachlichen Frage ebenfalls. »Wir bekamen den Befehl, die imperiale Datenbank und das Archiv der Lunabasis zu kopieren und alles zu unternehmen, um sie außer Reichweite des Gegners zu halten. Einschließlich der darin enthaltenen Sternenkarten der Terranisch-Imperialen Liga.«

Alle Anwesenden sogen scharf die Luft ein. Offenbar hatte Lestrade diese Information bisher für sich behalten. Das war in der Tat eine lohnende Neuigkeit. Die Sternenkarten des Archivs umfassten sämtliche von Menschen bewohnten Welten, einschließlich der notwendigen Sprungkoordinaten.

Carlos Zorn war mit einem Mal verflogen. Falls den Drizil diese Daten in die Hände gefallen wären, hätte es sie in die Lage versetzt, alle Welten des Imperiums aufzuspüren. Auch jene, die sie bisher nicht gefunden hatten und von denen sie nicht wussten. Lestrades Handeln hatte vermutlich unzählige Leben gerettet, nicht zuletzt die Bewohner von Perseus und die Legionäre der 18.

»Ich bitte um Entschuldigung«, erklärte er etwas steif. »Mein Ausbruch von eben war unwürdig. Sie haben viel riskiert, um hierher zu kommen. Bitte verzeihen Sie.«

Lestrade überlegte einen Moment. Er schien mit sich selbst zu hadern, rang sich jedoch zu einem knappen Nicken und sogar zu einem schiefen Lächeln durch, das nur ein ganz klein wenig gezwungen wirkte.

»Warum sind Sie ausgerechnet hierher gekommen?«, fragte René.

»Weil Perseus die einzige Welt ist, von der ich sicher sein konnte, dass die Drizil sie noch nicht gefunden haben. Sie sind die am weitesten entfernte Kolonie der Liga. Sie sind die einzige Hoffnung.«

»Auf was?«, fragte Lord Gouverneur Cavanaugh.

»Auf Widerstand«, erwiderte Lestrade verwundert, als wäre allein schon die Frage ein Ding der Unmöglichkeit.

Der Gouverneur schnaubte ungläubig, doch ein strenger Blick Carlos ließ ihn augenblicklich verstummen.

»Nun«, sagte Carlo, »ich denke, wir haben alle viel zu verdauen. Ich muss über das Gesagte ausgiebig nachdenken. Ich schlage vor, wir treffen uns morgen zu einer Besprechung, um über unser weiteres Vorgehen zu beratschlagen.«

»Das klingt sinnvoll«, bemerkte René.

»Commodore Lestrade«, sprach Carlo weiter. »Sie sind natürlich eingeladen, als unser Gast hierzubleiben. Ich nehme an, man hat Ihnen bereits ein Zimmer zugewiesen.«

»In der Tat. Aber was ist mit meinen Leuten? Sie sind schon ein halbes Jahr in den Schiffen eingepfercht. Ich würde Ihnen gerne Landurlaub genehmigen, natürlich nur ein paar wenigen auf einmal.«

Carlo schüttelte bedauernd den Kopf. »Tut mir leid. Im Augenblick kann ich das nicht gestatten. Erst müssen wir uns im Klaren sein, was wir jetzt unternehmen. Ich will nicht, dass Gerüchte die Vorgänge im Imperium betreffend die Runde machen, bevor ich meinen Soldaten selbst eine Erklärung abgegeben habe.«

»Ich verstehe«, entgegnete Lestrade steif. »Dann ziehe ich es vor, an Bord meines Schiffes zurückzukehren, bis Sie Ihre Entscheidung getroffen haben.«

Carlo nickte. Der Mann stieg etwas in seinem Ansehen. Er war nicht bereit, Annehmlichkeiten in Anspruch zu nehmen, solange seinen Leuten nicht dieselbe Behandlung zuteilwurde. Möglicherweise hatte er den Mann tatsächlich falsch eingeschätzt.

Der Raum leerte sich so schnell, wie er sich gefüllt hatte. Selbst René ging. Sein Stellvertreter kannte ihn lange genug, um zu wissen, wann er lieber mit seinen Gedanken allein sein wollte.

Und im Moment hatte Carlo tatsächlich sehr viel, über das er sich den Kopf zerbrechen musste.

2

Lieutenant Edgar Cutter, Truppführer von Feuertrupp SCHNELLER TOD in Colonel Castellanos Sturmkohorte AQUILA, warf erleichtert seinen Helm auf seine Pritsche. Mit einem zufriedenen Seufzer ließ er sich ebenfalls auf die Matratze fallen und streckte seine Gliedmaßen von sich, während er sich genüsslich rekelte.

Die anderen vier Mitglieder seines Feuertrupps kamen hinter ihm nacheinander in die Stube und begaben sich ohne Umschweife zu ihren Pritschen. Jedem war die Erschöpfung der vergangenen drei Monate deutlich anzumerken.

Sergeant Becky Lacroix schälte sich unter Ächzen und Stöhnen aus ihrem Kampfanzug. Dass sie darunter außer Unterwäsche nicht viel trug, störte sie nicht. Legionäre waren ein verschworener Haufen, und wer so eng zusammenarbeitete und -lebte, der legte schnell jegliches Schamgefühl ab. Trotzdem kam Edgar nicht umhin, die schlanke, athletische Figur Beckys mit den wohlgeformten Brüsten und dem leicht ausladenden Becken zu bewundern. Er war zwar ihr Truppkamerad, aber deswegen war er ja noch längst nicht tot.

Die Blondine bemerkte seinen Blick und zwinkerte ihm neckisch zu. »Siehst du was, was dir gefällt?«

Anstatt zu antworten, leckte sich Edgar übertrieben genießerisch über die Lippen, was Becky ein keckes Kichern entlockte.

Private Galen Fuentes warf den beiden nur einen kurzen genervten Blick zu, bevor er erneut die Augen schloss und sich darum bemühte, etwas Schlaf zu finden. Diese Spielchen zwischen den beiden waren innerhalb des Trupps bereits hinlänglich bekannt und riefen nur noch mildes Interesse hervor. Fuentes war dunkelhäutig; da er der größte Mann des Trupps war, musste er im Kampf die größte Waffe schleppen. Er hatte sich nicht mal die Zeit genommen, seinen Anzug auszuziehen, sondern sich voll angezogen auf seine Pritsche zurückgezogen. Das arme Ding quietschte unter der Belastung.

Die Privates Li Chau und Vincent Turner begannen ebenfalls, sich mit langsamen, kontrollierten Bewegungen aus ihren Kampfanzügen zu schälen. Li war der Sanitäter des Trupps, ein beständig grinsender Asiate, von dem man eigentlich nie recht wusste, was hinter der Maske seines ewig gleichen Gesichtsausdrucks vor sich ging. Li ließ sich nur selten in die Karten sehen. Für ein Mitglied der Sturmkohorte war er überraschend schmächtig.

Vincent war da ganz anders, und zwar in jeder Hinsicht. Er wirkte bullig und schwer. Außerdem trug er sein Herz auf der Zunge und war jederzeit gewillt, seine Meinung zu sagen. Ein Umstand, den Edgar sehr zu schätzen gelernt hatte. Vincent war das jüngste Mitglied des Trupps, sowohl in Bezug auf das Alter als auch auf die Zugehörigkeitsdauer. Er war erst vor knapp fünf Monaten zur Legion gestoßen und gerade mal neunzehn Jahre alt. Er hatte noch keine Gelegenheit erhalten, sich im Kampf zu bewähren, doch der Gerüchteküche zufolge verlief der Krieg gegen die Drizil sehr schlecht. Früher oder später würde er die Chance dazu erhalten. Bis dahin wusste Edgar nicht so recht, was er von dem jungen Mann halten sollte. Erst ein Kampfeinsatz offenbarte Können und Gefühlsleben eines Legionärs.

Die Menschen, die sich den Raum mit ihm teilten, waren das, was einer Familie für Edgar am nächsten kam. Er war ein Waisenkind, aufgewachsen in einem der Waisenhäuser von Haaras.

Haaras war nach der planetaren Hauptstadt Misarat die zweitgrößte Stadt des Planeten und entsprechend dicht bevölkert. Mit der Volljährigkeit war er sofort in die Legion eingetreten, eine Entscheidung, die er bis heute nicht bereute. Aufgrund seiner körperlichen Attribute war er in die Sturmkohorte gesteckt worden und aufgrund seiner Intelligenz und schnellen Auffassungsgabe war er recht schnell zum Anführer eines Feuertrupps aufgestiegen.

»Und? Was machen wir heute noch?«, fragte Vincent aufgeregt und entschieden zu gut aufgelegt. Wieder zu Hause zu sein, beflügelte ihn offenbar.

»Schlafen«, erwiderte Galen wortkarg, ohne sich auch nur die Mühe zu machen, die Augen zu öffnen.

»Du willst schlafen? Heute? Es ist Silvester. Party, Baby! Wie kann man da an Schlaf denken?«

»Das kann man, weil man müde ist – und jetzt halt die Klappe!«

»Und wenn nicht?«, provozierte Vincent absichtlich.

»Dann komm ich rüber und sorge dafür, dass du still bist«, beschied ihm Galen gelassen.

Becky hatte ihrerseits nun auch noch damit begonnen, ihre Unterwäsche auszuziehen, um sich in die Dusche der gemeinschaftlichen Stube zurückzuziehen. Ein Anblick, der Edgar nun vollends alle Gedanken an Schlaf vergessen ließ. Und da war er nicht der Einzige. Die anderen Männer des Trupps folgten Becky mehr oder weniger offensichtlich mit den Augen. Sogar Galen hatte eins seiner Augen einen Spaltbreit geöffnet.

Insgeheim beschlich Edgar der Verdacht, dass Becky die Aufmerksamkeit der Männer genoss. Er unterstellte ihr bereits sein Längerem eine latent exhibitionistische Ader.

In diesem Moment stellte Becky ihr Bein auf einen Stuhl, um sich die Wade mit einer Creme einzureiben, und gewährte dabei tiefe Einblicke.

Edgar lächelte. Na schön. So latent war ihre exhibitionistische Ader vermutlich gar nicht.

Vincent lief von einer Sekunde zur nächsten rot an und wandte sich verlegen ab. Li und Galen grinsten sich gegenseitig an. Ob wegen Vincents Verlegenheit oder des Anblicks, der sich ihnen bot, vermochte Edgar nicht zu sagen. Vermutlich eine Mischung aus beidem.

Obwohl die sexuelle Spannung im Raum kaum auszuhalten war, wäre keiner der Männer je auf die Idee gekommen, sich Becky ohne Erlaubnis zu nähern. Auch wenn es schwerfiel. Sie waren ein Trupp. Eine Familie. Sie gehörten zusammen. Passten aufeinander auf. Sorgten füreinander. Becky verdiente denselben Respekt wie alle anderen Truppmitglieder. Mal ganz davon abgesehen, dass sie jedem die Eingeweide herausgerissen hätte, der sie ohne ihre Erlaubnis berührte.

»Also ich habe schon Lust, Tanzen zu gehen«, meldete der weibliche Sergeant, während sie sich endgültig unter die Dusche zurückzog. Edgar hörte, wie sie das Wasser aufdrehte. Eine Dusche wäre für ihn jetzt auch genau das Richtige. Aber eine eiskalte.

»Seht ihr? Becky geht auch mit«, meldete Vincent triumphierend.

»Also ich bin dabei«, schloss sich Li an, während er sich die Reste seines Anzugs vom Körper schälte.

Galen schien mit sich zu hadern. Seit er wusste, dass der weibliche Sergeant sich dem Gang in die Stadt anschloss, wirkte er nur allzu bereit mitzugehen. Allerdings sträubte er sich dagegen, es zuzugeben. Vor allem, weil es den Eindruck erweckte, er würde nur wegen Becky mitgehen. Nach einigen Minuten nickte er mürrisch und mit undeutlichem Grunzen.

»Ich nehme das mal als ja«, schmunzelte Vincent. »Was ist mit dir, Edgar?«

Er war versucht, ebenfalls zuzusagen, doch die Müdigkeit zerrte an Edgars Gliedern und sein Körper fühlte sich bleischwer an.

»Vielleicht komme ich nach. Ich werde erst mal eine Mütze voll Schlaf nehmen.«

»Bist du sicher? Wird bestimmt lustig.«

»Das glaube ich gern, aber ich werde trotzdem erst mal schlafen«, erwiderte er mit schwerer Zunge. »Keine Sorge, ich finde euch schon.«

Kaum hatte er die Worte ausgesprochen, da war er auch schon eingeschlafen.

Carlo starrte unablässig auf die Sternenkarte, die vor ihm im taktischen Planungsraum der Perseuskolonie an der Wand hing. Vor Lestrades Weggang hatte er den Commodore um alle Daten gebeten, die dieser während seiner Flucht über die Drizilangriffe gesammelt hatte.

Nun hatte er die vorhandenen Daten akribisch auf die Karte übertragen und das Bild, das sie ihm vermittelte, war kein schönes.

Es klopfte zaghaft an der Tür.

»Herein.«

Die Tür öffnete sich einen Spaltbreit und Renés Kopf erschien in der Öffnung. Er sah sich im Raum um, bemerkte Carlo, der vor der Sternenkarte stand, und schlüpfte herein, bevor er die Tür geräuschlos hinter sich schloss.

René trat neben seinen Vorgesetzten und betrachtete abwechselnd Carlos Miene und die Karte an der Wand.

»Wie ich sehe, warst du fleißig«, sagte er schließlich.

Carlo nickte geistesabwesend. Die letzten Stunden hatte er akribisch die Zahlen und Daten ausgewertet, die Lestrade ihm überlassen hatte. Systeme, die sich ganz sicher in Feindeshand befanden, waren durch Stecknadeln mit rotem Kopf markiert, Systeme, die noch Widerstand leisteten, durch Grün und Systeme, deren Status ungewiss oder unbekannt war, durch Blau. Das Bild, das die Karte nun vermittelte, war schlichtweg deprimierend.

Von fünfundsiebzig bewohnten Systemen, die die Terranisch-Imperiale Liga umfasste, waren nun achtunddreißig mit unumstößlicher Sicherheit in Feindeshand – einschließlich des Solsystems. Vierzehn weitere wurden zum Zeitpunkt, zu dem Lestrade diese Informationen aufgenommen hatte, noch umkämpft. Der Status dreiundzwanzig weiterer Systeme war unbekannt.

René brachte das Ergebnis auf einen Punkt: »Scheiße!«

Carlo nickte. »Allerdings.«

»Die Dunkelziffer der Systeme in Feindeshand wird vermutlich inzwischen noch höher sein, als dieses Schaubild vermuten lässt«, meinte sein Stellvertreter. »Einige der umkämpften Welten werden sich inzwischen in den Händen der Drizil befinden. Und einige Kolonien, deren Status unbekannt ist, ebenfalls.«

»Wir sollten im Moment von weit über fünfzig eingenommenen Systemen ausgehen«, stimmte Carlo zu. »Zumindest, bis wir etwas Gegenteiliges erfahren.«

»Das ist unfassbar«, sagte René mehr zu sich selbst als zu seinem Vorgesetzten.

»Ja, in der Tat.« Er deutete auf die Karte. »Fällt dir etwas auf?«

René kniff bei dieser Aufforderung die Augen zusammen und betrachtete die Karte erneut.

»Es existiert keine einheitliche Front mehr.«

»Offensichtlich. Und weiter?«

René richtete seine Aufmerksamkeit wieder auf die Karte, diesmal noch aufmerksamer. Etwas war in der Tat auffällig, doch es dauerte einen Moment, bis René den Finger in die Wunde legen konnte.

Normalerweise war die Terranisch-Imperiale Liga ein Bereich des Weltraums mit einer Länge von etwa vierhundert Lichtjahren und einer Breite von vielleicht zweihundert Lichtjahren. Die bevölkerungsreichsten Welten befanden sich im Zentrum dieses Streifens. Und auf eben diesen Welten befand sich auch der Großteil der Industrie sowie der Rohstoffverarbeitung. Je weiter man vom Zentrum des Streifens nach außen wanderte, desto spärlicher wurden bewohnte Systeme. Und desto weiter lagen sie auseinander.

Perseus befand sich ganz am untersten Rand des Streifens, quasi der letzte Außenposten an der südlichen Grenze der Liga.

René erkannte, worauf sein Freund und Vorgesetzter hinauswollte.

Die Welten im Zentrum des Streifens galten fast alle als gefallen oder zumindest umkämpft, je weiter man allerdings nach außen sah, desto häufiger wurde die Farbe blau.

René kratzte sich nachdenklich am Kinn. »Es ist beinahe, als wären sie unseren Handelsrouten zur Erde gefolgt.«

»Vielleicht«, meinte Carlo. »Allerdings bezweifle ich, dass die endgültige Wahrheit in Wirklichkeit so einfach ist. Wäre es tatsächlich so, hätten wir es bereits vor langer Zeit herausgefunden. Nein, ich denke, die Handelsrouten sind ein Teil der Wahrheit, aber die Drizil verfügen über eine Möglichkeit, ihre Truppen und Schiffe durch den Hyperraum direkt zu unseren bewohnten Welten zu führen. Und augenscheinlich hauptsächlich zu den wichtigen. Wenn ich nur dahinterkommen würde, wie sie das anstellen.«

»Das wirst du noch herausfinden«, meinte René gut gelaunt.

»Du klingst sehr sicher.«

»Ich kenne dich einfach schon sehr lange. Solche Dinge reizen den Problemlöser in dir. Du wirst keine Ruhe geben, bis du weißt, wie die Drizil das hinkriegen.«

»Ich wünschte, ich hätte deine Zuversicht.«

»Das brauchst du doch gar nicht. Das ist schließlich mein Job«, grinste René.

»Zu viel des Lobes«, lächelte Carlo zurück, doch seinem Stellvertreter fiel auf, dass das Lächeln dessen Augen nicht erreichte. Zu viel Schmerz und Trauer über den Verlust eines ganzen Imperiums wütete in dem Mann. Und über den Verlust eines Kaisers.

»Wann wirst du es ihnen sagen?«

»Der Legion? Bald. Lass sie erst mal ins neue Jahr feiern. Sie sollen noch ein paar unbeschwerte Tage genießen. Außerdem gibt es vorher ohnehin noch einige Entscheidungen zu treffen.«

»Zum Beispiel?«

»Welchen Weg Perseus einschlagen soll in den Tagen, die vor uns liegen. Und welchen Weg die Legion einschlagen soll.«

Edgar schlenderte auf der Suche nach seinen Kameraden gut gelaunt durch Haaras' Straßen. Die Stadt war voller Soldaten auf Ausgang. Sie tranken, lachten, spielten oder vergnügten sich auf andere Art. Fast die ganze Legion schien die Stadt in Beschlag genommen zu haben.

Er hatte bereits drei Bars und eine etwas zwielichtige Spelunke, die sich großspurig Kneipe nannte, abgeklappert, doch von seinen Freunden fehlte jede Spur. Die Stadt war voller Möglichkeiten, sich zu amüsieren, doch er wusste aus eigener Erfahrung, dass sein Trupp meistens nur bestimmte Etablissements mit seiner Anwesenheit beehrte. Noch ein oder zwei Möglichkeiten blieben.

Und die nächste kam bereits in Sicht, eine Kneipe im Keller eines ehemaligen Fabrikgebäudes. Der Name, der den Eingang in früheren Zeiten einmal geziert hatte, war längst abgefallen und in der Vergessenheit versunken. Für alle Soldaten, die hier verkehrten, hieß der Laden einfach nur *Das Loch*.

Edgar stieg betont langsam die Stufen in den Schankraum hinab. Wie er wusste, benötigten die Augen ein paar Sekunden, um sich an das schummrige Dämmerlicht im *Loch* zu gewöhnen.

Der Laden war gerammelt voll. Nicht nur die Legion war ausreichend vertreten, auch Milizionäre nutzten die Feierlichkeiten anlässlich des Jahreswechsels, um hier einen draufzumachen.

Ein erfreutes Lächeln zog seine Mundwinkel nach oben. Selbst in dem diffusen Licht erkannte er Becky, Li und Vincent, die an der Bar standen und sich angeregt mit einigen Soldaten aus Hitoshis Aufklärungskohorte unterhielten.

»Sieh mal einer an«, begrüßte Becky ihn erfreut, »der verlorene Sohn kehrt zu uns zurück. Genug geschlafen?«

»Was soll das denn heißen?«, frotzelte er zurück. »Ich bin topfit.« Er wandte sich kurz an den Barkeeper.

»Bloody Mary«, orderte er.

Der Barkeeper nickte und kehrte kurz darauf mit den Drink zurück und Edgar nahm erst mal einen tiefen Schluck, bevor er das Glas mit zufriedenem Seufzen abstellte.

»Wo ist Galen?«

Becky deutete grinsend in eine Ecke des Raumes, wo einige Sitzgelegenheiten standen.

Edgar nickte verstehend.

Galen saß dort mit einer Frau in der Uniform der Miliz auf dem Schoß. Und beide waren augenblicklich beschäftigt herauszufinden, wie tief sie ihre Zungen in den Rachen des jeweils anderen schieben konnten, ohne an Erstickungsanfällen zu leiden.

»Der hat heute wenigstens schon mal Glück gehabt«, lachte Edgar.

»Wenn alles nach Plan verläuft, ist er da nicht der Einzige«, flüsterte Becky ihm verschwörerisch zu und deutete auf einen Legionär, der das Abzeichen von Hutchinsons Invictus-Kohorte trug und Becky förmlich mit den Augen auszog.

»Du willst wohl auf das neue Jahr anstoßen?« Edgar konnte sich einen spöttischen Unterton nicht verkneifen.

»Aber hallo! Warum auch nicht? Mama war drei Monate mit euch Vollpfosten in einem Raumschiff eingepfercht. Wird Zeit für etwas Frischfleisch.«

Mit diesen Worten stürzte sie den Rest ihres Drinks in einem Zug hinunter und schlenderte mit beinahe schon lasziven Bewegungen zu dem Legionär hinüber, den sie als Beute auserkoren hatte. Edgar wunderte sich, dass der Mann nicht über die eigene Zunge stolperte. Der Kerl stand kurz davor zu sabbern.

Edgar bekam noch mit, wie Becky das Ziel ihrer Begierde antanzte, bevor er sich erneut seinem Drink zuwandte und Li und Vincent bei ihrer Version von Poker beobachtete. Die beiden hatten allem Anschein nach die Regeln etwas abgewandelt, doch keiner schien so recht dahinterzukommen, wie das Spiel nun zu spielen sei.

Edgar warf einen Blick auf seine Armbanduhr. Noch eine halbe Stunde bis Mitternacht. Das Feuerwerk würde atemberaubend werden. War es immer. Die Stadtväter von Haaras ließen sich in der Hinsicht nicht lumpen.

Ein Tumult in der hintersten Ecke des Raumes lenkte plötzlich seine Aufmerksamkeit ab. Galen lümmelte sich nicht mehr in der Sitzecke, sondern war aufgesprungen und stand einem riesigen Milizionär und dessen drei Freunden gegenüber. Selbst auf diese Entfernung und über den Lärm hinweg, der hier herrschte, war er in der Lage, das Gebrüll so gut zu verstehen, als würde er danebenstehen.

»Das ist meine Kleine, der du da gerade die Zunge reinsteckst, Arschloch!«

Edgar hoffte, Galen würde vernünftig genug sein, es nicht auf einen Streit mit der Miliz ankommen zu lassen.

Er war es nicht.

»Wenn der Abend für mich weiter so gut läuft, steck ich ihr heut noch etwas anderes rein«, giftete Galen zurück und zeigte ein anzügliches Grinsen.

Die Frau, die die Ursache der Auseinandersetzung war, saß immer noch in der Sitzecke und sah von einem zum anderen. Sie schien sich in ihrer Rolle als Streitobjekt sehr gut zu gefallen. Ihre Augen waren vor Aufregung geweitet und Edgar war überzeugt, sie wartete nur auf die sich anbahnende Schlägerei.

Die Milizionäre waren offenbar auf Streit aus. Es gab immer wieder böses Blut zwischen Legion und Miliz. Die Legion verstand sich selbst als Elitetruppe. Eine Ansicht, die die Miliz nicht teilte und hin und wieder gern auf die Probe stellte.

Allerdings war Galen nicht die Sorte Mensch, die einem Streit aus dem Weg ging. Ganz im Gegenteil.

Der Milizionär plusterte sich angesichts von Galens Bemerkung vor Wut auf. Seine beiden Begleiter gingen etwas auf Abstand zu ihm. So schien es jedenfalls. Tatsächlich nahmen sie jedoch Galen in die Zange, der sich nun von drei Gegnern umzingelt sah.

Galen erkannte die bedrohliche Situation im selben Moment. Doch anstatt besorgt zu sein, lächelte er lediglich überheblich. Edgar schüttelte mühselig den Kopf. Die Milizionäre hatten ja keine Ahnung, worauf sie sich einließen.

Plötzlich ging alles rasend schnell.

Galen schnappte sich eine Flasche vom Tisch und hämmerte sie dem Milizionär zu seiner Rechten gegen die Schläfe. Der Mann brüllte gleichermaßen vor Überraschung wie auch vor Schmerz auf, hielt sich den Kopf und stolperte rückwärts.

Der erfahrene Legionär schwenkte noch in derselben Bewegung herum und schlug mit dem Ellbogen dem zweiten Milizionär ins Gesicht. Blut spritzte aus der gebrochenen Nase und der Mann taumelte hintenüber.

Der riesige Milizionär stellte sich als überraschend schnell und geschickt heraus. Er blockte Galens erste zwei Hiebe gekonnt ab, den dritten jedoch nicht mehr. Der Hieb traf ihn am Solarplexus und trieb ihm sämtliche Luft aus den Lungen. Der nächste Hieb zielte gegen die Schläfe. Der Milizionär taumelte benommen. Galens dritter Angriff zielte auf das Knie des anderen Soldaten und holte diesen von den Füßen. Der Mann schlug schwer auf dem Boden auf, wo er immer noch benommen liegen blieb.

Das Gerangel hatte inzwischen die Aufmerksamkeit der übrigen Gäste erregt, sowohl der Legionäre wie auch der Milizionäre. Und von einer Sekunde zur anderen war der Teufel los.

Die Milizionäre wollten zu Galen durchkommen, um die Demütigung ihrer drei Kameraden zu rächen, die Legionäre wollten sie daran hindern. Das Ergebnis war eine wüste Kneipenschlägerei, die die Einrichtung systematisch zu Kleinholz verarbeitete. Da halfen auch alle Beschwichtigungsversuche des Eigentümers nichts mehr, da ohnehin niemand mehr auf ihn hörte.

Ein Milizionär baute sich unmittelbar vor Edgar auf. Dieser zögerte nicht lange und schüttete dem Mann die Reste seiner Bloody Mary ins Gesicht. Die wenigen Sekunden an Ablenkung genügten ihm. Er landete drei Treffer in Gesicht und Brust des Gegners und zwei weitere in der Nierengegend, die den Mann endgültig zu Boden schickten.

Zwei weitere Milizionäre stürmten auf ihn zu. Doch bevor sie ihn erreichten, fuhr ein blonder Wirbelwind dazwischen und streckte die beiden mit Schlägen und Tritten zu Boden, ohne selbst auch nur einen einzigen Treffer zu kassieren.

Becky stellte sich kampfbereit neben ihn. Vincent und Li standen an der Bar Rücken an Rücken und wehrten sich gekonnt gegen eine ganze Meute sehr wütender Milizionäre.

»Wer hat denn die verdammte Schlägerei angefangen?«, fragte Becky, während sie einem unglücklichen Milizionär die Nase brach. Sie geriet dabei kaum außer Atem.

»Rate.«

»Galen«, erwiderte sie verächtlich. »Dummer Idiot. Der Kerl hat mich um eine sichere Nummer gebracht.«

»Was ist denn aus deinem Liebling geworden?«

Sie nahm sich die Zeit, ihm verschmitzt zuzuzwinkern. »Schlägt sich irgendwo dort.« Sie deutete dabei unbestimmt auf den hinteren Teil der Kneipe.

Vom Eingang drangen Rufe und gebrüllte Befehle zu ihnen herüber. Edgar wusste sofort, worum es sich handelte. Männer mit Schlagstöcken und Armbinden schlugen sich ihren Weg durch die Menge und bemühten sich nach Kräften, die Streithähne voneinander zu trennen. Kurz schien es, als würden die Neuankömmlinge ihrerseits in die Schlägerei verwickelt, doch dann erhielten sie Verstärkung und langsam gewannen sie die Oberhand über die Situation.

»Scheiße! MP!«

»Was jetzt? Das ist der einzige Ausgang.«

Edgar seufzte. »Ich befürchte, wir werden das Feuerwerk verpassen.«

»Auf das Feuerwerk kann ich gut verzichten, aber ich hätte heute in der Umarmung eines Mannes schlafen können. Stattdessen werde ich mir im Knast die Nacht um die Ohren schlagen. Dafür ist mir Galen aber was schuldig.«

»Uns allen, Becky. Uns allen.«

3

»Ich danke Ihnen für Ihr Erscheinen.« Carlo Rix setzte sich an das Kopfende des Tisches und begrüßte nacheinander jeden Einzelnen mit einem militärisch knappen Nicken seines markanten Kopfes.

Außer seinen Kohortenkommandeuren waren noch Lecomte als Vertreter der Miliz und Lord Gouverneur Cavanaugh als Vertreter der zivilen Regierung anwesend. Außerdem war Commodore Lestrade mit einem Beiboot eingetroffen, um der Besprechung beizuwohnen.

Die Mienen seiner eigenen Leute waren neutral bis interessiert – Lecomtes Miene eher neugierig, Cavanaughs offen nervös und Lestrades zurückhaltend.

»Ich habe Sie alle rufen lassen, um über unser weiteres Vorgehen zu beraten. Das Imperium ist in Auflösung begriffen.« Dieser Satz rief unter den Anwesenden bereits unterdrücktes Raunen hervor. Carlo wartete, bis sich die Unruhe wieder legte. »Unsere Welten sind gefallen oder werden umkämpft. Und unsere Informationen über die Galaxis, wie sie sich jetzt dort draußen darstellt, sind bestenfalls lückenhaft.« Carlo bedachte jeden seiner Offiziere mit einem bedeutungsvollen Blick. »Ich halte es nur für richtig, wenn hier jeder offen sagen darf, was er oder sie denkt. Auch wenn wir als Legionäre des Imperiums normalerweise einem militärischen Protokoll folgen, sind die Entscheidungen, die getroffen werden müssen, von solcher Tragweite, dass niemand aus falsch verstandenem Taktgefühl mit seiner Meinung hinter dem Berg halten sollte.«

Carlo Rix sah sich in der Runde abermals um. Niemand begegnete seinem Blick oder machte auch nur Anstalten, als Erster das Wort ergreifen zu wollen. Angespanntes Schweigen war das Ergebnis. Carlo hatte die Unterredung mit voller Absicht im taktischen Planungsraum der Kolonie einberufen. Die Karte mit den verschiedenfarbigen Stecknadeln, die das Schicksal einzelner Systeme markierten, hing für alle gut sichtbar an der Wand hinter ihm. Nur die wenigsten trauten sich, ihr auch nur einen Blick zu gönnen.

Perseus war die Zentralwelt für diesen Sektor. Nicht jede Welt in der Liga durfte eine Legion aufstellen. Ob dies gestattet wurde, hing von der

Bedeutung, dem Bevölkerungsreichtum, den Ressourcen und nicht zuletzt den Verdiensten der planetaren Verteidigungskräften ab. In diesem Sektor befanden sich noch drei weitere bewohnte Systeme: Carellan, Worgan und Birella. Jedoch war keines von ihnen bedeutend oder wohlhabend genug, um eine eigene Legion zu rechtfertigen, was bedeutete, dass die 18. Legion auch für deren Schutz verantwortlich zeichnete. Man musste sich noch mit den Gouverneuren der anderen drei Systeme zusammensetzen, um sie ins Bild zu setzen, doch das war Cavanaughs Aufgabe und sollte - zumindest im Moment - nicht Carlos Sorge sein.

»Wir alle kennen inzwischen in vollem Umfang die Tragweite der Neuigkeiten, die Commodore Lestrade uns überbracht hat. Das Imperium steht am Abgrund. Es ist nicht zu leugnen.«

Allgemeines Stühlerücken oder verhaltene Räusperer antworteten seiner Erklärung.

»Wie konnte das nur passieren?«, wagte Sam Hutchinson als Erster auszusprechen. »Wie konnten uns die Drizil das nur antun?«

»Das *Wie* ist nicht wichtig, Sam«, entgegnete Carlo milde. »Einzig und allein zählt, *dass* es ihnen gelungen ist. Es bringt nichts, sich über etwas den Kopf zu zerbrechen, das nicht zu ändern ist. Die Tatsachen sind nun einmal, wie sie sind. Die Frage ist, was ergeben sich daraus für Konsequenzen für Perseus?«

»Das dürfte an und für sich offensichtlich sein«, sagte René und deutete auf die Karte. »Wir stehen allein, ohne Nachschub und auch ohne Hoffnung auf Verstärkung, sollten wir sie brauchen.«

»Das ist genau der Punkt«, wandte Akira ungewohnt redselig ein. Der Kommandeur der Aufklärungskohorte wandte im Sekundentakt den Kopf, um nacheinander alle Anwesenden in das Gespräch einzubeziehen. »Brauchen wir denn Verstärkung? Soweit wir wissen, haben die Drizil keine Ahnung, wo sich Perseus befindet. Das könnte durchaus so bleiben.«

»Und wenn nicht?«, hielt Sam dagegen. »Genauso gut könnte morgen eine Invasionsflotte der Drizil über unseren Köpfen auftauchen. Wir können uns einfach nicht sicher sein.«

»Das ist ein wichtiger Punkt«, brachte sich Carlo wieder in das Gespräch mit ein. »Uns liegen einfach zu wenige Informationen über die Vorgänge da draußen vor. Im Grunde wissen wir so gut wie nichts.«

»Wir wissen, dass dort draußen immer noch gekämpft wird«, brachte sich Abbigail Cummings erstmals in die Unterhaltung ein. Die Anführerin der Kampfkohorte FERREUS deutete widerwillig auf die Karte. »Es gibt immer noch Welten, die Widerstand leisten. Können wir es uns überhaupt leisten, sie sich selbst zu überlassen? Ich weiß nicht, wie es euch geht, aber ich fühle mich nicht wohl dabei, sie im Stich zu lassen. Wir sind immer noch eine terranisch-imperiale Legion mit beachtlicher Schlagkraft. Wir könnten dort draußen viel bewirken.«

»Aber auch die Drizil auf uns aufmerksam machen«, wandte Marie Schneider ein. Die Kommandeurin der RIGIDUS-Kohorte fuhr sich durch das dichte Haar, was ein Ausdruck ihrer Unzufriedenheit war. »Falls die Drizil tatsächlich nicht wissen, dass es uns und Perseus gibt, dann wird sich das ganz sicher ändern, sobald wir anfangen, ihnen in die Suppe zu spucken.«

»Angst vor ein wenig Action, Marie?«, stichelte Sam grinsend.

Marie prustete halb amüsiert, halb beleidigt. »Meine Kohorte nimmt es mit allem auf, was die Drizil auf uns hetzen.« Sie wurde schlagartig ernst. »Wir reden hier aber nicht nur über das Schicksal von uns Soldaten. Falls wir uns dem Kampf mit den Drizil stellen, dann setzen wir die Leben von zwei Komma fünf Millionen Zivilisten aufs Spiel, von den Populationen der übrigen Welten dieses Sektors mal ganz abgesehen. Jeder Mann, jede Frau und jedes Kind werden einer großen Gefahr ausgesetzt. Wir Soldaten haben Tod oder Verwundung als Teil unseres Lebens und unserer Arbeit akzeptiert. Auf diese Menschen trifft das jedoch nicht zu. Wir dürfen nicht so egoistisch sein, nur an uns zu denken.«

»Das ist ein sehr wichtiger Punkt, Marie«, schloss sich René an. »Die Zivilisten, die unserem Schutz unterstehen, zuallererst müssen wir an sie denken.«

»Gerade wegen der Zivilisten, die wir beschützen müssen, würde ich einen aggressiveren Weg bevorzugen«, widersprach Carlo.

»Also das musst du mir erklären ...«

»Wie schon mehrfach erwähnt wurde, wissen wir nichts über die Vorgänge da draußen. Oder zumindest sehr wenig. Unwissenheit ist ein größerer Feind als eine waffenstarrende Invasionsflotte der Drizil. Die Drizil könnten Perseus noch hundert, fünfhundert oder auch tausend Jahre in Frieden lassen, einfach aus dem Grund, dass sie von seiner Existenz nichts wissen. Oder sie tauchen morgen hier auf und machen uns platt. Wir wissen es einfach nicht.«

»Und was schlägst du vor?«, fragte René.

»Eine bewaffnete Aufklärungspatrouille.« Carlo versuchte anhand der Gesichter ringsum abzulesen, wie sein Vorschlag ankam. Die Kommandeure seiner Kohorten schienen dem Vorschlag relativ neutral gegenüberzustehen, bis auf Akira, dessen Gesicht sich bei Carlos Worten kurz aufhellte. Er wusste, dass seine Leute bei einer Aufklärungsmission die erste Wahl waren.

»Interessant«, antwortete René. »Und wie stellst du dir das vor?«

»Mit Commodore Lestrade«, er nickte dem schweigsamen Flottenoffizier anerkennend zu, »stehen uns nun einige Kriegsschiffe zur Verfügung. Wir nehmen zwei oder drei und einige Feuertrupps der Aufklärungs-, Kampf- und Sturmkohorten und fliegen eine Anzahl Systeme an, vorzugsweise Systeme, die bereits als gefallen oder umkämpft gelten.«

»Warum keine Systeme, deren Status ungeklärt ist?«

»Weil solche Systeme uns höchstwahrscheinlich keine Informationen über den Feind liefern können. Seit sechs Jahren führen wir Krieg gegen die Drizil und wir wissen immer noch kaum etwas über sie. Zum Beispiel ihre Taktik bei einer groß angelegten Invasion: Wir wissen, es gibt mehrere Phasen, jedoch wissen wir nicht, woraus diese im Einzelnen bestehen.

Die Drizil operieren in Schwärmen zu jeweils vierzig oder fünfzig Schiffen und mehreren Tausend Soldaten. Wie diese Schwärme aber unsere Welten finden, ist völlig unklar, oder wie sie mit den anderen Schwärmen kommunizieren, um diese zu einer unserer Welten zu lotsen. Es gibt zu vieles, was wir nicht wissen.«

»Und durch eine Mission zu einem kürzlich gefallenen Planeten erhoffst du dir zu erfahren, wie die Drizil das hinkriegen?«

»Im Idealfall ja.«

»Klingt ein wenig vage«, wandte Sam Hutchinson ein.

»Ist es auch, aber hast du vielleicht einen besseren Vorschlag?«

Zur Antwort zuckte Hutch lediglich mit den Achseln.

»Na also. Unser bester Schutz ist, möglichst viel über die Drizil in Erfahrung zu bringen. Nicht nur, was ihre Taktik betrifft, sondern auch ihre derzeitige Stärke, Stellungen innerhalb des terranischen Raums, welche Welten sich für eine Intervention unsererseits eignen et cetera. All diese Dinge sind wichtig. Außerdem hat der Imperiale Nachrichtendienst in den letzten Jahren kaum etwas über die Drizil als Rasse herausgefunden.«

»Kein Wunder«, meinte Abby Cummings. »Wir waren ja auch die meiste Zeit in der Defensive. Wie soll man so etwas herausfinden, wenn man mit Müh und Not die Stellung halten kann?!«

»Guter Einwand«, stimmte Sam zu.

Carlo nickte. »So makaber es klingt, aber die Niederlage des Imperiums bietet uns erstmals seit sechs Jahren die Chance herauszufinden, wie die Drizil es tatsächlich schaffen, ein System zu finden, anzugreifen und einzunehmen. Wir wissen, dass die Navigation der Drizil anders funktioniert als unsere. Wir brauchen die Koordinaten, um ein System anzufliegen. Die Drizil arbeiten anders. Und indem wir das herausfinden, schützen wir gleichzeitig die Bewohner von Perseus. Seien wir mal ehrlich, die Drizil gewinnen. Das macht sie möglicherweise unbekümmert und überheblich genug, dass ein solcher Vorstoß unsererseits gelingen könnte. Wir gehen rein und wieder raus, bevor die Drizil Zeit haben zu reagieren.«

Lord Gouverneur Cavanaugh räusperte sich verlegen. Die Offiziere wandten sich ihm erstaunt zu. Die meisten hatten seine Anwesenheit angesichts der angeregten Diskussion offenbar völlig vergessen.

»Ja, Gouverneur?«, sprach Carlo den Mann freundlich an.

»Ich finde, eine Möglichkeit ist noch nicht ausführlich genug diskutiert worden.«

»Nämlich?« Carlo runzelte verwirrt die Stirn.

»Die Möglichkeit, sich einfach still zu verhalten.«

»Gouverneur, das hatten wir doch schon ...«

»Bitte hören Sie mir zu. Ich meine das ganz ernst. Ich persönlich halte es für Wahnsinn, nach den Drizil zu suchen. Wir können von Glück reden, dass sie uns noch nicht gefunden haben, und ich würde es gern sehen, wenn das so bleibt.«

»Und wer garantiert uns, *dass* das so bleibt?«, beharrte Carlo. »Aufklärung ist unser bester Schutz.«

»Und vielleicht unsere größte Gefahr. Sie könnten - wenn auch unabsichtlich - die Drizil hierher locken. Und was dann? Die Drizil sind uns - vor allem jetzt, da das Imperium in Auflösung begriffen ist - militärisch haushoch überlegen. Was, glauben Sie, können Sie mit ein paar Tausend Legionären ausrichten, was das Imperium nicht konnte, als es *fünfunddreißig* Legionen besaß?«

»Also ich halte es für gänzlich ausgeschlossen, dass wir die Drizil hierher locken«, erhob zum ersten Mal Commodore Lestrade mit dem Brustton tiefster Überzeugung seine Stimme. Der Vorwurf, seine Schiffe könnten zum Untergang der Kolonie beitragen, betrachtete er anscheinend als Schlag gegen seine persönliche Ehre. »Man kann einem Schiff im Hyperraum nicht folgen. Das ist astrophysikalisch gar nicht machbar.

Man kann im Normalraum nur die ungefähre Richtung bestimmen, in die das Schiff gesprungen ist, und daher springen unsere Schiffe immer in kurzen Intervallen und schlagen Haken, um etwaige Verfolger abzuhängen. Außerdem löschen sich unsere Navigationscomputer selbständig, falls Gefahr besteht, dass eins unserer Schiffe in Feindeshand fällt. Falls Perseus entdeckt wird, dann nicht durch unser Zutun.«

»Ich wollte Sie keinesfalls beleidigen, Commodore, doch die Bedrohung für Perseus wächst exponentiell, wenn Schiffe und Truppen das System zu irgendeinem Abenteuer verlassen und auch noch explizit nach den Drizil suchen. Das ist doch Irrsinn! Wie General Rix soeben ausgeführt hat, wissen wir nicht, wie die Drizil unsere Welten finden. Wie also wollen Sie verhindern, dass Sie sie unabsichtlich hierher führen?« Er sah sich Hilfe suchend nach Lecomte um. »Sagen Sie es ihm!«

Der Milizgeneral wand sich unter den Blicken der anwesenden Offiziere und Carlo bemerkte, diesem behagte es gar nicht, von dem Gouverneur auf diese Art in die Diskussion hineingezogen zu werden.

»Unsere Miliz ist derzeit knapp sechstausend Mann stark. Falls die Drizil Perseus erreichen, rechne ich damit, dass sie unsere Linien binnen kürzester Zeit überwältigen. Verstehen Sie mich nicht falsch, ich bin von den Fähigkeiten meiner Leute überzeugt und es ist eine Ehre, sie zu befehligen, doch die meisten haben noch nie einen Drizil auch nur gesehen, geschweige denn gegen sie gekämpft. Dafür ist Perseus viel zu abgelegen. Von Kämpfen sind wir zum Glück bisher verschont geblieben, wenn man von gelegentlichen Kämpfen gegen Banditen und Piraten absieht. Ich bezweifle, dass sie sich auch nur gegen eine kleine feindliche Streitmacht eine nennenswerte Zeitspanne über würden behaupten können. Daher ist es für uns von existenzieller Bedeutung, dass die Drizil unsere Heimatwelt nicht finden. Sie würden uns überrennen.«

»Die Miliz vielleicht.« Sam hob stolz den Kopf. »Aber die Legion ist auch noch da. Vergessen Sie das nicht.«

»Aber die Legion ist eben genau das«, widersprach Lecomte, »*eine* Legion, nicht mehr. Auch wenn sie den Drizil sicher würde schaden können, wäre es unwahrscheinlich, dass sie einer feindlichen Invasion auf die Dauer würde standhalten können.«

»Ich finde, Sie sehen das alles ein wenig zu pessimistisch«, mischte sich Carlo erneut ein. »In gewisser Weise arbeitet der Erfolg der Drizil jetzt gegen sie. Ja, die Drizil sind im Moment im Vorteil, in so gut wie jeder Hinsicht. Und in absoluten Zahlen würden sie uns einfach hinwegfegen. Da sind wir uns wohl alle einig. Aber die Drizil sind nun fast im ganzen Imperium in Kämpfe verwickelt. Und Welten, die die Drizil einnehmen, müssen die Drizil auch halten. Das bedeutet, sie benötigen in jedem besetzten System ein Flottenkontingent und eine massive Besatzungsarmee. Sie haben gar nicht mehr die taktische und strategische Flexibilität, um eine Flotte in Marsch zu setzen, wie sie gegen das Solsystem eingesetzt wurde.« Carlos Blick huschte zwischen dem Gouverneur und dem Milizgeneral hin und her.

»Sehen Sie, General«, fuhr er schließlich nachsichtig fort, »es gibt noch einen weiteren Punkt, der mich beschäftigt und meiner Meinung nach diese Operation zwangsläufig erforderlich macht. Wir sind nur eine Legion. Das Imperium umfasste fünfundsiebzig Welten, dutzende Milizregimenter, fünfunddreißig Legionen und über viertausend Kriegsschiffe. Ich weigere mich zu glauben, dass das alles vergangen ist, dass alle Kriegsschiffe zerstört und alle Legionen ausgelöscht wurden. Allein, dass dort draußen noch gekämpft wird, beweist das Gegenteil. Ein wichtiger Aspekt der geplanten Aufklärung ist es, Verbündete zu finden. Legionen und Schiffe, die überlebt haben, ausfindig zu machen und hierher nach Perseus zu führen. Das Imperium mag verloren sein. Die Erde mag verloren sein, aber die Menschheit noch lange nicht. Und diese Botschaft müssen wir in die Galaxis hinaustragen. Es ist riskant und gefährlich, keine Frage, aber es ist unsere Pflicht.«

Cavanaugh ließ besiegt den Kopf hängen. Gegen diese Argumentation hatte er schlicht keine Chance und er wusste es. Lecomte dagegen schien einfach nur froh, endlich vom Haken der allgemeinen Aufmerksamkeit zu sein.

Carlo sah sich ein letztes Mal in der Runde um, ob es noch weitere Wortmeldungen oder Argumente gab. Entschlossenheit und Tatendrang antworteten ihm. Die Männer und Frauen unter seinem Kommando freuten sich, endlich etwas unternehmen zu können, anstatt nur die Hände in den Schoß zu legen.

»Da das jetzt geklärt ist«, sagte er schließlich, »will ich, dass jede Kohorte ein halbes Dutzend Feuertrupps auswählt, die diese Mission durchführen. Commodore Lestrade? Ich würde Sie bitten, drei Schiffe auszuwählen, die für diese Mission geeignet sind. Mein Vorschlag wäre es, diese Schiffe unabhängig voneinander verschiedene Systeme aufklären zu lassen, die örtlichen Bedingungen zu ermitteln, Stärke und Position des Feindes festzustellen und – falls möglich – eine begrenzte Landeoperation durchzuführen, damit die Feuerteams der Legion auf der Oberfläche Informationen sammeln können.«

Der Commodore nickte ergeben. Neues Feuer leuchtete in seinen Augen. Nach der überstürzten Flucht aus dem Solsystem und der Odyssee, die seine Einheit schließlich ins Perseussystem gebracht hatte, wurden seine Leute und er endlich wieder gebraucht.

»Eines noch zum Schluss: Bei dieser Operation ist Tarnung oberstes Gebot. Ein erfolgreicher Abschluss ist es erst, wenn die Schiffe die Systeme unentdeckt anfliegen, die Bodentruppen absetzen und nach getaner Arbeit verschwinden, ohne dass die Drizil etwas mitbekommen. Es ist nicht Ziel der Legionäre, den Feind anzugreifen – nicht dieses Mal.«

Allgemeines Nicken antwortete ihm, bis auf Lestrade. Der Commodore hob fragend den Kopf. »Und wenn das nicht möglich ist?«

Carlo verzog die Mundwinkel zu einem leicht bösartigen Grinsen. »Dann sorgt dafür, dass wenigstens keine Zeugen zurückbleiben, die von eurer Anwesenheit Bericht erstatten können.«

Leises Gelächter brandete rund um den Tisch auf. In manchen Fällen hörte sich das Gelächter entschieden nach Vorfreude an. Nicht wenige freuten sich auf eine Gelegenheit, den Drizil ein wenig von dem Schaden, den diese angerichtet hatten, zurückzuzahlen. Er hoffte nur, dass sie trotz aller Rachegedanken abzuwägen imstande waren, wann ein Kampf sinnvoll war und wann nicht.

Carlo wollte gerade aufstehen, als ihm ein rätselhaftes Schmunzeln auf Renés Lippen auffiel.

»Was ist so komisch?«

»Nichts weiter. Mir ist nur gerade eingefallen, dass ich schon die perfekten Kandidaten aus meiner Kohorte für diese Operation habe.«

4

Edgar ging in seiner Zelle unruhig auf und ab. Die Unterkunft war gerade zwei mal drei Meter groß, eignete sich also nicht für einen ausgedehnten Spaziergang.

Die anderen Mitglieder seines Trupps lümmelten sich in ähnlich karg ausgestatteten Zellen des MP-Postens der Legion.

»Einen Tag«, fluchte er vor sich hin. »Wir sind gerade mal einen Tag zurück und schon im Knast.« Er hielt für einen Augenblick inne. »Schon wieder!«

»Entspann dich«, versuchte Becky, ihn aus der Nachbarzelle zu beruhigen. »Wenn du den Boden mit deinem Rumgerenne abnutzt, bringt dich das auch nicht hier raus.«

Edgar entschloss sich, den gut gemeinten Rat zu ignorieren, und konzentrierte sich stattdessen auf seine Frustration. Er sah sich unter den Mitgliedern seines Feuertrupps um. Die lümmelten sich auf ihren Pritschen und keiner wirkte von der Situation sonderlich genervt – jedenfalls nicht so wie er. Zwei Zellen weiter schien Galen vor sich hin zu dösen. Edgar jedoch wusste es besser. Er kannte den Mann lange genug, um zu wissen, dass dieser hellwach war. Dass Legionäre nach einer langen Mission etwas Dampf abließen und die eine oder andere Bar zerlegten, war nichts Ungewöhnliches und ein ständiges Ärgernis für die hiesigen Ordnungshüter, doch noch innerhalb der ersten zwei Stunden nach ihrer Ankunft inhaftiert zu werden, musste Legionsrekord sein.

»Und wofür das alles?«, fragte er Galen. »Für eine Frau. Darüber hinaus für eine Milizionärin.« Es gelang ihm gerade noch, das Wort nicht wie eine Beleidigung klingen zu lassen.

»Sie war geil«, antwortete Galen, als wäre das Begründung genug. Doch Edgar war überzeugt, dass noch mehr dahintersteckte. Galen prügelte sich einfach gern und zu seinen bevorzugten Opfern gehörten die Pfeifen von der Miliz. Seine regelmäßigen Auseinandersetzungen mit den Milizionären nannte er beschönigend Training.

»Pah, als ob es dir allen Ernstes um die Frau ging!«, schoss Edgar zurück.

Galen lächelte nur rätselhaft, was Edgar bestätigte, dass seine Vermutung ins Schwarze traf.

»Einmal«, fuhr Edgar ungerührt fort. »Nur einmal möchte ich nach Perseus zurückkehren und die erste Nacht in meinem eigenen Bett verbringen. Nur einmal. Die Jungs von der MP reden uns schon mit Vornamen an.«

Diese Bemerkung löste unterdrücktes Kichern bei Li und Vincent aus und amüsiertes Kopfschütteln bei Becky.

»Als sie uns abführten, hat mir einer der MP gesagt, meine übliche Zelle sei frei«, fügte Galen noch hinzu. Der Tonfall des Mannes wirkte so ungerührt und beinahe emotionslos wie sonst, trotzdem überkam Edgar das unbestimmte Gefühl, der Mann mache sich über ihn lustig.

»Nur einmal«, wiederholte Edgar, weil ihm kein anderer Vorwurf mehr einfiel.

»Hättest dich nur raushalten müssen, Boss«, hielt ihm Galen entgegen. »Dann wärst du jetzt auch nicht hier. Keiner von euch.«

Edgar schnaubte lediglich. Allein die Vorstellung war schon absurd. Kein Feuertrupp hätte einen der Ihren sich selbst überlassen. Niemals! Weder im Gefecht noch in einer Kneipenschlägerei. Ein Feuertrupp hielt zusammen und ging durch dick und dünn. Galen wusste das. Sie alle wussten es.

Ohne Vorwarnung flog die Tür auf und ein bulliger Militärpolizist trat ein. Der Mann warf einen kurzen Blick in die Runde, nur um respektvoll beiseitezutreten und dem Mann hinter ihm den Eintritt zu gestatten.

Beim Anblick des Neuankömmlings sprangen alle Mitglieder des Feuerteams auf und nahmen Haltung an – selbst Galen.

Colonel René Castellano hatte alle Mühe, sich ein amüsiertes Lächeln zu verkneifen, als er den Raum betrat.

»Wenn man euch finden will, muss man nur das örtliche Gefängnis aufsuchen. Wir sind wie lange hier? Noch keine zwölf Stunden?«

»Ja, Sir«, antworteten die fünf Legionäre im Chor.

René entließ den MP mit einer knappen Handbewegung und der Mann schloss diskret die Tür hinter sich, als er den Raum verließ. Nur ein sanftes Klicken verriet, dass die Tür ins Schloss fiel.

»Stehen Sie bequem.«

Die fünf Legionäre fielen automatisch aus der Starre und verschränkten die Hände hinter dem Rücken.

»Wieder mal eine Schlägerei mit der Miliz«, sagte der Colonel zu niemand Besonderem. »Ihr solltet euch ein anderes Hobby suchen.«

Als keiner der Legionäre antwortete, sah er jedem von ihnen lange ins Gesicht. Die Soldaten starrten blicklos auf einen Punkt über seinem Kopf. Nur ein gelegentlicher Schweißtropfen bei dem einen oder anderen verriet die vorherrschende Nervosität.

»Ich will gleich zum Punkt kommen. Ich suche Freiwillige für eine wichtige Mission hinter die feindlichen Linien. Wir betreiben ein wenig Aufklärung, wenn man so will.« Er lächelte zynisch. »Und ihr habt euch gerade freiwillig gemeldet.« René wurde schlagartig wieder ernst. »Irgendwelche Einwände?«

»Nein, Sir«, antworteten die fünf Legionäre unisono.

René ging zu einem Schaltkasten neben der Tür und betätigte fünf Knöpfe. Nacheinander gingen die Zellen auf.

René drehte sich um und wollte den Raum verlassen, als Edgar den Mut für eine Frage fand. »Sir? Und worin genau besteht die Mission, zu der wir uns gerade freiwillig gemeldet haben?«

René machte sich nicht einmal die Mühe, innezuhalten, als er sagte: »Wir finden heraus, wie wir den Drizil in ihre faltigen Hintern treten können.«

Teil II

Aufklärung

Terranisch-Imperiale Liga
Äußerer Sektor 22/3-C
Drizil-besetztes Territorium

11. Februar 2848

5

Die Koloniewelt Marianna befand sich von Perseus aus gesehen knapp einhundertzwanzig Lichtjahre nordöstlich und war abgesehen von ihrer strategisch wichtigen Lage in der Nähe zweier Handelsrouten in jeder Hinsicht unbedeutend.

Der Grund, warum der Planet für eine Erkundung ausgewählt worden war, stellte sich ganz einfach dar. Es handelte sich um die nächstgelegene Kolonie, die als umkämpft galt.

Die VENGEANCE fiel ganz am Rande des Systems aus dem Hyperraum. Dieser Ausfallpunkt war bewusst gewählt worden. So erhöhte sich zwar die Reisezeit, die man zur Kolonie benötigte, andererseits ging die Chance, hier draußen auf unliebsame Beobachter zu stoßen, gegen null.

Commodore Horatio Lestrade beugte sich interessiert auf seinem Kommandosessel nach vorn. »Bericht!«

»Keine Schiffe in Sensorreichweite, Commodore«, berichtete Mueller.

René Castellano kam sich auf der Brücke der VENGEANCE irgendwie fehl am Platz vor. Er war es nicht gewohnt, auf der Ersatzbank zu sitzen und die ganze Operation quasi als Beobachter mitzuerleben. Doch Carlo hatte unglücklicherweise darauf bestanden. Während er selbst auf Perseus verblieb, um die Angelegenheiten dort zu regeln, hatte er seinen Stellvertreter auf große Fahrt geschickt.

Commodore Lestrade hatte drei Schiffe ausgewählt, die die Aufklärungsoperation durchführen und unabhängig voneinander verschiedene Systeme anfliegen sollten. Außer der VENGEANCE handelte es sich um die HMS EUROPA, ein Schlachtkreuzer der Behemoth-Klasse, und die HMS JULIUS CAESAR, ein Kreuzer der Ares-Klasse. Jedes Schiff beförderte zwei Feuerteams aus jeder Kohorte. Die Landeoperationen selbst sollte mit Bullfrogs durchgeführt werden, kleine Landekapseln, die aufgrund ihrer Oberflächenstruktur und Beschichtung von Schiffen oder bodengestütztem Radar nur schwer zu orten waren. Eine Entdeckung würde damit praktisch ausgeschlossen. Mithilfe von Einmal-Schubdüsen waren die Bullfrogs außerdem in der Lage, nach getaner Arbeit aus eigener Kraft den Orbit zu erreichen, wo sie von ihren Mutterschiffen wieder aufgenommen werden konnten. Falls alles nach Plan verlief. Jeder Bullfrog war groß genug für ein Feuerteam in voller Kampfausrüstung samt dessen Waffen.

René kannte sich mit den Gepflogenheiten an Bord von Kriegsschiffen im Allgemeinen oder auf der Brücke im Speziellen nicht allzu gut aus, daher drängte sich ihm eine Frage förmlich auf.

»Nutzen Sie auch die volle Sensorkapazität, Commodore? Ich wäre nur ungern plötzlich von Drizilschiffen umzingelt.«

»Wir nutzen lediglich passive Sensoren. Falls wir auf aktive Ortung umschalten, würde uns jedes Drizilschiff im System und so gut wie jedes Ortungssystem auf dem Planeten ins Visier nehmen.«

»Das heißt also, wir fliegen praktisch blind.«

Lestrade lächelte angesichts der Fragen, die er persönlich als unnötig empfand. »Ganz so würde ich es nicht ausdrücken. Entspannen Sie sich, Colonel. Meine Leute wissen, was sie tun.«

René verstand den freundlichen Wink mit dem Zaunpfahl, er solle doch bitte die Klappe halten, und verschränkte die Hände hinter dem Rücken. Allerdings tat er das nur, weil er nicht wusste, was er sonst mit ihnen hätte anfangen sollen.

»Wie lange bis wir in Abwurfreichweite sind, XO?«

Mueller konsultierte einige Anzeigen auf der taktischen Station, bevor er antwortete. »Etwa drei Stunden, falls nichts Unvorhergesehenes passiert.«

Lestrade drehte sich zu seinem Passagier um. »Ihre Leute sollten sich langsam fertig machen.«

Edgar streifte seinen Kampfanzug mit angestrengtem Ächzen über. Dass dieser Anzug ihm vielleicht einmal das Leben retten würde, war der einzige Umstand, der ihn diese Tortur jedes Mal durchstehen ließ.

Die Mitglieder einer Sturmkohorte trugen die mit Abstand schwerste und unhandlichste Rüstung von allen. Sie war dick gepanzert und ihre Glieder verstärkt, damit die Legionäre auch schwere Waffen problemlos handhaben konnten. Schließlich gehörte es zu den Aufgaben einer Sturmkohorte, schwere feindliche Stellungen gezielt anzugreifen und auszuschalten.

Aufklärungskohorten im Gegenzug erhielten leicht gepanzerte Anzüge, die eine höhere Schnelligkeit und Flexibilität garantierten. Auch die Bewaffnung der Aufklärer unterschied sich grundlegend von der anderer

Legionäre. Sie zielte eindeutig mehr auf Tarnung ab denn auf Feuerkraft. Aufklärungslegionäre benutzten die leichteren und überdies schallgedämpften M-15-Nadelgewehre, während die Sturm- und Kampfkohorten auf die etwas schwereren, aber dafür schlagkräftigeren M-28-Nadelgewehre zurückgriffen. Die Waffen verfügten über Magazine mit jeweils fünfhundert Metallspitzen. Bei vollautomatischem Feuer reichte ein Magazin jedoch lediglich für acht Sekunden, weshalb sich die meisten Legionäre lieber auf Einzelschüsse verließen.

Die Anzüge der Kampfkohorten stellte einen Mittelweg zwischen Panzerung und Feuerkraft auf der einen sowie Schnelligkeit und Beweglichkeit auf der anderen Seite dar.

Darüber hinaus gab es noch eine vierte Art von Kampfanzügen, die nur an die Marines imperialer Schiffe ausgegeben wurde. Sie waren nicht nur leicht und flexibel, sondern auch mit einem System magnetischer Anschlüsse ausgerüstet, die diese Anzüge perfekt für den Kampf bei Schwerelosigkeit machten. Alle Arten von Anzügen waren mit einem hoch entwickelten Filtersystem ausgerüstet, das Giftstoffe und Kampfgase aus dem umliegenden Sauerstoff filterte, um den Legionär im Anzug zu schützen.

Das in den Helmen integrierte akustische System der Anzüge wirkte auf ähnliche Weise. Die Helme waren so ausgelegt, dass sie bestimmte Frequenzen einfach ausfilterten, sodass sie die Stimmen und Kommandos von Kameraden sowie Umgebungsgeräusche durchließen, jedoch die gefährlichen Schallwellen der Drizil blockierten, um den Träger im Inneren zu schützen. Soldaten, die allerdings den Drizil über den Weg liefen und zufällig ihren Helm nicht trugen, hatten schlechte Karten.

Die Anzüge ließen sich sogar begrenzte Zeit luftdicht versiegeln, was Kämpfe im luftleeren Raum oder unter lebensfeindlichen Bedingungen ermöglichte. Für diesen Zeitraum griffen die Anzüge auf die interne Sauerstoffversorgung zurück, die fünf Stunden reichte.

All dies ließ sich Edgar durch den Kopf gehen, als er seinen Anzug anlegte. Es half jedoch nicht viel, sich die notwendigen Strapazen schönzureden.

Tortur blieb Tortur.

Unter den Anzügen trugen sie - wenn überhaupt - nur Unterwäsche. Edgar ertappte Vincent dabei, wie er Becky verstohlen beim Anlegen ihres Anzugs musterte. Seine Augen machten einen entschieden verklärten Eindruck.

Edgar gab gern zu, dass sie nur in Slip einen angenehmen Anblick bot, doch seine Leute mussten sich auf den bevorstehenden Einsatz konzentrieren. Er warf Vincent einen warnenden Blick zu, den dieser bemerkte und sich mit hochrotem Kopf wieder der Aufgabe widmete, seinen Körper in den Anzug zu quetschen.

Becky gab vor, von alledem nichts zu bemerken, doch das Lächeln, das ihre Mundwinkel umspielte, verriet das Gegenteil. Edgar schüttelte lediglich den Kopf. Manchmal fragte er sich tatsächlich, ob seine Leute nichts anderes als Sex im Kopf hatten.

Fast zwanzig Minuten später war es geschafft und alle fünf Mitglieder des Feuerteams SCHNELLER TOD steckten in ihren Anzügen. Sein Körper fühlte sich von der Anstrengung bereits klatschnass an, doch dieser Zustand dauerte nur Sekunden. Die Systeme des Anzugs fuhren hoch, der Anzug legte sich wie eine zweite Haut auf seinem Körper an und saugte den Schweiß sofort ab.

Edgar ballte mehrmals die Fäuste zusammen und entspannte sie sofort wieder, um ein Gefühl für den Anzug zu bekommen.

»Achtung, Feuerteams!«, drang eine blecherne Stimme aus dem Lautsprecher. »Abwurf in einer Stunde von jetzt an gerechnet. Positionen an Bord der Bullfrogs einnehmen.«

»Ihr habt den Mann gehört«, sagte Edgar, nachdem die Ansage geendet hatte. »Nehmt eure Ausrüstung und dann geht's los.«

Edgar ergriff sein M-28-Nadelgewehr mit beiden Händen. Das Gewehr war eine etwas schlagkräftigere Ausführung als die Waffe, mit der die Marines an Bord der VENGEANCE ausgerüstet waren. Das zusätzliche Gewicht der Waffe fühlte sich auf eine seltsame Art beruhigend an. Becky, Vincent und Li nahmen ebenfalls ihre M 28. Galen hingegen griff sich seinen A8-Nadelschnellfeuerwerfer, eine Ausführung, die an altertümliche Gatlings erinnerte, mit dem Unterschied, dass diese schwere Waffe Eisennadeln statt Kugeln verschoss und einen Gegner halbieren konnte. Außerdem griff sich noch jeder einige Granaten. Darunter waren die üblichen Splittergranaten, weil die Drizil sehr empfindliche Augen besaßen, natürlich noch Blendgranaten und vor allem G-19-Schallgranaten, die in der Lage waren, das Organ, mit dem die Drizil bevorzugt kommunizierten und sich orientierten, zu stören.

So ausgerüstet stapften sie in den Abwurfhangar der VENGEANCE, wo die anderen neun Feuerteams bereits dabei waren, sich in die Bullfrogs zu quetschen.

Der Truppführer des Aufklärungs-Feuertrupps LEBENDIGE NACHT sah sich um und grüßte Edgar mit einem knappen Wink seiner Hand, bevor er in dem für seinen Trupp vorgesehenen Bullfrog verschwand.

Die ersten Minuten im Anzug fühlten sich für Edgar immer etwas beklemmend an. Daran gewöhnten sich auch nur die wenigsten Legionäre wirklich im Laufe ihrer Dienstzeit. Dieser Job war nichts für Klaustrophobiker.

Das Schlimmste stand allerdings noch bevor.

Nacheinander stiegen die Legionäre gewandt über eine Treppe auf die Oberseite des Bullfrog und ließen sich in die dort eingelassene Öffnung gleiten.

Wie üblich bildete Edgar das Schlusslicht. Die enge Kabine reichte für fünf Personen gerade mal so aus. Er steckte seine Waffe in die Halterung neben seinem Sitz und schnallte sich mit dem Fünf-Punkte-Sicherheitsgurt an, bevor er die Menschen musterte, die ihm in seinem Leben am nächsten standen. Die Sitze waren im Kreis angeordnet, sodass er sich nicht großartig verrenken musste.

Die Helme verhinderten eine Begutachtung der Mimik seiner Legionäre, doch Körpersprache und Haltung sagten ebenfalls einiges aus. Li und Becky wirkten entspannt. Das war keine üble Taktik. Die meisten Verletzungen bei einem Gefechtsabwurf ergaben sich daraus, dass sich Legionäre in den Bullfrogs im falschen Moment versteiften – was ihn auch schon zu Vincent brachte. Der Junge wirkte, als hätte er einen Stock verschluckt. Edgar rief sich in Erinnerung, dass es für das neueste Mitglied seines Trupps erst der dritte Abwurf in einem Bullfrog war, ein Vorgang, der selbst für hartgesottene Veteranen so etwas wie eine ernste Herausforderung darstellte.

Edgar verzichtete darauf, Vincent zu ermahnen, sich zu entspannen, da er wusste, dass es diesen nur noch mehr irritiert hätte.

Galens Haltung wirkte so entspannt, wie es nur ging. Edgar glaubte sogar, schwaches Schnarchen zu hören. Es würde ihn nicht wundern, wenn der Kerl tatsächlich ein Nickerchen machte. Soldaten wie Galen nutzten nach Möglichkeit jede Gelegenheit zu schlafen, denn man wusste nie, wann man das nächste Mal zum Schlafen kam. Dass er aber sogar während eines Gefechtsabwurfs in einem Bullfrog schlafen konnte, rang Edgar ein ungläubiges Kopfschütteln ab. Der Kerl besaß einen unverwüstlichen Magen.

»Bereits irgendeine Ortung von Drizilschiffen?«, fragte Commodore Lestrade und bemühte sich, seine wachsende Beunruhigung nicht anmerken zu lassen.

»Negativ. Keine Schiffe in Ortungsreichweite.« Das Schiff hielt seit über einer Stunde auf den Planeten zu und es waren ihnen noch keinerlei feindliche Einheiten begegnet.

René trat unruhig neben den Kommandeur der VENGEANCE. »Probleme?«

»Eigentlich nicht.«

»Eigentlich?«

Lestrade schüttelte nachdenklich den Kopf und runzelte auf eine Art seine Stirn, die Renés Nervosität noch steigerte.

»Wir sind bereits in Ortungsreichweite des Planeten. Inzwischen hätten wir feindliche Schiffe ausmachen müssen. Die Drizil können es sich nicht leisten, keine Schiffe in einem umkämpften System zu unterhalten. Aus militärischer Sicht wäre das ausgemachter Blödsinn.«

»Und falls Marianna bereits gefallen wäre?«

Lestrade dachte über die Frage nach. »Auch dann müssten sie Schiffe hier stationieren. Eine Besatzungsstreitmacht am Boden benötigt Luft- und Raumunterstützung, Nachschub an Truppen und Ausrüstung et cetera. Lediglich eine Bodenstreitmacht in einem eroberten System zu unterhalten, wäre fatal. Die zurückgelassenen Truppen wären extrem unflexibel und verwundbar. Ich kann mir nicht vorstellen, dass die Drizil derart dumm sind.«

»Das wäre wirklich zu schön«, sinnierte René. »Es sei denn ...«

Lestrade warf ihm einen schrägen Blick zu. »Es sei denn?«

»Es sei denn, es war gar nicht nötig, Schiffe und Truppen zurückzulassen.«

»Ich fürchte, ich kann Ihnen nicht ganz folgen.«

Eine dunkle Vorahnung ergriff von René Besitz und kroch schleichend sein Rückgrat hoch. Seine Nackenhärchen richteten sich auf bei der bloßen Vorstellung, er könnte recht behalten.

»Scannen Sie den Planeten«, wies er den Commodore an.

Dieser gab den Befehl durch bloßes Nicken an seinen XO weiter. »Und wonach suchen wir?«

»Nach Lebenszeichen.«

Lestrades Kiefer klappte nach unten und René erkannte an dessen Gesichtsausdruck, dass ihm in diesem Moment eine ganze Menge Gedanken durch den Kopf schossen, doch bevor er auch nur einen Satz herausbrachte, kam Mueller dazwischen. Das Gesicht des XO der VENGEANCE war leichenblass.

»Wir ... wir orten keinerlei Lebenszeichen auf Marianna.«

Lestrade musterte seinen XO, als hätte dieser den Verstand verloren. »Scannen Sie noch mal.«

»Wir haben den Vorgang dreimal wiederholt. Auf Marianna gibt es nichts Lebendiges mehr. Nicht einmal Mikroben.«

»Nicht einmal Mikroben ...«, wiederholte Lestrade fassungslos.

»Der Planet wurde sterilisiert«, schloss René, nicht minder geschockt als der Commodore. Betroffenes Schweigen breitete sich auf der Brücke aus. Die Lippen einiger Besatzungsmitglieder bewegten sich stumm und René vermutete, dass sie für die Bewohner des Planeten beteten.

»Auf Marianna existierten vier Millionen Menschen.«

»Jetzt nicht mehr«, erwiderte der XO.

»Ich ... ich dachte, die Drizil sind hinter unseren Rohstoffen und unseren Welten her«, erklärte Lestrade, nachdem er endlich seine Stimme wiedergefunden hatte. »Warum zerstört jemand einen völlig intakten Planeten? Ich hätte es irgendwie nachvollziehen können, wenn sie die Bevölkerung ausgerottet hätten, um sich selbst dort anzusiedeln. Aber warum den Planeten unbewohnbar machen?«

Ungewollt kamen René plötzlich Carlos Worte in den Sinn.

Planeten, die die Drizil erobern, müssen die Drizil auch halten.

»Sie hatten nicht genug Truppen und Schiffe, um diese Welt zu erobern und zu besetzen, also haben sie sie zerstört, damit sie auch für uns keinen Wert mehr hat. Ich vermute, hier schlug den Drizil auch sehr starker Widerstand entgegen. Zum Zeitpunkt der Invasion war Marianna der Standort zweier imperialer Legionen.« Er stockte. »Außerdem ...«

»Außerdem?«

»Außerdem war es wohl eine Botschaft an uns.«

»An uns?«

»Nicht speziell an uns«, korrigierte sich René schnell. »An all jene, die Widerstand leisten. Sie wollen damit sagen: Seht her! Das passiert, wenn ihr euch widersetzt. Es gibt nur Unterwerfung oder Tod.«

»XO, bringen Sie uns aus dem System.«

»Nein!«, widersprach René vehement. »Wir schicken unsere Trupps trotzdem runter.«

»Wozu? Der Planet ist tot.«

»Irrelevant. Ich möchte in jedem Fall ein Erkundungsteam losschicken. Vielleicht finden wir etwas, das uns im Kampf gegen die Drizil hilft. Es ist nur eine vage Hoffnung, ich weiß, aber nun, da wir schon mal da sind, wäre es eine Vergeudung von Zeit, wenn wir nicht wenigstens mal nachsehen.«

Lestrade überlegte und nickte schließlich. »Eugene. Bringen Sie uns in eine Umlaufbahn und bereiten Sie den Abwurf der Bullfrogs vor.«

»Aye, Commodore.«

Den wichtigsten Grund, weshalb er so sehr an der Erkundung von Marianna festhielt, behielt René wohlweislich für sich. Die Soldaten sollten Bildaufnahmen von der Oberfläche sammeln. Carlo würde sich bestimmt ein eigenes Bild der Zerstörung machen wollen, und die Legion sowie die Bewohner von Perseus verdienten es zu erfahren, was geschah, falls die Drizil diesen Krieg gewannen.

Die HMS Julius Caesar unter Captain Ilja Norovich fiel unweit der Kolonie Caranor aus dem Hyperraum und die Besatzung bemerkte sofort, dass etwas nicht stimmte.

»Captain«, meldete Commander Ilona Walsh, die XO des Schiffes. »Drei feindliche Schiffe schwenken gerade aus dem Orbit des Planeten.«

Norovich stutzte. »Nur drei Schiffe? Gibt es Anzeichen weiterer Schiffe im System?«

»Nein. Diese drei sind die einzigen.«

»Typen und Klassen identifizieren.«

Major Sam Hutchinson sah der XO neugierig über die Schulter, während sie den Befehl ausführte, bemühte sich jedoch ansonsten, möglichst unsichtbar zu bleiben, um der Besatzung nicht im Weg zu stehen.

»Zwei Fregatten der Vandal-Klasse und ein Zerstörer der Ghost-Klasse«, meldete sie eifrig.

Norovich überlegte angestrengt. Drei Schiffe waren nicht sonderlich viel. Eigentlich hatte er erwartet, auf weitaus mehr Schiffe zu stoßen. Trotzdem beunruhigte ihn die Präsenz dieser wenigen Schiffe über alle Maßen.

»Captain?«, fragte Hutch, dem die Besorgnis des Kommandanten nicht entgangen war.

Ohne sich dessen bewusst zu sein, gingen Norovich ähnliche Gedanken wie Lestrade durch den Kopf. Drei Schiffe waren zu wenig, um eine effektive Belagerung eines feindseligen Planeten zu gewährleisten. Davon mal abgesehen sprach die Position der feindlichen Schiffe eine ganz eigene Sprache.

Norovich rieb sich über das stoppelige Kinn, während er ein weiteres Mal die Anzeigen seines taktischen Hologramms studierte, in der Hoffnung, sie würden sich wie durch Zauberhand ändern.

»Was ist?«, fragte Sam erneut, diesmal in deutlich drängenderem Tonfall.

»Nur drei Schiffe im System«, sprach Norovich seine Gedanken endlich aus, »und diese drei Schiffe befinden sich auch noch auf einem Austrittsvektor.«

»Sie sind dabei, das System zu verlassen?« Sam konnte seine eigene Überraschung kaum verhehlen. »Ungewöhnlich.«

»Gelinde gesagt«, stimmte Norovich zu.

»Vielleicht haben die Kolonisten gegen die Drizil gewonnen?« Hutch war von seinem eigenen Erklärungsversuch nicht so recht überzeugt und auch Norovichs Kopfschütteln machte dieser Hoffnung einen Strich durch die Rechnung.

»Es befinden sich keine terranischen Schiffe im System. Unwahrscheinlich, dass die Kolonie sich ohne Unterstützung der Flotte durchsetzen konnte.«

»Und was tun wir jetzt?«

»Keine Ahnung, aber was immer wir tun, wir sollten uns schnell entscheiden. Die Drizilschiffe kommen genau in unsere Richtung. Nicht mehr lange und sie orten uns, falls sie es nicht schon längst getan haben.«

»Dann gibt es nur zwei Möglichkeiten: kämpfen oder fliehen.«

Norovich strich sich eine Strähne seines lichter werdenden grauen Haares aus der Stirn, während er über seine Optionen nachdachte.

»Wissen Sie, wir könnte es mit jedem der drei Schiffe spielend aufnehmen. Eine Fregatte der Vandal-Klasse ist einem Ares-Kreuzer unterlegen. Auch zwei wären keine Schwierigkeit. Für sich allein genommen, würde mir selbst der Zerstörer keine schlaflosen Nächte bereiten, doch alle drei zusammen ergeben ein ernstes Problem.«

»Skipper«, meldete sich Walsh erneut zu Wort. »Die feindlichen Schiffe nehmen Fahrt auf und haben leicht den Kurs geändert.«

»Worauf?«, fragte Norovich, obwohl er die Antwort bereits kannte.

»Auf uns.«

»Da haben Sie Ihre Entscheidung«, erklärte Hutch gepresst.

»Wie meinen Sie das?«

»Sie kennen General Rix' Befehle: Falls Feindkontakt unumgänglich ist, keine Überlebenden!«

Norovich seufzte tief, bevor er flüsterte: »Es gibt Tage, da sollte man am besten gar nicht erst aufstehen.« Lauter sagte er: »XO, alle Mann auf Gefechtsstation! Klar Schiff zum Gefecht!«

»Klar Schiff zum Gefecht! Aye-aye.«

»Zeitpunkt bis Gefechtsreichweite?«

»Einunddreißig Minuten für die Torpedos, achtzehn Minuten für die Energiewaffen.«

Die XO studierte einige Anzeigen an ihrer Station, bevor sie sich erneut ihrem Kommandanten zuwandte. »Feindschiffe nehmen Angriffsposition ein. Klassische Dreiecksformation.«

Norovich nickte. Der Zerstörer setzte sich an die Spitze mit den beiden Fregatten an den Flanken.

»Das wird ein interessanter Tag«, flüsterte er.

6

Edgar ließ sich auf ein Knie nieder, um den toten, geschändeten Boden von Marianna zu begutachten. Auf dieser Welt würde nie wieder etwas Lebendiges existieren. Nie wieder. Das Ausmaß der Zerstörung war weit jenseits jeder Vernunft. Die Drizil hatten gehaust wie die Barbaren.

Obwohl die Zerstörung absolut war, war sie dennoch nicht gleichmäßig. Es gab einige wenige Orte auf der Oberfläche, die nicht ganz so stark gelitten hatten wie der Rest des Planeten. An diesen vereinzelten Flecken existierten noch Umrisse und Ruinen vereinzelter Behausungen, bei denen man zumindest erahnen konnte, wie sie früher einmal ausgesehen haben mochten.

Der übrige Planet glich einem abstrakten Gemälde, auf dem scharfkantige, zerklüftete Berge und Täler die Szenerie beherrschten.

Der Feuertrupp Schneller Tod hatte einen dieser Flecken für ihre Erkundung ausgewählt. Es handelte sich um eine kleine Ortschaft nahe des inzwischen geschmolzenen Nordpols. Von den Menschen, die hier gelebt hatten, gab es (natürlich) keinerlei Zeichen mehr. Es war ein beinahe schon obszöner Akt der Zerstörung, aus Edgars Sicht zudem ein völlig unnötiger.

Vor seinem geistigen Auge spielten sich furchtbare Szenen ab. Menschen, die ihrem Tagewerk nachgingen, lachten, das Leben genossen. Frauen, die schwatzten, Kinder, die in der Sonne spielten. Eine Sonne, die sich plötzlich durch die Ankunft Dutzender Raumschiffe verdunkelte. Feuriger Tod, der vom Himmel regnete und Leben und Zukunft so vieler Menschen mit einem Wimpernschlag auslöschte.

Edgar seufzte.

Sein einziger Trost war, dass es so schnell gegangen sein musste, dass sie nichts gespürt haben konnten. Ein blendend helles Licht, das in die Netzhäute stach, und alles war vorbei.

Trotzdem erfüllte ihn der Mord an der gesamten Bevölkerung eines Planeten mit blankem Hass und er wollte nur noch eines: Rache.

Wäre in diesem Augenblick ein Drizil in der Nähe gewesen, er hätte mit bloßen Händen das Leben aus ihm gequetscht.

Die Mitglieder seines Trupps waren fächerförmig ausgeschwärmt, um die wenigen Überreste des Dorfes zu untersuchen. Die Kameras ihrer Helme liefen ununterbrochen, damit ihnen auch ja nichts von dieser sinnlosen Zerstörung entging. Niemand sollte dies je wieder vergessen. Niemand!

Edgar schloss die Augen und sprach ein kurzes Gebet für die Menschen von Marianna. Wenn er es nicht tat, würde vermutlich niemand es tun und sie sollten nicht ins Jenseits übertreten, ohne dass jemand ihrer gedachte.

Er war so in seine Trauer versunken, dass er erst bemerkte, dass sich Becky näherte, als sie ihm die Hand auf die Schulter legte.

»Ed? Alles in Ordnung?« Ihre sonst so freche und lebenslustige Stimme klang seltsam neutral, was nicht allein an der Anonymität der Funkverbindung liegen konnte.

Edgar kannte diesen Charakterzug an ihr bereits. Sie zog ihre Gefühle in ein tiefes Loch ihrer Seele zurück, damit sie von ihnen nicht überwältigt wurde. Sie tat dies nur, wenn sie seelisch angeschlagen war. Dieser Anblick machte ihr ebenso zu schaffen wie ihm.

»Nein«, antwortete er wahrheitsgemäß auf ihre Frage.

»Wir sollten langsam zusammenpacken. Der Sauerstoffvorrat unserer Anzüge reicht nur noch für eine knappe Stunde. Die übrigen Trupps haben sich bereits gemeldet. Sie rücken ebenfalls ab.«

Edgar nickte. »In Ordnung. Hier können wir ohnehin nichts mehr ausrichten.«

Der Bullfrog hatte knapp außerhalb der Siedlung aufgesetzt, ein Fußmarsch von vielleicht zehn Minuten. Wenn man die Zeit in Betracht zog, die es brauchte, den Bullfrog zu erreichen und den Druckausgleich im Inneren vorzunehmen, wurde es tatsächlich höchste Zeit.

Er wollte schon den Befehl geben, ehe ein Ruf aus seinem Kom ihm zuvorkam.

»Edgar? Hier ist Li. Ich hab was gefunden, das solltet ihr euch vielleicht mal ansehen.«

»Ich wollte gerade den Befehl zum Abmarsch geben ...«

»Vertrau mir. Das wirst du dir ansehen wollen. Ich bin etwa fünfhundert Meter nördlich von dir.«

Edgar warf Becky einen schnellen Blick zu.

Durch den Kampfanzug war ihr Achselzucken nur andeutungsweise zu erkennen.

»Wir sind unterwegs.«

Als sie einige Minuten später Lis Position erreichten, stand dieser vor den Überresten einer Apparatur. Es waren nur noch einige Stützen und Verstrebungen zu erkennen. Alles andere war vom Bombardement weggeschmolzen worden. Es grenzte eigentlich an ein Wunder, dass überhaupt etwas übrig geblieben war. Bei näherer Begutachtung wurde Edgar allerdings schnell klar, warum dieses Etwas die Zerstörung überstanden hatte. Die Überbleibsel waren aus einem Material gefertigt, das er nicht kannte und extrem hitzeresistent sein musste. Die Überreste reichten jedoch, um sich einen rudimentären Überblick zu verschaffen, wie die Apparatur ausgesehen haben mochte.

Ihre Grundfläche war quadratisch gewesen, mit einer Kantenlänge von etwa fünf Metern. Wenn man von den Überresten der Verstrebungen ausging, war sie etwa acht Meter hoch gewesen. Sonst ließ sich nicht viel dazu sagen, bis auf den Umstand, dass das Gerät etwas entfernt von dem Dorf aufgestellt worden war - und eindeutig nicht hierher gehörte.

Edgar kannte so ziemlich jedes militärische und sehr viele zivile Geräte und Apparaturen, die das Imperium verwendete, und diese Spezifikationen passten auf keine.

»Das gehört eindeutig den Drizil«, sprach Becky seine Gedanken laut aus.

»Was haben die hier gemacht?«, fragte Vincent. Seine Stimme klang so ratlos, wie Edgar sich fühlte.

»Wenn ich das nur wüsste.«

»Was machen wir mit dem Ding?«, wollte Li wissen, während er sich hinkniete, um einige der Verstrebungen zu untersuchen. Der Boden war übersät mit kleineren Fragmenten desselben Materials. Sie mussten während des Bombardements abgesprengt worden sein.

»Unsere Kameras haben alles aufgenommen. Damit haben unsere Oberbosse etwas, über das sie sich die Köpfe zerbrechen können.«

»Das reicht nicht«, erwiderte Edgar sofort. Noch während er sprach, überprüfte er den Sauerstoffvorrat seines Anzugs. Es würde verdammt knapp werden.

»Du hast doch nicht etwa vor, was ich denke, dass du es vorhast?«, fragte Becky im Tonfall eines Menschen, der sich bereits in sein Schicksal gefügt hat.

»Wir nehmen etwas von dem Zeug mit. Es gibt keinen anderen Weg. Man wird sich dafür interessieren.«

Edgar hätte es vorgezogen, mindestens einen kleinen Teil einer Verstrebung mitzunehmen. Die Streben abzubauen, erwies sich jedoch als unlösbare Aufgabe. Kein Wunder. Ein Material, das imstande war, einem planetaren Bombardement zumindest einen gewissen Widerstand entgegenzubringen, würde vor einem einzelnen Feuertrupp und dessen Möglichkeiten sicherlich nicht kapitulieren. Im Endeffekt entschloss sich Edgar für die zweitbeste Möglichkeit, sammelte zwei kleine Bruchstücke vom Boden auf und steckte sie ein.

Becky war darüber gar nicht erfreut. »Du weißt aber schon, dass wir keine Ahnung haben, was das ist? Es könnte gefährlich sein.«

»Es ist trotzdem wichtig, dass wir was mitnehmen. Mit leeren Händen verschwinde ich sicherlich nicht.« Mit einer knappen Handbewegung, die keinen Widerspruch duldete, beendete Edgar die Diskussion.

Sie marschierten im Eilschritt zurück zu ihrem Landefahrzeug. Nacheinander quetschten sie sich in die enge fünfeckige Kabine des Bullfrogs und schnallten sich an, nachdem sie ihre Gewehre gesichert hatten.

Der Druckausgleich dauerte fast zwanzig Minuten, erst dann füllte sich der Bullfrog mit dringend benötigtem Sauerstoff und die Mitglieder von Edgars Trupp konnten ihre interne Sauerstoffversorgung abkoppeln. Es war höchste Eisenbahn, einige von ihnen hatten nur noch für fünf Minuten Luft im Tank.

»VENGEANCE?! SCHNELLER TOD ist im Bullfrog und bereit«, erklärte Edgar über Kom.

»Verstanden, SCHNELLER TOD. Was hat denn da so lange gedauert?«

»Lange Geschichte. Ich erzähle sie, wenn wir oben sind. Wir bringen euch ein Geschenk mit.«

»Verstanden, SCHNELLER TOD. Achtung! Feuertrupps! VENGEANCE ist im Anflug. Schubdüsen zünden.«

Edgar betätigte den Auslöser an der Seite seines Sitzes. Die Einmal-Schübdüse des Bullfrog erwachte mit donnerndem Getöse zum Leben und katapultierte das Fahrzeug in die Luft. Um so etwas Massives wie einen Bullfrog in den Orbit zu befördern, war eine gewaltige Kraftanstrengung notwendig und Edgar spürte diese trotz der aktivierten Trägheitsdämpfer. Sein Körper wurde brutal in den Sitz gedrückt und er war kaum in der Lage, seinen Kopf zu bewegen.

Kurz vor Erreichen des Weltraums erstarb die Schubdüse und die bereits erreichte Geschwindigkeit genügte, um den Bullfrog vollends in den Orbit zu schleudern.

Die einsetzende Schwerelosigkeit war eine angenehme Erleichterung, verglichen mit den Kräften, denen sie eben noch ausgesetzt gewesen waren.

Edgar hob den Kopf und sah durch eines der Bullaugen, wie die VENGEANCE einem Raubtier gleich auf sie und die anderen Bullfrogs zusteuerte und sich am Bauch des Schlachtkreuzers ein Maul öffnete, um sie zu verschlingen.

Eine der Fregatten der Vandal-Klasse hing brennend und mit deutlicher Schräglage im All. Vor wenigen Sekunden hatte sie ihr Feuer eingestellt und es war zweifelhaft, dass an Bord noch jemand am Leben war.

Der zweiten Vandal-Fregatte ging es nicht viel besser. Sie flog verzweifelte Ausweichmanöver und versuchte, dem koordinierten Beschuss aus den Geschützen der JULIUS CAESAR zu entkommen.

Die Laserbatterien des Kreuzers erwischten das fliehende Schiff genau in dem Moment, als es seitlich ausbrach. Die Energie der Bordwaffen fraßen sich tief in die seitliche Panzerung und rissen sie auf ganzer Breite auf. Der Backbordrumpf warf Blasen angesichts dieses verheerenden Angriffs und die Panzerung brach in ganzen Platten ab.

Die Fluglage der Fregatte änderte sich leicht. Sie schlingerte und stand kurz davor, außer Kontrolle zu geraten. Doch dann stabilisierte sich die Fluglage kurzzeitig wieder und die Besatzung schien ihre Probleme tatsächlich in den Griff zu bekommen - bis die JULIUS CAESAR eine zweite Salve hinterherschickte und das feindliche Schiff in einem glühenden Feuerball verging.

Doch auch der Ares-Kreuzer war nicht unbeschadet davongekommen. Die Lebenserhaltung auf drei Decks versagte, der Antrieb arbeitete nur noch mit knapp sechzig Prozent Leistung und an Steuerbord hatten sie fast zwanzig Prozent ihrer Bewaffnung eingebüßt.

Auf kürzeste Distanz peitschte eine feindliche Salve gegen die Panzerung der JULIUS CAESAR, mit der sich der Zerstörer der Ghost-Klasse in Erinnerung brachte. Das Schiff bäumte sich auf. Alles, was nicht niet- und nagelfest war oder sich nicht rechtzeitig genug festhalten konnte, flog durch die Luft. Nur die Sicherheitsgurte hielten Norovich auf seinem Platz. Sie schnitten tief in seine Schultern und er spürte sie sogar noch durch seine Uniform. Sam Hutchinson allerdings hielt sich neben seinem Sitz kerzengerade, obwohl jedes andere Mitglied der Brückenbesatzung, das nicht das Glück hatte zu sitzen, durch die Gegend flog.

»Schadensbericht!«, bellte Norovich.

»Direkter Treffer auf den Decks neun und zehn. Multiple Hüllenbrüche. Die Schadenskontrolle meldet Opfer.« Walsh richtete sich mühsam wieder auf. Ein breiter Schnitt verunzierte ihre Stirn und sie wischte sich ungeduldig das Blut aus dem Gesicht.

»Der Drizilzerstörer wendet für einen neuen Angriff«, meldete Lieutenant Ito Hatubayashi, der taktische Offizier der JULIUS CAESAR.

»Auf Gegenkurs gehen. Wir müssen ihm die Backbord-Breitseite zuwenden.«

Ein Drizilzerstörer der Ghost-Klasse war einem terranischen Kreuzer der Ares-Klasse in Sachen Bewaffnung nur unwesentlich unterlegen und in Sachen Geschwindigkeit und Manövrierfähigkeit sogar leicht überlegen.

Der Kampf gegen die beiden Fregatten hatte die Besatzung der JULIUS CAESAR Zeit und Energie gekostet. Nicht zu vergessen, dass sie - obwohl sie diese Teilgefechte für sich hatten entscheiden können - außerdem einiges an Prügel bezogen hatten. Und dies nutzte der beinahe unversehrte Drizilzerstörer nun leidlich aus.

Die JULIUS CAESAR rollte um die eigene Querachse, um dem feindlichen Schiff einerseits die noch praktisch unbeschädigte Panzerung und andererseits die voll einsatzfähige Bewaffnung der Backbord-Breitseite zuzuwenden.

Norovich verfolgte auf seinem holografischen Display, wie der Zerstörer drohend auf sein Schiff zuschoss. Die Drizil verhielten sich arrogant und sehr siegesgewiss. Ihre Erfolge der letzten Monate machten sie entschieden zu unbeschwert.

Noch sind wir nicht erledigt, ihr Bastarde!, dachte er zähneknirschend.

Er wartete gerade so lange ab, bis das feindliche Schiff unmittelbar davorstand, die Linie zur effektiven Gefechtsdistanz seiner Waffen zu unterschreiten.

»Feuer!«

Die JULIUS CAESAR sandte eine Feuerwand aus Licht und Energie gegen das Drizilschiff.

Und der feindliche Zerstörer flog direkt hinein und kreuzte mit seinem Kurs Norovichs Breitseite.

Megajoule an Energie brannten innerhalb weniger Augenblicke die gesamte Panzerung vom Bug des Zerstörers und stießen tief in sein Innenleben vor. Einige der Energiestrahlen bahnten sich ihren Weg durch das ganze Schiff und traten auf der anderen Seite wieder aus. Sensoranlagen und Waffenstellungen wurden weggeschmolzen.

Der Zerstörer erwiderte halbherzig das Feuer aus den wenigen verbliebenen Geschützen, doch die Antwort blieb ohne nennenswerte Wirkung. Die Energiestrahlen zerfaserten an der noch unbeschädigten Panzerung. Der Zerstörer drehte ab in der Hoffnung, seine überlegene Geschwindigkeit zum Tragen bringen zu können, doch Norovich hatte nicht vor, ihm diese Gelegenheit zu geben.

Als Erwiderung des Beschusses und um endlich eine Entscheidung herbeizuführen, sandte Norovich eine weitere Breitseite gegen den Zerstörer, deren Wirkung noch verheerender war als zuvor. Die Waffen verdampften oder schmolzen alles, mit dem sie in Berührung kamen.

Als der Feuersturm endete, blieb der Zerstörer als leblose, zerbrochene Hülle zurück, in der nichts und niemand überlebt hatte. Norovich ging jedoch kein Risiko ein. Die Flotte hatte bereits früher Schiffe in ähnlichen Situationen verloren, durch Drizilschiffe, die sich tot stellten, im geeignetsten Moment wieder zum Leben erwachten und Tausende terranischer Soldaten mit einem vernichtenden Überraschungsangriff in den Tod rissen.

Nicht dieses Mal, schoss es ihm durch den Kopf.

»Lieutenant Hatubayashi, schaffen Sie mir dieses Ding aus den Augen«, befahl er und ein schadenfrohes Glitzern stand in seinen Augen. »Und wenn Sie schon dabei sind, erledigen Sie auch das Wrack der Fregatte. Nur zur Sicherheit.«

»Aye-aye, Skipper.«

Aus beiden Breitseiten der Julius Caesar schossen Salven ins All und zerbliesen die Wracks der Drizilschiffe in Millionen kleiner Trümmer.

Erst jetzt gestattete sich Norovich einen Moment der Muße. Erschöpft lehnte er sich in seinem Sessel zurück.

»Gute Arbeit«, flüsterte Hutch ihm zu.

»Danke«, nickte Norovich. »Allerdings ist es knapper ausgegangen, als mir lieb gewesen wäre.«

»Trotzdem war es verdammt gute Arbeit«, honorierte der Legionär. »Sie haben sich gegen eine dreifache Übermacht gut behauptet.«

Norovich quittierte das Lob mit dankbarem Lächeln. Das Lächeln machte jedoch schnell einer nachdenklichen Miene Platz.

»Mich würde interessieren, was drei Drizilschiffe hier allein in diesem System zu suchen hatten. Das ist schon sehr ungewöhnlich.« Er wandte sich an seine XO. »Ilona? Das ganze System gründlich scannen bitte, vor allem die Kolonie und ihre unmittelbare Umgebung.«

Norovich und sein Gast warteten angespannt auf das Ergebnis. Als Commander Ilona Walsh fertig war, hatte ihr Gesicht eine ungesunde, leichenblasse Färbung angenommen.

»Skipper. Der Planet ist tot.«

»Wie? Tot?«

»Keine Lebenszeichen. Die Daten, die wir erhalten, zeigen massive Zerstörungen auf der Oberfläche. Der Planet ist nur noch ein Felsbrocken im All.«

Norovich schluckte schwer. »Was ist mit den orbitalen Habitaten und den Einrichtungen auf den Monden? Irgendetwas muss doch noch da sein.«

»Nein, Sir«, erwiderte seine XO. »Es ist alles weg. Wir orten im Orbit der Kolonie lediglich ein Trümmerfeld.«

»Mein Gott!«, hauchte Hutch mit vor Wut zitternder Stimme.

Der Captain der JULIUS CAESAR nickte. »Die Drizil haben offenbar ihre Taktik geändert und machen jetzt keine halben Sachen mehr.«

»Und nun?«, fragte der Legionär an Norovichs Seite.

»Wir machen weiter wie geplant und klappern die für uns vorgesehenen Zielsysteme ab. Ilona? Welches System steht als Nächstes auf der Liste?«

»Aurora«, erwiderte sie tonlos.

»Navigator, Kurs auf Aurora nehmen. Und lasst uns alle beten, dass die Drizil nicht grundsätzlich alle menschlichen Welten bombardieren. Ich habe keine Lust, eine Reihe von Friedhöfen zu besuchen.«

7

Edgars Zähne schlugen schmerzhaft aufeinander, als der Bullfrog in die obere Atmosphäre des Planeten Vector Prime eintrat und einem Projektil gleich durch die Luftschichten pflügte.

Die VENGEANCE hatte sie knapp über der Tag-und-Nacht-Grenze des Planeten abgeworfen, daher traten sie auf der der Sonne abgewandten Seite in die Atmosphäre ein. Es stellte einen zusätzlichen Schutz gegen etwaige Beobachter dar.

Vector Prime war ein wichtiger Versorgungsposten für Flotte und imperiale Legionen gewesen. In diesem System war die 8. Flotte stationiert gewesen. Vor der Driziloffensive. Wie es nun dort unten aussah, konnte nur vermutet werden.

Die VENGEANCE war vor nicht ganz vier Stunden in das System eingeflogen, hatte unmittelbar Kurs auf den Planeten genommen und die zehn Bullfrogs ausgeschleust. Auf ihrem Weg zum Planeten hatte sie zwei Drizilfregatten zusammengeschossen, die als Wachschiffe eingesetzt worden waren.

Die VENGEANCE hatte augenblicklich nach dem Abwurf Kurs auf den achten Planeten des Systems - einen Gasriesen - genommen und würde dort warten, bis die Zeit zur Abholung gekommen war.

Einen Lichtblick gab es im Gegensatz zum Mariannasystem allerdings. Das System Vector Prime war keineswegs tot. Das ganze System war ein Kriegsgebiet und wurde heftig umkämpft.

Kaum im System, hatte die VENGEANCE Funkmeldungen und Kampfgespräche imperialer Einheiten von der Oberfläche und von mindestens zweiundzwanzig imperialen Kriegsschiffen im System aufgefangen.

Und alle waren in heftige Kämpfe mit den Drizil verwickelt. Dies stellte sich sogar als Glücksfall heraus, denn niemand schien großartig Notiz von der Ankunft der VENGEANCE zu nehmen.

Lestrades erster Impuls war es, den Feind anzugreifen und die imperialen Einheiten zu unterstützen. Es war jedoch Colonel René Castellanos ruhige Logik, die ihn abhielt, etwas Dummes zu tun. Ihre Mission war Aufklärung, nicht Angriff. Ein einzelnes weiteres terranisches Schiff würde in der Schlacht, die dieses System auseinanderriss, nichts ausrichten. Die imperialen Kräfte im System leisteten zwar weiterhin erbitterten Widerstand, doch es war abzusehen, dass sie über kurz oder lang überwältigt werden würden. Die Drizilschiffe im System waren den terranischen Einheiten mindestens vier zu eins überlegen. Das Ende der Schlacht war absehbar.

Daher genoss die Aufklärungsmission weiterhin absoluten Vorrang vor dem Wunsch, den Drizil wenigstens ein wenig von dem heimzuzahlen, was sie den Menschen angetan hatten.

Lestrade hatte es – entgegen seinen Instinkten als Offizier – sogar unterlassen, Kontakt mit den imperialen Schiffen im System aufzunehmen. Zum einen konnte ein solcher Funkspruch von den Drizil leicht aufgefangen und zurückverfolgt werden, zum anderen wollte Lestrade seinen Kameraden an Bord der kämpfenden Schiffe nicht unnötig Hoffnung machen, es könnten eigene Verstärkungen unterwegs sein. Wie alle an Bord der VENGEANCE wussten, war dem nicht so.

Edgars Bullfrog bockte, als er einige Luftlöcher durchstieß. Diesen Teil seiner Arbeit hasste er am meisten. In dieser Blechbüchse eingepfercht, darauf wartend, dass die Schubdüse endlich zündete und den freien Fall beendete und sie kurz darauf endlich diesen metallenen Sarg verlassen konnten.

Im Moment waren sie ein leichtes Ziel für Abwehrfeuer von der Oberfläche oder auch nur für einen einzelnen feindlichen Jäger, der ihnen durch Zufall über den Weg lief. Edgar hatte in der Vergangenheit bereits viel zu viele Freunde auf genau diese Art verloren, von technischen Schwierigkeiten mit nicht anspringenden Schubdüsen und in den Untergang stürzenden Bullfrogs samt Insassen ganz zu schweigen.

Edgar ließ die Höhenanzeige, die auf die Innenseite seines Helmvisiers projiziert wurde, keinen Moment aus den Augen. Die Entfernung zur Oberfläche schmolz erschreckend schnell dahin.

Bei etwa tausend Metern erwachte die Schubdüse zur Erleichterung aller zum Leben und bremste den freien Fall ziemlich heftig ab. Edgar hatte das Gefühl, der Bullfrog hing sekundenlang bewegungslos in der Luft. Tatsächlich setzte das Gefährt seine Reise zur Planetenoberfläche mit deutlich reduzierter Geschwindigkeit fort. Kurz vor der Oberfläche setzte die Schubdüse noch einmal für einige Sekunden aus, sprang jedoch gleich wieder an. Edgar biss sich schmerzhaft auf die Zunge. Er schmeckte den metallischen Geschmack von Blut im Mund.

Die Schubdüse verringerte die Sinkgeschwindigkeit in vorprogrammierten Intervallen und brachte das Team Richtung Planetenoberfläche. Die Geschwindigkeit war zwar noch immer haarsträubend (niemand wollte den Drizil ein zu leichtes Ziel bieten), doch immerhin bestand nun die Möglichkeit zu überleben, falls Schwierigkeiten auftraten.

Gewissermaßen stellte dies die gefährlichste Etappe des Landeanflugs dar. Sollten sie einem Driziljäger begegnen, wäre die Mission vorbei, bevor sie begann.

Um sich von der drohenden, allgegenwärtigen Gefahr abzulenken, rief Edgar sich in Erinnerung, was er über Vector Prime noch alles wusste.

Der Planet war Ende des 23. Jahrhunderts kolonisiert worden, und das hauptsächlich von den Nachkommen mehrerer nordamerikanischer Indianerstämme. Es handelte sich vornehmlich um Apachen, Kiowa, Sioux, Lakota, Arapaho und Ottawa. Der Planet war ihnen vom damaligen Kaiser persönlich als Lehen überlassen worden, um begangenes Unrecht der Vergangenheit zu vergelten, sozusagen als Wiedergutmachung.

Die Siedler von Vector Prime gediehen prächtig auf ihrer neuen Heimat. Es gelang ihnen nicht nur, ihre jeweilige Stammeskultur zu bewahren, nein, sie ergänzten sich auch noch und bereicherten die kulturelle Vielfalt auf eine bis dato nicht vorstellbare Weise. Das Ergebnis war eine Bevölkerungsexplosion. Vector Prime gehörte mit fast zehn Millionen Einwohnern zu den bevölkerungsreichsten Welten der Liga außerhalb des Solsystems.

Im Jahr 2557 erhielt die Bevölkerung von Vector Prime sogar die Erlaubnis, sich den imperialen Legionen anzuschließen. Und Vector Prime folgte dem Ruf, dem Kaiser und der Terranisch-Imperialen Liga zu dienen. Aufgrund ihrer großen Bevölkerung gehörte Vector Prime sogar zu den wenigen Welten, die zwei Legionen aufstellen durften.

Die Geburtsstunde der 24. und der 26. Legion, Die Kinder der Wildnis und Die Hüter der Nacht.

Ihr Motto lautete: Für die Freiheit! Eine ständige Erinnerung an den Kampf, den ihre Vorfahren Jahrhunderte zuvor gegen die Eindringlinge aus dem Süden und viel später aus dem Osten geführt und verloren hatten.

Die 24. und ihre Schwesterlegion waren zutiefst ehrenhafte und kampfstarke Einheiten. Die 18. hatte leider noch nie an ihrer Seite gekämpft, doch man hörte nur Gutes von den Legionären der Kinder der Wildnis und der Hüter der Nacht. Edgar hoffte, dass noch einige von ihnen übrig waren. Falls nicht, dann hatten sie den Drizil vor ihrem Untergang noch die Hölle heißgemacht.

Lieutenant Daniel Red Cloud vom Feuertrupp DOLCHSTOSS der 5. Zenturie der Kampfkohorte TOMAHAWK der 24. Legion, führte seinen Trupp im Zickzacksprint durch die Ruinen der einstmals prächtigen Hauptstadt von Vector Prime - Cibola.

Umfangreiche Gebiete der Stadt lagen in Trümmern, entweder durch Bombardements feindlicher Jäger und Kriegsschiffe zerstört oder in den brutalen Bodenkämpfen dem Erdboden gleichgemacht. Bei jeder Ruine, jedem eingerissenen Mauerwerk und jeder zerstörten Statue, die sie passierten, schmerzte sein Herz und er schwor den Drizil für ihre Taten ewige Rache.

Hinter ihm folgten Simon Running Deer und Jonas Grey Wolf, die beiden Überlebenden seines Trupps. Jasmin Dancing Sun hatten sie vor einem Monat während eines schweren Gefechts in der Innenstadt verloren, Marcel Wispering Wind erst vor drei Tagen, als er seinen Verletzungen erlegen war, die er sich eine Woche zuvor während eines Hinterhalts der Drizil zugezogen hatte.

Daniel führte die Überreste seines Trupps in die vorübergehende Sicherheit eines Gebäudes, das im Vergleich zum restlichen Viertel relativ gut erhalten war. Es verfügte zwar kaum noch über etwas, das man als Dach bezeichnen konnte, doch die vier Wände standen noch - zumindest in groben Zügen. Das Gebäude war besser dazu geeignet, Beobachtungsposten zu beziehen, als die meisten anderen.

Daniel überprüfte die nähere Umgebung mithilfe der verschiedenen Optiken seines Helmes. Zuerst versuchte er, Lebenszeichen auszumachen, doch außer einigen Zivilisten, die sich in angrenzenden Ruinen versteckten, waren keine zu entdecken. Dann schaltete er auf Nachtsicht und schließlich auf Infrarot um, doch auch dies ergab keine Ergebnisse. Weit und breit nicht die geringsten Anzeichen von Drizilaktivität. Sie waren vorerst sicher.

»Und?«, fragte Simon ungeduldig, während er abwechselnd sein Nadelgewehr sicherte und entsicherte, eine nervöse Angewohnheit, die dieser trotz aller Ermahnungen seiner Kameraden nicht abzustellen imstande war.

Daniel löste zischend die Verriegelung seines Helmes und nahm ihn mit erleichtertem Seufzen ab. »Nichts zu sehen.«

Simon und Jonas nickte und folgten dem Beispiel ihres Truppführers.

Die Helme abzunehmen, war ein kalkuliertes Risiko, vertretbar, da sich keine Drizil in Reichweite aufhielten, die mit ihren Schallwellen eine Bedrohung darstellen konnten.

Daniel hob den Kopf und genoss die kühle Abendbrise, die sanft durch die Ruinen strich. Sie fühlte sich gut auf seiner Haut an.

Er blickte nacheinander in die erschöpften, dumpf blickenden Augen seiner Legionäre und fragte sich insgeheim, ob er genauso verloren und hoffnungslos aussah.

Sein Trupp war seit annähernd drei Wochen kaum aus den Kampfanzügen herausgekommen und beinahe ebenso lange befanden sie sich ohne Unterbrechung im Gefecht. Sie schliefen, wann immer sich die Möglichkeit dazu bot, auch wenn es lediglich fünf oder zehn Minuten Ruhe brachte. Schließlich wusste man nie, wann man die nächste Gelegenheit erhielt.

»Simon?«, fragte Daniel halblaut.

»Hm?!«, grunzte Simon lediglich als Antwort zurück.

»Hast du noch ein paar Rationen?«

»Drei oder vier. Wieso?«

»Zwei Häuser weiter versteckt sich eine Familie in dem, was von einem Keller noch übrig ist. Schleich dich rüber und gib ihnen was ab. Und wenn du schon dabei bist, gib ihnen auch das.« Daniel griff in eine der Taschen seines Kampfanzugs und förderte zwei Riegel seiner eigenen Rationen zutage, die er Simon zuwarf, der sie trotz aller Müdigkeit gekonnt aus der Luft fischte.

»Warum ich?«, fragte Simon trotzig.

»Weil ich das sage«, gab Daniel lediglich zur Antwort. Simon grunzte erneut etwas Unverständliches, ließ sich auch von Jonas einen Anteil seiner Rationen geben, setzte seinen Helm erneut auf und stapfte gebückt durch die Tür ihres provisorischen Verstecks.

Die Erschöpfung zehrte an Daniels Gliedern und ließ jede Bewegung zur Tortur werden, trotzdem stahl sich bei Simons Widerwillen ein Lächeln auf sein Gesicht.

Der Mann diente bereits lange unter Daniel und er kannte ihn inzwischen gut genug, um zu wissen, dass der Missmut des Legionärs zum Großteil nur gespielt war. Im Grunde war Simon ein grundgütiger und hilfsbereiter Kerl, nur hatte er es sich in den Kopf gesetzt, den Part des Nonkonformisten der Einheit zu übernehmen, und in dieser Eigenschaft lehnte er grundsätzlich jede Anweisung seines Vorgesetzten zunächst mal ab. Nur so aus Prinzip.

Natürlich nicht während eines Gefechts. Dafür war er zu sehr Profi. Doch jede andere Anweisung, die nicht unter die Rubrik *überlebenswichtig* fiel.

Daniel lugte über den Rand eines zerstörten Fensterrahmens und verfolgte Simons Gang zu besagtem Gebäude. Die Leiden der Zivilbevölkerung machten ihnen allen am meisten zu schaffen. Viele waren längst aus der umkämpften Stadt geflohen, doch Zehntausende harrten immer noch in den Ruinen aus, bangten, hofften und beteten um Rettung. Und die Legion tat alles, um diesen Bitten gerecht zu werden. Doch oftmals kamen sie schlicht zu spät, um noch etwas ausrichten zu können. Die Drizil waren nicht zimperlich. Allerdings war ihre Verhaltensweise auch nicht vorherzusagen.

Es gab Driziltruppen, die Zivilisten in Ruhe ließen, andere trieben sie lediglich zusammen und nahmen sie gefangen – und wiederum andere brachten sie an Ort und Stelle um. Niemand wusste genau, was die Drizil wollten, wie sie dachten oder wie sie handeln würden, sobald man ihnen in die Hände fiel.

Daniel spuckte aus, um den sauren Geschmack aus seinem Mund zu vertreiben. Das war nur ein weiterer Punkt auf der Liste, die er in seinem Kopf anlegte. Irgendwann würde er diese Liste Punkt für Punkt abarbeiten und den Drizil alles heimzahlen.

Er riss die Verpackung einer seiner Rationen auf und kaute lustlos auf dem darin enthaltenen Proteinriegel herum.

»Wie lange noch bis zum Treffpunkt?«, fragte Jonas mit leiser Stimme. Anhand des Tonfalls erkannte Daniel, dass der Mann kurz davorstand wegzudösen.

»Vielleicht zwei Stunden, falls wir Glück haben und uns auf dem Weg keine Drizil begegnen.«

Sein Trupp hatte den Befehl, sich mit anderen Feuertrupps und Teilen der Miliz zu treffen, um einen koordinierten Angriff auf einen Nachschubposten der Drizil durchzuführen. Die für den Angriff vorgesehenen Einheiten näherten sich auf unterschiedlichen Routen, um die Gefahr einer Entdeckung zu minimieren. Daniel fragte sich, wie viele es wohl schaffen würden. Speziell die Miliz hatte in den letzten Monaten schwere Verluste erlitten. Von den sechs Milizregimentern auf Vector Prime waren zwei gänzlich ausgelöscht und die vier anderen stark dezimiert worden.

Dem Namen nach handelte es sich immer noch um vier, gemessen an der Mannschaftsstärke waren es jedoch höchstens zwei verstärkte Regimenter.

Jonas nickte geistesabwesend, seine Augen waren geschlossen. Daniel wusste, dass der Mann jedes Wort genau verstanden hatte, auch wenn sein Anblick etwas anderes suggerierte.

Simon kehrte zurück und ließ sich in den Staub sinken. Als er den Helm abnahm, bemerkte Daniel die trostlosen, traurig blickenden Augen.

»Wie geht es ihnen?«

»Sie haben Angst, frieren und hungern. Wie alle anderen auch.«

Die unterdrückte Wut in Simons Stimme ließ Daniel aufhorchen. »Alles klar mit dir?«

»Nicht wirklich«, gab Simon zurück. »Du hättest sie sehen sollen. Sie liegen in ihrem eigenen Dreck und trauen sich nicht aus ihrem Loch. Sie haben Kinder bei sich.« Er fluchte erneut. »Kinder, um Gottes willen!«

»Wir haben für sie getan, was uns im Augenblick möglich ist. Daran solltest du denken.«

»Das ist kaum ein Trost.«

»Ich weiß, aber ...«

Der Annäherungsalarm in seinem Helm buhlte mit einem kurzen Signal um seine Aufmerksamkeit. Daniel setzte ihn eilig auf, Simon und Jonas den ihren nur Sekunden später.

Daniel lugte vorsichtig über den Rand und beobachtete die Straße, die nach Westen führte. Er brauchte nicht lange zu warten, da watete ein Driziltrupp um die Ecke. Es waren neun der fledermausähnlichen Wesen. Sie sahen schon ungepanzert für menschliche Augen sehr gewöhnungsbedürftig aus, doch die Kampfanzüge und Panzerungen, die sie trugen, verstärkten noch den Eindruck des Fremdartigen, der sie umgab. Ihre Köpfe steckten in klobigen Helmen, die ihre Mundöffnungen frei ließen, vermutlich, um das Ausstoßen ihrer tödlichen Stimmen zu erleichtern. Daniel wusste, dass ihre Körper über ein Außenskelett verfügten, das es (abgesehen von der ohnehin schon vorhandenen Panzerung) relativ schwer machte, sie zu erledigen – er tätschelte sein Nadelgewehr –, zumindest, wenn man nicht über solche Babys verfügte.

»Neun Ziele«, informierte er seinen Trupp über Kom.

»Ich sehe sie«, erwiderte Simon. Jonas sagte nichts, Daniel erkannte jedoch, dass der Mann bereits in Stellung gegangen war und sein Gewehr in Anschlag brachte.

»Jeder nimmt drei«, wies er seine Leute an. »Auf mein Zeichen warten.«

Die Drizil schlenderten in einem seltsam watschelnden Gang die Straße herab. Sie gingen dabei überaus vorsichtig vor, das musste Daniel ihnen lassen. Die Drizilsoldaten nutzten jede verfügbare Deckung und überquerten offene Stellen zügig, wobei sie sich ständig gegenseitig Feuerschutz gaben.

Sie waren allerdings deutlich langsamer, als es Menschen in einer vergleichbaren Situation gewesen wären. Ihre membranartigen Flügel beschränkten die Höchstgeschwindigkeit, zu der sie imstande waren.

Die Drizil waren zum Glück nicht flugfähig. Die Flügel dienten keinem besonderen Zweck mehr und hatten im Laufe der Evolution ihre Funktion bereits vor langer Zeit eingestellt. Die Drizil waren inzwischen zu muskulös und zu massiv, um sich noch in die Lüfte schwingen zu können, selbst ohne ihre Rüstungen.

Daniel dankte Gott dafür. Die Drizil waren auch so schon eine Plage und das Letzte, was sie gebrauchen konnten, waren feindliche Truppen, die über ihnen durch die Luft segelten.

Daniel legte an und nahm den Drizil im Zentrum der Formation, den er für den Anführer hielt, aufs Korn.

Noch ein bisschen. Nur noch ein bisschen näher.

Die Drizil zögerten. Daniel setzte die Waffe ab und beobachtete die gegnerischen Soldaten gespannt. Was war los? Hatten sie die nahe Gefahr etwa bemerkt? Er war sich sicher, dass seine Leute nicht das geringste Geräusch verursacht hatten, doch man wusste nie so genau, was die Drizil mitbekamen und was nicht. Ihre Ortung über Schallwellen machte sie extrem unberechenbar.

Dann hörte Daniel es auch.

Leises Schluchzen, das in unterdrücktes Weinen überging.

Ein Kind.

»Dan?!«, drängte Simon.

»Ja. Ich höre es auch.« Daniel warf einen Blick in Richtung des abgebrannten Hauses, in dem sich die Familie versteckte. Er fluchte in sich hinein. »Die Drizil haben die Zivilisten entdeckt.«

»Erbitte Feuererlaubnis«, forderte Jonas.

»Noch nicht. Lasst sie noch näher kommen.«

Die Drizil näherten sich gebückt und vorsichtig dem Standort der versteckten Familie. Durch die Optik seines Helmes konnte Daniel nun deutlich die verwinkelten Schriftzeichen auf den Rüstungen erkennen, die die Schwarmzugehörigkeit der Drizil markierte. Jeder Schwarm verfügte über eigene Hoheitszeichen. Die Hieroglyphen ähnelten entfernt altterranischer Keilschrift.

Die Drizil rückten näher, allerdings nicht so nahe, wie Daniel es gern gesehen hätte. Sie hatten das Versteck der Familie fast erreicht.

»Dan?!«, hakte Simon erneut nach.

Also schön, dachte Daniel. *Eine bessere Gelegenheit bekommen wir nicht.*

»Feuer!«

Die drei Nadelgewehre eröffneten gleichzeitig das Feuer auf den überraschten Feind. Die Hochgeschwindigkeitsprojektile verließen in schneller Folge die Läufe der Waffen und verursachten bei jeder Salve ein lang gezogenes Fauchen.

Die Drizil wirbelten auf dem Absatz herum und rissen ihre Waffen hoch. Vier der feindlichen Soldaten wurden augenblicklich von den Beinen gerissen, ein fünfter durch die Einschläge der Projektile um die eigene Achse gewirbelt.

Die Überlebenden erwiderten ohne Zögern das Feuer. Aus ihren unhandlich wirkenden Waffen schossen grüne Energiebälle, die beim Aufprall schwere Verletzungen verursachten. Damit aber nicht genug, verfügten die Projektile einiger Drizilwaffen über säureähnliche Eigenschaften; sie waren problemlos in der Lage, sich durch Kampfanzüge und andere Materialien zu ätzen.

Daniel hörte das Zischen, als die Energieprojektile der Drizil auf die Mauer trafen, hinter der sich sein Feuertrupp verschanzt hatte. Aus Erfahrung wusste er, dass die Drizilgeschosse sich nicht durch alle Materialien in derselben Geschwindigkeit hindurcharbeiten konnten. Ihm blieben noch einige Sekunden und er feuerte unbeirrt weiter.

Zwei weitere Drizil gingen unter dem Feuer der Legionäre zu Boden. Die Projektile der Nadelgewehre hatten ihre Panzerungen und das Außenskelett ihrer Körper glatt durchschlagen und das weiche Innenleben zu Hackfleisch verarbeitet.

Rechts von ihm wechselte Simon die Stellung, da die Mauer an dieser Position durch die Einschläge der Drizilgeschosse inzwischen löchrig wie ein Schweizer Käse war. Einer der gegnerischen Soldaten nutzte die Chance, hechtete in dieselbe Richtung und feuerte dreimal.

»Simon! Runter!«, brüllte Daniel und schwenkte im selben Moment sein Gewehr herum.

Simon bewegte sich trotz des Kampfanzugs mit einer fließenden Eleganz, um die ihn viele Legionäre beneideten. Er wich zwei der Geschosse aus, doch das dritte erwischte ihn an der Schulter. Es war nur ein Streifschuss, doch bereits dieser kurze Kontakt hinterließ eine tiefe Brandspur auf dem Arm. Der Kontakt war jedoch nicht lang genug, um dem Geschoss zu erlauben, sich durch das Material zu brennen.

Daniel zog den Abzug viermal durch und erwischte den Drizil mitten im Sprung. Ein halbes Dutzend Projektile wischte ihn beiseite, traf ihn in Brust, Hals und Kopf. Der Drizil blieb fünf Meter entfernt mit zerschmettertem Körper liegen.

Jonas erledigte den letzten Drizil mit einer Dauerfeuersalve aus seinem Gewehr, das den Unglückseligen praktisch an die nächste Wand tackerte.

Daniel überprüfte aufmerksam die Umgebung, bevor er zufrieden sein Gewehr abstellte.

»Keine weiteren Patrouillen in Sicht. Das war's. Simon?«

»Bin okay«, erwiderte der Soldat, der dabei war, eine versiegelnde Flüssigkeit auf den Riss auf seinem Anzug zu sprühen. Es war nur eine notdürftige Lösung, doch sie musste halten, bis sie in der Lage waren, sich ausgiebig mit dem angerichteten Schaden zu befassen. Seit Beginn der Invasion waren Reparaturmöglichkeiten an den modernen und komplizierten Kampfanzügen ohnehin Mangelware.

Daniel rief den Chronometer seines Anzugs ab. Die Anzeige wurde direkt auf seine Netzhaut projiziert. Der Kampf hatte sie unnötig aufgehalten.

»Wir müssen weiter. Wir sind spät dran. Hoch mit euch!«

Daniel sprang mit einem Satz über das, was von seiner Deckung noch übrig war, und sah sich ein letztes Mal aufmerksam um. Die Straße vor ihnen war menschenleer. Und was das betraf, auch drizilleer.

Ein Überschallknall zerriss die Atmosphäre über ihnen. Die drei Legionäre duckten sich instinktiv und hoben gleichzeitig die Waffen auf der Suche nach einer erneuten Bedrohung. Als nichts das Feuer auf sie eröffnete, spähten sie angestrengt in den nächtlichen Himmel.

Daniel schaltete seine Optik auf Vergrößerungsmodus und der Helm tat alles Weitere automatisch. Über ihnen schossen mehrere Objekte durch den Himmel. Noch während er sie beobachtete, zündeten ihre Schubdüsen, um den freien Fall zu bremsen.

Das glaube ich einfach nicht. Bullfrogs.

»Dan?!«, meldete sich Jonas zu Wort. »Sind das wirklich ...?«

»Ja. Sieht so aus, als bekommen wir Besuch von ein paar Freunden.«

Die Bullfrogs gerieten schnell außer Sichtweite, doch nur wenig später hörte Daniel den Aufprall nördlich von ihnen. Er überschlug schnell die Entfernung, in der die Bullfrogs aufgekommen sein mussten, und aktivierte sein Kom auf der allgemeinen Befehlsfrequenz der 24. Legion.

»Hier Dolchstoss an Mother. Mother, bitte melden.«

Mother war der Codename für Lord General Alexander Great Bear, dem Befehlshaber der 24. Daniel brauchte nicht lange zu warten. Eine befehlsgewohnte, tiefe Stimme drang aus seinem Kom.

»Hier Mother.«

»Hier Dolchstoss. Erbitte Genehmigung, von autorisierter Mission abzuweichen.«

»Zu welchem Zweck, Lieutenant?«

»Dolchstoss hat etwas entdeckt, das wir gerne untersuchen würden. Hier sind gerade einige Bullfrogs runtergegangen, etwa fünf Klicks nördlich von uns.«

Sekundenlanges Schweigen, dann ...

»Erlaubnis erteilt, Dolchstoss.«

Edgar warf einen Blick zu dem Loch, das ihr Bullfrog in den Belag der Straße gebohrt hatte. Er konnte es kaum fassen, wie viel Glück sie gehabt hatten. Die Schubdüse hatte kurz vor dem Aufprall versagt und ihre Geschwindigkeit hatte erneut zugenommen.

Die Verlangsamung hatte jedoch gereicht, sie so weit abzubremsen, dass größere Blessuren ausblieben. Ihr Bullfrog würde jedoch nie wieder aufsteigen. Der war nur noch Schrott. Das Ding hatte sich durch die Straße gebohrt - direkt in die Kanalisation von Cibola.

Seine Leute stiegen unter Ächzen und Stöhnen aus dem zerstörten Gerät und landeten mit feuchtem Klatschen in einer eklig grünbraunen Flüssigkeit, die in früheren Zeiten (vielleicht) durchaus mal Wasser gewesen sein mochte, doch nun eine Schmiere war, in dem Dinge schwammen, von denen Edgar gar nicht wissen wollte, was sie waren oder mal gewesen waren.

»Sind alle in Ordnung?«, fragte er seinen Feuertrupp. Die Legionäre trugen bereits ihre Helme, sodass er ihre Gesichter nicht sehen konnte, doch er war sich ziemlich sicher, dass mindestens Becky und Li ihm bei seiner Frage die Zunge rausstreckten.

»Bin ich froh, dass ich meinen Helm aufhabe«, murmelte Vincent. »Ich möchte gar nicht wissen, wie das hier riecht.«

»Sicherlich nicht nach Parfum«, stimmte Galen zu.

Die Legionäre wateten hintereinander durch die knietiefe Flüssigkeit, bis sie voraus ein weiteres Loch im Asphalt über ihnen entdeckten. Das Loch stammte hundertprozentig von einem Luftangriff. Die geschwärzten Ränder deuteten auf die Waffen der Driziljäger hin. Zu ihrem Glück hatte der Beschuss eine kleine Lawine ausgelöst und das Geröll bildete eine behelfsmäßige Rampe, über die sie die Straße erreichen konnten.

Nacheinander erklommen sie die Rampe, wobei sie sich gegenseitig unterstützten, und traten hinaus in die Nacht. Edgar überprüfte sofort ihren Standort und scannte auf Lebenszeichen in der Nähe. Sie hatten Glück im Unglück. Sie waren zwar fast zehn Klicks von ihrem eigentlichen Ziel heruntergekommen, doch es war niemand in der Nähe. Genauso gut hätten sie mitten in einer ganzen Drizilarmee aufschlagen können.

Die Legionäre versammelten sich im Kreis.

»Also, Boss, was nun?«, fragte Galen, der sich etwas von dem Anzug kratzte, das sich Edgar gar nicht näher ansehen wollte.

»Wir gehen weiter wie gehabt. Wir sehen uns um und sammeln Informationen.«

»Was ist mit dem Bullfrog?«, fragte Vincent besorgt. »Ohne den kommen wir nicht mehr auf die VENGEANCE.«

Bei dieser Bemerkung warfen die übrigen Legionäre ihrem Anführer ebenfalls fragende Blicke zu. Dieser zuckte jedoch lediglich mit den Achseln.

»Keine Ahnung. Darüber machen wir uns Gedanken, wenn es so weit ist. Wir finden schon einen Weg zurück. Im Notfall leihen wir uns von den Drizil irgendein Vehikel.«

»Kannst du denn eins fliegen?«, fragte Galen und Edgar überkam der Verdacht, dass der Mann im Moment sehr amüsiert war.

»Wie gesagt, darüber machen wir uns später Gedanken«, beendete Edgar die unnötige Diskussion. Er aktivierte sein Kom.

»SCHNELLER TOD ist am Boden. Keine Ausfälle. Mission aufgenommen.«

Mit einer Handbewegung deutete er nach Norden.

»Vorwärts!«

Edgar führte seinen Trupp tiefer in die vom Krieg verwüstete Stadt. Das unterschwellige Gefühl drohenden Unheils war allgegenwärtig. Aus Dutzenden leerer Fenster schienen Augen jeder ihrer Bewegungen zu folgen. Gar nicht so einfach, unter solchen Umständen nicht paranoid zu werden. Edgar konnte nur vermuten, dass es seinen Legionären ebenso erging.

Er ließ seinen Trupp erst anhalten, als sie eine halbwegs intakte verlassene Lagerhalle fanden. In deren Schatten sanken sie jeweils auf ein Knie, um die Umgebung im Auge zu behalten.

»Ganz schön unheimlich«, kommentierte Galen.

»Allerdings«, gab Edgar ihm recht. »Keine Menschenseele weit und breit.«

In seinem Ohr knackte es mit einem Mal.

»Wer seid ihr?«

Edgar hob augenblicklich seine Waffe und spähte in die Finsternis. Es war nichts zu sehen. Selbst mit Nachtsicht nicht. Allerdings klang die Stimme menschlich, und wären es Drizil gewesen, hätten sie sich ohnehin nicht die Mühe gemacht, Verbindung aufzunehmen, sondern gleich geschossen. Daher gab es nicht viele Möglichkeiten.

»Feuertrupp Schneller Tod. Sturmkohorte. Und ihr?«

»Feuertrupp Nächtlicher Wahnsinn. Aufklärungskohorte.«

Aus der Dunkelheit voraus schälten sich fünf schlanke, athletische Gestalten. Die Legionäre überquerten die Straße im Sprint, gaben sich jedoch zu jedem Zeitpunkt gegenseitig Deckung. Mindestens zwei Gewehre wiesen ständig in dieselbe Richtung. Sie waren weniger als dreihundert Meter entfernt gewesen und Edgar hatte sie nicht wahrgenommen.

»Verdammt, sind die Jungs gut!«, kommentierte Vincent, als hätte er Edgars Gedanken gelesen.

Edgar nickte wortlos.

Der Anführer des Aufklärungs-Feuertrupps ließ sich neben Edgar auf ein Knie nieder und stellte den Schaft seines Nadelgewehrs neben sich auf den Boden, sodass der Lauf der Waffe in den Himmel wies. Sein Team stellte sich hinter ihm im Halbkreis auf, und zwar so, dass sie mit dem Rücken zu ihm standen.

Der Mann öffnete die Verschlüsse seines Helmes mit einer Hand und nahm ihn ab. Zum Vorschein kamen zwei intelligent blickende braune Augen, ein jugendliches Gesicht und kurz geschorene dunkle Haare.

»Lieutenant Michael Perrin«, stellte sich der Mann vor.

»Lieutenant Edgar Cutter.« Die beiden Offiziere reichten sich die Hand zu einem festen Händedruck.

»Wie war die Landung?«, fragte Perrin und lächelte verschmitzt.

»Hart«, entgegnete Edgar und verzog missmutig das Gesicht.

Perrin kicherte leise. »Ja, ich hab euch runtergehen sehen. Ich hätte nicht mit euch tauschen wollen. Sind alle unverletzt?«

»Ja, in der Hinsicht hatten wir Glück. Wo seid ihr runter?«

»Am Stadtrand, etwa drei Klicks in diese Richtung.« Er deutete mit dem Daumen in die Richtung, aus der sie gekommen waren.

»Schon was entdeckt?«, fragte Perrin plötzlich ernst.

»Nichts. Alles wie ausgestorben.«

Perrin nickte angestrengt. »So wie auf unserem Weg.«

Edgar befragte seinen Chronometer. »In zwanzig Stunden holt uns die VENGEANCE wieder ab. Bis dahin sollten wir etwas vorzuweisen haben.«

Perrin nickte. »Während des Anflugs konnten wir Kämpfe im Osten und Süden ausmachen, außerdem viele Brände sowie eine regelrechte Schlacht außerhalb der Stadt.«

»Wie weit?«

»Etwa elf Klicks von hier.«

Edgar dachte angestrengt nach. Im Moment war eine Richtung so gut wie die andere. Je länger sie an einem Fleck blieben, desto größer war die Gefahr, entdeckt zu werden. Sie mussten aufbrechen. Sofort.

»Ich schlage vor, wir sehen uns erst mal innerhalb der Stadt um. Falls wir keine zufriedenstellenden Informationen bekommen, können wir die Stadt immer noch für einige Stunden verlassen.«

»Einverstanden«, meinte Perrin und machte Anstalten, seinen Helm wieder aufzusetzen. Er zögerte jedoch und rümpfte angewidert die Nase. »Was stinkt hier eigentlich so bestialisch?«

Edgar wechselte mit seinen Legionären verhaltene Blicke, bevor er sich erneut dem Lieutenant zuwandte. »Fragen Sie lieber nicht.«

Daniel Red Cloud und sein Trupp folgten einer Schneise der Zerstörung. Der abstürzende Bullfrog hatte bei seinem *Landeanflug* mehrere Gebäude der Länge nach durchquert und dabei erhebliche Schäden verursacht. Zu guter Letzt war das Gefährt durch die Straße in die Kanalisation gebrochen.

Daniel leuchtete mit dem Scheinwerfer, das am Unterlauf seines Gewehrs befestigt war, in die Tiefe. Den zerstörten Bullfrog konnte er in dem brackigen Abwasser gerade noch erkennen. Er war eingesunken und ziemlich mitgenommen, doch die Ausstiegsluke stand weit offen. Zufrieden schaltete er den Scheinwerfer ab.

»Jemand hat den Absturz überlebt.«

»Von welcher Legion die wohl sind?«, meinte Jonas. »Ich dachte, die wären inzwischen alle tot.«

»Du spinnst wohl?«, widersprach Simon vehement. »So gut sind die Drizil auch nicht, jeden Widerstand innerhalb von ein paar Monaten auszumerzen.« Er hob stolz den Kopf. »Und imperiale Legionen sowieso nicht.«

»Seid ihr jetzt fertig?«, unterband Daniel nachdenklich den Streit. Seine beiden Kameraden schwiegen augenblicklich. »Sie sind nach Norden.«

»Großartig«, meinte Jonas. »Genau in die Richtung, in der die Kacke am Dampfen ist.«

»Er hat recht.« Simon schüttelte den Kopf. »In der Richtung gibt es mehr Drizil als sonst wo auf dem Planeten. Und mehr Kämpfe.«

Daniel schulterte sein Gewehr, ohne die Einwände zu beachten. »Na und wenn schon. Wir müssen unbedingt herausfinden, wer die Typen sind. Also hört auf zu murren. Passt lieber auf, dass wir nicht in einen Drizilhinterhalt laufen.«

Mit wiegendem Schritt setzte er sich in Bewegung. Er konnte es kaum erwarten, die anderen Legionäre einzuholen, denn Jonas hatte eine berechtigte Frage aufgeworfen: Von welcher Legion zum Teufel kamen die Kerle?

Edgar duckte sich hinter einer Schutthalde. Einschläge von Drizilprojektilen wirbelten rings um ihn kleine Dreckfontänen in die Luft. Sein Kampfanzug wurde mehrmals getroffen, doch die Projektile besaßen nicht genug Durchschlagskraft, um die Panzerung zu durchdringen.

Er hob den Kopf gerade lange genug, um in einer fließenden Bewegung sein Gewehr anzulegen und eine Salve auf die Drizil abzufeuern, die sich auf einem Dach etwa fünfhundert Meter die Straße hinauf verschanzt hatten.

Einer der Drizil kreischte vor Schmerz schrill auf und stürzte auf die Straße. Seine Kameraden, plötzlich vorsichtiger geworden, gingen hastig in Deckung. Das Feuer ließ merklich nach.

Sein restlicher Trupp hatte sich an mehreren Standorten schräg hinter ihm postiert. Perrin und sein Aufklärungstrupp waren bereits kurz nach dem Angriff aus dem Hinterhalt verschwunden. Edgar konnte sie weder sehen noch orten.

Er aktivierte sein Kom.

»Perrin? Perrin, zum Teufel, wo sind Sie?«

»Nur die Ruhe, Cutter«, kam unerwarteterweise sofort die Antwort. »Wir sind gerade dabei, die Situation zu klären.«

Bevor Edgar fragen konnte, was diese rätselhafte Antwort zu bedeuten hatte, drangen Schüsse und Drizilschreie aus dem Gebäude, in dem der Hinterhalt gelegt worden war. Ruhe kehrte genauso plötzlich ein wie zuvor der Kampflärm.

»Situation geklärt«, meldete Perrin über Funk.

Die Gestalt des Aufklärungs-Truppführers trat aus dem Eingang des Gebäudes. Nacheinander folgten ihm seine vier Legionäre.

Edgar erhob sich mühsam und klopfte sich Staub und Dreck von dem Kampfanzug.

»Sie hätten mir auch sagen können, was Sie vorhaben«, meinte Edgar ein wenig gekränkt.

»Tut mir leid, aber wir sind es gewohnt, mehr oder weniger selbständig zu arbeiten.«

Edgar irrte sich vielleicht, aber die Stimme Perrins klang ganz und gar nicht bedauernd.

8

Die HMS Europa, ein Schlachtkreuzer der Behemoth-Klasse, drang mit aktivierten Waffen und voll besetzten Kampfstationen ins Nerkansystem ein.

Eine einsame Drizilfregatte der Vandal-Klasse schob Wachdienst an der Systemgrenze. Als die Europa einflog, war sie bereits in Schussweite des viel kleineren und verletzlichen Schiffes. Die Besatzung verlor keine Zeit. Die Drizil waren der Feind und der Feind musste angegriffen und vernichtet werden.

Schlachtkreuzer der Behemoth-Klasse waren nach der Swordmaster-Klasse die zweitstärkste Klasse von Kriegsschiffen des Imperiums und dementsprechend gut bewaffnet. Die Europa feuerte eine einzelne Breitseite auf die Drizilfregatte ab und entließ damit ein Gewitter aus Licht gegen das kleinere Schiff. Es war ein ungleicher Kampf. Die Besatzung des Drizilschiffes hatte keine Chance.

Es ging alles so schnell, dass sie nicht einmal einen Notruf absetzen, geschweige denn zurückschießen konnten. Innerhalb weniger Wimpernschläge war die Fregatte nur noch eine sich ausbreitende Trümmerwolke im All.

Captain Miles Edward O'Halligan rutschte in seinem Kommandosessel hin und her. Er war ein leidenschaftlicher Mann und es war schwer für ihn, seine Emotionen so weit zu zügeln, dass kein Anzeichen nach außen drang. Er war sich sehr wohl bewusst, dass er seine Gefühle besser unter Kontrolle halten müsste, um seiner Besatzung ein Vorbild zu sein, doch er schaffte es nie, seine guten Vorsätze diesbezüglich einzuhalten.

»Bericht!«, forderte er.

»Wir erhalten erste Sensordaten von Nerkan III«, erklärte Commander Benjamin Ndoto, sein XO. Nerkan III war der einzige bewohnte Planet des Systems und der Standort der hiesigen imperialen Kolonie.

»Lebenszeichen?«

»Eine Menge«, nickte Ndoto, während er immer noch seine Daten analysierte.

»Drizil oder menschlich?«, wollte O'Halligan ungeduldig wissen.

Ndoto sah auf, sein Gesicht eine Maske der Frustration. »Beides. Und in der Umlaufbahn befinden sich mindestens drei Dutzend Drizilschiffe, und das nur auf der uns zugewandten Seite des Planeten. Durchaus möglich, dass auf der Rückseite noch mehr Schiffe liegen.«

»Anzeichen für Kämpfe?«

»Keine, Sir. Außerdem fangen wir auf keiner Ligafrequenz Funksprüche irgendwelcher Art auf. Der Planet ist gefallen.«

O'Halligan fluchte innerlich. Nerkan war bereits das zweite System, das sie anliefen. Das erste war von den dreimal verfluchten Drizil sterilisiert worden. Dort lebte niemand mehr und würde auch auf absehbare Zeit niemand mehr leben. Und nun das. Es hatte keinen Sinn, die Feuertrupps, die er mitführte, auf Nerkan abzusetzen. Der Planet war abgeriegelt, die Drizil hatten alles unter Kontrolle und es war fraglich, ob er überhaupt nah genug an den Planeten kam, um die Bullfrogs abzusetzen, geschweige denn sie wieder aufzunehmen. Nein, es war besser, kein Risiko einzugehen und stattdessen das nächste System auf seiner Liste anzufliegen.

Er wollte gerade den Befehl geben, als Commander Ndoto mit einer knappen Geste auf sich aufmerksam machte.

»Skipper?! Wir bekommen hier seltsame Anzeigen.«

»Vom Planeten?«

»Nein, aus dem Asteroidenfeld.«

O'Halligan setzte sich ruckartig auf. Nerkan verfügte über ein ziemlich großes Asteroidenfeld in Form zweier Ringe um den vierten Planeten des Systems.

»Können Sie die Herkunft näher bestimmen?«

»Hm ...«

»Was hm?«

»Die Anzeigen sind wirklich sehr seltsam. Es ist beinahe so, als ...«

»Ja?!«

Ndoto stutzte. »Sir? Wir werden gerufen.«

»Gerufen? Von wem denn um Himmels willen? In diesem System existiert doch nichts mehr, was fähig wäre, uns zu rufen.«

»Anscheinend doch, Sir. Es ist ein Schiff-zu-Schiff-Ruf.«

»Durchstellen!«, befahl O'Halligan.

Ein Hologramm baute sich auf und zeigte einen Flottenoffizier des Imperiums in mittleren Jahren in zerschlissener Uniform und mit zerzausten Haaren. Der Mann hatte offenbar einiges hinter sich. Hinter ihm konnte O'Halligan Teile einer Kommandobrücke sehen, die in ähnlich schlechtem Zustand war wie der Offizier selbst. Einige der Konsolen vermittelten den Eindruck, als seien sie in der näheren Vergangenheit explodiert, und ein Brandfleck wies auf mindestens ein größeres Feuer auf der Brücke hin.

»Captain O'Halligan«, stellte er sich vor. »Von der HMS Europa. Mit wem spreche ich?«

»Captain Everest Peter Saint Moure, Kommandant des Trägers HMS South Africa.«

»Bitte verzeihen Sie, Captain ... wir sind jedoch sehr überrascht, Sie hier anzutreffen. Unsere Sensordaten ...«

»Sagen Ihnen, dass das System in Drizilhand ist und der imperiale Widerstand gebrochen wurde. Das ist in der Tat korrekt. Das System fiel vor etwa zwei Monaten. Seitdem verstecken wir uns hier im Asteroidenfeld. Als klar war, dass die Schlacht um Nerkan verloren ging, zogen wir uns hierher zurück, um der Vernichtung zu entgehen. Wie gesagt, seitdem verbergen wir uns hier. Der Großteil unserer Energie - einschließlich der Lebenserhaltung - ist abgeschaltet, damit die Drizil uns nicht orten. Wir haben viele Besatzungsmitglieder durch Erfrierungen verloren. Uns gehen die Nahrungsmittel aus. Bitte sagen Sie mir, dass Sie aus einem sicheren Hafen kommen.«

»In der Tat, das tun wir«, erwiderte O'Halligan. Die Erleichterung Saint Moures war unübersehbar. Allerdings kam O'Halligan nicht umhin, seinen Zweifeln, die er angesichts Saint Moures Geschichte hegte, Ausdruck zu verleihen.

»Warum sind Sie nicht aus dem System gesprungen? Bei unserer Ankunft haben wir nur eine Wachfregatte vorgefunden. Die hätten Sie sicher leicht überwältigen können ...«

»Viele Schiffe unter meinem Kommando sind schwer beschädigt und bringen kaum die Beschleunigung auf, um die Systemgrenze schnell zu erreichen. Wir hatten die Befürchtung, dass die Drizil bei Nerkan III uns orten, einholen und vernichten würden, bevor wir Sprunggeschwindigkeit erreichen. Außerdem ... fliehen? Wohin? Wir wussten einfach nicht, wohin.« O'Halligan spürte die tiefe Verzweiflung in den Worten des anderen Flottenoffiziers. Seine Ausführungen hatten einiges für sich. Er war sich nicht sicher, wie er an dessen Stelle gehandelt hätte.

»Über wie viele Schiffe verfügen Sie?«

»Neun.«

»Typen und Klassen?«

»Mein eigener Träger der Fortress-Klasse, drei Kreuzer der Ares-Klasse, ein Begleitkreuzer der Guardian-Klasse sowie vier Korvetten der Gunner-Klasse.«

O'Halligan überlegte fieberhaft. Das war tatsächlich nicht viel, vor allem nicht, um hinter den feindlichen Linien zu überleben, und das auch noch zwei Monate lang. Die Drizil waren nicht allmächtig und ein System - jedes System - ziemlich groß. Oftmals zu groß, um alles lückenlos zu kontrollieren. Möglich, dass Saint Moure und seine Schiffe ihnen tatsächlich entwischt waren. Trotzdem schrie eine innere Stimme O'Halligan zu, dass hier irgendetwas nicht stimmte.

Der Captain der Europa erwog für einen Moment tatsächlich, die Ansammlung beschädigter Schiffe sich selbst zu überlassen. Doch sein Pflichtgefühl als Offizier Seiner Majestät Raumflotte übernahm die Oberhand und es war schlichtweg gegen sein Ehrgefühl, bedrängte Kameraden sich selbst zu überlassen.

»Captain Saint Moure, fahren Sie Ihre Energiesysteme hoch und weisen Sie die Schiffe unter Ihrem Kommando an, es Ihnen gleichzutun. Sobald Sie so weit sind, übermitteln wir Ihnen Sprungkoordinaten.«

Vor Erleichterung sackten Saint Moures Schultern ein ganzes Stück weit ab. »Vielen Dank, Captain! Es wird etwas dauern, bis wir so weit sind.«

»Verstanden. Melden Sie sich, sobald Sie bereit für den Aufbruch sind.«

»Aye, Captain«, bestätigte der andere Kommandant und O'Halligan beendete die Verbindung.

Ndoto trat so dicht an seinen Kommandosessel, dass O'Halligan dessen Atem im Nacken spüren konnte.

»Ja, XO? Sie wollen etwas sagen?«

Ndoto räusperte sich verlegen. »Bei allem Respekt, Skipper, aber ... ist das klug?«

O'Halligan drehte seinen Kommandosessel um hundertachtzig Grad, um Ndoto Auge in Auge zu begegnen. »Sie mitzunehmen?«

Sein XO nickte. Es war ihm sichtlich unangenehm, seinem Kommandanten zu widersprechen oder sogar eine seiner Entscheidungen anzuzweifeln, trotzdem sprach er weiter. »Sie überleben hier seit zwei Monaten, ohne auch nur zu versuchen, dieses System zu verlassen. Das ist ... beunruhigend.«

»Weiter!«, forderte O'Halligan seinen XO auf.

»Dass die Drizil sie so lange nicht gefunden haben, macht mir große Sorgen. Kaum zu glauben, dass die Fledermausköpfe das System nach der Eroberung nicht gründlich abgesucht haben.«

O'Halligan ließ sich mit keiner Regung seiner Gesichtsmuskeln anmerken, dass Ndotos Befürchtungen sich in ähnlichen Bahnen bewegten wie seine eigenen zuvor.

»Und was soll ich tun, Benjamin? Auf diesen Schiffen befinden sich Tausende von Menschen. Unsere Kameraden. Wir können Sie nicht einfach sich selbst überlassen. Das wäre mit Sicherheit ihr Tod.«

Ndoto wollte etwas sagen, doch O'Halligan gebot ihm mit erhobener Hand Einhalt. »Aber Sie haben völlig recht. Wir sollten das Ganze nicht auf die leichte Schulter nehmen. Bevor wir Perseus ansteuern, werden wir einige Haken schlagen und ein paar unbewohnte Systeme anfliegen, bevor wir Kurs auf die Heimat setzen. Nur für alle Fälle.«

»Und Nerkan?«, fragte sein XO. »Unser Befehl lautet, das System aufzuklären.«

O'Halligan schnaubte frustriert. »Hier gibt es nichts mehr aufzuklären. Unserer Sache ist am besten gedient, wenn wir mit den wenigen Informationen, die wir haben, zurückkommen und noch ein paar Schiffe und Soldaten mitbringen. Auch wenn die Schiffe tatsächlich in so schlechtem Zustand sein sollten, wie Saint Moure meint. Im Moment können wir alle Hilfe gebrauchen, die wir kriegen können. Ein weiterer Grund, diese Schiffe mitzunehmen.«

Ndoto schien noch nicht überzeugt, fügte sich jedoch mit einem einfachen Kopfnicken der Entscheidung. »Aye, Sir.«

»Sir?«, bat plötzlich der taktische Offizier der EUROPA um Aufmerksamkeit.

»Was gibt es, Levski?«, fragte O'Halligan.

»Ich empfange Daten aus der Umlaufbahn von Nerkan III. Eine große Gruppe feindlicher Schiffe hat soeben die Umlaufbahn verlassen.«

O'Halligan war sofort alarmiert. »Wie viele?«

»Etwa zwanzig.«

»Sind bereits einzelne Klassen unterscheidbar?«

»Nicht bei allen, aber die Formation wird von mindestens zwei Flaggschiffen der Intruder-Klasse angeführt.«

O'Halligan fluchte unterdrückt. Flaggschiffe der Intruder-Klasse waren die größten und kampfstärksten Schiffe im Arsenal der Drizil. Sie waren sogar imperialen Kriegsschiffen der Swordmaster-Klasse ebenbürtig. Die Europa hätte es unter Umständen mit viel Glück mit einem dieser Schiffe aufnehmen können. Die Chancen, gegen zwei zu bestehen, tendierten gegen null. Und die Begleitflotte war in diese Rechnung noch nicht einmal mit einbezogen.

»Ankunftszeit?«

»Sie erreichen uns in knapp einer Stunde.«

»Warum ausgerechnet jetzt?«, fragte Ndoto. »Das kann doch kein Zufall sein.«

»Ist es auch nicht«, entgegnete O'Halligan. »Sie müssen unsere Übertragung aufgefangen haben. Saint Moures Kontaktaufnahme hat uns verraten.« Er fluchte erneut. »Verbindung herstellen.«

Saint Moures Hologramm baute sich überraschend schnell vor O'Halligan auf.

»Wie weit sind Sie?«, fragte der Captain der Europa ohne Einleitung.

»Wir brauchen noch etwas. Wieso?«

»Drizilschiffe auf Abfangkurs. Beinahe zwei Dutzend.«

Hologramme waren von jeher eher blass, das lag in der Natur der Technologie begründet, doch O'Halligan bekam den Eindruck, dass Saint Moures Gesicht schlagartig jegliche Farbe verlor.

»Die Systeme hochfahren dauert leider seine Zeit. Um unsere Entdeckung zu vermeiden, hatten wir alles heruntergefahren. Wann erreichen Sie uns?«

»Eine Stunde.«

»Wir benötigen noch knapp dreißig Minuten.«

O'Halligan überflog im Kopf die Zahlen. »Das lässt uns kein großes Zeitfenster für die Flucht.«

»Wir beeilen uns«, versprach Saint Moure. »Vielleicht gelingt es uns, noch ein paar zusätzliche Minuten herauszuholen.«

»Jede Minute zählt«, stimmte O'Halligan zu und unterbrach die Verbindung.

Ndoto trat näher. »Ihre Befehle, Sir?«

»Wir müssen damit rechnen, dass die Drizil in Gefechtsdistanz sind, bevor wir abrücken können.« O'Halligan straffte die Schultern. »Alle Mann auf die Kampfstationen. Klar Schiff zum Gefecht.«

Die Drizil schlossen mit halsbrecherischer Geschwindigkeit auf, sodass die Vorhersage von einer Stunde nicht zutraf. Die Drizilschiffe benötigten lediglich knapp vierzig Minuten, um in Schussweite zu gelangen. Und entgegen Saint Moures Zusage, waren seine Schiffe keineswegs bereit für die Flucht.

»Feindlicher Abschuss!«, meldete Ndoto. Seine Stimme überschlug sich vor Eifer.

»Zeit bis Einschlag?«

»Weniger als vier Minuten.«

»Ausweichmanöver einleiten. Abfangtorpedos klar zum Abschuss!«

»Aye, Skipper.«

»Eine Verbindung zur SOUTH AFRICA.«

Als hätte Saint Moure nur darauf gewartet, baute sich das Abbild des anderen Kommandanten vor O'Halligan auf.

»Captain, wir werden angegriffen.«

»Ich sehe es. Wir rücken gerade aus dem Asteroidenfeld ab. Unsere Reisegeschwindigkeit liegt aber sechzig Prozent unter unserer Normkapazität.«

Vor Frustration knirschte O'Halligan mit den Zähnen. Er spürte, wie ein kleines Stück Schneidezahn abbrach; er spuckte es geistesabwesend aus.

Mit dieser Geschwindigkeit entkommen wir ihnen nie. Gegen uns ist selbst eine Schnecke noch schnell.

»Captain, wir übermitteln jetzt Sprungkoordinaten«, er nickte seinem Navigator zu, der sich augenblicklich seiner Konsole widmete. »Sie springen, sobald Ihre Schiffe in Position sind.«

»Was ist mit Ihnen?«

»Wir geben Ihnen Deckung.«

Bei diesem Versprechen warf Ndoto ihm einen ungläubigen Blick zu, die Augenbrauen über der Nasenwurzel zusammengezogen. O'Halligan zuckte als Antwort mit den Achseln, als wollte er sagen: »Ja, ich weiß auch noch nicht, wie ich mit einem Schiff zwanzig Gegner in Schach halten soll, aber welche Alternative haben wir denn?«

»Verstanden.« Das Hologramm Saint Moures verschwand.

O'Halligan sah noch einen Augenblick auf die Stelle, an der das Abbild des anderen Kommandanten soeben verschwunden war. Wenn er ehrlich zu sich selbst war, hätte er etwas mehr Widerstand gegen seinen Vorschlag erwartet oder zumindest das Angebot, ihm zu helfen.

»Wie lange, bis Saint Moures Schiffe Sprunggeschwindigkeit erreichen?«

»Siebzehn Minuten.«

Großartig!

»Meine Damen und Herren, irgendwie müssen wir siebzehn Minuten für unsere Freunde herausschlagen und danach noch mit heiler Haut entkommen.«

Die Brückenbesatzung enthielt sich wohlweislich jeglichen Kommentars, sie waren ohnehin zu sehr mit ihren Aufgaben beschäftigt.

»Feindliche Flugkörper erreichen Gefechtsdistanz, Skipper.«

O'Halligan nickte. »Feuer!«

Die Torpedorohre der EUROPA entluden eine Salve Abfangtorpedos ins All. Diese Waffen waren relativ neu und erst seit einem Jahr Bestandteil imperialer Schiffsbewaffnungen. Die Flugkörper wurden von der Energiesignatur feindlicher Flugkörper angezogen. Kaum hatten die klobigen Lenkwaffen die Rohre verlassen, strebten sie den einkommenden Geschossen der Drizil entgegen.

O'Halligan beobachtete auf seinem Hologramm gespannt, wie sich beide Salven annäherten. Ihm wurde übel bei der Menge an Energietorpedos, die die Drizil ihm entgegenwarfen. Bei näherer Betrachtung, war er überdies sicher, dass einige der feindlichen Geschosse die *Grüne Pest* trugen. Eines war klar, lange würden sie einer solchen Feuerkraft nicht standhalten können. Die Drizil benötigten nur eine Handvoll sauberer Treffer und die EUROPA würde das System nicht mehr verlassen.

Kurz vor dem Aufprall, zerplatzten die Gefechtsköpfe der Abfangtorpedos und entluden Dutzende kleiner Projektile in die Flugbahn der Drizilwaffen.

Vor dem Bug der EUROPA blühten unzählige Explosionen auf, als die flinken tödlichen Geschosse ihre Ziele fanden und die Waffen der Drizil reihenweise zur Explosion brachten.

Die EUROPA selbst hatte bereits mit Ausweichmanövern begonnen, um die Geschosse, die dem Feuersturm zwangsläufig entgehen würden, zu verwirren.

Zwischen den Trümmern des Feuersturms, den der Schlagabtausch hinterlassen hatte, tauchten bereits erste Flugkörper auf.

»Oh nein!«, hauchte Ndoto.

»Was?«

»Der Großteil der Salve zielt nicht auf uns, Captain.«

O'Halligans Gesicht verlor jegliche Farbe. »Kom! Warnen Sie Saint Moure. Sofort!«

»Achtung Aufprall!«, schrie Ndoto.

Die Punktverteidigungslaser hatten indes mit der Bestrahlung der Vektoren der einkommenden Geschosse begonnen und zerstörten fast vierzig der tödlichen Waffen, die an den Abfangtorpedos vorbeigekommen waren. Das Ergebnis konnte sich sehen lassen. Es war mehr, als man hätte erwarten dürfen. Trotzdem war es nicht genug.

O'Halligans Sicherheitsgurte schnitten ihm schmerzhaft in die Schultern, als er in seinem Sitz nach vorn gedrückt wurde. Das Metall der Kommandobrücke ächzte protestierend auf. Menschen schrien voller Panik und Angst. Der Sitz der Schadenskontrolle wurde mitsamt dem diensthabenden Offizier aus der Verankerung gerissen und quer über die Brücke geschleudert.

Als der Sitz gegen die nächste Wand prallte, hörte O'Halligan selbst über den Gefechtslärm das ekelhafte Geräusch berstender Knochen.

So schnell die Zerstörung über die Europa gekommen war, so schnell ebbte der Angriff ab.

»Bericht!«, forderte der Captain mit rauer Stimme.

»Energiesysteme sind beschädigt, Output ist bei unter sechzig Prozent.« Auf der Brücke war ein Feuer ausgebrochen; mehrere Besatzungsmitglieder versuchten verzweifelt, es zu löschen. Durch den Rauch vermochte er nicht zu erkennen, woher Ndotos Stimme kam.

Eine Gestalt schälte sich aus dem Qualm, wankend und unsicher auf den Beinen. Erst auf den zweiten Blick erkannte der Skipper der Europa seinen XO.

Das Gesicht des Mannes war über und über mit Blut besudelt. Soweit O'Halligan erkennen konnte, sickerte es aus einem bösen Riss auf dessen Stirn. Ndoto hielt seinen linken Arm eng am Körper, was mindestens auf eine Prellung, vielleicht sogar einen Bruch hindeutete. Trotzdem nahm der Offizier von irgendwoher die Kraft, einen vollständigen Schadensbericht abzuspulen.

»Wir haben acht Torpedorohre verloren, ebenso mindesten zehn Prozent unserer Energiewaffen an Backbord, und der Kontakt zu drei Decks ist abgebrochen.«

»Risse in der Außenhülle?«

»Zum Glück nicht«, verneinte der XO und wischte sich Blut von den Augenlidern. »Das hätten wir auch gemerkt. Beim Grad unserer Beschädigungen hätte bereits ein einzelner Riss ausgereicht, das Schiff in Stücke zu reißen. Wir können von Dusel reden, dass wir noch hier sind.«

»Großer Gott!«, hauchte O'Halligan. »Und dabei hat der Großteil der Salve gar nicht uns gegolten. Wie geht es Saint Moure und seinen Schiffen?«

»Unsere Sensoren arbeiten nicht mehr zuverlässig, aber soweit ich das beurteilen kann, nicht gut. Ein Kreuzer der Ares-Klasse und zwei Korvetten sind mit Sicherheit zerstört. Die übrigen Schiffe haben alle mehr oder minder schwere Schäden erlitten. Saint Moures Träger hat es besonders schwer erwischt.«

Ndoto wankte bedenklich und O'Halligan wollte sich bereits losschnallen, um den Mann aufzufangen, falls dieser stürzen sollte. Der XO fing sich jedoch wieder. Sein Blick klärte sich zumindest so weit, dass O'Halligan ihn für halbwegs diensttauglich hielt. Es blieb ihm ohnehin keine Wahl, beim Stand der Dinge konnte er auf Ndoto nicht verzichten.

Der weibliche Lieutenant am Kom meldete sich zu Wort. »Ein Signal von der SOUTH AFRICA.«

»Geben Sie sie mir.«

Das Hologramm der Signalübermittlung baute sich flackernd vor O'Halligan auf. Hinter Saint Moure brannte etwas auf der Brücke des angeschlagenen Trägers. O'Halligan sah nicht viel von der SOUTH AFRICA, doch was er sah, bestärkte ihn in dem Glauben, dass sein Schiff tatsächlich noch großes Glück gehabt hatte - ungeachtet der erlittenen Schäden.

»Wie ist Ihr Status, O'Halligan?«, fragte Saint Moure besorgt.

»Schwer angeschlagen, aber noch nicht aus dem Rennen. Es würde zu weit führen, alle Schäden zu nennen. Die Zeit haben wir nicht. Und bei Ihnen?«

»Ähnlich. Ich habe drei Schiffe verloren und die anderen stehen alle mehr oder weniger davor auszufallen. Noch so eine Salve überleben wir nicht.«

»Wie lange noch, bis Sie springen können?«

Saint Moures Kopf verschwand für einen Moment aus dem Bildausschnitt, als er jemanden um die Information bat. »Acht Minuten. Halten Sie so lange durch?«

»Habe ich eine Wahl?«

»Nein«, erwiderte Saint Moure. O'Halligan wollte die Verbindung bereits beenden, doch der andere Captain zögerte, was ihn zurückhielt. Der Mann fühlte sich offenbar nicht wohl in seiner Haut.

»Wenn Sie wollen, kommen wir Ihnen zu Hilfe, Captain«, sagte Saint Moure schließlich. Trotz ihrer drohenden Vernichtung, schlich sich beinahe ein Lächeln auf O'Halligans Lippen. Da war sie, die Ehre und Kameradschaft unter imperialen Offizieren, auf die O'Halligan die ganze Zeit gewartet hatte. Er war sogar versucht, das Angebot anzunehmen, doch in diesem Fall würde keines ihrer Schiffe aus diesem System entkommen. Es gab nur zwei Alternativen: Entweder er stellte sich dem Gegner und hielt ihn auf und Saint Moure entkam, oder er benutzte Saint Moures Schiffe, um seine eigene Flucht zu decken. Letzteres kam nicht infrage.

»Sie haben die Koordinaten, die wir Ihnen geschickt haben?«

Saint Moure nickte.

»Schlagen Sie ein paar Haken, um sicherzugehen, dass Ihnen keine Drizil auf den Fersen sind.«

»Ich verstehe, Captain und ... danke.«

»Viel Glück, Captain Saint Moure.«

Das Abbild des anderen Kommandanten verschwand.

»Commander Ndoto.«

»Skipper?«

»Kurs auf den Angreifer nehmen. Wir fliegen mitten durch sie hindurch.«

Ndoto öffnete den Mund, um etwas zu erwidern, besann es sich jedoch anders und sagte: »Navigation. Kurs setzen auf feindliche Formation. Bringen Sie uns mitten durch sie hindurch.«

»Kurs wird eingegeben, aye-aye, Sir.«

Die Europa rollte sich schwer um die Längsachse, um auf Angriffskurs zu gehen. Schon in dieser Bewegung erkannte O'Halligan, wie angeschlagen der Schlachtkreuzer war. Die Drizil näherten sich in mehreren gestaffelten Linien, die Flaggschiffe der Intruder-Klasse im Zentrum der Formation mit leichten Kampfschiffen ober- und unterhalb zur Feuerunterstützung.

O'Halligan war klar, dass er gegen die beiden Intruder nicht viel würde ausrichten können, daher beschloss er, die Reihen der leichteren Schiffe auszudünnen und so viele zu erledigen wie möglich, bevor die Intruder ihn und die Europa erledigten.

Die Drizil überbrückten die Entfernung zur Europa erschreckend schnell - und viel zu überheblich. Sie verzichteten sogar darauf, eine weitere Salve ihrer Flugkörper abzufeuern. Die Europa hätte dem kaum etwas entgegenzusetzen gehabt. Sie wollten den Schlachtkreuzer im Nahkampf erledigen.

Idioten! Noch sind wir nicht tot.

Die Intruder eröffneten zuerst das Feuer. Beide gleichzeitig. Die Treffsicherheit der gegnerischen Kanoniere stellte sich als überraschend akkurat heraus. Sie konzentrierten sich auf den spitz zulaufenden Bug der EUROPA. Ein Schauder durchlief das Schiff, wie ein Tier, das seinen letzten Atemzug tat. Vielleicht hatte die EUROPA sogar so etwas wie eine Seele und spürte, dass ihr Ende bevorstand.

O'Halligan hielt sein Feuer wohlweislich zurück. Die Panzerung des Schlachtkreuzers war dick und würde diesem Beschuss noch einige Minuten problemlos standhalten, sogar nach den Schäden des Lenkwaffenangriffs. Er wollte mit der ersten Salve so viel Schaden wie möglich anrichten. Es war denkbar, dass er keine Gelegenheit mehr zu einer zweiten erhalten würde.

Die EUROPA drang unbeirrt auf den Feind ein, ohne das Feuer zu erwidern. Der Schlachtkreuzer setzte sich genau zwischen den Feind und Saint Moures Schiffe, damit die Drizil nicht weiter auf die flüchtenden Einheiten schießen konnten. Damit drängte sich die EUROPA allerdings ins Zentrum der feindlichen Aufmerksamkeit.

Ganz ruhig, sagte O'Halligan im Geist zu sich selbst. *Noch nicht, aber gleich.*

Erste Strahlen drangen durch die dicke Bugpanzerung. Auf der Brücke des Schlachtkreuzers leuchteten schlagartig ein halbes Dutzend roter Lampen auf.

Noch nicht! Noch ein kleines Stück!

Ein Flaggschiff der Intruder-Klasse schlitzte die Steuerbordbreitseite mit seinen Laserwaffen auf. Zu den anfänglichen Schadensmeldungen gestellten sich weitere.

JETZT!

»Feuer!«

In einem Blitzgewitter entlud die EUROPA ihre ganze Wut auf den Gegner. Mit den verbliebenen Waffen teilte der Schlachtkreuzer in alle Richtungen gewaltige Schläge aus.

Wo die Energieentladungen auf die dicke Panzerung der Intruder-Großkampfschiffe trafen, zerfaserten sie lediglich, doch ihre Begleitschiffe waren bei Weitem nicht so gut geschützt und bekamen die Auswirkungen in all ihren schrecklichen Konsequenzen zu spüren.

Ein Schlachtkreuzer der Behemoth-Klasse verfügte vor allem auf mittlere und kurze Distanz über eine Ehrfurcht gebietende Feuerkraft. Bereits mit der ersten Salve zerblies die EUROPA drei Fregatten der Vandal-Klasse und einen Zerstörer der Ghost-Klasse. Die nächste Breitseite schoss einen feindlichen Träger manövrierunfähig und perforierte einen weiteren Zerstörer vom Bug bis zum Heck. Die letzten Schüsse aus den Laserbatterien der EUROPA ließen eine feindliche Fregatte für einen Sekundenbruchteil heller leuchten als eine Sonne, bevor das zum Untergang verurteilte Schiff in einer grellgoldenen Explosion zerplatzte. Doch damit war das Glück des terranisch-imperialen Kriegsschiffes verbraucht.

Synchron eröffneten die beiden Großkampfschiffe der Intruder-Klasse das Feuer. Die Strahlbahnen trafen oberhalb der Brücke die Panzerung und schmolzen sie einfach davon. Die Tropfen erkalteten im Vakuum augenblicklich und wirbelten ins All davon. Doch damit nicht genug. Die Strahlen fraßen sich tiefer in das Schiff, zerstörten die Brücke und verdampften alles organische Material im Inneren. O'Halligan bekam das Ende seines Schiffes nicht mehr mit.

Für gewöhnlich hätte in einem solchen Fall die Ersatzbrücke des Schiffes den Betrieb der EUROPA aufrechterhalten, doch diese Gelegenheit erhielt die Besatzung nie.

War die Panzerung einmal durchbrochen, fraßen sich die Strahlen tiefer in das sensible Innenleben des Kriegsschiffes, zerstörten oder verdampften alles auf ihrem Weg, bis sie Reaktor und Antrieb erreichten – und die EUROPA von einer Sekunde zur nächsten buchstäblich aufhörte zu existieren. Zurück blieb eine sich ausbreitende Trümmerwolke im All.

Doch das Opfer, das die Besatzung der EUROPA brachte, war umsonst. Kurz nach der Zerstörung des Schlachtkreuzers sprang ein einzelnes Drizilschiff hinter den flüchtenden imperialen Einheiten in den Hyperraum, ohne dass diese sich ihres Verfolgers bewusst waren.

9

Der Drizilposten bewegte sich keinen Millimeter. Nur der ruckartig von einer zur anderen Seite zuckende Kopf bewies seine Wachsamkeit. Wäre dies nicht gewesen, er hätte genauso gut eine in Stein gemeißelte Statue sein können.

Edgar kroch in die Deckung einiger Trümmer, die in früheren Zeiten einmal ein Gebäude gewesen sein mochten. Nun standen nur noch einige Säulen an dem, was vom Eingang übrig war, und spärliche Mauerreste, die den Grundriss umgaben.

Aus Erfahrung wusste er, dass die Drizil sowohl bei Tag als auch bei Nacht extrem schlecht sahen, daher stießen sie in unregelmäßigen Abständen ihre für das menschliche Ohr nicht wahrnehmbaren Ultraschalltöne aus, um Bedrohungen aufzuspüren.

Edgar bedeutete seinem Trupp, in Deckung zu bleiben, während er einen vorsichtigen Blick auf den nahen Gegner warf. Der Kopf des Drizil war unter einem Helm verborgen, der alles bis auf den Mund bedeckte. Dort, wo sich die Augen befanden, verdeckte ein schwarzes Visier den Kopf. Edgar vermutete, dass es sich ähnlich wie bei einem Legionärshelm um eine Vorrichtung handelte, die den Drizil mit Informationen versorgte und möglicherweise auch seine Sehfähigkeiten verstärkte.

Der Drizil war nur ein Wachposten von vielen, die um einen großen Platz herum Aufstellung genommen hatten. Dabei bevorzugten die fledermausähnlichen Wesen eine Formation, die jeweils fünf von ihnen zueinander »Sicht«kontakt halten ließen.

Auf dem Platz selbst hielten sich weitere Drizil auf, die dabei waren, eine große Anzahl Menschen zusammenzutreiben. Die Drizil gingen dabei keineswegs zimperlich vor.

Sie zerrten sie aus den umliegenden Häusern und Ruinen und stießen sie unter Einsatz ihrer Waffen in die Mitte des Platzes. Die völlig verängstigten Menschen drängten sich Schutz suchend aneinander.

»Boss?«, fragte Becky über Kom.

»Ich sehe es. Funkstille halten.«

»Wir müssen etwas tun.«

»Funkstille! Kein Wort mehr!«

Edgar hatte nicht die geringste Vorstellung, warum die Drizil die Menschen zusammentrieben. Soweit er wusste, waren sie an menschlichen Welten interessiert, nicht an der menschlichen Lebensform.

Er bemühte sich, die Mitglieder von Perrins Aufklärungs-Feuertrupp auszumachen, doch selbst mit Nachtsicht war es unmöglich. Die Männer waren praktisch spurlos verschwunden, seit sie sich vor einigen Minuten von Edgars Trupp getrennt hatten, *um selbst ein wenig auf Tuchfühlung mit den Drizil zu gehen*, wie Perrin es salopp ausgedrückt hatte.

In der Mitte des Platzes stolzierte plötzlich eine Gruppe Drizil durch die Menschenmenge. Sie würdigten ihre Gefangenen kaum einen Blickes. Doch ohne Vorwarnung hob der führende Drizil die an seinem Unterarm befestigte Waffe und schoss einem Mann in den Hinterkopf.

Der Schuss knallte über den Platz. Edgar zuckte bei dem Geräusch instinktiv zusammen, und noch bevor er sich von dem Schock des Gesehenen ganz erholt hatte, gingen die Drizil zu seinem Entsetzen von Person zu Person und schossen den Menschen in den Kopf. Sie machten dabei keinen Unterschied zwischen Mann, Frau oder Kind.

Bei einem derartigen Grad an Grausamkeit, blieb Edgar der Mund offen stehen. Sein Hals fühlte sich staubtrocken an. Was er sah, brannte sich für immer in sein Gehirn ein, um ihn in seinen Albträumen zu verfolgen.

»Boss!«, drängte Becky erneut.

»Wir müssen was tun!«, schloss sich Vincent diesmal an.

»Auf deinen Befehl, Boss«, mischte sich sogar Galen ein. Edgar bemerkte, wie der hünenhafte Legionär hinter seiner Deckung seine A8 hob, bereit, den Tod über die mordenden Drizil zu bringen.

Edgars Gedanken rasten. Immer noch war es ihm unmöglich, Perrin und dessen Leute ausfindig zu machen. Der Himmel allein wusste, wo die gerade waren. Er musste davon ausgehen, dass sein Feuertrupp allein war. Das spielte in seinen Überlegungen jedoch eine untergeordnete Rolle. Seine Leute hatten recht. Sie durften nicht tatenlos danebenstehen, während unschuldige Menschen vor ihren Augen abgeschlachtet wurden.

Schreie hallten jetzt über den ganzen Platz, Todesschreie und die angsterfüllten Schreie von Menschen, die ihr Ende vor Augen hatten. Sein taktischer Verstand übernahm die Oberhand und verdrängte jegliche Emotion aus seinen Überlegungen. Eine bessere Gelegenheit zum Eingreifen würden sie kaum bekommen. Die Drizil erwarteten keinen Angriff, waren abgelenkt und nur auf ihre Aufgabe konzentriert; außerdem würden die Schreie ihre erste Salve überdecken und ihnen so die Gelegenheit zu einem zweiten gezielten Schlag geben, bevor den Drizil ganz klar war, was überhaupt vor sich ging.

Edgar wollte schon den Befehl zum Einsatz geben, als sich fünf Gestalten lautlos aus den Schatten schälten.

Perrin!

Die Aufklärungslegionäre schlichen sich geschickt an eine Gruppe Drizilwachposten heran. Edgar glaubte, Perrin in der Mitte zu erkennen, war sich jedoch auf diese Entfernung nicht sicher.

»Boss?«, hakte Becky nach.

»Macht euch fertig und wartet auf mein Zeichen«, gab er gepresst zurück.

Die Aufklärungslegionäre schlugen wie auf ein unsichtbares Zeichen blitzschnell, brutal und effizient zu. Drei von ihnen legten Hände um Nacken und Kinn ihrer Gegner und drehten ihnen mit einem schnellen Ruck den dürren Hals um. Die zwei anderen - unter ihnen der, den Edgar für Perrin hielt - stießen von hinten ihre Kampfmesser unter dem Kinn durch die dünne Haut der Drizil hinauf ins Gehirn. In allen fünf Fällen ging es so schnell, dass keiner der Wachposten imstande war, Alarm zu schlagen.

Edgar verzog die Lippen zu einem freudlosen Lächeln.

Zahltag!

»Los!«

Feuertrupp SCHNELLER TOD erhob sich geschmeidig aus seiner Deckung und eröffnete ohne Vorwarnung das Feuer. Die erste Salve mähte eine weitere Gruppe Wachposten nieder. Nur einer von ihnen besaß die Geistesgegenwart, den Arm zu heben und das Feuer zu erwidern. Er starb jedoch so schnell, dass sein Schuss weit danebenging.

Aus dem Augenwinkel nahm Edgar wahr, wie die Aufklärer ebenfalls zum Angriff übergingen und eine weitere Gruppe Wachposten ausschalteten. Damit hatten die Legionäre eine schöne, saubere Lücke in die feindlichen Linien geschlagen.

Nun begannen die Drizil, sich auf die neue und unerwartete Bedrohung einzustellen.

Sie ließen von ihren Opfern ab und erwiderten das Feuer. Einer von Perrins Aufklärern ging unter den Projektilen der Drizil zu Boden. Edgar musste hilflos mit ansehen, wie dessen Panzerung von der großkalibrigen

Munition regelrecht beiseitegeschält wurde, um anschließend das Innere des Kampfanzugs in ein Schlachthaus zu verwandeln.

Aus Rache mähte Perrin drei Drizil nieder, indem er seine Projektile direkt durch ihre Helmvisiere schoss. Die Fledermausköpfe kreischten herzzerreißend auf, bevor sie niedergingen. Edgar erinnerte sich daran, wie ebendieses Wesen noch vor wenigen Minuten wehrlose und unbewaffnete Zivilisten exekutiert hatte. In ihm stieg kein Mitleid auf, nur der Wunsch nach Vergeltung.

Ihr Vorstoß trug sie weit auf den Platz hinaus. In die Menschen kam Bewegung, als sie bemerkten, dass ein Fluchtweg offen stand. Die ehemaligen Gefangenen strömten den Korridor entlang, den Edgars Einheit soeben freigelegt hatte. Die Legionäre verlagerten ihr Feuer, verschossen nur noch einzelne kontrollierte Salven oder Einzelschüsse, um die fliehenden Menschen nicht zu gefährden.

Aus einem Eingang auf der anderen Seite des Platzes strömten weitere Drizil. Galen hob zu Edgars Linker seinen Schnellfeuer-Nadelwerfer und sandte einen Feuerstoß über die geduckten Köpfe einiger Gefangener hinweg in die angreifende Drizilhorde. Die Wildheit des Angriffs zerschlug die feindliche Formation und schleuderte ein Dutzend von ihnen zu Boden; die Übrigen wurden in den Eingang zurückgetrieben.

Becky ging feuernd an einem am Boden liegenden, vermeintlich toten Drizil vorbei. Plötzlich sprang dieser auf und schlug mit einer krummen Dolchklinge nach der Legionärin. Der unerwartete Angriff schlitzte den rechten Arm ihres Kampfanzugs auf. Edgar sah Blut hervorsickern. Er schwenkte seine Waffe herum, doch bevor er abdrücken konnte, holte Becky bereits mit dem Kolben ihrer Waffe aus und schlug sie dem Drizil mit solcher Wucht unters Kinn, dass dessen Helmvisier zersplitterte. Noch zwei Schläge und der Drizil lag am Boden, ein weiterer und er rührte sich nicht mehr.

»Alles in Ordnung?«, fragte er besorgt.

»Wird schon wieder«, entgegnete sie knapp und brachte ihre Waffe erneut in Anschlag.

Der Platz hatte sich indessen so gut wie geleert. Alle Menschen, die dazu noch fähig waren, waren längst geflohen und die Drizil bis auf wenige Ausnahmen tot oder lagen im Sterben.

Die überlebenden Drizil ließen sich unvermittelt zurückfallen und zogen sich in die Sicherheit einiger Ruinen zurück. Verwirrt hielten die Legionäre inne.

»Was ist jetzt los?«, meldete sich Perrin über Funk.

»Keine Ahnung, aber das gefällt mir nicht.«

»Vielleicht geben die auf?«, frotzelte der Aufklärungslegionär.

»Kann ich mir beim besten Willen nicht vorstellen.«

Sein Helm fing ein durchgehendes hohes Pfeifen auf. Edgar drehte den Kopf, um die Herkunft des Geräusches festzustellen. Er hob leicht den Kopf. Ja, es kam eindeutig von irgendwo über ihnen.

Li war der Erste, der erkannte, worum es sich handelte.

»Luftangriff!«

Zwei Jäger vom Typ Blutstachel tauchten im Tiefflug über den Dächern auf. Ihre charakteristischen, spitz zulaufenden Schnauzen und die gekrümmten Tragflächen waren im Licht der gerade über den Horizont steigenden Morgensonne gut zu erkennen.

»Verteilt euch!«, schrie Edgar und setzte sich im selben Moment in Bewegung.

Becky, Li und Galen bewegten sich in entgegengesetzte Richtungen voneinander weg. Vincent konnte er von seinem derzeitigen Standort aus nicht sehen; es blieb nur zu hoffen, dass er so geistesgegenwärtig sein würde und möglichst großen Abstand zum Rest der Gruppe hielt. Zumindest, bis der Angriff vorüber war.

Die Blutstachel spien Tod und Zerstörung über den Platz. Die meisten Geschosse wirbelten Staub und Geröll auf, sodass die Sicht erschwert wurde. Edgar sprang über eine niedrige Mauer und hechtete durch einen Eingang. Ein Drizil sprang ihn aus den Schatten an. Edgar reagierte mit beinahe übermenschlicher Geschwindigkeit und rammte dem Gegner den eigenen Kopf ins Gesicht. Der Helm des Drizil zerbarst und Edgar nutzte die Gelegenheit, sein Gewehr zu heben und zwei Projektile durch den geöffneten Mund des Wesens zu jagen.

»Hier SCHNELLER TOD eins. Bericht!«, forderte Edgar.

Schweigen antwortete ihm.

»Bericht!«, forderte er erneut.

»Hier ist Becky. Bin in Ordnung. Li ist bei mir. Er ist verletzt, aber ich glaube, es ist nicht so ernst.«

Erleichterung überflutete ihn. »Vincent? Galen?«

»Ich bin noch da«, sagte Galen. Seine Meldung wurde von würgendem Husten unterbrochen. Der schwere Schütze der Einheit klang heiser. »Der Luftfilter meines Helms ist defekt. Atmen fällt schwer.«

»Ist die Lage kritisch?«

»Negativ. Darf nur ... nicht so viel sprechen.«
»Verstanden. Vincent?«
Erneutes Schweigen.
»Vincent?«
Das jüngste Mitglied des Feuertrupps antwortete immer noch nicht.
»Hat jemand Vincent gesehen?«
»Negativ«, meldete Becky.
»Auch nicht«, schloss Galen sich an.
»Hat jemand die Aufklärer gesehen?«
Erneutes Schweigen – das war eigentlich Antwort genug. Auf dem Platz dröhnten weiterhin Explosionen und Schüsse. Edgar riskierte einen schnellen Blick. Der Beschuss ließ immer noch Leichen auf dem Platz unter den Einschlägen tanzen. Die Jäger würden mit Sicherheit noch einige Kreise ziehen.
In seinem Ohr knackte es plötzlich.
»An die Legionäre in der südöstlichen Ecke des Platzes: Wer seid ihr?«
Edgar stutzte. »Becky?«
»Ich hab's gehört. Meinst du, es sind Verbündete?«
»Kommt auf einen Versuch an.« Er öffnete einen Kanal. »Feuertrupp SCHNELLER TOD, 18. Legion. Lieutenant Edgar Cutter. Wer zum Teufel sind Sie?«
»Feuertrupp DOLCHSTOSS, 24. Legion, Lieutenant Daniel Red Cloud.«
»Freut mich, Sie kennenzulernen.«
»Ganz meinerseits. Wie viele Truppen bringen Sie mit?«
Edgar zögerte, dem Mann die volle Wahrheit zu sagen. Einerseits kannte er ihn nicht und wusste nicht, inwieweit man ihm vertrauen konnte. Andererseits würde der Mann von der Wahrheit mit an Sicherheit grenzender Wahrscheinlichkeit bitter enttäuscht sein, falls er wirklich der war, der er zu sein behauptete.
»Nicht über Funk«, entschied er sich zu sagen.
»Einverstanden. Westlich ihrer Position führt eine schmale Gasse tiefer in die Stadt hinein. Dort dürfte es relativ sicher sein. Wir treffen uns dort.«
»Negativ. Ich vermisse einen Mann und habe den Kontakt zu einem Aufklärungs-Feuertrupp verloren. Wir gehen ohne unsere Leute nirgendwohin.«
»Der Beschuss durch die Jäger wird noch eine Weile anhalten. Die Drizil haben die absolute Lufthoheit inne. Und bald wird es hier von ih-

ren Bodentruppen nur so wimmeln. Es gibt nichts, was sie im Augenblick für Ihre Leute tun können. Ziehen Sie sich zurück. Falls Ihre Leute noch leben, suchen wir sie später. Ich verspreche es. Doch jetzt heißt die Devise: Weiterleben, um später kämpfen zu können. Falls Sie und Ihr Trupp hierbleiben, werden Sie sterben.«

Gegen diese Logik gab es nichts einzuwenden, sosehr Edgar sich dies auch wünschte. »Einverstanden. Dann sehen wir uns in ein paar Minuten.«

Vincent gelang es nur mit Mühe, seinen Körper unter den Mauerresten hervorzustemmen, die ihn begraben hatten. Trotz des Kampfanzugs und des Schutzes, den dieser bot, fühlte sich sein Leib zerschunden und wund an. Selbst die Kapazität eines Kampfanzugs hatte seine Grenzen, was Sicherheit anging. Eine Hausruine, die über einem Legionär einstürzte, gehörte eindeutig dazu.

Er öffnete einen Kanal. »Edgar?«

Keine Antwort.

»Becky? Li? Galen?«

Sein Komgerät blieb stumm. Innerlich fluchend stemmte er sich in die Höhe. Das verdammte Ding musste ausgefallen sein. Er überprüfte seinen Anzugchronometer und stellte erschrocken fest, dass er etwa eine Stunde unter dem Schutt verbracht hatte. Die Driziljäger waren verschwunden. Der Platz lag bis auf die Berge an Leichen einsam und verlassen da.

Die Luft war immer noch rauch- und staubgeschwängert und die Sichtverhältnisse mehr als schlecht.

»Hier SCHNELLER TOD fünf«, probierte er es erneut. »Hört mich jemand?«

Er erhielt nur statisches Rauschen als Antwort. Frustriert schaltete er seinen Kom ab und erhöhte stattdessen die Empfindlichkeit der akustischen Sensoren seines Helmes.

Vincent ging einen Schritt - und musste sich festhalten. Schmerz durchzuckte seinen rechten Knöchel und zog sich bis zum Knie hinauf. Das rechte Bein des Kampfanzugs war aufgeschlitzt, Blut tropfte aus einer Schnittwunde. Vermutlich war auch sein Knöchel, vielleicht sogar sein Knie geprellt.

Der Legionär nahm sein Gewehr auf und setzte einen Fuß vor den anderen, wobei er peinlich genau darauf achtete, sein rechtes Bein nicht über Gebühr zu belasten. Humpelnd setzte er die nächsten Meter fort. Am liebsten hätte er nach seinen Kameraden gerufen, wagte es jedoch nicht, aus Angst, die Drizil könnten auf ihn aufmerksam werden.

Unterdrücktes Stöhnen drang an sein Ohr. Vincent hielt gebückt inne und bemühte sich, den Standort des Geräusches zu ermitteln.

Er schlich sich durch die Trümmer, immer darauf bedacht, ein möglichst schwieriges Ziel zu bieten. Zwischen zwei eingestürzten Mauern wurde er schließlich fündig.

Beim Anblick, der sich ihm bot, wurde ihm beinahe übel. Lieutenant Perrin lag eingeklemmt und halb begraben unter einem Schuttberg. Sein Kampfanzug war an mindestens einem halben Dutzend Stellen aufgerissen. Beinahe schwarzes Blut sickerte aus einer hässlichen Bauchwunde, die der Mann mit seinen Händen bedeckte, um seine Eingeweide im Körper zu halten.

Vincent kniete sich neben dem tödlich verwundeten Mann nieder. »Lieutenant.«

Er nahm seinen Helm ab und strich sich das kurze schwarze Haar aus dem Gesicht. Perrin sah blinzelnd auf - und lächelte. »Vincent Turner, nicht wahr?!«

»Ja, Sir.«

»Was ist mit Ihrem Trupp?« Er hustete und blutiger Schaum trat auf seine Lippen.

»Ich weiß es nicht. Wir müssen getrennt worden sein.«

Vincent sah sich aufmerksam nach Perrins Aufklärungslegionären um. Legionäre ließen ihre Leute niemals im Stich - und falls doch, dann gab es dafür einen sehr wichtigen Grund. Es war jedenfalls ungewöhnlich, dass die Aufklärer den Truppführer hier so einfach vor sich hin vegetieren ließen.

»Und Ihre Leute?«

»Tot«, erwiderte Perrin. »Die Drizil waren hier, kurz nachdem der Luftangriff aufgehört hat. Sie haben die Trümmer durchsucht und meine Leute gefunden. Sie haben sie einfach exekutiert. Kaltblütig ermordet. Ich hörte ihre Schreie.« Wut und Trauer verzerrten seine Stimme. »Ich weiß nicht genau warum, aber mich haben sie nicht entdeckt. Vielleicht hielten sie mich auch für tot.« Er kicherte heiser. »Ist gar nicht so weit ... von der Wahrheit entfernt.«

Vincent machte Anstalten, die Trümmer beiseitezuschaffen. »Ich hol Sie hier raus, Sir.« Perrin berührte ihn sanft an der Schulter.

»Vergiss es, Junge. Mein Körper ist zerschmettert. Die Trümmer sind das Einzige, was mich noch zusammenhält. Der Weg endet hier. Zumindest für mich.«

»Sir. Ich lasse Sie hier nicht zurück.«

»Du musst. Du hast eine Aufgabe. Besinnen Sie sich, Legionär.«

Unwillkürlich straffte Vincent seinen Körper bei dieser harschen Zurechtweisung, was wiederum erneut Schmerzen durch sein malträtiertes Bein jagte.

»Sie müssen Ihre Leute finden«, fuhr Perrin fort. »Bevor es mich erwischt hat, hab ich noch mitgekriegt, wie sie in die Gebäude im Südwesten geflüchtet sind. Gut möglich, dass sie noch leben.«

Perrin kramte in seinen Taschen und zauberte einen schwarzen Kasten hervor. »Hier drin finden Sie die genauen Koordinaten unseres Bullfrog. Mit dem kommt Ihr Team auf die VENGEANCE zurück, wenn die Zeit für die Abholung reif ist.«

Vincent nahm den Kasten dankbar entgegen und steckte ihn ein. »Was wird aus Ihnen?«

»Glauben Sie an Schicksal, Turner?«

»Manchmal. Aber nur, wenn es von Vorteil für mich ist.«

Perrin lachte, was schnell zu einem unterdrückten, matschigen Gurgeln wurde. »Genau wie ich. Aber ich denke, ich hatte eine Aufgabe, bevor ich sterbe. Es war meine Aufgabe, Sie zu treffen und Ihnen eine Fluchtmöglichkeit vom Planeten zu bieten.« Er deutete auf einen Punkt wenige Meter aus seiner Reichweite. Dort lag eine Nadelpistole. »Als ich verletzt wurde, habe ich alle meine Waffen verloren. Für einen Soldaten wie mich gibt es aus einer solchen Situation nur einen Ausweg. Hätte ich noch eine Waffe gehabt, hätte ich es bereits beendet.« Mit einem Nicken deutete er auf die Pistole. »Geben Sie sie mir.«

Vincent schreckte angewidert zurück. »Nein. Niemals! Sie können alles von mir verlangen, aber *das* nicht.«

Perrin lächelte erneut. »Ist schon gut, Junge. Tun Sie mir den Gefallen. Lassen Sie mich nicht so leiden. Geben Sie sie mir.«

Widerstrebend nahm Vincent die Pistole an sich und übergab sie an den sterbenden Lieutenant.

»Und jetzt gehen Sie, Turner. Suchen Sie Ihren Trupp.«

»Aye, Sir.«

Vincent drückte ein letztes Mal Perrins Hand, stand auf und ging Richtung Westen davon.

Er drehte sich kein einziges Mal um, noch nicht mal, als hinter ihm eine Nadelpistole fauchte.

10

Die drei Mitglieder des Dolchstoss-Feuertrupps führten Edgar und seinen Trupp durch unzählige verwinkelte Gassen, bis sie vor einem niedrigen Gebäude ankamen. Dieser Teil der Stadt wirkte von den Kämpfen bisher beinahe unberührt.

Sie stiegen eine schmale Treppe hinab, wobei sie mehrmals versteckte Nischen passierten, in denen Legionäre der 24. Legion auf Wache standen und darauf lauerten, dass ihnen unachtsame Drizil in die Falle liefen.

Sie kamen an einer hölzernen Tür an und Edgar fragte sich, wie eine solche Tür einem feindlichen Angriff länger als zwei Sekunden standhalten sollte. Daniel Red Cloud klopfte dreimal, die Tür öffnete sich und Edgar erkannte, dass sie gar nicht hölzern war. Vielmehr war sie von außen nur mit Holz verkleidet, tatsächlich handelte es sich um eine massive zwanzig Zentimeter dicke Stahltür, die in einen geräumigen Bunker führte.

Daniel Red Cloud führte die Truppe hinein und Edgar pfiff beeindruckt. Was von außen wie ein ziviles Gebäude wirkte, war in Wirklichkeit eine versteckte militärische Anlage, in der Truppen Schutz suchen, sich neu mit Ausrüstung, Munition und Nachschub eindecken oder Angriffe planen konnten.

»Haben Sie Hunger?«, fragte Daniel.

Edgar nickte lediglich, immer noch ein wenig fassungslos. Daniel bemerkte es und begann zu erzählen, während er sie tiefer in die Anlage führte. »Der Bunker erstreckt sich über drei Stockwerke in die Tiefe. Es gibt hier alles, was das Herz begehrt. Wir verfügen hier sogar über eine Reparatureinrichtung für die Kampfanzüge und ein recht gut ausgestattetes Hospital, in der auch Notoperationen durchgeführt werden können.«

»Wie viele solcher Anlagen gibt es?«

»In Cibola? Vier. Nein, warten sie ... nur noch drei. Eine wurde zerstört. Es gibt jedoch weitere in anderen Städten.« Daniel wurde schlagartig ernst. »Ohne diese Anlagen hätten wir nicht überlebt. Jede dieser Anlagen ist für eine ganze Kohorte ausgelegt. Es befinden sich allerdings nur selten mehr als fünfhundert Soldaten gleichzeitig hier. Meistens sind die Feuertrupps im Kampfeinsatz.«

Die beiden anderen Legionäre aus Daniels Trupp – sie hatten sich als Simon und Jonas vorgestellt – verabschiedeten sich und steuerten einen Schlafsaal an. Daniel sah ihnen sehnsüchtig hinterher, blieb aber bei den Neuankömmlingen.

»Wie lange sind Sie schon im Einsatz?«

»Fast zweiundsiebzig Stunden. Zum Schlafen kommt man hier nur selten, seit die Drizil eingetroffen sind.«

Auf einen Wink Daniels eilten zwei Legionäre herbei, die Li in Empfang nahmen, der von Becky und Galen gestützt werden musste. Die Legionäre der 24. brachten den Mann in einen angrenzenden Raum.

»Man wird sich gut um ihn kümmern«, versprach Daniel. »Kommen Sie, ich hatte Ihnen ein Essen versprochen.«

Die Führung übernehmend, brachte er die drei verbliebenen Legionäre in einen Speisesaal zwei Ebenen tiefer. Auf ihrem Weg kamen sie an Krankenrevieren, einem Waffenmagazin und unzähligen Schlafsälen vorbei, die größtenteils leer und verlassen dalagen.

Als sie endlich den Speisesaal erreichten und sich an einen Tisch setzten, bemerkte Edgar die neugierigen Blicke, die jede ihrer Bewegungen folgten. Hier, inmitten dieser Legionäre, wurde die indianische Herkunft der Bevölkerung offenbar. Dunkle Augen, dunkle Haare und gebräunte Haut waren die vorherrschenden Attribute.

Daniel lächelte, als er das Interesse seiner Kameraden bemerkte. »Sie müssen sie entschuldigen. Es ist lange her, dass wir Besuch von Außenweltlern hatten. Sie hoffen, Sie bringen Verstärkung mit.« Er senkte die Stimme zu einem verschwörerischen Tonfall. »Bringen Sie denn Verstärkung mit?«

Becky und Galen kamen vom kargen Buffet mit mehreren Tellern zurück, von denen sich alle drei gleichermaßen bedienten. Daniel nahm nichts zu sich. Die Auswahl war sehr beschränkt, wie Edgar bemerkte.

»Es ist lange her, dass wir Nahrungsmittellieferungen bekommen haben«, erklärte Daniel den Blick des anderen Legionärs richtig deutend.

»Wir sind für Ihre Gastfreundschaft wirklich dankbar und dafür, dass Sie das wenige, was Sie haben, mit uns teilen.« Daniel quittierte die Aussage mit einem Nicken.

»Und nein«, fuhr Edgar fort, »wir bringen keine Verstärkung mit.«

»Und was wollen Sie dann hier?«

»Informationen sammeln. Perseus ist von jeglicher Kommunikation abgeschnitten. Wir wurden geschickt, um Eindrücke davon zu sammeln, wie es im übrigen Imperium aussieht.«

»Pah!«, stieß ein Legionär am Nebentisch verächtlich aus und spuckte auf den Boden.

Daniel durchbohrte den Mann mit Blicken, sodass dieser peinlich berührt den Kopf senkte.

»Sie müssen ihn entschuldigen«, wandte er sich erneut an Edgar. »Er ist frustriert und sucht Hoffnung, wo es nur wenig Hoffnung gibt. Wir halten hier seit Monaten die Stellung. Täglich sterben Zivilisten, Milizionäre und Legionäre in einer Schlacht, die viele von uns bereits als aussichtslos ansehen.«

Edgar nahm einen Bissen Brot und Käse, jedoch eher, um einer Antwort möglichst lange auszuweichen, denn aus wirklichem Hunger.

Ein Legionär trat an den Tisch. Ein bulliger Typ mit breiten Schultern und Hakennase. Er musterte Edgar und seine Begleiter einen Moment und wandte sich schließlich an Daniel: »Er will sie sehen.«

Daniel nickte und stand auf. »Tut mir leid, aber der Imbiss muss noch etwas warten.«

»Wen meinte er mit *er*?«

»Alexander Great Bear, Lord General der 24. Legion.«

Lord General Alexander Great Bear war ein überdurchschnittlich großer Mann Ende fünfzig. Sein markantes Gesicht war von Falten zerfurcht und eine Narbe zog sich auf seiner linken Gesichtshälfte vom Haaransatz über das Auge bis hin zum Unterkiefer.

Als Edgar dem Mann zum ersten Mal gegenüberstand, schluckte er schwer. Der Kommandeur der 24. Legion wirkte schlichtweg beeindruckend und unter seinem stechenden Blick kam man sich klein und unbedeutend vor.

Umso überraschter war Edgar von dem plötzlich aufbrandendem Lächeln im sonst so ernsten Gesicht des Mannes, gefolgt von einer ehrlich dargebotenen Hand.

Edgar und seine zwei Begleiter nahmen im ersten Moment unwillkürlich Haltung an, ergriffen dann jedoch nacheinander Great Bears Hand, der sie kräftig schüttelte.

»Willkommen auf Vector Prime. Ich wünschte nur, die Umstände Ihres Besuches wären erfreulicher.«

»Vielen Dank, Sir«, erklärte Edgar ein wenig zu steif. Er war immer noch überwältigt von dem freundlichen Empfang des Kommandanten, befürchtete jedoch, dieser Empfang würde unter Umständen mit der Hoffnung auf Hilfe zusammenhängen. Great Bears nächste Worte bestätigten Edgars schlimmste Ahnungen.

»Sie kommen also von der 18.«, sprach Great Bear weiter. »Wie geht es denn dem alten Haudegen Rix so? Ist die 18. Legion auf dem Weg? Wann wird sie hier eintreffen? Bringen Sie Flotteneinheiten zur Unterstützung mit? Reden Sie schon, Mann.«

Edgar warf Daniel aus dem Augenwinkel einen unglücklichen Blick zu. Dieser sah betreten zu Boden, ohne dem Blick zu begegnen. Der Truppführer wusste nicht so recht, wie er beginnen sollte. Er entschied, es wäre besser, am Anfang zu beginnen.

»Sir? Was wissen Sie von den Vorgängen da draußen?«

Der Lord General stutzte über den unerwarteten Themawechsel, ging jedoch darauf ein. »Nicht so viel, wie ich gern wissen würde. Wir wissen, dass die Erde und das gesamte Solsystem gefallen und in feindlicher Hand sind. Der Kaiser sowie die Senatoren werden vermisst. Ihr Schicksal ist ungewiss. Und wir wissen, dass dort draußen Chaos herrscht. Die Invasion der Erde hat ein Machtvakuum geschaffen, das sich die Drizil zunutze machen, um nach und nach die Welten der Liga zu unterwerfen. Stück für Stück, Planet für Planet.«

»Das ist im Prinzip auch unser Wissensstand.«

»Und?«, hakte Great Bear nach, der langsam zu verstehen schien, worauf das Gespräch hinauslief.

»Und es kommt keine Verstärkung, Sir. Nicht jetzt und nicht in absehbarer Zeit. Wir und andere Trupps wurden ausgeschickt, Informationen zu sammeln und herauszufinden, wie es um die Abwehrkapazitäten der Planeten in Perseus' Umfeld bestellt ist.«

Great Bears Gesicht verzog sich zu einer Maske der Resignation, wo zuvor Hoffnung die vorherrschende Emotion gewesen war.

»Als ich hörte, dass Legionäre der 18. gelandet sind, dachte ich ...« Alexander Great Bear sammelte sich und streckte seine imposante Gestalt, bevor er mit tieferer Stimme fortfuhr. »Carlo Rix weiß also nicht, was hier vor sich geht.«

Edgar schüttelte den Kopf. »Er weiß nicht das Geringste, Sir. Und ganz sicher weiß er nicht, dass er Verstärkung schicken soll.«

»Ich verstehe.« Great Bear verschränkte die Arme hinter dem Rücken.

»Ja, ich verstehe. Sie müssen mit einem Angriff auf Perseus rechnen, und selbst wenn Rix wüsste, in welcher Lage wir stecken, ist er immer noch für den Schutz eines Planeten voller Zivilisten verantwortlich. Diesen Schutz würde er keinesfalls aufs Spiel setzen, nicht zugunsten eines Abenteuers mit zweifelhaften Erfolgsaussichten.«

»Sir ... das ist sicher nicht ...«, begann Edgar, doch Great Bears erhobene Hand brachte ihn zum Schweigen.

Der Kommandant der 24. Legion schlenderte um den einzigen Tisch im Raum. Es handelte sich hierbei wohl um einen militärischen Planungsraum. Der Tisch projizierte eine akkurate Abbildung Cibolas in die Luft. In verschiedenen Farben waren Stellungen der Miliz und der Legion sowie bekannte Drizilstellungen abgebildet.

Außer Great Bear waren weitere Offiziere anwesend: zwei Kohortenkommandeure der Legion, drei Milizoffiziere und ein Offizier in der Uniform der terranisch-imperialen Flotte. Alle machten unglückliche Gesichter, ihre Uniformen wirkten ungepflegt und abgetragen, sogar die des Flottenoffiziers. Edgar rief sich in Erinnerung, dass diese Menschen seit Beginn der Driziloffensive praktisch ohne Unterlass im Kampfeinsatz standen. Die Ankunft von Rix' Legionären hatte Hoffnung gesät, die nun von Resignation und Mutlosigkeit ersetzt wurde.

Great Bear räusperte sich. »Sie sind hier, um Informationen zu sammeln, also bekommen Sie Informationen.«

Bei dieser Ankündigung scharrte Edgar unbehaglich mit den Füßen. Er hatte das Gefühl, zu einem Geburtstag eingeladen zu sein und das Geschenk zu Hause vergessen zu haben.

»Die Drizil«, fuhr Great Bear fort, »kontrollieren mittlerweile fast die Hälfte der Planetenoberfläche. Die 24. Legion hat es unter großen Verlusten geschafft, beinahe zwei Drittel der Fläche Cibolas frei zu halten. Wie lange das allerdings noch anhalten wird, ist fraglich. Die 26. Legion kämpft unter Lord General Philipp Eagle Eye auf der anderen Seite des Planeten. Um die Verteidigung effektiver zu gestalten, haben wir Vector Prime in Zuständigkeiten aufgeteilt. Es gibt sporadischen Kontakt zwischen uns, und nach allem, was uns an Nachrichten erreicht, hat die 26. sogar noch höhere Verluste erlitten als wir. Der Druck durch die Drizil erhöht sich beständig.« Er deutete auf den Flottenoffizier. »Commodore Jacob Lone Wolf kommandiert das, was von den imperialen Flotteneinheiten im Vector-Prime-System noch übrig ist: etwas mehr als sechzig Kriegsschiffe, eine große Anzahl Torpedoschnellboote, ein paar Versorgungstender und ein einzelnes Reparaturschiff. Die Flottenbasis wurde von den Drizil bereits in den ersten Tagen der Invasion eingenommen und das Reparaturschiff stellt nun unsere einzige Möglichkeit dar, Schiffe zu warten oder zu reparieren.« Great Bear holte tief Luft, bevor er weitersprach. »Die 24. Legion umfasst noch knapp dreitausend Mann. Die Miliz ist von etwas mehr als zehntausend Mann auf unter viertausend geschrumpft. Die 26. Legion umfasst noch ganze eintausendfünfhundert Mann. Inzwischen bilden wir auch Freiwillige unter der Zivilbevölkerung an Waffen aus und geben ihnen Crashkurse in Guerillataktik, damit sie wenigstens eine kleine Chance haben, sich zu verteidigen. Wir tun, was wir können, aber unsere Möglichkeiten sind ... limitiert.« Er deutete auf das Hologramm.

»Die Drizil haben mindestens drei Schwärme im System mit einer Stärke von vielleicht achtzig bis hundert Kriegsschiffen und an die zwanzig- bis dreißigtausend Soldaten. Es ist nur noch eine Frage der Zeit, bis sie uns überwältigen. Da sie die Raumstation kontrollieren, können sie beschädigte Schiffe gleich hier im System reparieren, was ihnen eine enorme taktische Flexibilität verschafft.«

Der Lord General beugte sich vor und stützte sich mit beiden Händen auf den Tisch. »Das sind die Informationen, die ich Ihnen geben kann. Unsere Lage ist beschissen und wird von Tag zu Tag verzweifelter.« Er senkte den Blick. »Ich hatte wirklich gehofft, dass Hilfe unterwegs ist.«

Edgar wusste nicht so recht, was er darauf erwidern sollte, daher schwieg er. Er bezweifelte ohnehin, dass es überhaupt etwas zu sagen gab. Jedes Wort von seiner Seite würde vermutlich die vorherrschende Frustration nur verschlimmern.

»Haben Sie auch noch andere Systeme besucht?«, fragte Great Bear schließlich.

»Nur eines. Marianna.«

»Und?«

»Sterilisiert.«

Mehrere der anwesenden Offiziere keuchten vor Schreck auf. Great Bears einzige Reaktion bestand in einer hochgezogenen Augenbraue. »Nun, wie es aussieht, haben wir wohl das bessere Los gezogen, jedenfalls besser als das der armen Schweine auf Marianna.«

Edgar sammelte alles an Mut, was er aufbringen konnte und fuhr fort: »Einer der Gründe, weshalb wir ausgeschickt wurden, ist festzustellen, wie die Drizil unsere Welten finden, vor allem, wie sie in derart großer Zahl unsere Welten finden. Auf Marianna fanden wir die Überreste einer seltsamen Vorrichtung. Sie war zerstört und konnte uns nicht mehr viel verraten. Wir können uns keinen Reim darauf machen.«

Als er das Gerät erwähnte, wechselten Great Bear und Daniel einen alarmierten Blick. Ein Umstand, der Edgar keineswegs entging. Er sah von einem zum anderen.

»Was ist?«

Great Bear zögerte.

»Sie sollen was essen und sich ausruhen«, sagte er schließlich zu Daniel. »Danach zeigen Sie es ihnen.«

Vincent erinnerte sich nicht daran, wann er jemals zuvor einen solchen Durst und eine solche Erschöpfung verspürt hatte. Er irrte bereits fast einen Tag durch die Ruinen von Cibola, ohne auch nur eine Menschenseele zu treffen.

Zumindest nicht von Angesicht zu Angesicht. Nur hin und wieder bemerkte er schattenhafte Gestalten, die durch die zerstörte Umgebung schlichen und sich in die zweifelhafte Sicherheit ausgebrannter Gebäude und Keller verzogen, sobald man sich näherte.

Bei mehreren Gelegenheiten musste er sich vor Drizilpatrouillen verstecken, von denen es viel zu viele in Cibola gab. Tatsächlich schienen die Drizil gerade in diesem Teil der Stadt sehr aktiv zu sein.

Vincent duckte sich hinter mehreren Schuttresten und wartete geduldig bis eine weitere Drizilpatrouille außer Sicht war. Sein Fuß stieß gegen etwas Weiches und er wirbelte herum, die Waffe im Anschlag. Er entspannte sich jedoch wieder.

Unter einem Schuttberg lugte ein Bein in der Montur eines Legionärs hervor. Das Fleisch hatte bereits eine unnatürliche Farbe angenommen. Der Mann war offensichtlich bereits seit einiger Zeit tot. Doch dieser konnte unter Umständen durchaus noch von Nutzen für ihn sein.

Vincent befreite den Leichnam eilig von Steinen und Trümmern. Er erkannte auf den ersten Blick, dass der Mann nicht durch den Einsturz des Gebäudes gestorben war. Sein Helm lag verbeult und nutzlos neben ihm. Aus beiden Ohren liefen Fäden aus getrocknetem Blut.

Die Schallwellen der Drizil hatte ihn erledigt. Dafür gab es eigentlich nur zwei Möglichkeiten. Entweder war es den Drizil gelungen, den Mann ohne Helm zu erwischen, was zugegebenermaßen unwahrscheinlich war. Legionäre lernten früh, in einer potenziellen Gefahrensituation nie den Helm abzunehmen. Oder der Helm war bereits zuvor beschädigt worden und deshalb nicht mehr in der Lage gewesen, die für Menschen gefährlichen Frequenzen auszufiltern.

Eine schnelle Untersuchung des Helmes ergab, was Vincent bereits vermutete. Letzteres traf zu. Das arme Schwein hatte einfach nur Pech gehabt.

Das war noch nicht einmal das Schlimmste. Als die Drizil ihn erledigten, hatte der Mann sich vor Panik und Schmerzen den Helm vom Kopf gerissen und dabei das Komsystem beschädigt. Damit wurde der Helm auch für Vincent unbrauchbar. Er hatte gehofft, mit Komponenten aus dem Helm, sein eigenes Komsystem wieder online zu bekommen. Er legte den Helm zurück neben die Leiche des Legionärs und lehnte sich mit dem Rücken gegen die Mauer, um ein wenig auszuruhen. Nur ein paar Minuten.

Sein Atem ging vor Erschöpfung immer noch stoßweise und schien sich gar nicht beruhigen zu wollen. Er betrachtete die Leiche zu seinen Füßen.

Wer bist du wohl gewesen?, fragte er bei sich. *Hast du dich hier auch ausgeruht, als die Drizil dich erwischt haben? Vermisst dich jemand?*

Geräusche ließen ihn herumfahren. Durch eine Lücke in seinem Versteck beobachtete er eine weitere Gruppe Drizil, die die Gegend absuchten. Sie fühlten sich offenbar ziemlich sicher, da sie nicht gerade gründlich vorgingen. Ansonsten hätten sie ihn mit Sicherheit entdeckt.

Sie marschierten nur wenige Meter an seinem Versteck vorbei und gerieten schon bald außer Sicht.

Vincent erhob sich, wobei er drauf achtete, sein verletztes Bein nicht zu sehr zu belasten.

»Tut mir leid, Kumpel«, sagte er zu dem Leichnam. »Ich würde dich gern begraben, aber ich muss los. Und wenn ich mich um dich kümmere, wissen sie, dass jemand hier war.« Er bückte sich und nahm die Erkennungsmarke des Legionärs an sich. »Aber das nehme ich. Falls ich kann, übergebe ich es deinen Leuten. Damit sie wissen, was aus dir wurde. Leb wohl.« Gebückt schlich Vincent weiter. Er hoffte inständig, dass er bald anderen Menschen begegnen würde. Die Hoffnung war das Einzige, was ihm blieb.

11

»Ich kann mich nicht erinnern, wann ich mich das letzte Mal so gut gefühlt habe«, schwärmte Li. Der Legionär lag rücklings auf einer Pritsche, beide Hände hinter dem Kopf verschränkt.

»Als wir von Perseus aufgebrochen sind, du Trottel«, frotzelte Becky. »Das ist erst ein paar Wochen her.«

»Kommt mir wie eine Ewigkeit vor.«

Edgar stimmte den Ausführungen Lis - so überzogen sie im Prinzip auch waren - zu. Die Zeit während eines Kampfeinsatzes neigte dazu, sich selbst schnell zu relativieren. Aus Tagen und Wochen wurden gefühlte Monate.

Und es grenzte an ein Wunder, was etwas Essen und Schlaf bewirken konnten, um die Lebensgeister zu erneuern. Außerdem hatten die Ärzte der 24. Lis Wunde fachmännisch versorgt und bandagiert, weshalb der Mann beinahe schon wieder so fit wie zuvor war.

Edgar sah zum Chronometer über der Tür des Schlafsaales. Beinahe sechs Stunden waren vergangen, seit sie sich zur Ruhe begeben hatten. Nach den Strapazen der letzten Tage war diese Erholungspause dringend notwendig gewesen.

Edgar sah sich im Schlafsaal um. Der Raum war für knapp dreihundert Personen ausgelegt, doch er war nicht einmal zur Hälfte besetzt. Die wenigen anwesenden Legionäre der 24. verhielten sich ihnen gegenüber höflich, aber distanziert. Edgar bemerkte düstere, teilweise sogar feindselige Blicke von einzelnen Legionären, sobald sie sich unbeobachtet fühlten. Hin und wieder wurde getuschelt und man musste kein Genie sein, um zu erkennen, dass über sie gesprochen wurde. Edgar konnte die Gefühle der anderen Legionäre sogar verstehen. Er vermochte nicht zu sagen, wie er an deren Stelle reagiert hätte. Perseus' Einflussbereich war bisher geradezu glimpflich davongekommen, nur hin und wieder von Piraten oder Banditen bedroht. Niemand wusste, wie sie sich gegen eine ausgewachsene Drizilbedrohung behaupten würden. Obwohl sie sich gut geschlagen hatten, war der letzte Schlagabtausch gegen die Fledermausköpfe nicht gut verlaufen.

Die Ausrüstung der 24. Legion war zwar gut in Schuss, wirkte jedoch trotzdem irgendwie zusammengeschustert. Diese Männer und Frauen mussten unter harten Bedingungen und ohne Nachschublieferungen seit Monaten ausharren. Edgars Respekt vor ihnen wuchs.

»Ausgeschlafen?«, fragte Daniel Red Cloud, der im Türrahmen stand und die Gruppe aufmerksam musterte. Wie zur Antwort fing der immer noch schlafende Galen an, tief zu schnarchen, und gab dabei mehrere Grunzer von sich.

Edgar nickte stellvertretend für sie alle und Daniel verstand dies als Einladung, näher zu treten.

»Gut. Dann machen Sie sich fertig. Wir rücken aus.«

»Und wohin geht es?«

»Das werden Sie bald sehen.«

»Was hat der Lord General damit gemeint: ›Zeigen Sie es ihnen!‹?«

Daniel lächelte rätselhaft. »Auch das werden Sie bald sehen.« Er klopfte Edgar kameradschaftlich auf das Bein. »Aber vorher frühstücken wir. Ich hoffe, Sie haben Hunger. Wir haben nicht viel, aber wir teilen es gerne mit unseren Brüdern und Schwestern von der 18.« Sein Lächeln verblasste langsam und seine Augen wirkten mit einem Mal trübe vor Trauer und Erschöpfung. »Wer weiß, wie lange wir noch essen können, daher sollten wir die Zeit, die uns bleibt, so gut wie möglich nutzen.«

Commodore Horatio Lestrade widerstand dem Drang, unruhig auf der Brücke der VENGEANCE auf und ab zu gehen. Die Besatzung war auch ohne sein Zutun schon nervös genug.

Die VENGEANCE hatte inzwischen die Position gewechselt und versteckte sich in der Nähe des Gasriesen des Systems. Die Strahlung, die der Stern aussandte, verbarg alle Emissionen, die das terranisch-imperiale Schiff abstrahlte, und verhinderte auf diese Weise effektiv eine Entdeckung durch die Drizil, ohne dass die VENGEANCE ihre Systeme in nennenswertem Umfang herunterfahren musste.

Dadurch war es Lestrade gelungen, sich ein recht genaues Bild über die Drizilaktivitäten im System zu machen. Die gesammelten Daten ließen leider nur wenig Raum für Optimismus.

Colonel René Castellano trat zu ihm, als sein XO den nächsten Datenstrom auf seine Kommandostation überspielte.

Castellano deutete Lestrades missmutigen Gesichtsausdruck richtig und fragte: »So schlimm?«

Lestrade nickte und drehte den Bildschirm so, dass der Colonel ebenfalls einen Blick darauf werfen konnte. Dieser überflog die Daten und pfiff schließlich leise durch die Vorderzähne. »Die Drizil haben ihre Kräfte im System sogar noch verstärkt.«

»Und das in signifikantem Umfang«, stimmte Lestrade zu.

Castellano sah auf. »Irgendwelche Theorien?«

Lestrade zuckte die Achseln. »Ich vermute, sie bereiten eine neue Offensive vor, aber nicht nur gegen die imperialen Kräfte im System. Würde es nur um Vector Prime gehen, bräuchten sie nicht dermaßen viele Schiffe.«

»Und was schließen Sie daraus?«

»Sie benutzen Vector Prime als Sprungbrett für Operationen im gesamten Sektor. Die Drizil haben zwar viele, aber noch nicht alle imperialen Planeten angegriffen. Ich glaube nicht, dass sie dazu überhaupt in der Lage sind. Sobald sie eine Welt halbwegs gesichert haben, massieren sie Truppen und Schiffe und schlagen gegen eine neue los, die noch Widerstand leistet.«

»Welche würde infrage kommen?«

Lestrade kratzte sich nachdenklich am Kinn. »Das ist schwer zu sagen. Es liegen ein halbes Dutzend Welten in angemessener Sprungreichweite von Vector Prime. Marado wäre eine Möglichkeit, aber Nostrum genauso. Rein gefühlsmäßig würde ich auf eine von diesen zweien tippen. Beide verfügen über lohnenswerte Bodenschätze und Rohstoffe und beide sind strategisch sehr günstig gelegen und könnten den Drizil dabei helfen, ihre Offensive auszuweiten.«

»Können wir sie irgendwie warnen?«

Lestrade schüttelte frustriert den Kopf. »Keine Chance. Ein Richtstrahl, der stark genug wäre, eines dieser Systeme zu erreichen, würde jeden Drizil im System auf uns aufmerksam machen.«

Commander Eugene Mueller trat diskret neben den Commodore und flüsterte ihm etwas ins Ohr. Castellano fiel auf, wie Lestrade augenblicklich die Schultern hängen ließ. Mit einem Blick, aus dem Blitze schossen, blickte er auf.

»Es geht schon wieder los.«

Castellano schüttelte seufzend den Kopf. In den letzten Stunden hatten sich immer wieder einzelne Drizilschiffe aus den Kämpfen mit den verbliebenen imperialen Flotteneinheiten gelöst und den Planeten angesteuert, um Punkte auf der Oberfläche zu beschießen.

Es war nichts, was man als orbitales Bombardement oder gar Massenvernichtung bezeichnen konnte, doch der Schaden, den diese Schiffe anrichteten, musste trotzdem verheerend sein. Lestrade glaubte, es handelte sich um einzelne chirurgische Schläge gegen besonders starke menschliche Widerstandsnester auf Vector Prime.

Sie konnten von Glück reden, dass die Drizil sich nicht zu einem groß angelegten Bombardement provoziert fühlten. Es bewies, dass sie den Planeten unbedingt intakt erobern wollten. Nicht alle angegriffenen imperialen Welten hatten dieses Glück gehabt.

»Welches Ziel?«, fragte Lestrade und Castellano hörte sowohl Anspannung als auch Erschöpfung aus der Stimme des Commodore heraus.

»Einen Punkt nahe Cibola«, meinte Mueller, »vermutlich einen der Vororte westlich der Stadt.«

»Wer immer sich dort aufhält«, flüsterte Lestrade, »Gott stehe diesen armen Teufeln bei.«

Vincent schleppte sich durch die Ruinen einer vom Krieg verwüsteten Welt. Je mehr er von den Spuren sah, die der Krieg auf Vector Prime hinterlassen hatte, desto mehr wunderte er sich, dass die hier stationierten Legionen bisher standgehalten hatten. Es sprach für den Widerstandswillen und die Durchhaltekraft von Soldaten und Bevölkerung.

Er nahm sich die Zeit, innezuhalten und kurz zu verschnaufen. Müde nahm er den Helm ab, um die leicht rauchig schmeckende Luft von Vector Prime einzuatmen und die Umgebung durch seine eigenen Augen zu betrachten und nicht durch die künstlich verstärkten Sinne seines Kampfanzuges.

Seit Stunden wanderte er durch diese trostlose Gegend, ohne dass ihm eine Menschenseele begegnet war - von gelegentlichen Leichenfunden mal abgesehen. Auch die Drizil sah er relativ selten. Sie schienen ihre Patrouillen auf andere Gebiete der Stadt zu konzentrieren, ein Umstand, für den er äußerst dankbar war.

Das Fehlen von Drizilpräsenz in erwähnenswertem Umfang hätte ihm allerdings eine Warnung sein sollen. Ein Schatten verdunkelte die Sonne und legte sich wie ein unheilvoller Vorbote über das Land, so schnell, dass Vincent zunächst dachte, es ziehe ein Gewitter auf. Verwirrt blickte er nach oben.

Doch es war kein Gewitter. Ein Drizilschiff schob sich langsam in die obere Atmosphäre. Soweit Vincent dies zu beurteilen vermochte, war es allein, doch Dutzende von Jägern umschwärmten es wie Bienen, die sich um ihren Stock sammelten.

Vincent setzte eilig seinen Helm wieder auf. Was dieses Schiff vorhatte, wusste er nicht zu sagen, doch es konnte nichts Gutes im Schilde führen.

Plötzlich fuhr aus der Flanke des Schiffes ein Strahl gen Oberfläche und für einen Sekundenbruchteil machte es den Eindruck, das Schiff sei über diesen Strahl mit dem Boden verbunden.

Vincent folgte dem Strahl mit den Augen und benutzte die im Helm integrierten Sensoren, um Informationen zu sammeln. Eine Explosionswolke türmte sich über den Häusern auf. Laut den gesammelten Daten, war der Schauplatz der Detonation etwa sieben Kilometer nördlich von Vincents Position, doch selbst auf diese Entfernung spürte er die Vibrationen in seinen Füßen, die der Beschuss im Boden auslöste.

Das Drizilschiff feuerte eine weitere Salve ab und rief dadurch weitere Explosionen hervor. Der Beschuss wurde nicht erwidert. Womit auch? Die Verteidiger von Vector Prime besaßen längst keine Mittel mehr, vom Boden aus Kriegsschiffe abzuschießen oder auch nur zu bedrohen. Die Drizil hatten längst alle infrage kommenden Waffen zerstört.

Das Schiff, das Vincent inzwischen als Zerstörer der Ghost-Klasse identifiziert hatte, feuerte nun in schneller Folge Projektile und Energiewaffen ab. Das Schiff entlud seine ganze Wut gegen das unbekannte Ziel. Der Beschuss schien gar kein Ende nehmen zu wollen - und kam darüber hinaus auch noch näher.

»Oh Mann!«, hauchte Vincent, drehte sich auf dem Absatz und rannte, so schnell ihn seine durch den Anzug verstärkten Beine trugen. Hinter ihm lösten sich die Gebäude, die Vegetation, ja selbst der Straßenbelag in Feuer und Verwüstung auf.

Kampfanzug hin oder her, aber selbst die Ausrüstung eines imperialen Legionärs stieß irgendwann an ihre Grenzen. Schon bald japste Vincent vor Anstrengung und er erkannte, dass er diesem Orkan, der ihm folgte, nicht würde entkommen können. Selbst ohne sein elektronisch verstärktes Gehör, nahm er nun die Explosionen wahr und die Druckwellen zupften bereits gierig an seinem Körper.

Eine gewaltige Kraft packte ihn unvermittelt und wirbelte ihn wie eine Stoffpuppe durch die Luft. Vincent wedelte auf der vergeblichen Suche nach einem Halt mit den Armen. Doch so tapfer der Versuch auch war, es gab nichts, an dem er sich hätte festhalten können. Der Orkan schleuderte ihn gegen eine Hauswand, die der Zerstörung bisher getrotzt hatte. Vincent stürzte schwer. Das Letzte, was er sah, war die Wand, die über ihm einstürzte und ihn begrub.

Edgar Cutter folgte Daniel Red Cloud durch die verwinkelten Gänge der versteckten Legionsbasis, als der Offizier von einem anderen Legionär angesprochen wurde. Die beiden tuschelten kurz miteinander, bevor Daniel ein Stück Papier übergeben wurde und sich der andere Soldat wieder entfernte.

Daniel Red Cloud faltete das Stück Papier mit zitternden Fingern auseinander und überflog es, anschließend las er es noch einmal deutlich langsamer. Seine Miene wurde zusehends düsterer.

»Probleme?«

Daniel sah auf. Selbst in den diffusen Lichtverhältnissen erkannte Edgar, dass der andere mit seinen Gefühlen rang. Er meinte, sogar Tränen in den Augen des Legionsoffiziers erkennen zu können.

»Es gab einen schweren Angriff. Die Drizil haben einen ihrer berüchtigten Präzisionsschläge durchgeführt.«

»Präzisionsschläge?«, fragte Edgar.

»Haben Sie so was noch nie erlebt?«

Edgar schüttelte den Kopf.

»Die Drizil lassen ein Kriegsschiff in die Atmosphäre eintauchen«, sah sich Daniel zu einer Erklärung genötigt, »suchen sich ein Ziel auf der Oberfläche und pulverisieren es. Dabei ist ihnen völlig egal, ob es zivil oder militärisch ist. Das spielt in ihren Überlegungen nicht die geringste Rolle.«

»Was wurde getroffen?«

»Einer der westlichen Vororte von Cibola. Wir schätzen, dass es über zweitausend Tote gibt. Fast die Hälfte davon Zivilisten. Dann noch etwa achthundert Milizionäre und zweihundert meiner Kameraden, die zu deren Schutz dort waren.«

»Mein Gott!« Edgar schlug die Augen nieder, betroffen von solcher Brutalität, die dermaßen viele Opfer gefordert hatte.

»Es ist eine Schocktaktik«, erläuterte Daniel weiter. »Wenn sie ein bestimmtes Gebiet nicht schnell genug erobern können, verlieren sie die Geduld und bombardieren es falls möglich. Anschließend wird es besetzt. Dies dient gleichzeitig als Warnung für andere Widerstandsnester. Verdammte Schweinehunde!«

»Es ... tut mir aufrichtig leid«, sagte Edgar in Ermangelung besserer Worte.

Daniel zuckte als Erwiderung lediglich die Achseln. »Wir sind das Gesicht des Krieges auf unserer Heimatwelt inzwischen gewohnt. Es sind nicht die ersten Verluste, die wir erlitten haben – und werden nicht die letzten sein.« Der Legionsoffizier faltete den Zettel wieder zusammen und verstaute ihn unter seiner Uniform.

»Sind Ihre Leute bereit?«

Edgar nickte.

»Dann kommen Sie. Es wird Zeit, Ihnen zu zeigen, was der Lord General gemeint hat. Mag sein, dass das alles ist, was wir für Sie und Perseus tun können. Es ist zufällig ganz in der Nähe des Ortes, an dem das Bombardement stattfand. Gut möglich, dass die Drizil gerade deswegen das Gebiet gesäubert haben. Sie wollen nicht, dass sich jemand zu nahe an ihrem Geheimnis aufhält.«

»Ihrem Geheimnis?«

»Geduld, Lieutenant. Nur Geduld. Sie werden es bald sehen.«

»Verdammt! Wo kommen diese Schiffe so plötzlich her?«, verlangte Commodore Horatio Lestrade zu wissen.

Die Alarmsirenen gellten ohrenbetäubend durch die VENGEANCE und riefen die Besatzung zu ihren Gefechtsstationen.

»Keine Ahnung«, erwiderte Mueller gepresst. »Sie haben vermutlich die Strahlung des Roten Riesen benutzt, um ihre Annäherung zu tarnen.«

»Was ist passiert?«, schrie Castellano über den allgemeinen Lärm hinweg, als er die Brücke erreichte.

»Die Drizil«, erklärte Lestrade, ohne seinen Blick von den Anzeigen seiner Kommandostation zu nehmen. »Sie haben uns gefunden.«

»Aber wie?«

»Fragen Sie mich etwas Leichteres.«

»Womit haben wir es zu tun?«

»Ein feindliches Flaggschiff der Intruder-Klasse, das von zwei Fregatten der Vandal-Klasse eskortiert wird. Sie sind in weniger als zwanzig Minuten in effektiver Gefechtsdistanz.«

»Schon so nah? Werden Sie mit denen fertig?«

»Mit Sicherheit, aber mit ihren Freunden, die bestimmt nicht untätig danebenstehen werden, wohl eher nicht.« Lestrade wandte seine Aufmerksamkeit von Castellano ab. »Navigation. Aus der Atmosphäre des Gasriesen ausscheren. Wir brauchen Platz zum Manövrieren.«

»Aye, Sir.«

Lieutenant Malcolm Neroy wandte sich augenblicklich seiner Navigationskonsole zu und gab in schneller Folge mehrere Befehle ein.

Die Systeme der HMS VENGEANCE wurden unter volle Energie gesetzt und der Schlachtkreuzer nahm langsam Fahrt auf. Es dauerte jedoch kostbare Minuten, in denen der mehr als siebenhundert Meter lange Schlachtkreuzer seine eigene Massenträgheit überwand und aus der Atmosphäre des Gasriesen ausscherte. Minuten, in denen die drei Drizil-Kriegsschiffe beständig aufschlossen.

Als die VENGEANCE schließlich die Atmosphäre hinter sich ließ, waren die drei feindlichen Schiffe bereits gefährlich nahe.

»In drei Minuten in Gefechtsdistanz«, meldete Mueller. Dem XO liefen dicke Schweißperlen über die Stirn, die er geistesabwesend mit dem Ärmel seiner Uniform wegwischte.

Lestrade betätigte einen Schalter auf der rechten Lehne seines Kommandosessels. »Torpedodeck? Erste Salve vorbereiten.« Er unterbrach die Verbindung und wandte sich seinem Waffenoffizier zu. »Lieutenant March, wir konzentrieren das Feuer zunächst auf die beiden kleineren Begleitschiffe.«

»Aye, Commodore. Konzentrieren Feuer auf Begleitschiffe«, wiederholte der Waffenoffizier pflichtbewusst.

Die VENGEANCE wendete schwerfällig in einer Kreisbahn, um den Drizil ihre schweren Torpedorohre zuzuwenden. Die Drizilschiffe schlossen in einer klassischen Dreiecksformation auf - und für Lestrades Befinden viel zu selbstbewusst. Dieses Selbstbewusstsein war vielleicht sogar verdient. Die Vandal-Fregatten stellten für den Swordmaster-Schlachtkreuzer keine Bedrohung dar, doch das Intruder-Kampfschiff war für jedes imperiale Schiff ein ernsthafter Gegner. An Bewaffnung war es sogar dem schwersten terranisch-imperialen Kriegsschiff überlegen, wenn schon nicht an Geschwindigkeit oder Manövrierfähigkeit. Das war ihr großer Schwachpunkt. Allerdings brauchten sie beides auch nicht, solange sie nur einen klaren Treffer mit ihren Fernlenkgeschossen anbrachten oder mit den Hülsen, die den *Grünen Tod* transportierten. Sie mussten ein Schiff lediglich infizieren und anschließend auf Distanz gehen, um zu gewinnen. Dann konnten sie sich gemütlich zurücklehnen und die Show genießen.

»Feindlicher Abschuss«, meldete March an der Waffenstation.

Der Computer der VENGEANCE baute vor Lestrade praktisch ohne zeitliche Verzögerung ein Schema auf, das die voraussichtliche Flugbahn der feindlichen Geschosse markierte. Mehr als fünfzig von ihnen hielten auf einer elliptischen Bahn auf den Schlachtkreuzer zu.

»Abwehrmaßnahmen einleiten. Feuerbereitschaft herstellen und Torpedorohre klar machen, um den Beschuss zu erwidern.«

Lestrade kam es so vor, als würde sich die VENGEANCE quälend langsam aus dem Gefahrenbereich herausbewegen, und das, obwohl sie ihre Maschinen bereits bis ans Limit hin beanspruchte.

Lestrade verfolgte auf dem Schema, wie Linien, die die Flugbahn der Geschosse symbolisierten, sich langsam bewegten und schließlich an der VENGEANCE vorbeiführten. Lediglich dreizehn der Kapseln blieben für das imperiale Schiff eine Bedrohung, doch die PVL zerstrahlten sie und ihre tödliche Fracht, bevor sie für den Schlachtkreuzer zur Bedrohung werden konnten. Gleichzeitig bewegten sich die Linien, die die voraussichtliche Flugbahn der eigenen Torpedos darstellten, auf die feindliche Flottille zu.

»Feuer!«

Stichflammen stoben ins All, als die acht leichten Torpedorohre der VENGEANCE ihre Last entluden; Sekunden später folgten die zehn schweren. Deren Abschuss ließ das Deck unter Lestrades Füßen erzittern, doch der Commodore bemerkte es kaum, so gebannt starrte er auf die Anzeigen vor seinen Augen.

Die drei Drizilschiffe lösten ihre Formation auf und gingen auf Abstand zueinander, so schnell ihre Schiffe es vermochten. Das war gar nicht dumm. Torpedos waren relativ langsam, ihre Fähigkeiten, auf ein Ziel aufzuschalten, das Ausweichmanöver flog, relativ eingeschränkt, sobald sie erst einmal auf Kurs lagen.

Eingeschränkt zwar, doch nicht unmöglich. Etwa die Hälfte der Flugkörper schwenkten auf die beiden Vandal-Fregatten ein. Die übrigen hielten auf das viel größere Kampfschiff zu, das darüber hinaus auch noch die größere Energiesignatur abstrahlte, was die Torpedos anzog.

Mit einem Mal änderte das große Kampfschiff die Richtung. Lestrade kniff verwirrt die Augen zu, im ersten Moment nicht begreifend, was der Gegner plante. Doch dann riss er in plötzlicher Erkenntnis die Augen auf. Die Drizil hatten erkannt, dass sie nicht ausweichen und nicht davonrennen konnten, und entschlossen sich daher zu einem Wechsel ihrer Taktik. Sie setzten den Beschuss einfach aus, senkten stattdessen den

Kopf, um möglichst schnell die anstürmende Torpedowelle zu durchstoßen. Darüber hinaus brachte sie dies alarmierend schnell auf Distanz ihrer Energiewaffen.

Verdammt!, fluchte Lestrade im Stillen.

Die beiden feindlichen Fregatten bemühten sich noch immer um einen Fluchtweg, doch der Ausgang zumindest dieses Gefechts war unausweichlich. Eine der Fregatten wurde von einem halben Dutzend Sprengköpfe getroffen und in der Mitte in zwei Teile gerissen. Die Bruchstücke zerbrachen wiederum ihrerseits und prallten von den oberen Deckaufbauten des Intruder-Kampfschiffes ab. Die zweite Fregatte hatte wesentlich mehr Glück - oder Pech, das kam ganz auf den Standpunkt an. Lediglich ein leichter Torpedo erwischte das Schiff im Bereich der Antriebsaggregate und riss sie mitsamt dem Maschinenraum einfach ab, der Rest des Schiffes blieb jedoch intakt und trudelte in die Atmosphäre des Gasriesen hinein. Schiff und Besatzung waren verloren - und sie wussten es.

Das feindliche Großkampfschiff gab Vollschub und richtete seine schwer gepanzerte Schnauze in die Flugbahn der Torpedos. Drei leichte Torpedos zerschellten einfach, sobald sie das Drizil-Großkampfschiff trafen. Lestrade bezweifelte, dass sie der schweren Panzerung überhaupt eine Delle zugefügt hatten. Zwei schwere Torpedos wurden von den Energiewaffen der Drizil abgeschossen, bevor sie Schaden anrichten konnten, doch ein schwerer Torpedo kam durch und schlug in der Backbordflanke des Schiffes ein. Eine Explosion verheerte einen Bereich von mindestens drei Decks (so schätzte Lestrade) und die darauf folgende Sekundärexplosion richtete schwere Schäden an, wobei die Drizil fast ein Viertel ihrer Bewaffnung der Steuerbordseite verloren, jedenfalls, wenn man die Hochrechnung des Computers der VENGEANCE zugrunde legte. Lestrade hoffte, dass sie halbwegs zutraf.

»Nach Backbord ausweichen«, befahl er. »Laserwaffen für Flächenbeschuss klarmachen.«

Der Schlachtkreuzer glitt auf der feindlichen Steuerbordseite an dem Großkampfschiff vorbei. Lestrade hoffte, dass die ausgeschalteten Waffen auf dieser Seite für das bevorstehende Gefecht das Zünglein an der Waage sein würden. Ansonsten hätten sie ein wirklich ernstes Problem. Den Drizil gingen anscheinend ähnliche Gedanken durch den Kopf. Ihr Schiff drehte sich im selben Moment um die eigene Achse, um den verhassten Menschen die unbeschädigte Backbordseite zuzuwenden.

Lestrade knirschte vor Frustration mit den Zähnen. »Feuer!«

Beide Schiffe eröffneten praktisch zeitgleich das Feuer. Energieprojektile der Drizil prasselten gegen die Panzerung des Schlachtkreuzers, während kohärente Lichtstrahlen aus einem Dutzend Geschützstellungen des imperialen Schlachtkreuzers die Panzerung von Bauch und Flanke des Drizilschiffes wegbrannten.

Auf der Brücke der VENGEANCE explodierten in schneller Folge mehrere Konsolen. Ein Besatzungsmitglied brüllte schmerzerfüllt auf, als seine Uniform Feuer fing. Ein weiterer rannte mit einem Feuerlöscher herbei, um seinem Kameraden zu Hilfe zu kommen.

Auf Lestrades Holodisplay leuchteten mehrere Sektionen des feindlichen Schiffes rot auf, was auf schwere Schäden hindeutete, unter anderem im Bereich des Waffendecks, des Maschinenraums und in der Nähe der Brücke. Das war gut, aber noch lange nicht gut genug.

»Nach Steuerbord drehen und für einen neuen Anflug bereit machen.«

Lestrade bemerkte lediglich am Rande, wie Colonel Castellano sich hinter ihm an der Rückenlehne des Kommandosessels festhielt, als die VENGEANCE den Anweisungen des Navigators sofort gehorchte.

»Neuer feindlicher Abschuss«, meldete Mueller.

Lestrades Kopf fuhr zu seinem XO herum und musterte ihn sekundenlang ungläubig.

»Ausweichmanöver!«, brüllte Lestrade, sobald er sich wieder gefangen hatte. Auf seinem Hologramm verfolgte er, wie dreißig Geschosse der Drizil auf die VENGEANCE zuhielten. Sie bewegten sich so langsam, dass es sich nur um die dreimal verfluchten Kapseln handeln konnte, die *Grüne Pest*.

Die VENGEANCE schwenkte gehorsam herum, weg von dem feindlichen Schiff, doch im selben Moment erkannte Lestrade, dass es nicht reichen würde.

Die Punktverteidigungslaser schnitten durch die feindlichen Geschosse und verdampften zweiundzwanzig von ihnen, sechs weitere verfehlten die VENGEANCE – doch zwei schlugen achtern ein, bohrten sich in die Schiffspanzerung, platzten auf und entließen ihre tödliche Fracht ins Innere des Schlachtkreuzers.

12

Lieutenant Edgar Cutter folgte Daniel Red Cloud durch ein Viertel von Cibola, das von den Nachwirkungen des kürzlichen Beschusses gezeichnet war. Von den Trümmern stiegen Hunderte kleiner Rauchfahnen auf, um sich in der Atmosphäre des Planeten zu verlieren. Leichen fand sie kaum und wenn doch, dann handelte es sich um verkohlte, verrenkte Gestalten, die kaum noch Ähnlichkeit mit Menschen besaßen. An einigen der menschlichen Überreste klebten unübersehbar die Reste von Kampfanzügen imperialer Legionäre.

Während dieser ganzen Zeit verlor Daniel Red Cloud nicht ein Wort, sondern führte sie still durch die Ruinen einer einstmals stolzen und schönen Metropole. Anfangs wunderte sich Edgar über das Verhalten und die Kaltschnäuzigkeit des anderen Legionärs. Immerhin war dies *sein* Planet und dies waren *seine* Leute, die von den Drizil in den Staub getreten wurden. Doch dann erkannte er, woran das wirklich lag: Möglicherweise hatte Daniel bereits zu viele solcher Schlachtfelder auf Vector Prime gesehen, hatte zu viele seiner Leute auf diese entsetzliche Art sterben sehen. Vielleicht hatte er keine Tränen mehr, die er um sie weinen konnte, stattdessen ehrte er sie durch sein Handeln, seinen Kampfgeist und seine Initiative.

Hinter Edgar schlichen Becky, Galen und Li durch die Ruinen. Simon und Jonas, die letzten überlebenden Mitglieder von Daniels Feuertrupp, bildeten die Nachhut und blickten sich wachsam um.

Dass sie seit dem Luftangriff nichts mehr von Vincent gehört hatten, machte ihm große Sorgen. Der Kleine war noch sehr jung und unerfahren. Im Grunde glaubte Edgar nicht, dass der Junge noch lebte. Falls es ihm gut ging, hätte er inzwischen zur Einheit zurückgefunden oder sich zumindest über Funk gemeldet.

»Wie weit ist es noch?«, wagte Edgar zu fragen.

»Nicht mehr sehr weit«, antwortete Daniel. »Wir sind gleich da.« Noch während er das sagte, bedeutete er durch eine knappe Geste den nachfolgenden Legionären, langsamer zu werden und sich hinter einige Ruinen zu ducken.

Edgar tat wie ihm geheißen und gab seinem Trupp zu verstehen, zurückzubleiben und ihnen Deckung zu geben, nur für den Fall, dass unvorhersehbare Schwierigkeiten auftraten.

Edgar folgte Daniel in gebückter Haltung einige Meter weit, bis sie den Hang einer Senke erreichten. Dort kauerte Daniel hinter einigen Mauerresten und wartete auf seinen Begleiter.

Edgar gesellte sich zu seinem Kameraden und sah sich aufmerksam um. Daniel machte keinerlei Anstalten weiterzugehen, daher nahm er an, sie hatten ihr Ziel erreicht.

Die Senke maß gut einen Kilometer im Durchmesser, und sie wurde schwer bewacht. Edgar überflog die Szenerie mit kundigem Blick und schätzte, dass dieser Ort von mindestens zwei- bis dreihundert Drizil verteidigt wurde. Nun war ihm auch vollkommen klar, warum sie so lange gebraucht hatten, um hierher zu kommen. Daniel hatte sie über Schleichwege geführt, um den Drizilpatrouillen auszuweichen, die zweifellos die Umgebung durchstreiften.

Über ihnen flogen paarweise Driziljäger Deckung aus der Luft. Es handelte sich im Allgemeinen um Jäger des Typs Blutstachel, ein Allzweckjäger, der eine Vielzahl von Aufgaben übernehmen konnte, doch vor allem bestens geeignet war, um feindliche Bodenstellungen auszuschalten.

Was Edgars Aufmerksamkeit jedoch am meisten anzog, war das Gebilde in der Mitte der Senke. Es war das gleiche, dem sie schon auf Marianna begegnet waren. Doch dieses hier war völlig intakt. Es war intakt und arbeitete - und für die Drizil schien es äußerst wichtig zu sein.

Er öffnete zischend die Verschlüsse seines Helms und zog ihn vom Kopf, da er das Gebilde mit eigenen Augen betrachten wollte. Daniel tat es ihm gleich und musterte ihn stirnrunzelnd.

»Sie haben so etwas schon gesehen«, schloss er.

»Stimmt«, bestätigte Edgar dessen Vermutung. »Bevor wir nach Vector Prime kamen. Auf Marianna haben wir die Überreste einer solchen Apparatur entdeckt. Was zum Teufel ist das?«

»Das ist ein Rätsel, an dem wir schon seit Beginn der Invasion tüfteln.«

»Das müssen Sie mir erklären.«

»Mit diesem Ding fing alles an. Die erste Welle aus Drizilschiffen, die ins Vector-Prime-System eindrang, war recht überschaubar. Lediglich vier Dutzend Schiffe, die ein paar Tausend Soldaten mit sich führten. Es gelang unserer Flotte innerhalb weniger Tage, sie auszuschalten. Allerdings konnten die Drizil vorher noch ihre Truppen absetzen und diesen Teil der Stadt in ihre Hand bringen. Anschließend haben sie dieses Ding aufgebaut. Wir griffen an und belagerten ihre Stellung. Die Drizil haben bis zur völligen Vernichtung gekämpft und es schien ihnen wichtiger, dieses Gerät zu beschützen, als am Leben zu bleiben. In meinem ganzen Leben habe ich noch nie diesen Grad an Fanatismus erlebt. Sie hielten uns, so lange sie konnten, von diesem Ding fern. Die Bodenkämpfe dauerten alles in allem über vier Wochen. Es war brutal.« Daniel stockte.

Edgar musterte dessen Gesicht und erkannte, dass die Erinnerung den anderen Legionär mit all ihren Schrecken überflutete. »Und dann?«, forderte er ihn sanft auf.

»Dann fingen unsere Probleme eigentlich erst richtig an. Als alle Drizil tot waren, haben wir versucht, es abzuschalten. Es gelang uns nicht. Wir haben versucht, es in die Luft zu sprengen, aber unsere Sprengsätze waren nicht stark genug. Schließlich war ein Orbitalbombardement nötig, um es zu zerstören.« Er deutete auf die Senke. »Das hier war früher mal einer der Vororte von Cibola. Dieses Loch, das in den Boden gebrannt wurde – das waren wir.«

»Sie sagten, das Gerät wurde zerstört, aber dort unten steht es doch.«

»Dazu komme ich noch. Wie gesagt, wurde das Gerät durch ein Orbitalbombardement zerstört. Es war jedoch schon viel zu spät. Die Drizil waren bereits auf dem Weg und nur einen Tag später fielen sie über uns her wie die Heuschrecken. Es war eine verdammt große Flotte: Hunderte von Schiffen, Zehntausende von Soldaten. Sie nahmen die Raumstation im Handstreich und nutzen sie seitdem als Operationsbasis. Unsere Flotte wurde dezimiert und vom Planeten abgedrängt. Und wir«, er schnaubte, »wurden in den Untergrund getrieben. Anschließend bauten sie ein neues Gerät auf. Soweit wir feststellen konnten, an derselben Stelle wie das alte.«

»Oh mein Gott«, hauchte Edgar, »es ist ein Funkfeuer! *So* finden sie also unsere Planeten. Eine Aufklärungseinheit folgt einem unserer Schiffe zu einem unserer Planeten, installiert das Funkfeuer und beschützt es so lange wie möglich. Und die übrigen Drizil folgen dem Signal zu seinem Ausgangspunkt – und das war's dann. Sie markieren unsere Planeten.«

Daniel zuckte die Achseln. »Diese Theorie ist so gut wie jede andere, hat aber einen schwerwiegenden Fehler.«

»Und der wäre?«

»Man kann im Hyperraum keinem Schiff folgen. Das ist physikalisch unmöglich. Daher kann eine Drizil-Aufklärungseinheit keinem unserer Schiffe folgen.«

Edgar schüttelte den Kopf. »Ich behaupte nicht, alles zu verstehen, aber die Drizil verfügen über so eine Möglichkeit. Sie müssen einfach darüber verfügen. Es ist die einzige Erklärung, die wirklich Sinn ergibt.«

»Zugegeben, es würde viele Fragen der letzten Jahre erklären, ich bin trotzdem skeptisch, dass so etwas umsetzbar wäre. Falls die Drizil tatsächlich zu etwas Derartigem in der Lage sind, bedeutet das, dass sie uns auf dem Gebiet der Astrophysik um Lichtjahre voraus sind.«

»Es gibt noch so vieles, was wir über die Drizil nicht wissen, aber eines ist mir klar geworden, Vector Prime wird den Sieg nicht davontragen, solange dieses Funkfeuer sendet.«

Vincent hatte keine Ahnung, wie tief er unter dem Trümmerberg begraben lag. Er wusste nur eines: Er musste hier raus. Die Drizil hatten das Feuer eingestellt, kurz bevor ihn die Druckwelle erwischt hatte. Hätten sie weitergefeuert, wäre er längst tot und nicht nur lebendig begraben.

Sein Anzug hatte augenblicklich reagiert und auf interne Sauerstoffversorgung umgeschaltet, um seinen Träger am Leben zu halten.

Er bemühte sich, seine Arme und Beine zu bewegen, allerdings ohne Erfolg. Vincent saß fest. Der Verzweiflung nahe, aktivierte er sein Funkgerät.

»Hier Private Vincent Turner, Feuertrupp SCHNELLER TOD. Hört mich jemand? Ich bin eingeklemmt und kann mich alleine nicht befreien.«

Er lauschte angestrengt, doch außer statischem Rauschen drang kein Laut aus dem Äther. Warum auch? Sein Funkgerät war immer noch beschädigt. Eine Meldung abzusetzen, war eine reine Verzweiflungstat gewesen. Vincent fragte sich, ob dies sein Ende sein würde. Eingeklemmt zwischen Trümmern darauf wartend, dass sein Sauerstoffvorrat zur Neige ging. Er setzte noch zweimal dieselbe Meldung über Funk ab. Mit demselben frustrierenden Ergebnis.

Vincent spannte seine Muskeln an und bewegte seine Arme hin und her, um seinen Gliedmaßen etwas Freiraum zu verschaffen. Sollte ihm das gelingen, hätte er vielleicht eine kleine Chance – eine verschwindend geringe Chance, aber immerhin eine Chance.

»Was können wir dagegen tun?«, fragte René Castellano tonlos. Er hielt sich nicht oft an Bord von Kriegsschiffen auf und wenn doch, dann nur, um von A nach B zu kommen. Er hatte in der Vergangenheit jedoch schon des Öfteren Schauergeschichten über die gefürchtete *Grüne Pest* gehört, wie die Raumfahrer diese genetisch erzeugte Waffe der Drizil nannten. Und er verspürte nicht die geringste Lust, Bekanntschaft mit diesem Zeug zu machen.

»Nicht viel«, erwiderte Lestrade, während er eine eingehende Meldung studierte. »Im Prinzip gibt es nur drei Möglichkeiten: das Schiff aufgeben, den betroffenen Bereich ins Vakuum entlüften oder die Marines mit Flammenwerfern reinschicken.«

»Die erste Möglichkeit ist inakzeptabel«, meinte René entschlossen. »Wir würden hier festsitzen.«

»XO? Welcher Bereich ist bereits infiziert?«

»Drei Sektionen von Deck fünf und eine Sektion unterhalb des Maschinenraums.«

»Das geht an und für sich noch. Hätte schlimmer kommen können. Ich möchte ungern einen solchen Bereich dem Vakuum aussetzen. Da unten sind noch - wie viele, XO?«

»Einundneunzig«, antwortete Mueller prompt.

»Einundneunzig Besatzungsmitglieder«, meinte Lestrade nachdenklich. »Dann schicken wir unsere Marines rein. Und Mueller? Die betroffenen und alle angrenzenden Bereiche sofort evakuieren. Und wenden Sie für einen neuen Anflug. Wir müssen dieses Kampfschiff erledigen, bevor es uns noch mal so einen Kinnhaken verpasst.«

Major Melissa Ross tauschte ihr Nadelgewehr gegen einen Flammenwerfer, der ihr von einem ihrer Männer gereicht wurde. Der vierzig Mann starke Trupp versammelte sich an einem der Druckschotten zu Deck fünf. Sieben weitere Trupps würden Deck fünf sowie den infizierten Bereich unterhalb der Antriebssektion zeitgleich betreten und sich aufeinander zuarbeiten. Mit etwas Glück gelang es ihnen vielleicht, die Infektion einzudämmen. Die Alternativen waren allesamt nicht besonders erstrebenswert. »Öffnen!«, befahl sie dem Marine an der Türsteuerung, der daraufhin gehorsam einige Knöpfe drückte. Das Schott glitt nahezu geräuschlos auf.

Beinahe auf dem kompletten Deck war inzwischen die Energie ausgefallen. Diese Amöbendinger fraßen sich durch alles, was sie berührten, egal ob es organisch oder anorganisch war. Außerdem waren sie in der Lage, so gut wie jedes Material zu verdauen. In dem Korridor herrschte diffuses Dämmerlicht. Die Marines schalteten augenblicklich auf Restlichtverstärkung um. Dies war nicht nur aufgrund der Lichtverhältnisse ratsam, auch die Amöben ließen sich dadurch leichter aufspüren und früher entdecken.

Der Trupp arbeitete sich langsam vor. Besatzungsmitgliedern begegneten sie keinen, was Melissa zutiefst beunruhigte. Beinahe hundert Menschen sollten sich auf diesem Deck noch aufhalten.

Ihr Anzug fing in einiger Entfernung Schreie auf, die jedoch mit brutaler Plötzlichkeit verstummten. Das fing ja wirklich gut an. Das Erste, was sie von den vermissten Besatzungsmitgliedern fanden, war eine Leiche.

Der Mann hatte versucht zu fliehen und war einer der Amöben zum Opfer gefallen, sein Gesicht von den Schrecken, die er hatte erleben müssen, noch verzerrt. Von der Hüfte abwärts fehlte sein Körper einfach, doch dort wo seine Beine hätten sein sollen, klebte eines dieser ekelhaften Dinger an seiner Hüfte. Melissa zögerte keine Sekunde und richtete ihren Flammenwerfer auf das Ding und betätigte den Abzug. Eine Flammenzunge leckte über Leiche und Amöbe. Die grüne Farbe veränderte sich, wurde erst blau, dann gelb und schließlich schwarz. Sie glaubte auch, ein schrilles Kreischen wahrzunehmen, als die Flammen die Amöbe verzehrten. Melissa wusste nicht, ob die Amöben in der Lage waren, Schmerz zu empfinden. Sie hoffte es inständig.

Der Trupp bewegte sich vorsichtig den Korridor hinab, wobei die Soldaten nicht nur den Boden, sondern auch Wände und Decke im Auge behielten. Die Amöben lauerten überall, und sie zu unterschätzen, könnte sich womöglich als tödlicher Fehler erweisen. Sie kamen an mehreren Türen vorbei – Mannschaftsquartiere, die sie sämtlich überprüften, um keinen Ort des infizierten Bereichs auszulassen. Die ersten vier waren leer, im fünften fanden sie drei Leichen und zwei Amöben, die sie sofort mit den Flammenwerfern bearbeiteten, das sechste Quartier war ebenfalls wieder leer und im siebten fanden sie eine Gruppe aus neun Überlebenden, die Melissa – mit drei ihrer Marines als Eskorte – evakuieren ließ.

»Hier Trupp eins. Bisher minimaler Widerstand. Mehrere Amöben eliminiert. Keine Verluste.«

»Verstanden, Trupp eins«, drang die Antwort Commander Muellers gedämpft aus dem Funkgerät. »Halten Sie uns auf dem Laufenden. Die anderen Trupps kommen ebenfalls gut voran. Falls alles nach Plan verläuft, müsste der infizierte Bereich in etwa einer Stunde gereinigt sein.«

»Verstanden!«

Wollen wir's hoffen, dachte Melissa im Stillen und winkte ihren Trupp weiter.

Das Drizil-Großkampfschiff verlor inzwischen aus gut zwei Dutzend Brüchen in der Außenhülle Sauerstoff und Trümmer. Es rollte sich ständig um die eigene Achse, um zu verhindern, dass ein einzelner Bereich zu großen Schaden nahm, doch diese Taktik würde nicht ewig funktionieren. Und Lestrade hatte die Faxen langsam dick.

»Navigation, bringen Sie uns so dicht wie möglich ran. Lieutenant March, volle Breitseite vorbereiten. Wir schlagen mit allem zu, was wir haben. Wir müssen diesen Kampf unbedingt beenden, bevor die Drizil Verstärkung erhalten.«

Die VENGEANCE war aus dem Gefecht nicht ohne Blessuren davongekommen. Von der Infektion einmal ganz abgesehen, waren gut ein Drittel der Geschütze an Bug und mittschiffs außer Gefecht oder in ihrer Funktionsweise zumindest nur noch eingeschränkt nutzbar. Deck acht war durch einen Hüllenbruch zum Vakuum hin offen und der Antrieb war nur noch zu etwa sechzig Prozent effektiv. Wenn sie eine Entscheidung herbeiführen wollten, musste es jetzt geschehen.

Das taktische Hologramm lieferte Lestrade eine recht gute Übersicht über die Schäden, die das feindliche Schiff erlitten hatte. Demnach war die erfolgversprechendste Schwachstelle die gebrochene Panzerung oberhalb der feindlichen Brücke. Dass das Schiff ständig um die eigene Achse rollte, machte eine Zielerfassung jedoch recht schwierig und auf diese Entfernung ließen sich Torpedos nicht einsetzen.

Die VENGEANCE schloss im Rahmen ihrer Möglichkeiten zum Gegner auf. Lestrade passte genau den Augenblick ab, in dem das feindliche Schiff sich anschickte, erneut um die eigene Achse zu rollen.

»Feuer!«

Die Geschütze der VENGEANCE spien Lanzen aus Licht gegen das feindliche Schiff und spießten es förmlich auf. Dieses Mal war die Panzerung jedoch nicht mehr stark genug, um standzuhalten. Die Lanzen brannten sich tief in die Eingeweide des Schiffes. Zwei Sekundärexplosionen rissen die Antriebssektionen auseinander, die so grell waren, dass die Brückenbesatzung der VENGEANCE den Blick abwenden musste. Die Detonation gab dem Heck des Schiffes für einen Sekundenbruchteil mehr Schub als dem Bug und die Achtersektion des Schiffes brach nach Steuerbord aus.

Trotzdem gaben sich die Drizil noch nicht geschlagen. In einer letzten Trotzreaktion feuerten mehrere Geschütze und fetzten Panzerung von der Backbordflanke des Schlachtkreuzers. Eine Salve brach sogar ins Innere durch, verwüstete mehrere Geschützstellungen und tötete mehr als fünfzig Besatzungsmitglieder.

Doch dann schlug die VENGEANCE zurück - und beendete den Kampf. Drei Laserbatterien brannten sich bis zur Brücke durch und verdampften den Captain des Schiffes samt seiner gesamten Brückencrew, zwei weitere Strahlbahnen schnitten das Schiff der Länge beziehungsweise der Breite nach auf. Das Drizilschiff stellte augenblicklich das Feuer ein. Was von dem Schiff noch übrig war, driftete davon. An Bord war wahrscheinlich niemand mehr am Leben und falls doch, dann zumindest bald nicht mehr. Die Sensoren bestätigten, dass die Lebenserhaltung auf dem ganzen Schiff ausfiel. Die Überlebenden würden entweder erfrieren oder ersticken.

Lestrade ließ sich schwer in seinen Kommandosessel zurückfallen. »So viel dazu«, seufzte er erleichtert.

»Ja«, stimmte René zu, »aber noch so einen Kampf überleben wir nicht.«

»Allerdings«, nickte Lestrade. »Kommunikation. Eine Verbindung zum Planeten. Versuchen Sie, jemanden zu erreichen, der was zu sagen hat. Und senden Sie das Signal an unsere Bodentruppen. Wir brechen die Operation ab und holen sie da raus.«

»Warum versuchen Sie, jemanden von der 24. Legion zu erreichen?«

»Um Vector Prime herum steht ein ganzer Flottenverband der Drizil. Falls wir unsere Leute tatsächlich abholen wollen, brauchen wir Hilfe. Allein schaffen wir das nicht.«

»Und Sie glauben tatsächlich, von denen ist jemand in der Lage, uns zu helfen? Für mich sieht es so aus, als hätten die selbst genügend Probleme.«

»Schon möglich, aber falls sie uns nicht unterstützen können, sitzen wir ganz schön in der Tinte.«

Daniel Red Cloud führte den Feuertrupp SCHNELLER TOD durch die Ruinen wieder aus dem Bereich, den die Drizil fest in ihrer Hand hielten.- Gesprochen wurde nur im Notfall und Edgar war dies durchaus recht.

Seine Gedanken befassten sich mit ihrer Entdeckung und den Implikationen, die sich daraus ergaben.

Die Drizil waren also in der Lage, Schiffen durch den Hyperraum zu folgen, bis diese einen bewohnten Planeten anliefen. Er besaß zwar keine Beweise für diese Theorie, aber es gab keine andere Möglichkeit. Nichts sonst ergab einen Sinn. Es war die Erklärung für viele Begebenheiten der Vergangenheit. Aus diesem Grund waren imperiale Streitkräfte nie in der Lage gewesen, einen Planeten, auf dem sich die Drizil einnisteten, zu halten. Die Drizil schickten einfach so lange Truppen und Schiffe, bis die Verteidigung zerrieben war. Sie brauchten lediglich dem Funkfeuer zu folgen.

Das war sehr beunruhigend. Es bedeutete, dass die Drizil bewusst und ohne Bedenken große Teile des eigenen Militärs bei der Verteidigung dieser Markierung opferten, um auf einem Planeten Fuß zu fassen. Dies deutete entweder auf eine Art Schwarmbewusstsein hin, in der einzelne Soldaten nichts als nahezu hirnlose Drohnen waren, oder auf eine Mentalität, in der der Einzelne keine Bedenken hatte, sich zum Wohle der Allgemeinheit zu opfern. Beides wurde für Perseus zur ernsten Gefahr, falls die Drizil jemals den Weg dorthin fanden.

Unvermittelt piepte sein Funkgerät und strahlte einen kurzen neunstelligen Code ab, bevor es erneut in Schweigen verfiel. Edgar blieb schlagartig stehen und blickte seine Truppkameraden an. Ihre Blicke waren eindeutig.

»Ihr habt es auch erhalten?!«

Sie nickten.

»Was ist?«, fragte Daniel, dem das seltsame Verhalten seiner Gäste aufgefallen war.

»Unser Schiff ruft uns zurück. Wir wurden angewiesen, die Mission sofort abzubrechen und uns für die Extraktion bereitzuhalten.«

In diesem Moment meldete sich Daniels Funkgerät zu Wort. Edgar hörte nicht, was der andere Legionär besprach oder mit wem, doch nach einigen Minuten öffnete dieser seinen Helm. Edgar tat es ihm gleich.

»Das war Lord General Great Bear«, erläuterte Daniel. »Ihr Schiff hat sich gemeldet und wünscht Unterstützung bei Ihrer Abholung.«

»Und?«

»Sie wurde – wenn auch widerstrebend – gewährt. Indem wir Ihnen helfen, helfen wir im Endeffekt uns selbst. Sie müssen zurückkehren und berichten, was hier geschieht. Vielleicht entscheiden Ihre Vorgesetzten doch, uns Hilfe zu schicken. Eine weitere Legion wäre durchaus ein willkommener Anblick auf Vector Prime.«

Edgar nickte verstehend. »Und wie sieht der Plan aus?«

»In acht Stunden führen unsere Kräfte einen Schlag gegen die feindliche Flotte im System. Der Zweck ist ...«

»... die Drizil abzulenken«, vollendete Edgar den Satz.

Daniel nickte. »Während der Offensive bringen wir Sie und Ihre Leute irgendwie in den Orbit, wo Ihr Schiff Sie aufsammeln kann. Die Frage ist bloß, wie wir das anstellen. Sie haben mir erzählt, dass Ihr Bullfrog Schrott ist.«

Edgar überlegte fieberhaft. »Ich habe möglicherweise eine Idee.«

»Und die wäre?«

»Ich weiß vielleicht, wo ein intakter Bullfrog rumsteht, falls ihn die Drizil noch nicht gefunden haben. Das ist unsere beste Chance.«

Vincent hatte es in den letzten Stunden mit Müh und Not geschafft, einen Arm aus dem Trümmerfeld, das ihn immer noch begrub, zu befreien.

Jede Bewegung kostete ihn unsagbare Mühe, doch er war inzwischen zuversichtlich, aus seinem Gefängnis herauszukommen. Es war nur eine Frage der Zeit.

Plötzlich wurde eine der schwersten Steinplatten von seiner Brust genommen. Vor Erleichterung hätte er beinahe laut gejubelt. Weitere Steine wurden fortgeschafft und schafften Platz um seine Beine, sodass er sie erstmals wieder einigermaßen bewegen konnte. Man hatte ihn gefunden.

Endlich!

»Gut so!«, schrie er, um seine Retter anzuspornen. »Ich bin gleich frei.«

Weitere Trümmerstücke wurden beiseitegeräumt. Er unterstützte die Unbekannten, indem er mit seinen Armen Steine wegräumte, die er erreichen konnte. Zu guter Letzt wurden mehrere Steine von seinem Helm geräumt, sodass er einen Blick auf seine Retter erhaschen konnte.

Doch das Gesicht, in das er verdutzt starrte, war kein menschliches. Es war das eines Drizil, der ihm die an seinen linken Unterarm geschnallte Waffe unter die Nase hielt.

Vom Regen in die Traufe, dachte Vincent. *Wie viel Pech kann ein einzelner Mensch eigentlich haben?*

13

Major Melissa Ross füllte den Korridor mit flüssigem Feuer aus ihrem Flammenwerfer, doch egal wie viele Amöben sie vernichtete, es kamen immer mehr nach. Sie vermehrten sich rasend schnell.

Tote Amöben tropften als ekliger Glibber von Wänden und Decke und vermischten sich zu etwas, das verdächtig nach altem Wackelpudding aussah. Insgeheim schwor sie sich, nie wieder irgendeine Form von Pudding zu essen. Nie wieder!

Sie kämpften nun schon eine gefühlte Ewigkeit um die Kontrolle über dieses Deck. Ihr anfänglicher Erfolg hatte sich ins Gegenteil verkehrt. Nun waren es die Amöben, die in die Offensive gingen, und Melissas Trupp hatte alle Mühe, die Stellung zu halten. Über Funk hielt sie Kontakt zu den anderen Trupps und wusste daher, dass diese auf ähnliche Probleme stießen. Zu zwei Trupps war seit beinahe einer Stunde jeglicher Kontakt abgebrochen. Das verhieß nichts Gutes.

Auf weitere Überlebende waren sie seither nicht mehr gestoßen, was für die Moral ihrer Marines einen herben Schlag darstellte. Sie bezweifelte, dass es noch welche gab. Die Amöben konnten sich nur derart vermehren, wenn sie genug zu fressen hatten. Es gab lediglich einen Weg, diese Epidemie einzudämmen. Sie mussten vorrücken, und zwar schnell. Ansonsten würden die Amöben fressen und sich weiter vervielfältigen, so lange, bis sie entweder die Verteidiger überrannten oder sie ein Loch in die Außenhülle fraßen, das groß genug war, das ganze Schiff dem Vakuum auszusetzen, und dann war ohnehin alles aus.

»Bleibt alle bei mir«, schrie sie ihrem Trupp zu, »wir müssen weiter!«

Melissa behielt die ganze Zeit die Flüssigkeitsanzeige ihres Flammenwerfers im Auge. Der Behälter war noch zur Hälfte gefüllt. Unter normalen Umständen kein Problem, doch unter diesen Bedingungen wäre es sehr unvorteilhaft, plötzlich ohne Munition für den Flammenwerfer dazustehen, während man von Amöben umzingelt ist.

Der Trupp stürmte den Korridor entlang. Die Marines verteidigten sich nach allen Richtungen und hinterließen verbrannten Glibber, der in wahren Sturzbächen von den Wänden tropfte. Einer der Marines verlor den Halt und stürzte. Sofort ließen sich drei Amöben von der Decke fallen und hüllten den Marine in seinem Kampfanzug fast vollständig ein. In Windeseile brannten sie sich durch die Panzerung ins Innere. Der Mann schrie herzzerreißend vor Qual und Angst. Einige ihrer Leute wollten ihm helfen, doch Melissa winkte sie wieder zurück auf ihre Positionen. Sie hatte erkannt, was die anderen erst noch begreifen mussten: Für den Mann kam längst jede Hilfe zu spät. Sie zog ihre Pistole und schoss mehrere Projektile auf das Visier seines Helms. Das dritte Projektil zersplitterte das Visier, der vierte drang endlich durch und tötete den unglückseligen Marine.

Ihr Trupp stand betroffen daneben, während sie den Mann von seinen Leiden erlöste. Schließlich gab sie mit einer knappen Geste den Befehl, die Amöben zu töten. Drei Marines ließen sich das nicht zweimal sagen und hüllten den Leichnam ihres gefallenen Kameraden und die darin enthaltenen Amöben mit Feuer ein.

Melissa kämpfte mit sich. Brechreiz stieg in ihr auf. Nach außen hin zeigte sie eine Miene kalter Professionalität. Als unbeteiligter Beobachter hätte man den Eindruck gewinnen können, sie wäre vom Tod des Mannes völlig unberührt. Tatsächlich aber sah es in ihr ganz anders aus. Diesen Akt ausführen zu müssen, hatte sie alles an Überwindung gekostet. Der Name des Mannes war Michael Collins gewesen. Er hatte drei Jahre unter ihr gedient und Melissa hatte ihn sehr geschätzt. Sie öffnete eine Funkverbindung zur Brücke.

»Hier Major Ross. Wir rücken weiter vor.« Sie schluckte. »Ein Mann Verlust.«

Die Drizil stießen Vincent unter Einsatz ihrer Waffen und mit überraschend groben Stößen ihrer dünnen Ärmchen vor sich her. Waffen und Helm hatten sie ihm abgenommen.

Im ersten Augenblick hatte Vincent befürchtet, an Ort und Stelle umgebracht zu werden, doch diese Drizil verfolgten offenbar andere Pläne. Allem Anschein nach kannten sich die Drizil gut mit menschlichen Rang- und Einheitsabzeichen aus. Beim Anblick des Emblems, das ihn als Mitglied der 18. Legion auswies, war eine heftige Diskussion zwischen dem Anführer des feindlichen Trupps und zweien seiner Untergebenen entbrannt. Vincent beschlich das unangenehme Gefühl, die Drizil wussten sehr genau, dass er nicht nach Vector Prime gehörte und hier eigentlich nichts zu suchen hatte.

Die Drizil führten ihn in Richtung Stadtrand. Zu welchem Zweck konnte er nur mutmaßen, doch er befürchtete das Schlimmste: zunächst Befragung und anschließend Exekution.

»Boss?«, drängt Becky.

»Ich sehe es, Becky, ich sehe es«, erwiderte Edgar gepresst.

Der Trupp, einschließlich der drei Legionäre der 24., war auf dem Weg zum Stadtrand gewesen, als ihnen eine große Drizilpatrouille über den Weg lief. Die Überraschung aller war groß, als sie sahen, wen die Drizil als Gefangenen mit sich führten.

Vincent!

Er wirkte mitgenommen, aber weitgehend unverletzt. Das war die gute Nachricht. Die schlechte war, dass sie ihn ohne Kampf nicht würden befreien können, und das beinhaltete immer die Gefahr, weitere Driziltruppen auf ihre Anwesenheit aufmerksam zu machen. Edgar warf einen Blick auf den anzuginternen Chronometer. Noch drei Stunden, bis der Angriff rollte. Bis dahin mussten sie am Bullfrog des Aufklärungs-Feuertrupps NÄCHTLICHER WAHNSINN sein. Der Trupp, der kurz nach ihrer Ankunft auf Vector Prime aufgerieben worden war, hatte seinen Bullfrog in der Nähe des Stadtrands zurückgelassen. Es war die einzige Hoffnung, die ihnen blieb. Falls sie das Zeitfenster für ihre Extraktion verpassten, blieb ihnen keine andere Wahl, als auf dem Planeten zu verbleiben.

Es würde knapp werden. Verdammt knapp.

Vincent wurde von zwölf Drizil begleitet: drei vor, vier hinter und fünf neben ihm. Dass sich Vincent genau in ihrer Mitte befand, machte die Sache nicht leichter.

Edgar gab den anderen zu verstehen, sie sollen sich verteilen. Galen blieb zurück und sorgte für die notwendige Rückendeckung. Seine schwere Schnellfeuerwaffe wäre in dem bevorstehenden Schusswechsel für Vincent eine ebensolche Gefahr wie für die Drizil.

Daniel und seine zwei Legionäre schlichen geduckt weiter und versteckten sich in einer kleinen Gebäuderuine, die etwas erhöht im Verhältnis zur Straße stand.

Becky hielt sich zu Edgars Rechter und Li zu seiner Linken. Ihre kleine Streitmacht wartete nur auf sein Zeichen, um loszuschlagen. Für einen kurzen Moment überkam ihn Stolz auf seine Einheit. Niemand äußerte auch nur die Andeutung, Vincent zurückzulassen. Legionäre ließen einen Kameraden nicht im Stich. Niemals!

Vincent trug keinen Helm. Das konnte sich bei seinem Plan als Problem erweisen.

Edgar zog eine Schallgranate aus dem Gürtel und hakte seinen Daumen hinter dem Ring ein, welcher den Sprengkörper sicherte. Er wartete, bis die feindliche Patrouille und ihr Gefangener sich genau zwischen seinem und Daniels Trupp befanden. Erst dann zog er die Granate ab und warf sie mit einer weit ausholenden Bewegung mitten in die überraschte Gruppe.

Die Granate explodierte mit einem recht unspektakulären *Plopp*. Auf Menschen, die sich im Wirkungskreis der Granate aufhielten, wirkte sich der Sprengkörper durch Desorientierung und Benommenheit aus. Hin und wieder konnte in Extremfällen auch das Trommelfell in Mitleidenschaft gezogen werden.

Auf die Fledermäuse jedoch hatte eine Schallgranate eine ganz andere Wirkung. Die Granate sandte auf mehreren hohen Frequenzen Schallwellen aus, die ungeschützte Drizil in ihrem Wirkungsbereich besinnungslos zu Boden schickte. Manchmal führten die Nachwirkungen sogar zum Tod. Selbst jene, die Helme trugen, konnten in Mitleidenschaft gezogen werden.

Die Drizilpatrouille stob auseinander wie ein aufgeschreckter Vogelschwarm, in den ein Raubvogel einbrach. Edgars und Daniels Feuerteams eröffneten zeitgleich das Feuer. Ihre Nadelgewehre schnatterten im gleich bleibenden stakkatoartigen Rhythmus.

Ein verwirrter Drizil, der ausgerechnet in Edgars Richtung flüchtete, wurde mit Projektilen gespickt und zurückgeworfen. Einem weiteren wurde fast der Kopf samt Helm abgerissen, als Li und Becky ihn ins Kreuzfeuer nahmen. Drei Drizil versuchten, sich abzusetzen, kamen dabei jedoch an Daniels Stellung vorbei. Sie hatten keine Chance. Der ganze Schusswechsel dauerte keine dreißig Sekunden und die feindliche Patrouille lag am Boden.

Becky sprang über die Mauer, hinter der sie sich verborgen hatte, und sprintete auf Vincents leblose Gestalt zu. Edgar wollte sie in einem ersten Impuls zurückhalten, besann sich jedoch eines Besseren. Er gab Li zu verstehen, er solle ihnen Deckung geben, anschließend folgte er Becky. Die Sorge um den Jungen verlieh ihm noch mehr Kraft und er kam nur kurz nach Becky bei dem Legionär an.

Der weibliche Legionär zog die Leiche eines feindlichen Soldaten von Vincents Körper und drehte diesen um. Edgars kundiger Blick huschte über Vincents Gestalt. Abgesehen von einem schmalen Blutsfaden, der aus seinem rechten Ohr lief, schien er unverletzt.

Der am Boden liegende Legionär stöhnte schmerzerfüllt auf und Edgar atmete vor Erleichterung hörbar auf. Der Mann lebte. Im selben Augenblick schlug Vincent die Augen auf.

»Ihr ...«, begann Vincent zu sprechen, doch seine Stimme brach vor Erschöpfung. Er schluckte schwer und begann von Neuem. »Ihr ... habt euch aber mächtig Zeit gelassen.«

Alexander Great Bear starrte verdrossen auf die holografische Miniatur der Stadt Cibola, die sich vor ihm ausbreitete. Das kürzliche Orbitalbombardement hatte seine Truppen im Westen und Osten schwer getroffen und ihre Bemühungen zurückgeworfen. Außerdem hatten sie den Kontakt zu einem weiteren Unterschlupf in dieser Gegend verloren, was nichts Gutes verhieß.

Er massierte sich mit Daumen und Zeigefinger der linken Hand müde den Nasenrücken. Entbehrungen und Verluste prägten diese Tage wie nie zuvor und er wünschte, er hätte diesen Niedergang seiner Nation und vor allem seiner Welt nicht mehr erleben müssen.

Commodore Jacob Lone Wolf trat hinter ihn und hüstelte diskret, um den Lord General über seine Anwesenheit zu informieren.

Diese Formalität wirkte so fehl am Platz, dass Alexander trotz seiner düsteren Stimmung unwillkürlich schmunzelte. Wie schlimm die Lage auch war, sein Mit-Offizier würde sich nie ändern oder seine stets korrekte Haltung ablegen. Es waren diese Kleinigkeiten, die ihm Halt gaben und ihm halfen, jeden Tag aufs Neue von seiner Schlafstatt aufzustehen und die Verteidigung einer Welt zu planen, die eigentlich nicht mehr zu verteidigen war. Wäre er ein geringerer Mann - oder weniger stur -, hätte er es längst in Erwägung gezogen, Kapitulationsverhandlungen anzustreben, so wie es viele andere imperiale Kommandeure in Vector Primes Nachbarschaft getan hatten. Alexander schüttelte diesen Gedanken ab. Solange auch nur noch ein Funken Leben in ihm war, würde er weiterkämpfen und seine Welt nicht dem Feind überlassen.

»Komm schon rein, Jacob«, begrüßte er den Commodore.

Jacob Lone Wolf neigte dankbar den Kopf und trat näher. Er betrachtete mit ebensolcher Verdrossenheit wie zuvor Alexander die holografische Miniatur und musterte die große Anzahl feindlicher Stellungen im Vergleich zu den wenigen der Verteidiger.

»Wenn wir das wirklich durchziehen, werden wir heute viele Leute und Schiffe verlieren«, begann Jacob ohne Umschweife. »Ist es das wirklich wert?«

Alexander brauchte gar nicht zu fragen, um zu wissen, was der Flottenoffizier meinte. Im Augenblick war nur eine Operation in Planung, die den anderen Offizier so beschäftigte.

In wenigen Stunden würden die Überreste von Legion, Miliz und Flotte eine Offensive starten, um die ganze Aufmerksamkeit der Drizil für sich zu beanspruchen. Im Chaos der Schlacht gelang es der VENGEANCE hoffentlich, ihre Leute aufzunehmen und aus dem System zu springen, bevor ein Drizilverband, in der Lage war, sie abzufangen.

»Das ist wichtig, Jacob. Das weißt du. Indem wir ihnen helfen, helfen wir uns selbst.«

»Und das glaubst du?«

»Das muss ich, alter Freund, das muss ich.«

»Die 18. Legion hat selbst genug Probleme und es werden noch mehr, falls die Drizil Perseus jemals finden. Denkst du allen Ernstes, Rix schickt uns Hilfe?!«

»Ich kenne Rix schon eine ganze Weile, und falls es etwas gibt, was er für uns tun kann, wird er es tun. Ganz sicher. Außerdem handelt es sich um Legionäre, die unsere Hilfe brauchen. Wir dürfen sie ihnen nicht versagen. Wir müssen helfen, selbst falls für uns nichts dabei herausspringt.«

»Selbst falls es gelingt, werden wir danach vielleicht so geschwächt sein, dass eine weitere Verteidigung von Vector Prime unmöglich wird.«

Alexander drehte sich zu seinem langjährigen Freund um und musterte ihn aus stumpfen, emotionslosen Augen. »Was glaubst du, wie lange wir noch durchhalten können, Jacob? Ganz im Ernst.«

Jacob Lone Wolf hielt dem Blick Alexanders für einige Augenblicke stand, doch dann schlug er die Augen nieder. »Nicht mehr lange.«

»Nicht mehr lange«, bestätigte Alexander. »Wir haben gar keine Wahl, als ihnen zu helfen. Es ist die einzige Hoffnung, die Vector Prime noch hat.« Er sah auf den Chronometer an der Wand. »Sind deine Schiffe in Position?«

Jacob Lone Wolf nickte.

»Dann startet der Angriff in vierzig Minuten.«

Major Melissa Ross führte ihren Trupp durch die Eingeweide der VENGEANCE und hinterließ mit ihrem Flammenwerfer schwarze Spuren an jeder Wand. Ihr Trupp war inzwischen auf die Hälfte seiner ursprünglichen Stärke zusammengeschmolzen. Wenn sie es nicht besser gewusst hätte, würde sie dieses Glibberzeug für ungemein hinterlistig und sogar von einer unheilvollen Intelligenz gesteuert halten, denn mehrmals waren sie förmlich in Hinterhalte des tödlichen Schleims gestolpert.

Nur ihrer schnellen Auffassungsgabe, ihrem taktischen Verständnis sowie dem Mut ihrer Soldaten war es zu verdanken, dass sie es so weit geschafft hatten. Den Berichten nach, die sie immer wieder sporadisch erhielt, standen die anderen Trupps ebenfalls kurz davor, das Schiff zu säubern.

»Mueller an Ross«, meldete sich plötzlich der XO der VENGEANCE über Funk.

»Hier Ross.«

»Wie ist die Lage, Major? Wir stehen kurz davor, den Feind anzugreifen, und können uns keine Ablenkungen leisten.«

»Wir sind gleich so weit, Commander. Wir haben den Punkt, an dem die Drizilprojektile die Schiffshülle durchschlagen haben, beinahe erreicht.«

»Halten Sie mich auf dem Laufenden.«

»Verstanden. Ross Ende.«

Commodore Horatio Lestrade widerstand dem Drang, ständig entnervte Blicke in Richtung des Chronometers zu werfen. In weniger als einer halben Stunde begann der Angriff, wobei ihre Aufgabe darin bestand, die Kampfhandlungen soweit möglich zu meiden und die Bullfrogs aufzunehmen, während Lone Wolfs Schiffe den Feind angriffen. Er hoffte nur, die Drizil waren so freundlich, sich auch an den Plan zu halten.

Der Bullfrog des Aufklärungs-Feuertrupps NÄCHTLICHER WAHNSINN stand immer noch genau dort, wo deren Teamführer erzählt hatte - und das Ding war funktionstüchtig. Nach Edgars Auffassung war es das erste Mal, dass während dieser Mission überhaupt etwas klappte. Er drehte sich um und sah sich unvermittelt Daniel Red Cloud gegenüber.

»Erzählen Sie auf Perseus, was hier vor sich geht. Erzählen Sie von uns und dass wir Hilfe brauchen. Dringend.«

»Das werde ich«, erwiderte Edgar ehrlich berührt. Es gefiel ihm nicht, den anderen Legionär und dessen Kameraden im Stich zu lassen, doch er hatte keine Wahl, schließlich musste er eigene Befehle ausführen.

Die beiden Truppführer musterten sich ein letztes Mal voller Respekt und umarmten sich herzlich. Die beiden Teams verabschiedeten sich voneinander in dem Wissen, dass sie einander vielleicht nie wiedersehen würden.

Edgar beobachtete, wie sein Team den Bullfrog öffnete und nacheinander einstieg, wobei Galen Vincent stützte, der immer noch ein wenig schwach auf den Beinen war.

Er selbst stieg als Letzter auf die Leiter, die zur Einstiegsluke führte. Bevor er einstieg, drehte er sich ein letztes Mal um. »Was werden Sie jetzt tun?«

Daniel zuckte mit den Achseln. »Ganz in der Nähe stehen einige Miliz- und Legionseinheiten, um eine Drizilstellung anzugreifen. Wir werden uns ihnen anschließen.«

»Alles Teil des Ablenkungsmanövers?«

Daniel nickte.

»Viel Glück, Daniel.«

»Danke. Ihnen auch, Edgar.«

Mit diesen Worten drehte sich der Truppführer der 24. Legion um und verschwand mit seinen zwei Kameraden zwischen den Bäumen. Bereits nach wenigen Sekunden war er außer Sicht.

»Ich hoffe, wir sehen uns wieder, mein Freund«, meinte Edgar mehr zu sich selbst, stieg in den Bullfrog ein und verriegelte die Luke.

Major Melissa Ross fletschte die Zähne zu einem grimmigen Lächeln. Endlich! Sie hatten es fast geschafft. Sie konnte bereits die Stelle, an der die Außenhülle durchbrochen worden war, deutlich erkennen. Boden, Wände und Decke waren mit der *Grünen Pest* bedeckt.

Sie warf einen schnellen Blick auf die Anzeige des Flammenwerfers. Noch zwanzig Prozent Ladung übrig. Das musste genügen oder das eklige Glibberzeug würde sich auf sie und ihre Leute stürzen.

Sie führte ihre verbliebenen vierzehn Marines in den Korridor und füllte diesen mit dem superheißen Feuer ihrer Waffen.

Die Marines bildeten einen Kreis, um wirklich sicherzugehen, jeden Winkel des Korridors erreichen zu können. Für mehrere Sekunden überkam Melissa das beklemmende Gefühl, in einem Schmelztiegel gefangen zu sein. Wohin man auch blickte, überall leckten Flammen über das blanke Metall. Ihre Kampfanzüge verhinderten, dass sie bei lebendigem Leib gebraten wurden, doch auch diese würden irgendwann an die Grenzen ihrer Leistungsfähigkeit geraten. Die Versuchung war groß, das Feuer einzustellen, doch trotzdem hielten sie weiter drauf. Sie mussten wirklich restlos alles erwischen, sonst würde es sich wieder vermehren und sie stünden am Ende genauso da wie am Anfang.

Der Glibber tropfte von Decke und Wänden. Die Marines wagten nicht, auch nur einen Schritt zu gehen, aus Angst, den Halt unter den Füßen zu verlieren.

Mit einem durchdringenden Piepton gab der Flammenwerfer zu erkennen, dass die Munition sich dem Ende zuneigte. Trotzdem hielt Melissas Trupp das Feuer noch mehrere Minuten lang aufrecht.

»Feuer einstellen!«, befahl sie schließlich. Die Marines in ihrer Begleitung gehorchten nur widerwillig. Der Gang hatte nur noch wenig mit dem blitzsauberen, ordentlichen Korridor eines Raumschiffes zu tun. Verbrannte, tote Überreste der *Grünen Pest* bedeckten Wände und Boden, die Wände waren geschwärzt und das Metall warf an einigen Stellen sogar Blasen.

Melissa bedeutete ihren Leuten, an Ort und Stelle zu bleiben, während sie auf das Projektil zuging, das in der Wand steckte.

Nur zur Sicherheit steckte sie den Lauf ihres Flammenwerfers hinein und entlud den Rest der Waffe in das Drizilprojektil. Sie vernahm wieder das gleiche hohe Kreischen, das das Ende des Glibbers begleitete. Zufrieden schaltete sie die Waffe ab.

»Hier Ross.«

»Ich höre!«, meldete sich Commander Mueller umgehend.

»Wir haben das infizierte Deck gesäubert, Commander. Die Techniker können anrücken und das Projektil entfernen.«

»Keine Sekunde zu früh, Major. Mueller Ende.«

»Sir?«, wandte sich Mueller an Lestrade. »Eben hat sich das letzte Team gemeldet. Das Schiff wurde vollständig gesäubert.«

Lestrade atmete hörbar erleichtert auf. »Ausgezeichnet. Bringen Sie das Schiff auf Position. Wir fliegen nach Vector Prime.«

Lord General Alexander Great Bear warf Commodore Jacob Lone Wolf einen letzten Blick zu und nickte auffordernd. Dieser öffnete eine Funkverbindung zu den Resten seiner Flotte und sagte nur zwei Worte.

»Einsatz starten!«

Der Angriff auf die Drizilkräfte im Orbit um Vector Prime begann mit einem schnellen Vorstoß von einhundertsiebenundfünfzig Torpedobooten. Die leichten und wendigen Kampfschiffen wechselten alle paar Sekunden ihre Position, um dem Gegner das Zielen zu erschweren. In ihrem Kielwasser folgten ein Dutzend Großkampfschiffe und etwa zwei Dutzend Begleitschiffe unterschiedlicher Klassen. Der Rest der Flotte wartete als Reserve in einiger Entfernung auf den Befehl zum Angriff.

Die Drizil reagierten schnell und in erwartetem Umfang, indem sie zwei Drittel ihrer Kräfte massierten, um dem unerwarteten Vorstoß zu begegnen.

Die Formation wurde von mehreren Kampfschiffen der Intruder-Klasse angeführt, wobei Lestrade darauf wettete, dass eines davon das Flaggschiff des hiesigen Kommandanten war. Des Weiteren zählten eine große Anzahl Zerstörer und Fregatten zur feindlichen Streitmacht, die von acht Trägern unterstützt wurden, die sich jedoch aufgrund ihrer Verletzlichkeit hinter der Formation hielten und zu den Verteidigungsbemühungen des Gegners lediglich ihre Jäger beisteuerten.

Die feindlichen Träger setzten ihre Jäger ab, die sofort mit Vollschub Kurs auf die angreifenden Torpedoboote nahmen. Lestrades Mundwinkel verzogen sich zu einem wölfischen Grinsen. Nun wusste er, auf welchem Vektor er in die Atmosphäre des Planeten eindringen würde, um die Legionäre aufzunehmen. Und ganz nebenbei konnte er auch noch etwas für die bedrängten Menschen auf Vector Prime tun.

Die Anzeige der Uhr auf der Innenseite von Edgars Helm ging auf null und der Anführer des Feuertrupps Schneller Tod betätigte den Auslöser des Bullfrog.

Die Schubdüse erwachte fauchend zum Leben. Ein Ruck ging durch das Gefährt, den die Legionäre sogar noch in ihren Zähnen spürten. Die Soldaten hielten sich krampfhaft fest und bissen die Kiefer fest zusammen - erwartungsgemäß machte der Bullfrog einen heftigen Satz nach oben, blieb in einer Höhe von knapp fünfzig Meter einen endlos scheinenden Moment hängen und gab schließlich Vollschub.

Edgar kniff die Augen zu, als sie Kurs auf den Orbit nahmen. Dies war der gefährlichste Augenblick dieser Aufklärungsmission. Bullfrogs waren eigentlich nicht dafür gedacht, mitten in einer Schlacht einen Planeten zu verlassen und von einem Schiff aufgenommen zu werden. Eigens zu diesem Zweck verfügte die Legion über ihre gepanzerten Truppentransporter. Eine einzelne Drizilfregatte könnte alle Bullfrogs mit einem Bruchteil ihrer Feuerkraft aus dem All fegen. Er hoffte nur, dass es funktionierte und die VENGEANCE tatsächlich an Ort und Stelle war. Ansonsten sah es düster aus.

Lieutenant Daniel Red Cloud warf sich flach auf den Boden, als über ihm Drizilgeschosse durch die Luft pfiffen. Er legte im Liegen sein Nadelgewehr an und drückte ab. Die auf Dauerfeuer gestellte Waffe verschoss in schneller Folge Projektile gegen das anvisierte Ziel.

Eine Gruppe Drizil, die eine Geschützstellung bemannte, wurde von den gefährlichen Geschossen regelrecht zerfetzt.

Daniel sah nach links, wo sich Simon und Jonas durch den Schlamm langsam vorarbeiteten und dabei eine andere feindliche Stellung nicht aus den Augen ließen.

Die Miliz führte mit Unterstützung der Legion einen Schlag gegen eine feindliche Versorgungsbasis knapp außerhalb von Cibola. Bisher verlief alles sehr gut. Das menschliche Aufgebot bestand aus beinahe dreitausend Kämpfern. Daniel schätzte die Verluste von Miliz und Legion auf unter hundertfünfzig Mann, wohingegen die Drizil - völlig überrumpelt und in der Minderheit - schwerste Verluste hinnehmen mussten. Mit etwas Glück würden sie heute nicht nur einen Sieg erringen und den Abzug ihrer Kameraden von der 18. gewährleisten, sondern auch noch dringend benötigten Nachschub erbeuten oder zumindest sicherstellen, dass er den Drizil nicht mehr nutzen würde.

Ohrenbetäubender Lärm, der kurzzeitig sogar den Gefechtslärm übertönte, lenkte seine Aufmerksamkeit nach Süden. Er bekam noch mit, wie sich ein Bullfrog über die Baumwipfel erhob und schnell an Höhe gewann.

»Viel Glück, Leute«, murmelte er vor sich hin. »Viel Glück.«

Die Torpedoboote griffen die Drizil mit einer Wildheit an, die ihresgleichen suchte. Sie flogen hektische Ausweichmanöver und ließen ihre Last los, kaum dass sie nah genug für einen sicheren Treffer waren. Anschließend machten sie kehrt und flohen, so schnell sie konnten, um neue Munition zu fassen.

In schneller Folge explodierten vier feindliche Zerstörer, ein halbes Dutzend Fregatten und sogar zwei Intruder. Im Gegenzug zerstörte das vernichtende Antwortfeuer jedoch etwa sechzig Torpedoboote.

Jäger der Menschen und Drizil fielen brutal übereinander her. Komplizierte Manöver fliegend, kreuzten sie zwischen den kämpfenden Giganten, als würden Moskitos aufeinander einhacken. Die größeren Schiffe nahmen nur insofern von ihnen Notiz, als sie hin und wieder eines mit ihren Defensivwaffen aus dem All fegten.

Menschliche und Drizil-Kriegsschiffe näherten sich an. Die imperialen Schiffe feuerten zuerst ihre Torpedos ab, landeten Treffer um Treffer. Doch schließlich waren die Drizil nahe genug für eine Antwort. Energietorpedos und Projektile, die aufgrund ihrer geringen Geschwindigkeit nur die *Grüne Pest* befördern konnten, bewegten sich auf die menschlichen Schiffe zu. Etliche der Geschosse wurden durch die PVL zerstrahlt, doch Lestrade registrierte mit schreckgeweiteten Augen, wie einige Hülsen und Torpedos in mehrere menschlichen Schiffe einschlugen und deren Außenhülle durchbohrten.

Er schüttelte den Kopf, um die Gedanken frei zu bekommen. Die Besatzungen dieser Schiffe hatten ihren Job zu erledigen und er seinen.

»Sind die Bullfrogs bereits in der Atmosphäre?«, fragte er, ohne den Blick von der Schlacht zu nehmen.

»Aye, Sir ...«, meldete sein XO, »aber ...«

»Aber?«

»Wir orten insgesamt nur drei Bullfrogs.«

»Nur drei? Sonst keine?«

»Nein, Sir«, bestätigte Mueller. »Sollen wir noch warten? Vielleicht kommen noch einige Nachzügler?!«

Lestrade fragte sich, ob sich Muellers Worte für ihn selbst genauso unwahrscheinlich anhörten wie für seinen kommandierenden Offizier. Lestrade schüttelte entschieden den Kopf.

»Die Zeit haben wir nicht. Wenn unsere Legionäre gekonnt hätten, wären sie zur rechten Zeit am rechten Ort gewesen.« Er warf der schweigenden Gestalt von René Castellano, der den Wortwechsel mit undeutbarer Miene verfolgt hatte, einen fragenden Blick zu. Dieser antwortete mit einem stillen Nicken.

»Bereit machen zum Aufnehmen«, befahl Lestrade daraufhin. Er konnte sich gut vorstellen, was in dem Mann vor sich ging. Das waren immerhin seine Leute. Er konnte jedoch nichts sagen oder tun, was für den anderen Offizier tröstlich gewesen wäre.

Die VENGEANCE stürmte mit maximaler Unterlichtgeschwindigkeit auf Vector Prime zu. Der Anflugwinkel war so gewählt, dass sie nur minimale Kurskorrekturen durchführen mussten, um alle drei überlebenden Teams aufzunehmen - und den Drizil einen kleinen Abschiedsgruß zu hinterlassen.

Lestrade hatte es auf die acht Trägerschiffe abgesehen, die sich, in Sicherheit wähnend, hinter dem Hauptkampfverband der feindlichen Flotte befanden.

Trägerschiffe der Drizil waren - ähnlich wie terranisch-imperiale Träger - enorm verwundbar in einem Kampf Schiff gegen Schiff. Ihre einzige Funktion war es, Jäger ins Gefecht zu entsenden. Als Kampfschiffe per se waren sie nur bedingt zu gebrauchen. Und einem Schlachtkreuzer der Swordmaster-Klasse hatten sie nichts entgegenzusetzen.

Die acht Träger hatten die Bullfrogs entdeckt und einer von ihnen machte Anstalten, aus der Formation auszuscheren und die menschlichen Transportmittel auszuschalten, doch Lestrade hatte nicht die Absicht, es so weit kommen zu lassen.

Die Vengeance eröffnete aus ihren Torpedorohren das Feuer, sobald sie nahe genug war. Die feindlichen Kommandeure an Bord der Träger erkannten zwar die Gefahr und schwärmten aus, in dem Bemühen, dem drohenden Verhängnis zu entkommen, aber es war längst zu spät und Hilfe durch eigene Schiffe nicht zu erwarten. Aus Lestrades Sicht waren sie nichts weiter als Tontauben.

Der Torpedosalve schlug eine Flut aus Drizil-Energiegeschossen entgegen, die eine stattliche Anzahl von ihnen zur Explosion brachte. Ein halbes Dutzend kleiner Blumen leuchteten in der Schwärze des Alls auf, nur um ebenso schnell zu vergehen. Kurz darauf verging ein Driziltráger in einem Feuerball, als die überlebenden Flugkörper auf ihn einschlugen, seine Panzerung aufrissen und das Schiff in eine sich ausbreitende Trümmerwolke verwandelte.

Die übrigen Schiffe versuchten, so viel Abstand wie möglich zwischen sich und diesen plötzlich auftauchenden Gegner zu bringen, doch schon war die Vengeance mitten unter ihnen.

In einer Orgie der Vernichtung, spießten leuchtende Lanzen aus Energie die feindlichen Schiffe eines nach dem anderen aus. Drizilgeschosse und Laser prallten von der dicken Panzerung des Großkampfschiffes ab und die Vengeance zahlte jeden Treffer doppelt und dreifach zurück.

Wie ein Wolf, der in eine Schafherde einbrach, riss der Schlachtkreuzer ein Opfer nach dem anderen. Mit jedem Verlust wurde die Gegenwehr der Drizil heftiger und verzweifelter.

Mehrere feindliche Salven fanden eine Schwachstelle in der Panzerung des Schlachtkreuzers und schlugen durch. Auf einem Deck brachen Feuer aus. Besatzungsmitglieder, die nicht mit dem Gefecht selbst beschäftigt waren, arbeiteten als Löschtrupps und bezahlten dafür oft mit dem eigenen Leben.

Die VENGEANCE schlitzte mit ihren Lasern einen weiteren Träger auf. Wolken aus Sauerstoff und Trümmerstücke ergossen sich aus der Bresche ins All. Zwei feindliche Schiffe explodierten gleichzeitig, als die Waffen des terranischen Schlachtkreuzers sie nach allen Regeln der Kunst auseinandernahmen. Eines der Drizilschiffe nahm Fahrt auf, um aus dem Umfeld des rachsüchtigen terranischen Schiffes zu entkommen, doch auch das half nichts. Die Geschütze der VENGEANCE machten mit dem Antrieb des Trägers kurzen Prozess. Das Schiff driftete manövrierunfähig in einen tieferen Orbit von Vector Prime. Beim Eintritt in die Atmosphäre begann das Schiff auseinanderzubrechen.

So schnell wie das Gefecht anfing, so schnell endete es auch. Die Stille auf der Brücke, die auf die Zerstörung des letzten Trägers folgte, war beinahe ohrenbetäubender als die gebrüllten Befehle zuvor.

Lestrade atmete einmal tief durch. »XO?«

»Sir?«

»Nehmen Sie unsere Bullfrogs auf und dann nichts wie weg von hier.«

Als die VENGEANCE Kurs auf den ersten Bullfrog nahm, widmete sich Lestrade der immer noch tobenden Schlacht. Die Drizil hatten inzwischen ernste Verluste erlitten, doch ihre zahlenmäßige Überlegenheit kam erneut zum Tragen und die Überreste der terranischen Flotte zog sich in Richtung des fünften Planeten zurück. Lestrade schätzte ihre Verluste auf zwanzig Prozent. Vielleicht fünfundzwanzig. Allerdings hatten sie den Drizil Verluste etwa in vierfacher Höhe beigebracht, was einer überaus beeindruckenden Leistung entsprach. Lestrade nickte anerkennend.

Haltet durch, Leute, beschwor er sie in Gedanken. *Ich weiß nicht wann oder wie, aber falls irgend möglich, kommen wir zurück. Ich verspreche es.*

Teil III

Auf Messers Schneide

Terranisch-Imperiale Liga
Äußerer Sektor 18/1-A
Koloniewelt Perseus

Mai 2848

14

Carlo Rix saß am Kopfende des Tisches und sah sich aufmerksam im Besprechungsraum der 18. Legion um. Die Anwesenden musterten ihn mit Mienen, die von Resignation bis hin zu Depression in unterschiedlichen Stadien reichten.

Außer ihm selbst und René waren die Kommandanten der einzelnen Kohorten - Marie Schneider, Sam Hutchinson, Abbigail Cummings und Akira Hitoshi -, Lord Gouverneur Cavanaugh von Perseus, Commodore Lestrade, General Lecomte sowie die Lord Gouverneure der anderen drei bewohnten Planeten des Sektors zugegen.

Am anderen Ende des Tisches - direkt neben Cavanaugh und in ein angeregtes Gespräch mit selbigem vertieft - saß Marcel Finier vom Planeten Carellan. Der Mann war schon Ende neunzig und hatte sich bereits auf seinen Ruhestand gefreut. Seine enge Freundschaft zu Cavanaugh war für Carlo ein Quell tiefer Beunruhigung. Der Lord Gouverneur von Perseus wurde zunehmend schwierig im Umgang mit dem militärischen Befehlshaber von Perseus.

Seit Cavanaugh nicht mehr der Kontrolle übergeordneter Stellen von der Erde unterworfen war, nahm er sich Dinge heraus, die ihm nicht zustanden. Zum Beispiel hatte Carlo vor Kurzem erst eine Diskussion mit Lecomte - dem Befehlshaber der Miliz - geführt, um weitere Aushebungen unter der Bevölkerung zu besprechen, und Cavanaugh hatte die Frechheit besessen, dies zu verbieten, etwas, das ihm - selbst als planetarer Gouverneur - nicht zustand. Wenn Cavanaugh nun in Finier einen politischen Verbündeten fand, würde das den Umgang mit ihm nur noch mehr verkomplizieren.

Neben Finier saß Dominique Vargas von Worgan. Es handelte sich um den einzigen weiblichen Gouverneur des Sektors. Vargas war Anfang fünfzig, von schlanker Figur, mit scharfen, beinahe stechenden Augen. Ansonsten wusste er nicht viel über sie. Sie war in jeder Hinsicht eine unbekannte Größe. Allerdings erreichte man diese Position nicht ohne Willensstärke oder einen gewissen Mangel an Skrupeln. Ersteres war durchaus willkommen, Letzteres nicht unbedingt.

Der Letzte im Bunde war Diether Loos von Birella. Der Mann war gut einen Kopf kleiner als der Nächstkleinste im Raum. Trotzdem strahlte er mit seinem offenen Lächeln Sympathie aus, der man sich nur schwer entziehen konnte. Er war etwa genauso alt wie Dominique Vargas, sah jedoch wesentlich älter aus. Nur noch wenige Haare zierten seinen Kopf, die er sich quer über sein Haupt kämmte.

Carellan war ein reiner Agrarplanet und darauf ausgerichtet, ein möglichst breites Spektrum an Lebensmitteln zu produzieren: Obst, Gemüse, verschiedene Getreidearten und Nutzvieh. Dies stellten dann auch seine einzigen Exportgüter dar.

Worgan war eine karge, unwirtliche Welt, auf der nichts wirklich wachsen konnte. Doch durch seine Lage verfügte es über einen gewissen strategischen Wert und daher waren dort Lagerhäuser und Depots angelegt worden, um eine große Anzahl von Truppen und Schiffen versorgen zu können. Es gab auch eine kleine Reparatureinrichtung, die man allerdings auf dem Planeten und nicht wie sonst üblich im Orbit errichtet hatte. Der Orbit von Worgan wurde regelmäßig von elektrischen Stürmen heimgesucht, die das Navigieren zu einer Kunstform in diesem System machten. Oder zu einem Glücksspiel, je nachdem, welchen Standpunkt man vertrat.

Birella war das genaue Gegenteil von Worgan. Der Planet galt gemeinhin als Oase der Schönheit. Vor dem Krieg war der Planet sogar ein beliebtes Urlaubsziel gewesen, was erklärte, weshalb es dort so gut wie keine militärischen Einrichtungen gab. Der komplette Planet war auf Erholung ausgerichtet und fast zwei Drittel der Bevölkerung waren in der einen oder anderen Form in der Touristikbranche tätig. Es bedurfte keiner Erklärung, dass der Krieg für Birella einer Katastrophe ganz besonderer Art gleichkam, da die Besucher praktisch über Nacht ausblieben.

Keines der Systeme besaß eine eigene Legion oder eine eigene Flotte, aber alle drei verfügten über eigene Milizkräfte und Worgan sogar über ein recht großes Kontingent an Torpedoschnellbooten. Was dieses Aufgebot in der Summe wert war, musste sich allerdings erst noch erweisen.

Carlo räusperte sich und gewann dadurch auf einen Schlag die Aufmerksamkeit aller. Es wurde Zeit, die Diskussion zu beginnen.

Dies würde mit Sicherheit ein langer, langer Tag werden.

»Meine Damen, meine Herren«, begann Carlo. »Sie alle haben die Berichte unserer Aufklärungstrupps gelesen, trotzdem will ich unsere gesammelten Ergebnisse noch einmal zusammenfassen.«

Er deutete auf die Sternenkarte an der Wand. »So, wie es aussieht, ist das Imperium Geschichte.«

Diese unverblümte Äußerung rief unwillkürlich teils ärgerliches, teils frustriertes Gemurmel unter den anwesenden Politikern hervor. Der Milizgeneral Lecomte beteiligte sich sogar daran, sehr zu Carlos Verdruss. Die übrigen anwesenden Soldaten schwiegen wohlweislich. In diesem Moment war Carlo für ihre Disziplin äußerst dankbar. Es machte eine schwierige Situation wesentlich leichter. Außerdem hatten die Offiziere unter seinem Kommando bereits frühzeitig Zugang zu den gewonnenen Daten und Fakten erhalten und somit ausreichend Zeit, sich mit der veränderten Situation auseinanderzusetzen.

»Das Imperium ist Geschichte«, wiederholte Carlo mit fester Stimme. »Alle von uns gesammelten Daten lassen nur diesen einen Schluss zu. Wir haben drei Schiffe ausgesandt. Nur zwei sind zurückgekehrt. Das allein ist schon ein Grund für Trauer. An Bord der EUROPA haben wir gute Leute verloren. Eigentlich war beabsichtigt, dass jedes ausgesandte Schiff fünf Systeme aufklären soll. Keinem unserer Schiffe ist es gelungen, den Auftrag in vollem Umfang durchzuführen. Trotz des Verlusts der EUROPA haben wir es geschafft, insgesamt neun Systeme anzufliegen. Das Bild, das sich uns bot, ist gelinde gesagt erschreckend. Marianna ist zerstört, genauso wie vier weitere von uns angeflogene Welten, Nerkan III ist gefallen, Vector Prime wird immer noch umkämpft, wird sich auf Dauer aber nicht halten können.

Bei aller Tragik, der wir uns gegenübersehen, es gibt auch einen Lichtblick. Unseren Schiffen - denjenigen, die zurückgekommen sind - ist es gelungen, Überlebende zu finden und zu uns zu führen. Bei Nerkan III ist es uns gelungen, mehrere Schiffe und deren Besatzungen zu retten. Die Besatzung der EUROPA hat dies unglücklicherweise mit ihrem Leben bezahlt. In anderen Systemen haben wir weitere Schiffe vorgefunden, in einem Fall sogar einen Truppentransporter mit den Überlebenden der 8. Legion. Es waren leider weniger als siebenhundert Mann.«

Kollektives Keuchen machte die Runde. Kaum einer vermochte sich ein Massaker vorzustellen, das eine ganze Legion auf eine solche Stärke zusammenschmelzen ließ. Das Ausmaß der Katastrophe war unvorstellbar.

»Alles in allem haben wir siebzehn Schiffe unterschiedlicher Klassen zu unserer Streitmacht hinzugewonnen - das ist nicht viel, aber wir müssen uns auch über Kleinigkeiten freuen –, außerdem noch die geretteten

Legionäre und eine Anzahl Milizionäre, die die VENGEANCE und die JULIUS CAESAR in mehreren Zielsystemen auflesen konnten.« Er wandte sich an seinen Stellvertreter.

»René, du kümmerst dich um die Überlebenden der 8. Legion und integrierst sie in die 18. Damit füllen wir einige der Löcher, die es noch immer gibt. Wir kommen damit zwar immer noch nicht auf Sollstärke, sind jedoch schon ein gehöriges Stück näher dran.«

René nickte und machte sich im Geiste bereits einige Notizen. Carlo sprach nun ohne Umschweife Lecomte an. »Sie tun dasselbe bei den geretteten Milizionären. Wir können im Moment alle Hilfe gebrauchen, die wir bekommen können.«

»Hilfe wobei?«, ergriff Cavanaugh das Wort.

»Wie bitte?«

»Die Drizil wissen nicht, wo wir sind ...«

»Soweit wir wissen«, unterbrach Carlo ihn ungehalten. »Die Situation ist unverändert. Die Drizil könnten tatsächlich nicht wissen, wo wir sind, genauso gut könnten sie jederzeit auf unserer Türschwelle erscheinen.«

»Das sind doch nur alles Spekulationen.«

»Natürlich«, gab Carlo ihm widerwillig recht, »doch etwas anderes haben wir nicht. Unsere ganzen Entscheidungen, die wir heute treffen müssen, beruhen auf Spekulationen. Wir wissen lediglich eines: Unser Sektor steht allein da, und zwar vollkommen allein. Es gibt keine funktionierende Regierung mehr. Die Drizil sind lediglich mit Aufräumarbeiten beschäftigt.«

»Ein Grund mehr, uns auf das Wesentliche zu konzentrieren.«

»Als da wäre?«

»Was die Bevölkerung dieses Sektors jetzt tun soll. Wie Sie schon sehr richtig ausführten, ist das Imperium Geschichte. Das mag einigen nicht behagen, aber wir müssen den Tatsachen ins Auge blicken.«

»Und was wollen Sie damit andeuten?«

»Dass ich jetzt das legale Oberhaupt dieses Sektors bin.«

René schnaubte abfällig und Carlo verkniff sich nur mit Mühe eine bissige Erwiderung. Genau das hatte er befürchtet. Das Imperium ging den Bach runter und die Geier kreisten schon. Das Problem an der Sache war nur, dass Recht und Gesetz tatsächlich auf Cavanaughs Seite standen. Normalerweise war jede planetare Regierung der Kontrolle durch die Behörden der Erde unterworfen. Kein planetarer Gouverneur war dem anderen gegenüber weisungsbefugt. Alle verfügten über genau dieselben Rechte und Pflichten, ungeachtet der Wichtigkeit des jeweiligen Planeten oder dem Dienstalter des Gouverneurs. Außerdem hatte die Zivilregierung jederzeit Vorrang vor dem Militär. Doch falls der Kontakt zur Erde - aus welchen Gründen auch immer - abriss, besaß der Gouverneur des Hauptplaneten eines Sektors absolute Befehlsgewalt über den gesamten Sektor und konnte sogar Notstandverordnungen erlassen. Dies sollte verhindern, dass sich im Fall der Fälle jedes System der Terranisch-Imperialen Liga selbständig machte, sobald es keinen Kontakt zur Erde mehr gäbe. Allerdings hätte nie jemand damit gerechnet, dass dies einmal eintreten würde, Carlo am allerwenigsten.

Und in diesem besonderen Fall war nun mal Cavanaugh der Gouverneur des Hauptplaneten dieses Sektors. Die einzige Alternative wäre, ihn zu ignorieren und selbst das Ruder zu übernehmen, was einem Militärputsch gleichkam, und dazu war Carlo nicht bereit. Er trug seine Uniform in dem Glauben, der Freiheit und Demokratie zu dienen, keiner Diktatur. Sollte sich diese Einstellung je ändern, würde er mit Freuden seinen Posten niederlegen.

Von dieser Regel war nur eine Ausnahme vorgesehen: eine Invasion des Systems.

Sollte dies eintreten, war das Militär berechtigt, alle notwendigen Schritte einzuleiten, um die aufziehende Krise zu beenden und die Sicherheit von Bevölkerung und Zivilregierung zu gewährleisten. Egal ob die Maßnahmen dem lokalen Gouverneur gefielen oder nicht.

»Ist es nicht ein wenig zu früh, um sich über derlei Dinge den Kopf zu zerbrechen?«, fragte Carlo mit mühsam beherrschter Stimme. »Haben wir nicht dringendere Probleme?«

»Haben wir die? Ich halte es für unser aller Pflicht, eine funktionierende Regierung aufrechtzuerhalten.«

»Die haben wir«, hielt ihm Carlo vor. »Wie die Machtverhältnisse jetzt stehen oder in Zukunft stehen werden, ist für mich im Moment nicht von Belang.«

»Ganz meine Meinung«, stimmte ihm Vargas zu.

»Wer hat dich denn gefragt, Dominique!«, wollte Cavanaugh hochnäsig wissen.

»Niemand«, entgegnete sie ungerührt, »dennoch sage ich meine Meinung. Unsere Welten sind gut verwaltet. Sie waren es in der Vergangenheit und werden es auch in Zukunft sein.«

Sie rümpfte die Nase. »Ganz gleich, welche Befugnisse du dir einbildest, James.«

Vargas und Cavanaugh kamen nicht besonders gut miteinander aus. Das war wirklich hochinteressant. Carlo notierte diese Beobachtung in Gedanken, falls er später darauf zurückgreifen musste.

»Ich bilde mir gar nichts ein. Diese Befugnisse stehen mir nach Recht und Gesetz zu.«

»Da muss ich meinem geschätzten Kollegen zustimmen«, sprang Marcel Finier dem Gouverneur von Perseus bei.

»Trotzdem gibt es im Moment Wichtigeres.«

»Nämlich?«, fragte Cavanaugh gelangweilt.

»Die Versorgungslage«, hielt Vargas wütend dagegen. »Oder hast du in deinem Größenwahn noch nicht begriffen, dass ein Volk, das regiert wird, auch irgendwann essen muss.«

»Das ist mir keineswegs entgangen. Dafür haben wir ja Carellan. Der Planet produziert genug, um ganze Sektoren zu ernähren. Ich denke nicht, dass Nahrungsmittel ein Problem werden.«

»Und wie sollen diese Güter transportiert werden? Dafür benötigt man Konvois an Transportschiffen, doch die monatlichen Frachtschiffe, die diese Güter von Carellan abholen und an andere Systeme liefern, sind seit Beginn der Driziloffensive ausgeblieben. Unsere Systeme werden auch von Händlern nicht mehr angeflogen, die wir um Hilfe bitten könnten. Im Moment zehren wir von den Nahrungsmittelreserven, die wir alle auf unseren Welten im Lauf der Jahre eingelagert haben, aber die werden irgendwann aufgebraucht sein, während sich auf Carellan das Getreide, Milch und Fleisch stapeln wird. Hast du an einen dieser Aspekte schon mal einen Gedanken verschwendet?«

»Ich teile deine Schwarzseherei nicht«, beharrte Cavanaugh stur. »Wir haben vielleicht nicht die Frachter, um die Lebensmittel zu verteilen, aber dafür Commodore Lestrades Schiffe. Diese genügen vollauf, um den Bedarf an Lebensmitteln auf alle Planeten zu verteilen.«

Lestrade lehnte sich vor und stützte beide Ellbogen auf den Tisch. »Davon möchte ich dringend abraten. Wir wissen nicht, was auf uns zukommt, und ich würde es ungern sehen, wenn unsere Streitmacht im All unnötig verzettelt und aufgeteilt wird.«

»Dem stimme ich zu«, nickte Carlo.

»Und wofür sollten wir sie zusammenhalten? Die Drizil haben keine Ahnung. Durch Ihren mutigen Einsatz, Commodore, sind die Drizil nicht in den Besitz der imperialen Datenbank gelangt, wodurch Sie vermutlich zahlreiche Welten vor einer feindlichen Invasion gerettet haben, einschließlich Perseus.«

»Wer sagt uns das?«, brauste Carlo wütend auf. »Bisher wurden wir verschont, aber das heißt nicht, dass das auch so bleibt.« Er deutete auf die Mappe, die vor ihm auf dem Tisch lag. »Bin ich eigentlich der Einzige, der die Tragweite der gesammelten Aufklärungsberichte erfasst? Die Drizil sind in der Lage, Schiffen zu folgen, bis diese eine bewohnte Welt erreichen. Durch den *Hyperraum* - etwas, das bis dato für *unmöglich* erachtet wurde! Die Drizil können das. Gott allein weiß, zu was sie sonst noch fähig sind. Wir können die Bedrohung nicht einmal ansatzweise einschätzen.«

»Falls diese Gefahr tatsächlich bestünde, wären sie schon hier!«

»Und diese Erkenntnis begründet sich worauf?«

»Auf gesundem Menschenverstand.«

René lachte spöttisch auf, und wie Carlo auffiel, gab er damit die Meinung seiner versammelten Offiziere wieder. Sie alle warfen dem Gouverneur verhaltene bis feindselige Blicke zu. Lecomte erwiderte deren Blicke kampflustig, was ihm bewies, dass der Milizgeneral eindeutig auf der Seite des Gouverneurs stand. Das war an und für sich nicht weiter verwunderlich. Die Miliz unterstand dem jeweiligen Gouverneur und ihr Kommandeur wurde von ihm ernannt.

Carlos Autorität bezog sich allein auf die Legion, was es schwierig machte, dem Gouverneur auf dem Parkett der Politik Paroli zu bieten. Zum Glück schien Lestrade ebenfalls auf seiner Seite zu stehen, was ihm durchaus etwas Rückhalt bot und ein gewisses Gewicht in die Waagschale warf.

»So kommen wir doch nicht weiter«, versuchte sich Diether Loos als Stimme der Vernunft. »Diese Streitereien nutzen niemandem.«

»Wie es scheint, sind Streitereien aber alles, was wir zuwege bringen«, meinte Finier amüsiert.

Carlo hingegen konnte der Situation beim besten Willen nichts Amüsantes abgewinnen.

»Es ist doch so«, sprach Loos weiter, ohne den Einwand des anderen Gouverneurs zu beachten, »dass wir zivile und militärische Erwägungen in Betracht ziehen müssen. Das muss doch zu schaffen sein. Wir dürfen nicht vergessen, dass wir im besten Interesse der Menschen handeln müssen, nicht in unser eigenem.« Den letzten Satz sagte er mit Blick auf Cavanaugh, der den Kopf zur Seite neigte und so tat, als hätte er den Wink nicht verstanden.

»Es gibt noch etwas, das wir bedenken müssen«, warf Carlo in die Runde.

»Und das wäre?«, fragte Vargas.

»Dass immer noch Krieg herrscht. Und die 18. Legion ist eine mobile, schwer gerüstete Kampfeinheit in Diensten des Imperiums. Wir sind eigentlich nur zur personellen Aufstockung und Neuausrüstung nach Perseus zurückgekommen. Unter anderen Umständen, wären wir längst wieder an der Front.«

»Nur dass die Front jetzt überall ist«, fiel Finier ihm ins Wort. Der alte Mann wirkte noch immer amüsiert. Als würde er über einen Witz lachen, den nur er verstand.

»Ganz genau«, stimmte Carlo ihm rundheraus zu. »Und eine Einheit wie die 18. Legion geht normalerweise dorthin, wo der Feind zu finden ist. Und in diesem Fall wäre das Vector Prime. Die dort stationierten Einheiten stehen mit dem Rücken zur Wand und man bat uns offiziell um Hilfe. Es wäre nur richtig, diese Hilfe zu gewähren.«

»Was?« Cavanaugh sprang entsetzt von seinem Stuhl auf. »Und Perseus ungeschützt lassen? Das können Sie nicht. Das verbiete ich!«

Carlo wägte seine nächsten Worte sehr sorgfältig ab.

»Und falls ich es trotzdem tue?«

Cavanaugh stockte für einen Moment und seine Augen verengten sich gefährlich. »Das wäre nicht rechtmäßig. Schlimmer noch, das wäre Verrat. Sie haben der Anweisung der Zivilregierung Folge zu leisten.«

»Es ist Krieg«, wiederholte Carlo mit fester Stimme. »Falls wir uns hier einigeln und in ein falsches Gefühl der Sicherheit wiegen, werden einige vielleicht den Krieg vergessen, aber ich garantiere Ihnen, der Krieg wird uns nicht vergessen. Es wird vielleicht Monate oder auch Jahre dauern, aber die Drizil werden irgendwann auf unserer Türschwelle stehen. Es ist besser, sie vorher anzugreifen und ihnen zu schaden, wo wir nur können. Da draußen sind immer noch Menschen, die kämpfen. Sie kämpfen, leiden und sterben. Und während sie das tun, blicken sie zum Himmel und hoffen auf Hilfe. Wenn wir ihnen diese Hilfe versagen, werden auch wir ganz allein dastehen, wenn wir eines Tages Hilfe brauchen. Und dies wird eintreten, das ist so sicher, wie das Amen in der Kirche. Es heißt jetzt, entweder stehen wir vereint oder wir fallen – jeder für sich.«

»General Rix hat recht«, äußerte sich Lestrade und musterte lange jeden Anwesenden. »Wir dürfen nicht den Kopf in den Sand stecken. Falls es tatsächlich zu einer militärischen Operation kommen sollte, wird sich die Flotte beteiligen.«

»Dann wären aber auch Sie des Verrats schuldig«, giftete ihn Cavanaugh an.

»Ich würde mich des Verrats schuldig machen, wenn ich es nicht tue. Verrat an den Menschen, die auf den besetzten Welten leben müssen. Sie haben nicht gesehen, was ich sah - mit welcher gedankenlosen Verachtung, die Drizil ganze Welten auslöschen. Wir dürfen das nicht hinnehmen. Falls wir es doch tun, hätten wir es verdient, aus der Galaxie getilgt zu werden. Denn genau das ist es, was die Drizil gerade tun. Wenn sie mit ihrer Offensive fertig sind und ihre Eroberungen konsolidieren konnten, werden die überlebenden Menschen nichts anderes mehr sein als eine geduldete Spezies. Ohne Rechte. Ohne Freiheit. Ohne Hoffnung. Meine Damen und Herren, ich bin Soldat. Daher neige ich dazu, die Dinge einfach zu betrachten. Wir können uns diesem Kampf nicht entziehen, sonst wird uns diese Entscheidung irgendwann verschlingen.«

Die drei Gouverneure schwiegen, während Cavanaugh von einem zum anderen blickte. »Sie können das doch nicht ernsthaft in Erwägung ziehen?!«

»Der Commodore hat da ein paar sehr gute Argumente«, meinte Finier nachdenklich. Jegliche Heiterkeit war aus seiner Miene gewichen.

»Aber Marcel ...«

»Versteh mich nicht falsch, ich bin ein alter Mann. Ich sehne mich nicht nach dem Krieg. Ich wollte mein Leben nur in aller Ruhe verbringen, aber es ist nun mal Krieg. Und wenn ich die Wahl hätte, würde ich die Drizil lieber auf anderen Welten bekämpfen und nicht auf meinem geliebten Carellan.«

»Alle hier vergessen etwas«, brach es aus Cavanaugh heraus. »Nach Recht und Gesetz bin ich nun das legale Oberhaupt dieses Sektors und ich sage *Nein* zu diesem Wahnsinn!« Der Gouverneur von Perseus schrie nun fast hysterisch. »Falls ich dieses sinnlose militärische Abenteuer zulasse, wären Perseus und unser gesamter Sektor ungeschützt.«

»Ich dachte, du wärst überzeugt davon, dass uns die Drizil niemals finden?«, hielt Loos ihm süffisant entgegen und genoss ganz offensichtlich die Gelegenheit, den anderen Gouverneur mit dessen eigenen Argumenten zu schlagen.

»Das ist doch nicht der Punkt.«

»Das ist genau der Punkt.«

Carlo schüttelte müde den Kopf. Die Gouverneure schienen eher darum bemüht, sich gegenseitig in die Pfanne zu hauen und in eine möglichst günstige Position gegenüber den anderen zu kommen, als wirklich eine Lösung zu finden. Er warf einen Blick aus dem Fenster. Die Sonne stand bereits tief am Horizont.

Carlo erhob sich. »Vielleicht sollten wir diese Diskussion morgen oder in den nächsten Tagen fortsetzen. Es war ein langer Tag und wir haben alle viel zu verdauen. Bevor die Emotionen überkochen, sollten wir über das Gehörte nachdenken. Es gibt viel zu erwägen. Sie sind natürlich eingeladen, hier auf Perseus zu bleiben. Quartiere wurden für Sie vorbereitet.«

»Ein kluger Gedanke«, stimmte Finier zu. »Ich bin tatsächlich etwas müde.«

»Eine Sache noch«, ergriff Vargas das Wort. »Die Versorgungslage ist ein ernstes Thema, vor allem da meine Welt selbst keine Nahrungsmittel erzeugen kann und komplett auf die Lieferungen von außerhalb angewiesen ist.«

Carlo dachte einen Moment angestrengt darüber nach. »Ich stimme Commodore Lestrade zu, dass wir unsere militärische Stärke im Weltraum nicht verzetteln dürfen, aber ich sehe ein, dass dieses Problem gelöst werden muss.« Er wandte sich an Lestrade. »Wir verfügen doch über eine große Anzahl Torpedoboote?«

»Und ob«, antwortete Lestrade, »über Hunderte und im Worgansystem sind noch mehr. Was schwebt Ihnen vor?«

»Die Kampfkraft von Torpedobooten ist relativ überschaubar. Falls Sie einverstanden sind, setzen Sie ein paar Dutzend von ihnen zu Versorgungszwecken ein. Lassen Sie sie Carellan anfliegen, beladen und dann die anderen Planeten versorgen.«

Lestrade überlegte angestrengt. »Das wäre eine Möglichkeit«, erwiderte er schließlich zögernd. »Aber die Transportkapazität eines Schnellbootes ist begrenzt. Wir werden in einem nicht sehr viel Ladung überführen können.«

»Dann müssen wir eben mit Quantität schaffen, was uns an Qualität fehlt. Wir lassen die Torpedoboote pausenlos Versorgungsflüge durchführen, von mir aus auch im Schichtbetrieb. Würden Sie alles Notwendige veranlassen?«

Gouverneurin Vargas wirkte überaus erleichtert ob dieser Entwicklung.

Lestrade nickte und machte Anstalten aufzustehen.

Carlo hielt ihn zurück. »Noch eines, Commodore. Schicken Sie alle beschädigten Schiffe nach Worgan, um die notwendigsten Reparaturen durchzuführen. Das sollten wir schnellstens erledigen für den Fall, dass wir sie brauchen.«

15

Carlo stand stocksteif im Wind und ließ die angenehm frische Brise über seine Haare wehen. Es war das erste Mal in den letzten fünf Tagen, dass er etwas zur Ruhe kam. Er stand auf dem Dach des Legionshauptquartiers im Zentrum der planetaren Hauptstadt Misarat.

Sich mit Politikern auseinanderzusetzen, konnte mitunter furchtbar aufreibend sein. Cavanaugh versuchte immer noch hartnäckig - mal mit mehr mal mit weniger Erfolg -, seine politische Autorität durchzusetzen. Außer Finier schien aber niemand besonders begierig darauf zu sein, ihm dies zuzugestehen. Die Vorstellung eines Cavanaugh, der dem ganzen Sektor sagte, was er zu tun oder zu lassen hatte, wirkte allem Anschein nach nicht nur auf Carlo befremdlich.

Was ihm ziemliche Kopfzerbrechen bereitete, war, dass sich Cavanaugh streng nach dem Gesetz völlig im Recht befand. Seine Mit-Gouverneure allerdings fanden immer wieder rechtliche Winkelzüge oder kurz gesagt: Ausreden, um ihm seinen Anspruch zu verwehren. Tatsächlich gab es sogar einige vielversprechende Vorschläge, wie die Situation anders zu handhaben war.

Einer der besten Ansätze war Vargas' Vorschlag, öffentliche Wahlen auszurichten. Das wäre auch ganz in Carlos Sinn. Diesem Vorschlag stellte sich Cavanaugh mit all seiner Rhetorik und Großspurigkeit entgegen, was nun wirklich keine große Überraschung war. Carlo bezweifelte, dass der Mann in einer fairen Wahl eine Erfolg versprechende Aussicht hatte, an die Macht zu kommen.

Das gewichtigste Argument gegen einen Anspruch Cavanaughs war sein eigenes: Das Imperium war Geschichte, also war theoretisch auch das imperiale Gesetz Geschichte und es mussten neue Gesetze und Regeln her. Und das machte eine Wahl fast schon unumgänglich. Wenigstens hätten dann die Soldaten der Legion und Flotte ebenfalls eine Möglichkeit, auf den politischen Entscheidungsprozess mit einzuwirken.

Er hörte Schritte hinter sich die Treppe heraufkommen, doch er musste sich gar nicht umsehen, um zu erkennen, wer ihm Gesellschaft leisten wollte.

»Na? Auch etwas frische Luft schnappen?«, fragte er mit dem Anflug eines Lächelns auf den Lippen.

»Bei diesen ganzen Politikern ist es schwer, einen klaren Gedanken zu fassen, was?«, erwiderte René Castellano halb im Scherz.

»Wem sagst du das?«

»Streiten sie mal wieder?«

»Was sonst! Tun sie doch immer. Wir sollten eigentlich schon längst auf dem Weg nach Vector Prime sein, um in ein paar Drizilärsche zu treten.«

Carlo lachte bellend auf. »Wenn es nach Cavanaugh geht, wird die Legion Perseus nicht verlassen.«

»Zum Glück ist das nicht seine Entscheidung.«

»Noch nicht.«

René warf ihm bedrückt einen schrägen Seitenblick zu. »Du glaubst, er könnte sich durchsetzen?«

»Du nicht?«

»Ich hoffe es.«

»Wir müssen uns aber mit der Möglichkeit auseinandersetzen. Es könnte so weit kommen, dass wir am Ende seine Befehle ausführen müssen.«

René zögerte. »Es gäbe da noch eine andere Möglichkeit.«

»Nämlich?«

»Wir könnten seine Befehle außer Acht lassen.«

Carlo wirbelte auf dem Absatz zu seinem Freund herum. »Das käme einer Kriegserklärung gleich. Cavanaugh hat die Miliz hinter sich. Falls er sie einsetzt, um Herr der Lage zu bleiben - und ich glaube, das würde er, ohne zu zögern, tun -, stünden wir vor einem Bürgerkrieg. Als ob die Drizil nicht schon gefährlich genug wären.«

»Mit der Miliz würden wir fertig«, erwiderte René leichthin.

Carlo musterte seinen Freund und Stellvertreter abwägend. »Und das würdest du tun? Einen Bürgerkrieg vom Zaun brechen?«

René zögerte erneut, schließlich ließ er die Schultern sacken. »Nein. Nein, natürlich nicht. Es ist nur so verdammt ...«

»Frustrierend?«

»Ja, genau. Wir sitzen hier herum und drehen Däumchen, während die Drizil bereits so tun, als gehöre die Liga ihnen.«

Carlo lächelte. »Wir sitzen keineswegs herum und drehen Däumchen, alter Freund. Wir nutzen die Zeit sogar sehr sinnvoll. Lestrade schickt nach und nach seine beschädigten Schiffe nach Worgan, um sie auf Vordermann zu bringen, Sergeant Flynn rekrutiert aus der Bevölkerung, um die Legion endlich wieder auf volle Stärke zu bringen, und bildet die neuen Rekruten auch aus, und Lestrade hat für die Jägerpiloten und Schiffsbesatzungen mehrere Kampfübungen angesetzt, damit sie keinen Rost ansetzen.« Sein Lächeln wurde breiter. »Oh nein, wir sitzen keineswegs herum. Wir warten lediglich. Wir warten und bereiten uns auf den Tag vor, an dem wir uns den Drizil stellen werden.«

In diesem Moment hatte Carlo noch keine Ahnung, wie prophetisch seine Worte waren, denn der Zeitpunkt der Konfrontation näherte sich rasend schnell.

Sozusagen mit Lichtgeschwindigkeit.

Lestrade saß in seinem Kommandosessel und studierte die Auswertungen der letzten Kampfübungen. Die Jägerpiloten schlugen sich nicht schlecht – das Pilotenprogramm des Imperiums suchte seinesgleichen –, doch einige der Schiffsbesatzungen machten ihm Sorgen. Vor allem die Kommandeure der Träger verließen sich zu oft auf den Schutz größerer Einheiten und standen dann mit heruntergelassenen Hosen da, sobald sie von ihren Begleiteinheiten abgedrängt wurden. Denselben Fehler hatten die feindlichen Träger über Vector Prime begangen, und falls er diese Flotte je gegen die Drizil führen würde, wollte er sichergehen, dass ihnen diese taktische Fehleinschätzung im Ernstfall nicht passierte.

Von den einunddreißig Schiffen, die sein Geschwader inzwischen zählte, hielten sich im Moment lediglich zweiundzwanzig im Perseussystem auf. Die übrigen neun waren noch immer für letzte Reparaturen im Worgansystem und würden nicht vor einem Monat zurückerwartet. Außerdem verfügte er über knapp zweihundertfünfzig Torpedoschnellboote. Die übrigen einhundertzweiundsechzig waren für den regelmäßigen Transport der Lebensmittel zu den anderen Systemen eingeteilt.

Aus den verfügbaren Schnellbooten hatte Lestrade eine Art Frühwarnsystem in einiger Entfernung von Perseus errichtet, um sie zu warnen, sollte etwas außerhalb ihrer Sensorenreichweite im System materialisieren.

»Eugene?«

»Sir?« Der XO eilte an die Seite seines Kommandanten.

»Die Ergebnisse gefallen mir noch nicht wirklich. Ich möchte, dass Sie eine weitere Kampfübung ansetzen. Für morgen früh null-sechshundert.«

»Aye, Commodore.«

»Informieren Sie aber niemanden. Ich will, dass alle denken, es sei ein Ernstfall. Mal sehen, wie die Leistungen aussehen, wenn sie es für einen richtigen Angriff halten.«

Mueller lächelte schief. »Aye, Sir. Wird erledigt.«

Der Kommunikationsoffizier drehte sich unvermittelt um und sprach ihn an. »Sir? Eingehende Meldung von einem unserer Vorposten.«

»Stellen Sie durch.«

Vor Lestrade baute sich das Hologramm eines hektisch wirkenden jungen Mannes mit zerzausten Haaren auf. »Mit wem spreche ich?«, fragte Lestrade.

»Lieutenant Angelo Matris, Sir. Torpedoschnellboot 118.«

»Sprechen Sie, Lieutenant.«

»Soeben sind Schiffe ins System gesprungen, Sir. Eine Menge. Wir ziehen uns gerade mit Höchstgeschwindigkeit zurück. Haben aber bereits drei Schnellboote verloren. Sie haben sofort und ohne Vorwarnung das Feuer eröffnet. Sie sind direkt über uns materialisiert.«

Lestrade wechselte mit seinem XO einen alarmierten Blick. Der Kommandant des Schnellbootes hatte zwar nicht explizit darauf hingewiesen, doch bei den Neuankömmlingen konnte es sich nur um Drizilschiffe handeln. Der hektische, leicht unzusammenhängende Bericht erfüllte ihn mit tiefer Beunruhigung. Entweder waren die Drizil in der Lage, erheblich präziser zu navigieren, als es terranische Schiffe vermochten, oder sie hatten einfach Glück gehabt - und seine Torpedoboote Pech.

Für gewöhnlich hielt man einen gewissen Sicherheitsabstand ein, um zu verhindern, dass man mit Schiffen kollidierte, die im Begriff standen, aus dem System zu fliegen. Dass die Drizil direkt über seinen Vorposten aus dem Hyperraum gefallen waren, grenzte schon an eine raumfahrttechnische Meisterleistung - sofern sie beabsichtigt war natürlich.

»Wie viele Schiffe?«, wollte Lestrade von dem aufgelösten jungen Mann wissen.

»Ungefähr dreißig oder vierzig, schätze ich. Wir haben so viele Daten gesammelt wie möglich. Das Datenpaket ist bereits zu Ihnen unterwegs, Sir.«

Lestrade widmete seinem XO einen kurzen Blick, der bestätigend nickte. »Ist angekommen, Lieutenant. Ziehen Sie sich, so schnell Sie können, in den Schutz der Flotte zurück. Ich veranlasse alles Weitere.«

Lieutenant Matris nickte und kappte die Verbindung.

»Eugene. Rufen Sie all unsere Vorposten zurück – so schnell wie möglich, bevor sie von uns abgeschnitten sind.«

»Aye, Commodore.«

»Und, Eugene?«

»Sir?«

»Eine Verbindung zum Planeten. Geben Sie mir General Rix. Ich glaube, die für morgen geplante Übung können wir streichen. Jetzt wird es doch blutiger Ernst.«

Die Nachricht von der eintreffenden Drizil-Streitmacht erreichte Carlo in dem Moment, in dem er sich erneut den streitenden Gouverneuren stellen wollte. Die Streitereien endeten in dem Augenblick, in dem er die Politiker von der plötzlich sehr realen Gefahr einer bevorstehenden Invasion unterrichtete. Schlagartig herrschte bedrücktes Schweigen und keinem der Politiker war mehr nach Streit oder dem Festlegen des eigenen politischen Status zumute.

»Wann werden Sie hier sein?«, fragte Dominique Vargas mit mühsam unterdrücktem Zittern in der Stimme.

»In drei Tagen, vielleicht vier, wenn wir Glück haben. Commodore Lestrade organisiert bereits unsere Verteidigung im All, doch wir müssen uns mit der Möglichkeit auseinandersetzen, dass den Drizil die Landung auf Perseus gelingt.«

»Wie haben sie uns nur gefunden?«, wunderte sich Cavanaugh gepresst. »Unsere Schiffe sind bereits seit Tagen wieder zurück.«

»Drizilschiffe bewegen sich im Hyperraum zwar deutlich langsamer als unsere, aber seit Vector Prime vermuten wir, dass sie unseren Schiffen im Hyperraum folgen können. Nun, dies scheint jetzt unser Beweis für diese Hypothese zu sein. Ich hätte allerdings nicht gedacht, dass sie unseren Einheiten über solch lange Strecken folgen können. Wahrscheinlich sind sie der Julius Caesar oder der Vengeance gefolgt, möglicherweise auch einem der überlebenden Schiffe, die wir hierher dirigiert haben. Wie dem auch sei, es ist im Prinzip nur von untergeordnetem Interesse, wie sie uns gefunden haben. Fakt ist: Sie sind hier und wir sind gezwungen, mit der Situation umzugehen.« Er maß jeden der Gouverneure mit einem abschätzenden Blick. »Es tut mir leid, aber niemand kann derzeit Perseus verlassen. Auf jeden infrage kommenden Austrittsvektor aus dem System nähern sich feindliche Schiffe. Ausgehend von den Erfahrungen auf Vector Prime vermuten wir, dass es sich um ein Vorauskommando handelt, das ein Signalfeuer errichten wird, um weitere feindliche Schwärme herzulotsen. Sollte ihnen das gelingen, ist es aus mit Perseus. Einer Invasion, wie sie Vector Prime derzeit erlebt, hätten wir nichts entgegenzusetzen.«

Auf diese Ankündigung antwortete ihm Schweigen. Wäre die Situation nicht so bedrohlich gewesen, hätte man beinahe darüber lachen können. Soweit er sich zu erinnern vermochte, hatte er die Gouverneure noch nie so still erlebt.

Ihm blieb jedoch keine Zeit, diesen Zustand zu genießen, denn er hatte die Verteidigung eines Planeten zu planen.

Edgar schleppte mit bloßem Oberkörper schwere Sandsäcke und schichtete sie zu einer Barrikade auf, die eine der Zufahrtsstraßen der planetaren Hauptstadt blockieren sollte. Falls die Drizil auf diesem Weg anrückten, wäre es Aufgabe der Miliz, diese Barrikade zu bemannen und den Feind außerhalb der Stadt zu halten. Allerdings hegte er keine großen Hoffnungen, dass Widerstand an dieser Stelle sonderlich erfolgreich sein würde. Ein entschlossener Feind drang früher oder später immer in eine Stadt ein, und dann begann erst der richtige Kampf.

Hemd und Jacke seiner Uniform lagen achtlos auf dem Boden, zusammen mit den Uniformteilen von etwa zweihundert weiteren Legionären, die mit ihm an derselben Barrikade arbeiteten.

Als er den Sandsack endlich platziert hatte, stützte er sich auf denselben und streckte seinen protestierenden Rücken, um die Muskeln zu lockern. Er fröstelte in der kühlen Morgenluft.

Die Drizil bewegten sich - soweit er wusste - immer noch auf das innere System zu und es wurde erwartet, dass sie in vielleicht einem Tag den Planeten erreichten. Dann würden die Flotte und Lestrade das Gefecht eröffnen und falls ihnen das Glück hold war, den Feind schlagen. Falls nicht ... nun ... dann würden Legion und Miliz ihren Job erledigen müssen.

Auf einem Platz etwa vierzig Meter nördlich, war Master Sergeant Angela Flynn dabei, gleichermaßen Rekruten der Legion, der Miliz und Freiwillige der Bevölkerung zu schleifen und auf Vordermann zu bringen. Was dies in den letzten Stunden vor der Schlacht noch bringen mochte, blieb abzuwarten, aber vielleicht gelang es ihr, genug Wissen zu vermitteln, um einigen das Überleben zu ermöglichen. Bei der Planung der Verteidigung waren die Obermotze von den Erfahrungen und Ergebnissen ausgegangen, die man von Vector Prime und anderen besuchten Planeten mitgebracht hatte.

Die Aufklärungs- und die Sturmkohorte sowie Teile der Kampfkohorte Rigidus hielten Stellungen in und um der planetaren Hauptstadt Misarat.

Der Rest von Rigidus sowie die Kampfkohorten Invictus und Ferreus hielten die Stadt Haaras und den der Stadt angeschlossenen Raumhafen. Dies waren die beiden größten Städte auf Perseus und mit Sicherheit Hauptangriffsziele der Drizil. Von Vector Prime wusste man, dass sich der Gegner zuerst auf die Bevölkerungszentren eines Planeten konzentrierte und ländliche Gebiete fast völlig außer Acht ließ. Es ging ihnen darum, zuallererst die Hauptverteidigung eines Planeten auszuschalten, und die war nun mal dort zu finden, wo sensible Bereiche zu schützen waren.

Unterstützt wurde die Legion in beiden Städten von jeweils drei Milizregimentern. Der Rest der Miliz war auf kleinere Ortschaften, Dörfer und Gemeinden auf ganz Perseus verstreut, jedoch mehr, um der Bevölkerung das Gefühl von Schutz zu vermitteln, als dass diese Maßnahme im Falle eines ernst zu nehmenden Angriffs tatsächlich etwas gebracht hätte.

Die Truppentransporter der Legion waren aus Sicherheitsgründen zu einem provisorischen und getarnten Landefeld in den Bergen gebracht worden, wo sie - so hoffte man - dem Feind verborgen bleiben würden.

Eine Familie mit mehreren Kindern näherte sich den Soldaten, sie hievten erst die Kinder über die Barrikade, stiegen schließlich selbst hinüber und entfernten sich, so schnell ihre Beine sie trugen.

Edgar sah ihnen hinterher, bis sie um die nächste Ecke verschwunden waren. Die Zivilisten verließen zu Tausenden die großen Städte und begaben sich aufs Land, wo sie von den Bewohnern kleinerer Ortschaften aufgenommen wurden. Edgar war nicht der einzige Legionär, den dies mit tiefer Erleichterung erfüllte. Je weniger Zivilisten sich in den Städten aufhielten, desto weniger mussten sie sich Sorgen um Dinge wie zivile Verluste und Kollateralschäden machen. Ein Problem weniger, dem man sich widmen musste.

Becky platzierte unter Ächzen und Stöhnen einen weiteren Sandsack auf der Barrikade. Auch ihr Körper glänzte vor Schweiß. Wie die anderen Legionäre - männliche wie weibliche - trug sie ebenfalls lediglich ein durchgeschwitztes Unterhemd, doch die männlichen Legionäre bemerkten dies - wenn überhaupt - nur am Rande. Wenn Männer und Frauen gleichberechtigt nebeneinander standen, arbeiteten und kämpften, wurde Scham schnell zur Nebensache.

Edgar musterte eine Weile Vincent, der sich gedämpft mit Li unterhielt und dabei in den Weltraum gestikulierte. Der Neuzugang des Trupps hatte sich von den Verletzungen und Strapazen auf Vector Prime gut erholt. Die Schallgranate hatte sein rechtes Trommelfell platzen lassen, doch die Ärzte an Bord der VENGEANCE hatten das wieder gut hinbekommen.

Der Junge hatte sich auf Vector Prime ganz ordentlich geschlagen, wenn auch noch weit unter dem Standard, den er für Mitglieder seines Teams ansetzte. Immerhin hatte er überlebt, das war schon etwas, doch seine Sporen musste er sich immer noch verdienen. Die erwartete Feuertaufe war auf Vector Prime ausgeblieben. Nun ... sollten die Drizil tatsächlich landen, würde sich das wohl im Laufe der Invasion erledigen - auf die eine oder andere Weise.

16

Carlo betrachtete das Hologramm, das über den Tisch projiziert wurde. Er befand sich drei Stockwerke unter dem Hauptquartier der Legion in Misarat in deren taktischen Kontrollzentrum. Insgeheim wünschte er sich, sie hätten die Zeit gefunden, über den Planeten verstreute Verstecke für Legion und Miliz anzulegen, so wie es Alexander Great Bear auf Vector Prime getan hatte. Doch die Zeit hatte dafür einfach nicht gereicht. Man benötigte schon Wochen, um allein den Grundriss eines solchen Verstecks auszuheben. Falls sie die nächsten Tage überlebten, würden sie dieses Versäumnis allerdings nachholen, schwor er sich. Die Zeit hatte lediglich zur Anlegung mehrerer versteckter Waffenlager gereicht, aus denen sich Legion und Miliz im Feld bedienen konnten, ohne erst die Depots aufsuchen zu müssen.

Außer ihm sowie den Kommunikationsoffizieren, Adjutanten und Ordonnanzen befanden sich auch noch Lecomte und die Gouverneure im Raum. Carlo fand deren Anwesenheit gelinde gesagt unnötig, hin und wieder sogar ablenkend. Dabei störte ihn die Anwesenheit der Politiker weniger als die des Milizgenerals. Der Mann mischte sich in jede Entscheidung ein, die er traf, angefangen bei der Aufstellung der Legionstruppen bis hin zu Dingen wie Versorgung, Nachschub und Aufklärung. Dinge, die diesen nur im Hinblick auf dessen Miliztruppen etwas angingen, nicht aber bei der Legion. Der Kerl verbrachte entschieden zu viel Zeit mit Cavanaugh, wenn er bereits dessen entnervende Verhaltensweisen annahm.

»Wie lange noch?«, fragte Cavanaugh ungewöhnlich wortkarg.

Carlo sah auf den Chronometer an der Wand und überschlug im Kopf Entfernungen und Beschleunigungswerte.

»Es müsste jeden Augenblick so weit sein, Gouverneur.«

»Feindliche Schiffe erreichen effektive Geffechtsdistanz, Commodore«, informierte ihn sein XO.

»Dann wird es Zeit, sie zu begrüßen, Eugene. Befehl an die Flotte: Feuer frei nach eigenem Ermessen!«

»Aye, Sir. Kommunikation: Feuer frei für alle Schiffe.«

Der Befehl wurde weitergegeben und die versammelte Flotte des Perseussystems feuerte eine Breitseite aus Lenkwaffen auf den nahenden Gegner ab.

Lestrade beobachtete, wie sich die Symbole der Torpedos auf die feindliche Flotte zubewegten. Die Drizil ließen sich bei ihrem Vorstoß ungewöhnlich viel Zeit. Sie schlossen mit weit geringerer Geschwindigkeit auf, als sie hätten aufbringen können.

Die Drizilschiffe schwärmten aus, um kein einheitliches Ziel zu bieten. Erwartungsgemäß fächerten die abgefeuerten Torpedos ebenfalls aus, als sie ihre Ziele aufschalteten.

Dies minimierte zwar ihre Wirkung, war aber zu verschmerzen, vor allem da Lestrade beabsichtigte, die Drizil mit Geschossen einzudecken.

»Zweite Welle los!«, befahl er.

Das Kommando war kaum gegeben, als bereits die zweite Geschosswelle aus den Rohren der terranisch-imperialen Flotte stieß.

Die erste würde den Feind in wenigen Minuten erreichen. Er hoffte, dass zumindest ein angemessener Prozentsatz durchkam.

Die Drizil reagierten auf den Beschuss, indem sie ihre Geschütze abfeuerten. Die Waffen der Drizil belegten die Anflugvektoren der terranischen Torpedos mit Dauerfeuer.

Lestrade knirschte wütend mit den Zähnen, als beinahe die komplette erste Welle zerstört wurde. Zwischen den beiden Flotten blühten Dutzende von Explosionen auf und verglühten ebenso schnell wieder, wie sie erschienen. Die übrigen Geschosse schlugen harmlos auf die dicke Panzerung der feindlichen Schiffe ein, ohne nennenswerten Schaden anzurichten.

»Dritte Welle los!«

Die zweite Welle erreichte die Drizilflotte. Die Drizil antworteten erneut in der gewohnten Weise, diesmal war der Effekt jedoch deutlich gemindert. Beinahe ein Drittel der Torpedos kam durch und hämmerte mit brutaler Gewalt auf die feindliche Flotte ein.

Keines der Schiffe wurde zerstört, dennoch nickte Lestrade zufrieden, als die Kalkulation vermutlicher Beschädigungen der feindlichen Schiffe vor seinen Augen abgespult wurde.

Die Driziltaktik war wirkungsvoll und für terranische Kommandanten ein Ärgernis, vor allem zu Beginn einer Schlacht. Sie beinhaltete jedoch auch eine enorme Schwachstelle. Man konnte die Verteidigung einer feindlichen Flotte übersättigen, indem man sie mit Dauerfeuer aus den Torpedorohren überflutete.

»Vierte Welle!«

Die dritte Welle erreichte den Feind. Dieses Mal kam etwa die Hälfte der Geschosse durch. Ein Zerstörer und zwei Fregatten vergingen in gewaltigen Feuerbällen. Wäre die feindliche Flotte in engerer Formation geflogen, hätten die Explosionen sogar Schiffe in der Nähe in Mitleidenschaft ziehen können.

Lestrade zuckte mit den Achseln. Man konnte nicht alles haben.

Lestrade bezweifelte, dass es eine fünfte Welle geben würde. Die Drizil schlossen weiterhin schnell auf und der Abstand zwischen den kämpfenden Flotten verringerte sich zusehends.

Einige feindliche Schiffe unterschritten bereits die effektive Reichweite der terranischen Torpedos.

»Feindlicher Abschuss!«, meldete Mueller.

Lestrade knirschte mit den Zähnen. Die Drizil setzten ihre gefürchtetste Waffe ein, die *Grüne Pest.*

»Ausweichmanöver! Fertig machen zum Einzelgefecht. Die Schiffe sollen sich soweit möglich gegenseitig Deckung geben.«

Die Entscheidung schmeckte Lestrade ganz und gar nicht. Seine Schiffe ausschwärmen zu lassen, dünnte die Verteidigungslinie vor Perseus aus und schmälerte seine Möglichkeiten, den Feind abzuwehren, doch er hatte keine andere Wahl. Als einheitlicher Pulk von Schiffen, wären seine Einheiten zu gute Ziele für die Kapseln, die die *Grüne Pest* beförderten.

In schneller Folge erschienen auf Lestrades taktischer Anzeige eine große Anzahl kleiner Objekte, die als rote Dreiecke dargestellt wurden. Diesen Teil einer Schlacht hasste er besonders. So gut eine Schiffsbesatzung auch war, es gab immer ein Schiff, das nicht schnell genug ausweichen konnte und zwangsläufig von mehreren Kapseln getroffen wurde.

»PVL Feuer frei auf alle sich bietenden Ziele!«

Die Punktverteidigungslaser stießen kaum sichtbare rote Lanzen aus. Wo immer sie eine der langsam fliegenden Kapseln berührten, zerstrahlten sie diese und ihren Inhalt.

»Feindliche Jäger im Anflug«, meldete March, der Waffenoffizier.

Die Driziljäger, die auf Lestrades Anzeigen lediglich als Rauten dargestellt wurden, schienen nur auf den Moment gewartet zu haben, in dem sich die terranische Flotte zerstreute.

Blutstachel- und Flüsterwind-Jäger stießen in die Formation. Ihre um hundertachtzig Grad schwenkbaren Waffen feuerten Salve um Salve gegen Panzerung und vitale Systeme der terranisch-imperialen Kriegsschiffe, die sie passierten.

Einige der PVL ließen sich von den Kapseln ablenken und feuerten stattdessen auf die marodierenden Jäger in ihrer Mitte. Zwei Blutstachel- sowie ein Flüsterwind-Jäger wurden mehrmals getroffen und in Stücke gerissen. Einige der Kapseln nutzten jedoch umgehend die momentane Schwäche in der Abwehr aus und brachen durch die Abwehrlinien der Verteidiger.

»Sir? Ein Ruf von einer der Korvetten über einen offenen Kanal.«

»Mayday! Mayday!«, drang es plötzlich aus den Lautsprechern. »Wir sind getroffen. Drei Kapseln haben die Außenhülle durchbrochen. Helft uns! Bitte! Helft ...«

»Verbindung unterbrechen!«, befahl Lestrade bedrückt. Einige seiner Brückenoffiziere - vor allem die jüngeren - warfen ihm schockierte Blicke zu angesichts solch offensichtlicher Kaltschnäuzigkeit. Die erfahreneren von ihnen schüttelten nur trauernd den Kopf. Sie zogen aus der Situation dieselben Schlussfolgerungen wie Lestrade. Drei Kapseln waren eine Menge bei einer Korvette. Mit Ausnahme von Torpedobooten waren Korvetten der kleinste Schiffstyp im Arsenal der imperialen Flotte. Sie verfügte über knapp achtzig Besatzungsmitglieder plus vierzig Marines. Nicht genug, um einer Infektion der *Grünen Pest* erfolgreich zu begegnen. Das Schiff war verloren - ebenso wie die Besatzung. Ihre einzige Hoffnung bestand darin, das Schiff zu verlassen. Lestrade bezweifelte jedoch, dass es viele schaffen würden.

»Commodore?«, sprach sein XO ihn an. »Die Drizil versuchen, uns vom Planeten abzudrängen.«

Lestrades Augenbrauen zogen sich drohend über der Nasenwurzel zusammen. »Befehl an die Träger: die Jäger vorschicken. Die Drizil wollen Perseus? Dann müssen sie erst an uns vorbei.«

Nacht brach über der Nordhalbkugel des Planeten herein. Das sonst zu solch später Stunde hell erleuchtete Misarat war in tiefste Dunkelheit getaucht. Aus Angst vor Orbitalschlägen der Drizilflotte traute sich niemand, auch nur an Beleuchtung zu denken.

Die in der Stadt positionierten Soldaten von Legion und Miliz sowie die Bürger, die sich weigerten, die Hauptstadt zu verlassen, hatten sich auf den Straßen und Dächern versammelt, um das grausame Schauspiel am Himmel zu betrachten.

Die Schlacht um die Raumüberlegenheit tobte seit nunmehr vierzehn Stunden mit unverminderter Härte, in der keine der beiden Seiten gegenüber der anderen Nachsicht walten ließ.

In unregelmäßigen Abständen blühten goldene Blumen am nächtlichen Firmament auf, die vom Ende eines Kriegsschiffes oder Jägers kündeten, wobei für die Menschen am Boden nicht erkennbar war, ob es sich bei dem zerstörten Schiff um Freund oder Feind handelte.

Nur der Umstand, dass noch gekämpft wurde und es dem Feind bisher nicht gelungen war, Truppen zu landen, bewies, dass sich überhaupt noch terranische Schiffe im Gefecht befanden.

Der Feuertrupp SCHNELLER TOD hatte sich zusammen mit anderen Legionären und Soldaten der Miliz auf dem Marktplatz versammelt, um das Schauspiel zu betrachten. Seit der Ankunft der Drizil im System trugen sie rund um die Uhr ihre Kampfanzüge, da nicht vorherzusehen war, ob und wenn ja, wann die Legion sich zum ersten Mal dem Feind auf eigenem Boden würde stellen müssen.

Edgar warf einen Blick in die Runde. Galen war so undurchschaubar wie immer, Li versuchte durch bloße Beobachtung festzustellen, wer in der Raumschlacht die Oberhand hatte – ein sinnloses Unterfangen, aber wenigstens hielt es ihn von Grübeleien ab. Vincent betrachtete mit besorgter Miene den Himmel, Becky stand dicht bei ihm. Edgar schmunzelte leicht. Die provokante kleine Göre mit dem frechen Mundwerk und dem lockeren Umgang mit den eigenen Reizen schien sich für den Frischling zu interessieren. Seine Naivität und Unerfahrenheit schien sie regelrecht anzumachen, ein Charakterzug, den er bei ihr nie vermutet hätte. Der Junge schien davon allerdings gar nichts mitzubekommen.

»Da seht doch!«, schrie plötzlich eine Zivilistin in der Nähe und zeigte nach oben.

Eine Reihe Objekte löste sich aus der Raumschlacht und strebte der Planetenoberfläche zu. Im ersten Augenblick hielt Edgar sie für angreifende Jäger, doch er korrigierte seine anfängliche Beobachtung schnell. Für Jäger waren sie zu groß und zu langsam, für Kriegsschiffe andererseits waren sie wiederum zu klein.

»Landungsboote«, versetzte Galen mit mehr Gelassenheit, als es der Situation angemessen schien. Beim Eintauchen in die Atmosphäre zogen die Boote einen feurigen Schweif hinter sich her, der langsam verblasste, als die Hüllen der Landungsschiffe in der Atmosphäre abkühlten. Edgar verfolgte sie mit den Augen, bis sie außer Sicht waren.

»Galen? Was meinst du?«, fragte er seinen wortkargen Kollegen.

Dieser überlegte und spuckte aus. »Etwa fünf Kilometer nördlich der Stadt. Wenn wir Glück haben, zehn.«

»Gehen wir lieber von fünf aus«, versetzte Edgar und streifte seinen Helm über. Nur Sekunden später meldete sich das Komsystem zu Wort und René Castellanos Stimme dröhnte schmerzhaft in Edgars Ohren.

»Achtung! Achtung! An alle Kräfte der Legion in Misarat. Driziltruppen sind gelandet. Ich wiederhole: Driziltruppen sind auf Perseus gelandet. Alle Legionäre auf die Abwehr der Invasionsstreitmacht vorbereiten. Es wird ernst, Leute.«

Die Brücke der VENGEANCE mutierte zu einem Ort des Schreckens. Mehrere Brückenoffiziere waren über ihren Konsolen zusammengesunken. Einige bewegten sich noch schwach - andere nicht. Mindestens zwei Konsolen waren explodiert und erfüllten die Brücke mit beißendem Rauch, den das Ventilationssystem nicht schnell genug absaugen konnte und das Atmen zur Qual werden ließ. Die Kommunikationsstation war eine rauchende Ruine. Der Offizier, der sie bemannte, lag verkrümmt zwei Meter daneben. Die für die Kommunikation notwendigen Relais waren zur taktischen Station umgeleitet. March musste als Waffen- und Kommunikationsoffizier dienen. Zumindest bis diese Krise beigelegt war.

»Die Drizil starten weitere Landungsboote«, meldete Mueller gepresst, während er seinen gebrochenen rechten Arm hielt.

Lestrade wischte sich Blut aus dem Auge, das aus einer bösen Schnittwunde über der linken Augenbraue floss.

Seine Streitmacht hatte sich gut gehalten, vor allem wenn man bedachte, dass sich die meisten Besatzungen bis vor wenigen Tagen noch nicht gekannt, geschweige denn zusammengearbeitet hatten. Die Drizil jedoch waren - das musste ihnen der Neid einfach lassen - ein gut eingespieltes, effektives Angriffsteam. Die Erfahrungen der letzten Stunden legten nahe, dass weder der feindliche Kommandeur noch seine Truppen eine solche Aktion zum ersten Mal durchführten. Man hatte ständig den Eindruck, gegen sie Schach zu spielen. Zug folgte auf Zug, auf Angriff folgte Gegenangriff, auf den wiederum ein Gegenangriff folgte. Es war frustrierend, da der feindliche Kommandeur ihm ständig drei Züge voraus zu sein schien.

Der einzige Umstand, der Lestrade ein klein wenig Zuversicht bescherte, war, dass sie sich seit geraumer Zeit mit dem Feind im Nahkampf befanden und die Drizil dadurch nicht die *Grüne Pest* oder ihre Energietorpedos einsetzen konnten. Bis es allerdings so weit gewesen war, hatte Lestrade noch drei Schiffe - einen Begleitkreuzer, einen Kreuzer und eine weitere Korvette - an die biologische Waffe der Drizil verloren. Durch konventionelle Waffen hatten sie einen weiteren Begleitkreuzer der Guardian-Klasse verloren. Alle seine Einheiten wiesen mehr oder minder schwere Beschädigungen auf, was sich über kurz oder lang bemerkbar machen würde.

Die imperialen Einheiten waren den Drizil jedoch nichts schuldig geblieben. Die Verlustliste des Feindes war lang. Lestrades Streitmacht hatte vier Fregatten und ein halbes Dutzend Zerstörer zusammengeschossen, außerdem - und darauf war Lestrade besonders stolz - zwei feindliche Großkampfschiffe der Intruder-Klasse. Leider handelte es sich bei keinem der Schiffe um das feindliche Flaggschiff, denn Kampfkraft und Entschlossenheit des Gegners blieben auch nach deren Zerstörung ungebrochen.

Die Jäger beider Seiten lieferten sich zwischen den kämpfenden Giganten tödliche Duelle. Die Piloten vollführten komplizierte, beinahe schön anmutende Manöver, um den Gegner zu einem Fehler zu verleiten.

Lestrade hatte die Torpedoboote zurückgezogen, um wenigstens entfernt so etwas wie eine Reserve in der Hinterhand zu behalten. Gut möglich, dass er sie noch dringend brauchen würde, so wie sich die Schlacht entwickelte.

»Senden Sie den Landungsbooten Jäger hinterher. Vielleicht können wir vor der Landung einige erledigen.«

»Aye. Sir.«

Lestrades Finger verkrampften sich in die Lehnen seines Kommandosessels. So weit hätte es gar nicht kommen dürfen, doch er hatte keine andere Wahl gehabt. Seine Linie war durch die ständigen Manöver und das sich ausdehnende Gefecht auseinandergezogen und schließlich vom Planeten abgedrängt worden. Während dies passierte, hatte er sich nichts weiter dabei gedacht, doch inzwischen hielt er es für Absicht vonseiten des Drizilkommandanten. Der Kerl war schlau.

Lestrade hasste nichts mehr als schlaue Gegner.

Galens Schätzung erwies sich als überraschend akkurat. Die Landezone der Drizil wurde knapp sieben Kilometer nördlich von Misarat lokalisiert. In seiner unendlichen Weisheit entschlossen sich die Obermotze des Planeten zu einem Präventivschlag gegen die Landezone, bevor es den Drizil gelang, sich festzusetzen.

Problem dabei: Die Landezone befand sich mitten in einem dicht bewaldeten Gebiet. Die Sichtweite betrug stellenweise weniger als fünf Meter. Edgar überkam ein verdammt ungutes Gefühl, wie er sich so in seinem Kampfanzug durch das Buschwerk vorarbeitete. Als wären die Bäume noch nicht problematisch genug, kam Bodennebel auf, kaum dass sie in den Wald eindrangen.

Galen und Li hielten seine linke, Becky und Vincent seine rechte Flanke. Einige Feuertrupps der Aufklärungskohorte kundschafteten Feindbewegungen und mögliche Gefahrenpunkte vor ihnen aus. Am Angriff waren etwas eintausend Legionäre und vielleicht das Dreifache an Milizionären beteiligt.

Trotzdem hatte Edgar kein gutes Gefühl bei der Sache. Er verstand durchaus, welche Bedeutung ein schneller Vorstoß besaß. Möglicherweise gelang es ihnen, den Feind zu überraschen und die Invasion mit einem schnellen Schlag zu beenden, bevor es für Perseus hässlich wurde. Insgeheim jedoch bezweifelte er, dass es so leicht werden würde. Immerhin wussten sie kaum etwas. Stärke und Stellungen des Gegners waren so gut wie unbekannt.

Wäre es nach Edgar gegangen, hätten sie sich in der Nähe des Stadtrands verschanzt und den Gegner erst einmal näher kommen lassen - auf offenes Terrain, das Distanzgefechte ermöglichte. Nahkämpfe gegen die Drizil waren nie eine gute Idee, sofern sie sich vermeiden ließen.

Edgar hob die geballte Faust, um die Soldaten hinter ihm zum Anhalten zu bewegen. Die Milizionäre und Legionäre, die ihm folgten, gehorchten augenblicklich und suchten im dichten Unterholz Deckung.

Trotz der angeordneten Funkstille öffnete er den privaten Kanal der Einheit. »Galen?«

»Hier, Boss.«

»Hast du noch Kontakt zu den Aufklärern?«

»Negativ für Sichtkontakt. Ist vor etwa drei Minuten abgebrochen.«

»Bei diesen Sichtverhältnissen würden wir an einer ganzen Drizilarmee vorbeimarschieren, ohne sie zu entdecken«, mischte sich Becky ungehalten ein.

»Schaltet um auf Infrarot. Ich befürchte, der Nebel wird noch schlimmer.«

»Was ist mit den Aufklärern?«, verlangte Galen zu wissen.

»Wir rücken weiter vor und versuchen, den Kontakt wiederherzustellen. Solange wir keine Schüsse hören, ist alles gut. Erst dann müssen wir uns Sorgen machen.«

»Dein Wort in Gottes Ohr.«

Edgar schloss die Verbindung und bedeutete den nachfolgenden Soldaten, dass es weiterging.

Die Streitmacht rückte unbeirrt vor, begleitet nur von den Geräuschen des Waldes, doch auch diese verstummten bald. Als würde die Umgebung den Atem anhalten, angesichts der zu erwartenden Konfrontation. In Edgars Eingeweiden breitete sich ein flaues Gefühl aus. In den Jahren seines Dienstes bei der Legion hatte er es sich zu eigen gemacht, auf seine innere Stimme zu hören, und die rief ihm im Moment zu, sich einen sicheren Ort zu suchen.

»KONTAKT! KONTAKT!«, gellte es plötzlich über eine allgemeine Frequenz.

Nur Sekunden später fing die Akustik seines Anzugs Schüsse aus mehreren Richtungen auf. Einige stammten unzweifelhaft aus Nadelgewehren der Legion, andere konnte er zweifelsfrei den Energiewaffen der Drizil zuordnen.

Er entschied, die Funkstille zu beenden.

»Es geht los, Leute! Bereit machen für Feindkontakt!«

Edgar hob die Hand und deutete nach vorn. »Vormarsch!«

Die Kampflinie aus Legion und Miliz rückte in Richtung der Kampfgeräusche vor.

Das Erste, was Edgar von der Anwesenheit der Drizil mitbekam, war ein Milizionär, der kaum zwei Schritte neben ihm getroffen und gegen einen Baum geschleudert wurde. Schüsse schlugen über ihm in einen Baumstamm ein und überschütteten den Legionär mit einem Schauer aus Holzsplittern.

Er ging hinter einem umgestürzten Baumstamm in Deckung. Irgendwo links von ihm röhrte Galens Schnellfeuer-Nadelwerfer. Edgar riskierte vorsichtig einen Blick. Die scharfkantigen Projektile mähten in einem Sechzig-Grad-Winkel eine ungleichmäßige Schneise in den Wald. Noch während Edgar hinsah, durchsiebte sein Teamkamerad drei Drizil, die sich aus ihrer Deckung wagten.

Der Wald schien mit einem Mal lebendig zu werden, als erst Dutzende, schließlich Hunderte von Drizil zwischen den Bäumen auftauchten.

Einige öffneten ihren Mund und Edgar begriff, dass sie ihre Schallwellen gegen sie einsetzten. Damit würden sie nur wenig Erfolg haben. Milizionäre und Legionäre hatten ihre Helme bereits vor dem Einsatz versiegelt, wohl wissend, was auf sie zukommen würde.

Edgar brachte sein Gewehr in Anschlag. Ein Feuerstoß durchschlug den Helm eines Drizil und schleuderte diesen gegen den nächsten Baum. Der Trupp, der ihm folgte, warf sich hastig in Deckung.

Ein Milizionär zu Edgars Rechter wurde durch eine Energiewaffe der Drizil getroffen und brach an Ort und Stelle zusammen. Es brach ein hitziges Feuergefecht aus, das innerhalb weniger Minuten mehr als einem Dutzend Milizionären und drei Legionären das Leben kostete.

»Galen?«, funkte Edgar seinen Spezialisten für schwere Waffen an. »Galen? Bist du da?«

»Ja, Boss. Was gibt's?«

»Hast du inzwischen Kontakt zu den Aufklärern hergestellt? Wir müssen unbedingt wissen, mit wie vielen Drizil wir es zu tun haben.«

»Keine Chance. Wir stehen aus mindestens drei Richtungen unter Beschuss. Ich weiß nicht mal, wo mein Flankenschutz ist. Außerdem hat die Miliz große Probleme.«

Zu dieser Erkenntnis war Edgar ebenfalls bereits gelangt. Die Miliz war eine Einheit, die zum Schutz von Perseus - und zwar ausschließlich zum Schutz von Perseus - aufgestellt und ausgebildet wurde. Da Perseus jedoch noch nie einen Angriff erlebt hatte, waren die Soldaten der Miliz bestenfalls als unerfahren und schlimmstenfalls als unzuverlässig einzustufen. Die meisten von ihnen schlugen sich zwar ganz wacker, doch die Abwehr eines kampferprobten Gegners wie den Drizil überstieg ihre Fähigkeiten bei Weitem. Und soweit Edgar dies beurteilen konnte, tauchten zwischen den Bäumen immer mehr der verhassten Feinde auf.

Ein Ende schien nicht in Sicht.

General Carlo Rix stemmte beide Hände auf den Holotank und betrachtete gleichermaßen den Verlauf der Raumschlacht und der Bodenkämpfe. Beides war nicht sonderlich ermutigend. Außer ihm, René und seinen Offizieren hielt sich auch noch der Milizgeneral und Gouverneur Cavanaugh hier auf. Die übrigen Gouverneure hatten es vorgezogen, einen der Schutzräume aufzusuchen.

Ihn beschlich jedoch der Verdacht, dass Cavanaughs Anwesenheit nichts mit Mut, sondern vielmehr mit Kontrollsucht zu tun hatte. Der Mann wollte einfach nicht die Zügel aus den Händen geben und stattdessen ein Auge auf die Legionäre unter seinem Kommando haben.

René trat zu ihm und beugte sich vor, damit nur sein Kommandant ihn zu hören vermochte. »Unsere Truppen sind auf breiter Front auf den Feind getroffen. Die Kämpfe weiten sich über ein Gebiet von mindestens vier Quadratkilometern aus. Tendenz steigend. Außerdem verlagern sich die Kämpfe bedrohlich in Richtung Misarats.«

»Irgendeine Schätzung, wann die Kämpfe die Stadt erreichen?«

René zuckte mit den Achseln. »Wenn das so weitergeht, in vielleicht zwölf Stunden. Wir sollten die Stadt auf das Schlimmste vorbereiten.«

»Also stoppen wir diese Invasion nicht an der Landezone. Das wäre wirklich zu schön gewesen.« Mit einer Geste bedeutete er seinem Stellvertreter, zu dessen Pflichten zurückzukehren, als sich dieser jedoch nicht von der Stelle rührte, musterte er ihn besorgt.

»Noch etwas?«

»Wir haben ihre Stärke analysiert. Ausgehend von der Anzahl an Landungsbooten, die runtergekommen sind, und unter der Prämisse, dass einige der Boote Ausrüstung und Nachschub transportierten, haben wir es mit einer Bodenstreitmacht von vielleicht acht- bis zwölftausend Mann zu tun.«

»Mein Gott!«, hauchte Carlo.

Cavanaugh war unbemerkt näher getreten und zuckte bei Renés Äußerung zusammen. »Vector Prime hat es geschafft, die erste feindliche Flotte, die das System angriff, innerhalb kürzester Zeit zu vernichten«, blaffte er. »Warum bringt Lestrade das nicht fertig? Dann könnte er das Gebiet um die feindliche Landezone aus dem Orbit bombardieren und das Problem ist erledigt.«

Angesichts solcher Anmaßung und Fehldarstellung der Tatsachen, blieb Carlo nichts anderes übrig, als verständnislos den Kopf zu schütteln.

»Vector Prime hatte mehr als zehnmal so viele Schiffe zur Verfügung wie wir. Lestrade tut mit den Kräften, die wir besitzen, was ihm möglich ist. Niemand könnte mehr tun. Ein Orbitalbombardement auf eigenem Boden sollte unsere allerletzte Option sein.«

Cavanaugh zog es daraufhin vor zu schweigen, doch seiner Miene nach hatte ihn Carlos Argumentation nicht überzeugt.

Carlo zwang sich, den Gouverneur zu ignorieren, da sich vor seinen Augen eine Katastrophe abspielte. Legion und Miliz wurden immer weiter zurückgedrängt und es schien zumindest zum jetzigen Zeitpunkt nicht möglich, den feindlichen Vormarsch aufzuhalten.

Ein Milizionär fiel Edgar direkt vor die Füße. Kampfanzug und Helm waren aufgerissen und halb zerschmolzen. Der Mann schrie herzzerreißend. Ein Sanitäter eilte herbei, um zu helfen. Er gab dem Unglücklichen eine Spritze, woraufhin dieser einen glasigen Ausdruck in den Augen bekam und seine Schreie verebbten.

Zwei weitere Milizionäre trugen den Mann zu einer Sammelstelle für Verwundete, während der Sanitäter weiterrobbte, um anderen Verletzten zu helfen. Das Verabreichen von Schmerz- und Betäubungsmitteln war alles, was man im Moment für die Verwundeten tun konnte.

Die Schlacht entwickelte sich zu einem wilden Versteckspiel zwischen den Bäumen, das für beide Seiten einen oftmals tödlichen Ausgang nahm. Trotzdem wurden Legion und Miliz immer weiter zurückgetrieben. Edgar rief eine Karte der Umgebung auf und musste zu seinem Erschrecken feststellen, dass Misarat inzwischen weniger als zwei Kilometer entfernt war. Den Verteidigern von Perseus lief mit alarmierender Geschwindigkeit die Zeit davon.

Lieutenant Angelo Matris, Kommandant von Torpedoboot 118, war froh, nicht gefrühstückt zu haben, ansonsten hätte er angesichts des Gestanks auf seiner Brücke sein Essen wieder von sich gegeben.

Das Torpedoboot war zweimal von Drizilgeschossen gestreift worden und beide Male nur knapp der Zerstörung entgangen. Allerdings hatte er durch die Treffer acht Mann - fünfzig Prozent seiner Besatzung - verloren. Einer seiner Leute war von scharfkantigen Splittern, die über die Brücke katapultiert worden waren, regelrecht aufgeschlitzt worden. Seine Eingeweide hingen ihm aus dem Körper und der arme Kerl lag immer noch über seine Konsole zusammengesunken, dort, wo er gestorben war. Einer seiner jüngeren Offiziere hatte sich bei diesem Anblick lautstark übergeben müssen.

Dies war Angelos erstes Gefecht und er hoffte, nie wieder eines miterleben zu müssen.

So hatte er sich das nicht vorgestellt. Wie er es sich vorgestellt hatte, wusste er im Moment selbst nicht zu sagen - aber nicht so. Dies hatte nichts von Glanz und Gloria, wie es einem die zahlreichen Rekrutierungsposter suggerierten.

Er warf einen Blick zur Seite zur Leiche seines unglückseligen Ersten Offiziers. Er hatte den Mann noch nicht lange gekannt – gerade mal drei Monate –, aber so ein Ende verdiente niemand. Der Mann war unter Schmerzen und schreiend gestorben. Davon erzählten sie einem nichts, wenn man sich verpflichtete.

Die Schlacht entwickelte sich für die terranischen Verbände nicht gut. Die Drizil verwendeten zwar hauptsächlich leichte Kriegsschiff-Typen – erlitten dadurch auch zwangsläufig schwerere Verluste –, waren den Verteidigern jedoch zahlenmäßig überlegen, was ihren Nachteil ausglich.

Vor etwas mehr als einer Stunde hatte sich Lestrade entschieden, seine Reserven in den Kampf zu werfen – die Torpedoboote. Eine Entscheidung, mit der Angelo nicht wirklich glücklich war, doch Befehl war Befehl.

»Neues Ziel auf drei Uhr hoch«, meldete Marc Lemond, sein Waffenoffizier. Marc und er kamen aus dem gleichen Dorf auf Perseus, kannten sich also schon seit Kindertagen. Wer jetzt glaubte, sie wären deshalb Freunde, der irrte.

Die beiden konnten sich auf den Tod nicht ausstehen. Marc war ein Hüne von fast einem Meter neunzig und furchtbar arrogant. Angelo, der zwei Köpfe kleiner und eher untersetzt war, hatte unter Marc seit jeher zu leiden gehabt. Es bedurfte keiner besonderen Erwähnung, dass Marc gelinde gesagt ungehalten über die Tatsache war, sich plötzlich als Untergebener Angelos wiederzufinden. Doch eines musste Angelo ihm zugutehalten. Er verstand etwas von seinem Job.

Das Torpedoboot schwenkte in die angegebene Richtung. Dort hing ein Trio Fregatten der Vandal-Klasse, das sich ein Duell mit einem Kreuzer der Ares-Klasse lieferte. Trotz der größeren Feuerkraft und Panzerung des terranischen Schiffes, war klar, dass der Ares-Kreuzer über kurz oder lang überwältigt werden würde.

Marc Lemond markierte die drei Ziele als Alpha, Beta und Gamma. Angelo überflog die Situation mit einem Blick und fällte eine Entscheidung.

»Wir nehmen uns das obere Ziel vor. Gamma.«

Seine Entscheidung hatte einen einfachen Grund. Torpedoboote waren enorm verwundbar. Ihre Taktik sah vor, schnell und hart zuzuschlagen und so schnell wie möglich zu verschwinden, denn ein Gegenschlag würde sie auslöschen. Ziel Gamma bot die besten Fluchtchancen für das kleine Schiff.

In einer Staffel von fünf Booten, griff Torpedoboot 118 die Drizilfregatte an. Torpedoboote bestanden nur aus drei Dingen: einer kleinen Brücke, einer Antriebssektion und einem Waffendeck unterhalb der Brücke, das eine Abschussvorrichtung für vier Torpedos beinhaltete.

Die Fregatte wurde auf dem Sichtfenster ins All, das die kleine Brücke dominierte, schnell größer. Sie tauschte mit dem terranischen Kreuzer immer wieder wilde Salven aus. Die Trefferquote beider Schiffe war ungefähr gleich hoch, was in einem ausgeglichenen Gefecht dem größeren Kreuzer deutlich bessere Chancen beschert hätte. Doch der Kampf war ganz und gar nicht ausgeglichen. Zu dritt beharkten die drei Fregatten das imperiale Schiff mit allem, was sie hatten, und deckten die Panzerung mit Geschossen und Energiestrahlen ein.

Überall auf dem Schlachtfeld griffen Torpedoboote die Drizilschiffe an und deren Kommandanten waren sich der Gefährlichkeit, aber auch deren Verwundbarkeit wohl bewusst.

Es dauerte nicht lange und die Fregatten begannen, die angreifenden Boote unter Feuer zu nehmen. Die kleinen Schiffe tanzten umher, um ein möglichst schwieriges Ziel zu bieten. Nicht selten schienen die Energiestrahlen der Drizilwaffen die Außenhüllen der kleinen Schiffe regelrecht zu liebkosen - eine Liebkosung, die tödlich enden konnte.

Das Torpedoboot mit der Bezeichnung 172 wurde von den Strahlen zweier Fregatten getroffen, die sich genau auf der Flugbahn des Schiffes kreuzten. Das Boot explodierte in einem Augenblick. Es ging so schnell, dass Angelo bezweifelte, dass die Besatzung überhaupt mitbekommen hatte, was sie traf.

Angelos Schiff vollführte ein Ausweichmanöver, mit dem das Torpedoboot der sicheren Vernichtung entging, es sich aber auch etwas von seinem Ziel entfernte. Ein anderes Schiff hatte jedoch nicht so viel Glück und wurde ebenfalls zerstört.

Angelos ließ erneut Kurs auf die feindliche Fregatte nehmen und der neue Kurs führte sie in Richtung der Antriebssektion und über die oberen Deckaufbauten, während die zwei anderen überlebenden Torpedoboote der Staffel die Breitseite der Fregatte aufs Korn nahmen.

Das Boot erzitterte, als weitere Geschosse es nur um Haaresbreite verfehlten. Der Antrieb des feindlichen Schiffes wurde größer und größer.

Gut so, beschwor Angelo in Gedanken. *Weiter! Weiter!*

»Optimale Distanz erreicht!«, vermeldete Marc endlich die erlösende Antwort.

»Feuer!«

Vier Torpedos lösten sich aus den Abschussvorrichtungen von Boot 118. Nahezu zeitgleich eröffneten die beiden anderen Boote das Feuer. Angelos Torpedos schlugen zwischen den Antriebsdüsen der Fregatte ein und brachen die Panzerung ohne nennenswerten Widerstand auf. Die Explosionen pflanzten sich ins Innere fort, wo sie weitere Sekundärexplosionen auslösten. Dann schlugen die Torpedos der anderen Boote ein, vervollständigten die Orgie der Vernichtung.

Die Fregatte platzte entlang der Längsachse auf ganzer Breite auf. Explosionen schossen an mehreren Stellen aus den Lecks ins All.

»Steuermann: Volle Kraft voraus. Bringen Sie uns hier weg.«

Angelos Torpedoboot entging der Zerstörung nur knapp, als die Fregatte in einer Detonation verging, die es für einen Moment heller erstrahlen ließ als die Sonne.

Eines der anderen Boote hatte weniger Glück. Die Explosion erwischte es auf seinem Fluchtkurs aus der Gefahrenzone und wischte es wie eine lästige Fliege aus dem All.

Der Ares-Kreuzer nutzte die Gunst der Stunde und eröffnete aus allen Batterien das Feuer, als die Fregatte vernichtet wurde. Der Kreuzer schob sich zwischen die beiden überlebenden Fregatten. Mit seinen Waffen riss er das Schiff auf seiner Backbordseite in Stücke. Die letzte Fregatte – plötzlich in der unterlegenen Position – gab Vollschub und flüchtete in den Schutz anderer Drizileinheiten.

Angelo ließ sich schwer in seinen Kommandosessel sinken.

»Marc?!«

»Sir?«

»Suchen Sie uns ein neues Ziel.«

Zumindest bestand an Zielen derzeit kein Mangel.

Edgar stützte Becky und ließ sie gegen einen Baumstamm sinken. Ihr Bein sah übel aus. Mehrere Drizilgeschosse hatten die Panzerung durchschlagen.

Die Legionärin legte ihren Helm ab. Ihr Gesicht wirkte aschfahl und sie biss vor Schmerzen die Zähne zusammen. Li stand in der Nähe und gab ihnen Deckung. Edgar war überrascht, wie verletzlich die Legionärin vor ihm aussah. So kannte er Becky gar nicht.

Er nahm ebenfalls seinen Helm ab und begutachtete die Wunde näher. Zum Glück handelte es sich nicht um die säureartigen Geschosse, denn sonst hätte Becky bereits ihr Bein verloren. Bei einer solchen Verletzung bestand das einzige Mittel in der Amputation.

Vincent eilte durch das Unterholz zu ihrem Standort, wobei er die Bäume geschickt als Deckung einsetzte. Galen folgte ihm deutlich langsamer und immer wieder mit seinem Nadelwerfer in Richtung des Gegners feuernd.

Edgar kniete sich auf den Boden und versorgte die Wunde aus seinem Notfallmedizinbeutel mit Salbe und verabreichte Becky ein Schmerzmittel, anschließend verband er die Wunde notdürftig.

Vincent kam schlitternd neben ihm zum Halten. Als er Beckys Verwundung zur Kenntnis nahm, legte er seinen Helm ab und Edgar bemerkte, wie der junge Legionär schwer schluckte.

»Bericht!«, verlangte er.

Unwillkürlich nahm Vincent Haltung an. »Die Drizil rücken vor. Die Miliz hat schwere Verluste und die Legion hat es auch ziemlich übel erwischt. Ich weiß nicht, wie lange wir uns noch halten können.«

Edgar schnaubte wütend und sah sich um. Weniger als einen Kilometer entfernt konnte er bereits die Häuser von Misarat sehen. Man musste kein militärisches Genie sein, um zu erkennen, dass die Schlacht verloren war.

Er hoffte nur, dass es nicht die Niederlage sein würde, mit der sie den ganzen Planeten verloren.

Major Akira Hitoshi, Anführer der Aufklärungskohorte Obskurus, hielt sich weniger als dreihundert Meter von Edgar und seinem Trupp entfernt auf. Er hatte seinen Kommandoposten zusammen mit Major Marie Schneider von der Kampfkohorte Rigidus in einem abgesicherten Bereich aufgeschlagen, der von vier Feuertrupps bewacht wurde.

Die beiden Offiziere hatten in einem Zelt auf einem einfachen Tisch vor sich eine Karte der Umgebung ausgebreitet, auf der mit farbigen Stecknadeln eigene und feindliche Stellungen markiert waren.

Und beide kamen wie Edgar zum selben Ergebnis.

»Es ist vorbei«, meinte Akira und sah seine Offizierskollegin fragend an.

»Das sehe ich genauso. Jetzt gilt es lediglich noch zu retten, was zu retten ist.«

Ein Legionär kam schwer atmend hereingestürmt, flüsterte Akira etwas ins Ohr und war auch schon wieder verschwunden. Der Befehlshaber der Aufklärungskohorte machte eine verkniffene Miene und schnippte eine Stecknadel von der Karte, die bis vor Kurzem noch eine Einheit symbolisiert hatte.

»Ist das dein Ernst?«, fragte Marie und ließ die Schultern hängen.

Akira nickte. »Der Kommandoposten der Miliz ist überrannt worden. Die Milizionäre sind führungslos und in Auflösung begriffen. Falls wir sie nicht wieder sammeln können, werden ihre Verluste in schwindelerregende Höhen steigen.«

Marie drehte sich zu ihrem Funker um. »Geben Sie mir General Rix. Wir müssen diesen Wahnsinn beenden, solange wir noch so was wie eine Armee haben. Bevor es zu spät ist. Und damit meine ich, für uns alle zu spät.«

»René, ruf die Truppen nach Misarat zurück«, ordnete Carlo an, noch bevor Maries Nachricht ihn erreichte. »Wir überlassen den Drizil für den Moment das Feld.«

»Was?«, keuchte Cavanaugh. »Aufgeben?«

»Wir haben keine Wahl!«, blaffte Carlo zurück. »Wir verlieren zu viele Schiffe und zu viele Männer. Wir verleiten die Drizil zu einem Angriff auf Haaras und Misarat. Dadurch teilen wir ihre Truppen und im Häuserkampf steigen unsere Chancen, sie zu schlagen. Das ist unsere einzige Hoffnung. Ich hatte mir gewünscht, sie gleich zu Anfang in einer offenen Feldschlacht besiegen zu können, aber das war wohl ein Trugschluss.«

»Habe ich Sie richtig verstanden? Sie wollen sie hierher locken?«

»Ganz recht.«

»Das verbiete ich!«

»Das ist eine militärische Entscheidung und fällt dadurch in mein Ressort«, entgegnete Carlo mit mehr Resignation als Wut. Er war diese ständigen Grabenkämpfe mit Cavanaugh leid und im Moment gingen ihm auch ganz andere Gedanken durch den Kopf als die Ambitionen des Gouverneurs.

»Nachricht an Lestrade: Er soll sich vom Feind lösen und hinter einem der Monde Position beziehen. Dort soll er warten. Falls er eine Möglichkeit sieht, dem Feind zu schaden, soll er unbedingt angreifen.«

Carlo atmete einmal tief durch.

»Und jetzt ruft endlich unsere Truppen zurück. Für heute sind genug gestorben.«

Die Milizionäre waren die Ersten, die ihre Stellungen aufgaben, dicht gefolgt von den Legionären, die den Drizil jedoch auch auf dem Rückzug noch ein erbittertes Gefecht lieferten.

Da Edgar immer noch seinen Helm abgenommen hatte und Beckys Wunde versorgte, bekam er von dem Befehl zunächst nichts mit. Sie erfuhren erst davon, als Vincent einen Legionär anhielt und dieser rief: »Allgemeiner Rückzug. Alle sollen sich nach Misarat zurückziehen.«

»Na endlich. Das wurde auch Zeit«, erklärte Edgar und setzte seinen Helm wieder auf. Er übernahm auf dem Weg nach Misarat die Führung, während Vincent und Li die verletzte Legionärin stützten.

Die Drizil hatten gewonnen.

Fürs Erste.

Commodore Horatio Lestrade betrachtete auf dem taktischen Hologramm, wie sich die Reste seiner Streitmacht in Richtung des siebten Mondes von Perseus zurückzogen.

Die Drizilflotte hatte kaum weniger gelitten als die terranischen Einheiten, und das machte den Geschmack der Niederlage für Lestrade nur umso bitterer. Aber dies war nur der erste Tag der Schlacht gewesen, rief er sich in Gedanken. Nur der erste Tag. Weitere würden folgen, schwor er sich. Oh ja, weitere würden folgen.

17

Edgar schlich sich durch die verlassenen Gebäude, die den westlichen Stadtrand von Misarat markierten. In den letzten fünf Tagen – seit dem Ende der Schlacht im Wald – hatten weder er noch seine Leute nennenswerten Schlaf gefunden.

Die Parole lautete: Den Feind nicht zur Ruhe kommen zu lassen. Angreifen, wo immer möglich. Zurückziehen, wo immer nötig.

Auf Vector Prime hatten sie gelernt, dass es das erste Ziel der Drizil war, eine Funkboje aufzubauen, um weitere Schwärme hierher zu führen und die Invasion des Zielsystems in großem Umfang zu starten. Sollte ihnen das gelingen, wäre Perseus verloren.

Dazu mussten sie aber eine geeignete Stelle finden. Bisher hatten Legion und Miliz eine erfolgreiche Installation verhindern können. Wie die Kriterien der Drizil für eine lohnende Installation aussahen, wusste niemand, doch die Drizil hatten bisher darauf verzichtet, die Funkboje innerhalb ihrer Landezone zu errichten, was darauf hindeutete, dass sich ihre LZ nicht eignete.

Die Landezone der Drizil befand sich in einem wenig zugänglichen, unebenen Gebiet. Möglicherweise lag es daran. Oder vielleicht bevorzugten sie es, die Funkmarkierung innerhalb einer Stadt zu platzieren. So war es auf Marianna gewesen und auf Vector Prime genauso.

Das oberste Ziel war es also zu verhindern, dass die Drizil ein Gebiet erobern konnten, auf dem sich die Boje aufbauen ließ. Das Ergebnis war ein Zermürbungskrieg, der allen an die Substanz ging.

Mit erhobener Faust bedeutete Edgar seinem Trupp anzuhalten. Er selbst aktivierte sein Kom. »SCHNELLER TOD an HQ! SCHNELLER TOD an HQ! Bitte melden.« Lediglich statisches Rauschen antwortete ihm. »Falls mich jemand hört: Überprüfung von Gitter zwei zwei eins Strich drei beendet. Mäßige Feindaktivität. Ende.«

Insgeheim bezweifelte er, dass jemand seinen Ruf aufgefangen hatte, am allerwenigsten das HQ. Die Drizil hatten an strategisch wichtigen Orten Störsender aufgebaut, die ein echtes Ärgernis für die Kommunikation terranischer Truppen darstellten. Die Drizil behinderte das Störfeld ebenso, aber die Trupps des Feindes gingen in höchstem Maße diszipliniert und organisiert vor, was darauf hindeutete, dass vor der Aktivierung der Störsender Taktiken und Angriffsziele festgelegt worden waren. Aus diesem Grund waren die Drizil weniger auf Kommunikation angewiesen als die Verteidiger von Perseus. Für diese war Kommunikation unumgänglich, um schnell auf Vorstöße und feindliche Patrouillen reagieren zu können.

Von Lestrade und seinen Schiffen hörten sie aus diesem Grund nur noch sporadisch. Alles, was sie wussten, war, dass der Commodore noch lebte und die Invasionsflotte der Drizil ärgerte, wo immer es ihm möglich war. Seit der Eröffnungsschlacht hatten sich Lestrades Einheiten in Grüppchen aufgespalten und versteckten sich im Asteroidenfeld, in der Nähe des Gasriesen oder an anderen Orten im System und griffen die Drizil aus dem Hinterhalt an. Ob es klug war, die eigene Streitmacht aufzuteilen, war der Auslöser heftiger Diskussionen gewesen, doch Lestrade vertrat die Meinung, dass sich ein Guerillakrieg mit dieser Taktik leichter und erfolgversprechender führen ließ. Es genügte ein schwerer, gut gezielter Schlag, um ihre Raumflotte auszuschalten, falls sie ihre Kräfte massierten, und Lestrade war nicht bereit, dieses Risiko einzugehen.

Im Grunde waren die Störsender der Grund für die Anwesenheit von Edgars Feuertrupps in diesem Gebiet. In diesem Quadranten sollte einer sein. Es galt, noch zwei mögliche Standorte zu überprüfen, bevor sie sich zurückziehen durften. Edgar hoffte, dass sie den verdammten Störsender bald fanden. Es würde die Operationen in diesem Teil der Stadt um vieles einfacher machen.

Er winkte den Trupp weiter. Li und Becky bildeten die Flanken - die Legionärin humpelte immer noch bedingt durch ihre Verletzung am Bein -, Vincent und Galen übernahmen die Rückendeckung.

Der Trupp schlich langsam weiter durch das, was die Drizil von diesem Viertel übrig gelassen hatten. Es hatte in den vergangenen Tagen durchaus auch Angriffe auf Haaras gegeben - erst vor zwei Tagen war den Drizil ein enormer Erfolg geglückt, als sie es schafften, den Raumhafen und die Kasernen der Legion einzunehmen und zu besetzen -, doch die Invasionstruppen konzentrierten sich weitestgehend auf Misarat.

Edgar bedeutete dem Trupp erneut, stehen zu bleiben, während er auf eine Schutthalde kletterte, die vor Kurzem noch mehrere Wohnhäuser gewesen war, und die Optik seines Helms auf Vergrößerung schaltete, um sich eine Übersicht über ihre Position und die Umgebung zu verschaffen.

Nur eine Nacht mal wieder richtig durchschlafen, das wünschte er sich von ganzem Herzen. Doch solange die Drizil Perseus belagerten, würde dies ein Wunschtraum bleiben. Die Art und Weise, wie sich sein Trupp mehr oder minder durch die Landschaft schleppte, zeigte, dass sie alle kurz vor dem Zusammenbruch standen. Nach dem, was er gehört hatte, sah es in den anderen Einheiten ähnlich aus. Die hohen Verluste, die sie erlitten hatten, taten ein Übriges, um die ohnehin schon gedrückte Stimmung weiter zu verschlechtern. Gerüchten zufolge sollten sogar Einheiten aus Haaras nach Misarat verlegt werden, um die Verteidiger zu verstärken. Da Haaras nur einen Bruchteil der Angriffe hatte erdulden müssen, die sie hier mitgemacht hatten, hielt Edgar dies nur für logisch. Die Rückeroberung des Raumhafens genoss im Moment nur eine untergeordnete Priorität.

Edgar ließ enttäuscht den Kopf sinken.

Nichts zu sehen. Nicht einmal Drizilpatrouillen.

Mutlos sanken seine Schultern herab und er stieß wieder zu seinem Trupp. Seine Leute warfen ihm hoffnungsvolle Blicke zu, doch als er nichts sagte, murmelten sie unterdrückte Flüche.

»Das ist doch zum Mäusemelken!«, jammerte Galen. »Als würde man die Stecknadel im Heuhaufen suchen.«

»Vielleicht sollten wir einen Drizil anhalten und ihn nach dem Weg fragen?!«, meinte Becky nur halb im Scherz.

»An und für sich sogar keine schlechte Idee«, erwiderte Li müde, »aber kannst du Drizil sprechen? Ich jedenfalls nicht.«

Plötzlich drang Rauschen aus Edgars Funkanlage. Er hob die Hand und seine Leute schwiegen in unterdrückter Erwartung.

Das Rauschen hielt an. Hin und wieder meinte Edgar, sogar Stimmen zu vernehmen, doch die Worte blieben undeutlich, sosehr er auch die Ohren spitzte. Die Störsender der Drizil waren keineswegs perfekt und das Netz noch nicht so dicht, wie es der Feind vermutlich gern hätte. Hin und wieder drangen Signale durch, vorausgesetzt, sie waren stark genug. Doch solange die Übertragung unverständlich blieb, half ihnen das nicht weiter. Als hätten seine Gedanken es beschworen, wurden die Worte mit einem Mal kurzzeitig klarer. Edgar vermochte nun sogar, einzelne Stimmen zu unterscheiden.

»HMS Hammer. Führen Sie einen Angriff gegen dieses Großkampfschiff. HMS Glory und HMS Samurai, unterstützen Sie die HMS Hammer.«

»HMS Hammer bestätigt ...«

»HMS Glory bestätigt ...«

»HMS Samurai bestätigt ...«

»Die HMS Buenos Aires wurde schwer getroffen. Wiederhole: Buenos Aires wurde ...«

Es waren Kampfgespräche zwischen Kriegsschiffen. Edgar schaute sehnsüchtig zum Himmel. Lestrade führte eine Offensive gegen die Drizil. Gerade jetzt. In diesem Augenblick. Edgar hätte alles dafür gegeben, jetzt dort oben zu sein, um den Ausgang der Schlacht mit eigenen Augen zu beobachten.

»Die Buenos Aires ist vernichtet«, meldete Mueller gepresst.

Mit zusammengepressten Lippen registrierte Lestrade, wie das Symbol des Ares-Kreuzers von seinem Display verschwand.

Dieses Symbol stand für mehr als sechshundert Menschen, die an Bord der Buenos Aires gestorben waren. Mit jedem Schiff, das sie verloren, wurde eine nie wieder zu schließende Lücke in ihre Mitte gerissen. Lestrade schüttelte das aufkommende Gefühl der Trauer und des Verlusts ab, um sich wieder auf die Schlacht zu konzentrieren.

»Verstärken Sie die Offensive gegen dieses Großkampfschiff der Intruder-Klasse. Ich will, dass dieses Ding ausgeschaltet wird.«

»Aye, Sir.«

In den letzten Tagen hatten sie die Drizil immer wieder mit guerillaartigen Angriffen auf Trab gehalten. Die Drizil verfügten nicht über genügend Schiffe, um das System wirkungsvoll zu kontrollieren, was die These unterstützte, dass es sich lediglich um ein Vorauskommando handelte, das den Standort des Planeten für nachfolgende Truppen markieren sollte. Die Drizil massierten ihre Schiffe daher weitestgehend im Raum um den Planeten Perseus, was ein Vorgehen gegen sie relativ schwierig machte.

Trotzdem griff Lestrade immer wieder feindliche Patrouillen oder Versorgungsschiffe der Drizil an. Im Verlauf mehrerer Gefechte war es seiner Streitmacht gelungen, dem Gegner empfindliche Verluste beizubringen. Sie hatten unter anderem zwölf feindliche Nachschubtransporter vernichtet, was die Versorgung der Drizil-Bodentruppen für den Gegner zu einem gefährlichen Balanceakt machen würde. Außerdem hatten sie etwa ein halbes Dutzend feindliche Schiffe zerstört – in der Mehrzahl jedoch leichte Einheiten wie Fregatten – und mindestens doppelt so viele schwer beschädigt. Im Gegenzug hatten sie selbst lediglich drei Dutzend Torpedoschnellboote verloren – und kein einziges ihrer Großkampfschiffe. Allerdings hatten alle Schiffe seines Kommandos Verluste an Besatzungsmitgliedern und enorme Gefechtsschäden zu verzeichnen. Ohne Möglichkeit der Wartung oder Durchführung umfangreicher Reparaturen würde der Zeitpunkt kommen, da sich dies als Zünglein an der Waage erweisen würde. Genau wie die imperialen Truppen auf der Oberfläche stand Lestrades Flotte vor dem Zusammenbruch.

Vor allem die Verluste seiner Torpedoschnellboote bereiteten ihm ernste Sorgen. Seit der Eröffnungsschlacht setzte er sie zunehmend ein, um wertvolle Großkampfschiffe zu beschützen sowie die Rückzüge zu decken – was durchaus allgemein anerkannter Doktrin für den Einsatz solcher Einheiten entsprach.

Das Ergebnis waren katastrophale fünfzig Prozent Verluste unter seinen Torpedobooten und deren Besatzungen. Inzwischen verfügte er über nur noch knapp hundertzwanzig dieser kleinen Einheiten. Insgeheim bedauerte er, jemals der Entscheidung zugestimmt zu haben, mehr als zweihundert Torpedoboote zur Verteilung von Nahrungsmitteln abzustellen. Diese Schiffe wurden hier nun dringend gebraucht. Andererseits wusste er, wie wichtig diese Aufgabe war. Wofür kämpften sie denn, wenn nicht für die Menschen, und was brachte es, hier einen Sieg zu erringen, wenn die Bevölkerung des Sektors verhungerte?

Auf dem Display beobachtete er, wie drei seiner Schiffe gegen das feindliche Großkampfschiff vorrückten, das Lestrade inzwischen für das feindliche Flaggschiff hielt. Eigentlich hatte er nicht geplant, heute eine ausgewachsene Schlacht gegen die Drizil zu kämpfen, doch als feindliche Schiffe eine Position über dem Planeten einnahmen, die eindeutig dem Zweck eines Orbitalbombardements diente, hatte er keine Wahl gehabt, einige Schiffe versammelt und den Angriff befohlen.

»Eugene, bringen Sie uns rein. Wir unterstützen den Angriff.«

»Verstanden, Commodore.«

Die VENGEANCE löste sich aus dem Pulk sie umgebender Torpedoboote und Kreuzer und strebte dem Kampf über der Oberfläche von Perseus entgegen.

Zwischen den kämpfenden Giganten fochten und starben die Piloten beider Seiten, als ihre Jäger in kurzen, heftigen Schlagabtäuschen aufeinandertrafen, sich wieder voneinander lösten, nur um kurz darauf erneut aufeinander einzuprügeln.

Ein Trio Mammoth-Jagdbomber - eskortiert von einem halben Dutzend Shadow-Abfangjägern - stürzte sich auf einen feindlichen Träger und beharkte diesen zunächst mit ihren Bordwaffen und schließlich mit Raketen. Die Außenhülle des unglückseligen Schiffes wurden auf der gesamten Breitseite perforiert, wobei es am laufenden Band Trümmer und Atmosphäre verlor - und noch etwas, das nach Besatzungsmitgliedern aussah.

Die Geschütze des Trägers spuckten trotz der enormen Beschädigungen weiter Salve um Salve gegen die angreifenden Jäger. Ein Mammoth wurde mehrmals getroffen. Die ersten zwei Salven absorbierte die Panzerung ohne nennenswertes Ergebnis, doch der dritte Treffer im selben Bereich, brach die Panzerung auf und Flammen leckten aus der Bruchstelle hervor, gespeist vom Treibstoffvorrat des Jägers. Nur Sekundenbruchteile später zerbarst der Mammoth in Tausende Trümmer. Zwei Shadows folgten seinem Schicksal, als sie das Abwehrfeuer des feindlichen Trägers kreuzten.

Die beiden überlebenden Mammoth überschütteten den Träger mit Raketen und Laserfeuer. Mindestens einer der Treffer fraß sich ins sensible Innenleben des feindlichen Schiffes und löste drei Sekundärexplosionen an Bug, Steuerbord und Heck aus. Nach der dritten Explosion existierte der Träger nicht mehr.

Die VENGEANCE passierte ein Gefecht zwischen einem Begleitkreuzer der Guardian-Klasse auf der einen und drei Fregatten der Vandal-Klasse sowie einem Zerstörer der Ghost-Klasse auf der anderen Seite.

»Lieutenant March. Feuer auf diesen Zerstörer«, ordnete Lestrade augenblicklich an, als er die Notlage des Guardian-Begleitkreuzers erkannte.

Die VENGEANCE spie vier leuchtende Lanzen aus, die den Zerstörer an Backbord mittschiffs und am Bug trafen und regelrecht aufspießten. Der Zerstörer war jedoch noch längst nicht geschlagen. Er konterte mit einer Raketensalve, gefolgt von einer Laserbreitseite.

Die VENGEANCE erzitterte unter der Wut des Angriffs, die Panzerung hielt jedoch stand. Der Schlachtkreuzer schnitt die Panzerung des Drizilschiffes am Heck auf und legte dabei Teile des Antriebes frei. Eine weitere Lasersalve trennte die Antriebssektion wie mit einem Skalpell sauber vom Rumpf.

In seinen letzten Todeszuckungen sandte der Drizilzerstörer zwei Salven aus: eine gegen die VENGEANCE, die diese unbeeindruckt zur Kenntnis nahm, die zweite gegen den Begleitkreuzer, der dadurch einen beträchtlichen Teil seiner ohnehin bereits geschwächten Heckpanzerung einbüßte. Die VENGEANCE beendete das Spiel, indem sie mit ihren Lasern den angeschlagenen Zerstörer tranchierte wie einen Truthahn. Als die VENGEANCE ihr Werk beendete, war von dem feindlichen Zerstörer nicht mehr viel übrig. Der Begleitkreuzer hatte den Feuerschutz des Schlachtkreuzers dazu genutzt, sich aus dem Gefecht zurückzuziehen – angeschlagen zwar, aber noch manövrier- und kampffähig. Die drei Fregatten, die sich am Angriff auf den terranischen Begleitkreuzer beteiligt hatten, machten sich daraufhin aus dem Staub, nicht willens, sich mit der Feuerkraft eines imperialen Schlachtkreuzers der Swordmaster-Klasse zu messen.

Lestrade nickte zufrieden.

Kluge Entscheidung.

Nun war es an der Zeit, sich dem feindlichen Großkampfschiff zu widmen. Bereits in einigen vergangenen Gefechten war ihm aufgefallen, dass gerade dieses Schiff Drizilangriffe anführte, was in ihm die Erkenntnis reifen ließ, dass sich dort der feindliche Kommandeur aufhalten musste oder zumindest ein Offizier, der in der Hierarchie des feindlichen Schwarms recht weit oben stand.

Das Schiff war bereits in ein heftiges Feuergefecht mit dem terranischen-imperialen Schlachtkreuzer der Behemoth-Klasse HMS COUNT OF THE DAY, dem Kreuzer der Ares-Klasse HMS WOLF PACK und dem Begleitkreuzer der Guardian-Klasse HMS VAMPIRE verwickelt.

In unmittelbarer Nähe des feindlichen Großkampfschiffes lagen bereits zwei feindliche Fregatten und ein Träger brennend im All, allerdings auch eine terranische Korvette und ein weiterer Begleitkreuzer. Wie immer dieser Tag auch ausgehen mochte, der Preis, den sie zahlen mussten, war bereits jetzt sehr hoch.

Lestrade erkannte auf den ersten Blick, worin das Problem des Intruder-Großkampfschiffes bestand. Die imperialen Kräfte hatten es auf dem völlig falschen Fuß erwischt. Zum Zeitpunkt des Angriffs hatte sich das feindliche Schiff in einem niedrigen Orbit befunden, um einen Punkt auf der Planetenoberfläche zu beschießen, doch gerade diese Position wirkte sich jetzt als größter Nachteil für Schiff und Besatzung aus.

Das Drizilschiff stand praktisch mit dem Rücken zur Wand und besaß kaum nennenswerte Optionen zum Manövrieren. Es bemühte sich, aus dem Orbit auszuschwenken, doch die drei terranischen Schiffe bedrängten es in gekonnter Weise und verhinderten jeden seiner Versuche zur Flucht. Wie ein Wolfsrudel, das seine Beute in die Enge trieb.

Sobald die Vengeance sich dem Gefecht anschloss, gedachte Lestrade, den Sack zuzumachen und die Sache zu beenden. Er entblößte seine Lippen zu einem wölfischen Grinsen. Wenn das Schiff für den Feind tatsächlich auch nur halb so wichtig war, wie Lestrade vermutete, würde sein Verlust für die gegnerischen Anstrengungen ein herber Schlag sein. Möglicherweise würde es die feindliche Invasionsstreitmacht ins Chaos stürzen, bis die Hierarchie wieder geklärt war.

Vier weitere Drizilschiffe schlossen sich dem Gefecht an, ohne Zweifel in dem verzweifelten Bemühen, das bedrängte Flaggschiff zu befreien. Es handelte sich und zwei Fregatten und zwei Zerstörer. Die übrige Drizilflotte wurde durch Lestrades Einheiten blockiert und war somit außerstande einzugreifen.

Perfekt!

Die Vengeance schloss schnell auf, um den Kreis um das feindliche Schiff zu schließen. Der Intruder schlug mit aller Kraft gegen seine Peiniger los und teilte gewaltige Schläge aus. Die Wolf Pack erlitt mehrere Treffer entlang der Brückenaufbauten. Nach einer Raketenbreitseite verlor die Vampire Atmosphäre und Trümmer aus zwei Hüllenbrüchen am Heck. Das Schiff änderte leicht den Kurs und driftete mit einem Bruchteil seiner möglichen Geschwindigkeit an dem Intruder vorbei, wobei es in den Bereich weiterer Geschützstellungen gelangte und mit einem wahren Gewitter aus den Batterien des Großkampfschiffes überschüttet wurde.

Die Count of the Day versuchte, der Vampire Deckung zu geben und das Feuer auf sich zu lenken. Der Schlachtkreuzer verheerte die oberen Deckaufbauten des feindlichen Flaggschiffes mit seinen Batterien und zerschmolz Tonnen an Panzerung zu einer Masse klumpigen Metalls.

Die vier Drizilschiffe, die sich in das Gefecht einmischten, eröffneten das Feuer. Je ein Paar aus einer Fregatte und einem Zerstörer konzentrierten sich auf die Wolf Pack und die Vampire, um dem Intruder einen Fluchtweg zu öffnen.

Die Count of the Day verlagerte ihr Feuer und verwandelte eine der Fregatten mit einer einzigen Salve in eine Trümmerwolke.

Die Wolf Pack teilte ihr Feuer zwischen dem Intruder und den angreifenden Schiffen auf und es gelang dem Kreuzer, die Panzerung am Bug des Zerstörers zu brechen. Der Gegenangriff jedoch verwandelte die Steuerbordseite der Wolf Pack in eine Flammenhölle, die der Captain nur unter Kontrolle brachte, indem er die beschädigten Teile vom Rest des Schiffes abschottete und somit dem Vakuum das Löschen der Flammen überließ. Damit verurteilte er jedoch über einhundert Besatzungsmitglieder zum Tod, die sich noch in dem beschädigten Bereich aufhielten. Eine harte, aber notwendige Entscheidung.

Endlich war die VENGEANCE in der geeigneten Position, um ihre beträchtliche Feuerkraft einzubringen. Ihre Batterien spuckten Salve um Salve aus und erledigten einen der Zerstörer im Alleingang. Noch mit seiner letzten Salve jedoch beförderte der Zerstörer die VAMPIRE ins Jenseits, als ein Treffer die Brücke und drei Decks dem Vakuum öffneten und die Besatzung in einen grauenvollen Tod schickte. So außer Kontrolle geraten, war sie dazu verdammt, vor die Geschütze des Intruders zu driften, der das wehrlose Schiff mitleidlos vernichtete.

Lestrade knirschte vor Frustration mit den Zähnen. Das musste jetzt aufhören. Sie verloren einfach zu viele Schiffe.

»XO, Befehl an die WOLF PACK: Aus dem Gefecht zurückziehen. Befehl an die COUNT OF THE DAY: Alle Feuerkraft auf den Intruder. Wir müssen das Schiff unbedingt in die Knie zwingen. Und fordern Sie Jäger und Torpedoboote an, die sich um die beiden verbliebenen feindlichen Schiffe kümmern.«

Schon wieder Torpedoboote in den Brennpunkt eines heftigen Gefechts zu schicken, schmeckte ihm überhaupt nicht, doch er hatte keine Wahl. Er konnte kein Geschütz entbehren, um sich den Zerstörer und die Fregatte vom Leib zu halten. Außerdem verlor er lieber ein Dutzend Torpedoboote als ein Großkampfschiff.

»Feuer!«, befahl er.

Die COUNT OF THE DAY und die VENGEANCE überschütteten die Panzerung des Intruders in Gemeinschaftsarbeit mit allem, was sie aufzubieten hatten. Geschützstellungen und Kommunikationsanlagen wurden zertrümmert, zerschmolzen oder einfach abgerissen.

Mammoth-Jäger und Torpedoboote eilten herbei, um die beiden zu Hilfe geeilten Drizilschiffe abzulenken, und tatsächlich gelang es ihnen nach erbittertem Kampf, die beiden Schiffe abzudrängen, allerdings blieben dabei ein halbes Dutzend Jäger und drei Torpedoboote auf der Strecke. Die Fregatte explodierte in einer spektakulären Detonation, nachdem sie von fünf Schnellbooten torpediert worden war.

Der überlebende Zerstörer gab schließlich auf, drehte ab und floh schwer angeschlagen in die Sicherheit eigener Linien zurück. Blieben nur noch die COUNT OF THE DAY, die VENGEANCE – und der Intruder.

Der Intruder teilte ohne Zurückhaltung gegen die beiden terranischen Schiffe aus. Das Verhalten des Schiffes hatte etwas entschieden Verzweifeltes.

Die COUNT OF THE DAY verlor einen Teil ihrer Torpedobewaffnung und mehrere Laserstellungen an eine Raketensalve des Intruders. Die VENGEANCE schnitt mit ihren Lasern immer tiefer in die Panzerung des feindlichen Schiffes und brach endlich an mehreren Stellen ins sensible Innenleben vor.

Auf Lestrades Display liefen Hochrechnungen und Schadensanalysen ab. Demzufolge war der Intruder so gut wie am Ende. Eine weitere Salve zerrte an der VENGEANCE, doch Lestrade ließ nicht locker. Die beiden Schlachtkreuzer deckten die Oberfläche des feindlichen Flaggschiffes mit allem ein, was sie hatten. Der Intruder sackte immer tiefer in die Atmosphäre. Reibungshitze und einsetzende Gravitation des Planeten zerrten an dem feindlichen Schiff, ließen es nicht mehr los. Lestrade nickte zufrieden. Das Schiff war zu schwer. Nun, da der Planet es fest im Griff hatte, würde es sich kaum noch befreien können. Und sicher in die Atmosphäre eintauchen würde es auch nicht können. Auch dafür war es viel zu groß.

Erste Risse tauchten entlang der Quer- und Längsverstrebungen des Intruders auf. Das Schiff brach in mehrere Stücke auseinander. Das Feuer des gegnerischen Schiffes war längst eingestellt worden. Zu guter Letzt explodierte der hintere Teil des Schiffes und besiegelte dessen Schicksal. Das Schiff brach nun in Dutzende, schließlich Hunderte von Trümmerstücken auseinander. Die meisten würden in der Atmosphäre verglühen oder wie Steine von einer Wasseroberfläche abgestoßen und ins All hinausdriften. Ein Trümmerteil jedoch erregte Lestrades Aufmerksamkeit. Es war groß genug, um den Wiedereintritt zu überstehen. Und auf der oberen Seite des Trümmerteils saß die Brücke - noch fast unbeschädigt.

»Eugene, Befehl an die Flotte: Vom Feind lösen und zurückziehen. Für heute ist es genug.«

Auf seinem Hologramm-Display beobachtete er, wie sich bereits einzelne Einheiten zurückzogen. Interessanterweise zogen sich auch die Drizil auf eine angemessene Entfernung zurück. Sie schienen ebenfalls genug zu haben. Heute war für alle ein harter Tag voller Verluste gewesen.

Als die VENGEANCE von Perseus abdrehte und sich ihrer Flotte anschloss, beobachtete Lestrade den Absturz dessen, was von dem Intruder noch übrig war, und ließ sich die vermutete Aufschlagstelle extrapolieren.

»Eugene, verschaffen Sie mir eine Verbindung zu Carlo Rix auf Perseus. Mir ist egal wie, aber kriegen Sie das hin. Das dürfte ihn interessieren.«

18

Die Störgeräusche, die den Äther überfluteten, endeten so abrupt, dass Edgar sich im ersten Moment fragte, ob etwas mit seinen Ohren nicht stimmte. Nur die verwunderten Blicke seiner Kameraden ließen in ihm die Erkenntnis reifen, dass mit seinem Gehör alles in Ordnung war.

Die Drizil hatten ihre Störsender abgeschaltet.

Fast augenblicklich wurden alle Frequenzen mit Meldungen, Nachrichten und Gesprächsfetzen überflutet. Das meiste schien von Legion- und Milizeinheiten im Feld zu stammen. Anderes stammte unzweifelhaft von Drizileinheiten, die zufällig dieselben Frequenzen benutzten.

»Boss!«, sagte Becky unvermittelt. »Sieh mal da!«

Etwas, das ein Meteor sein konnte, durchbrach die obere Atmosphäre und zog dabei eine Flammenspur über den Himmel. Es geriet nach wenigen Augenblicken außer Sicht, doch plötzlich bebte der Boden unter einem gewaltigen Aufprall. Vincent verlor das Gleichgewicht und stürzte. Die übrigen Teammitglieder kämpften darum, auf den Beinen zu bleiben.

Kaum hatte sich der Boden wieder beruhigt, drang René Castellanos ruhige Stimme aus Edgars Kom. »Kommandostand an SCHNELLER TOD.«

»Hier SCHNELLER TOD«, bestätigte Edgar die eingehende Nachricht. »Ich höre, Colonel.«

»Ein großes Bruchstück eines Drizil-Kampfschiffes ist irgendwo nördlich von Misarat niedergegangen.«

»Haben wir mitbekommen.«

»Gut. Gehen Sie mit Ihrem Team hin und suchen Sie es. Wir glauben, es handelt sich um das feindliche Flaggschiff. Bergen Sie alle sensiblen Daten, die Sie finden, und halten Sie die Augen auf nach nützlichen Informationen. Jegliche Daten über feindliche Truppenstärke, Aufstellung, Waffen, Taktik oder Pläne sind uns willkommen. Das Ding könnte sich als unschätzbare Informationsquelle erweisen. Sollten die Daten verschlüsselt oder irgendwie gesichert sein, bringen Sie sie falls möglich trotzdem mit. Wir sehen, was wir tun können, um daranzukommen.«

»Verstanden, Colonel. Sind schon auf dem Weg.«

»Und Lieutenant? Ihnen wird nicht entgangen sein, dass die Drizil ihre Störsender abgeschaltet haben. Wir glauben, dass sie dadurch ihre eigene Bergungsoperation unterstützen wollen. Driziltruppen sind zur Sicherung des Schiffswracks vermutlich bereits auf dem Weg. Weitere Feuertrupps und Einheiten der Miliz wurden losgeschickt, um Sie im Bedarfsfall zu unterstützen, aber SCHNELLER TOD ist am nächsten dran. Es wird eine Weile dauern, bis Sie auf Verstärkung bauen können.«

»Ich verstehe, Colonel. Wir kommen schon klar.«

»Gut. Kommandostand Ende.«

Edgar beendete die Verbindung und wandte sich seinem Trupp zu. »Ich nehme an, ihr habt mitgehört ...«

»So eine Kacke!«, wetterte Li. »Die schicken uns mal wieder zuerst rein. Warum haben wir nur immer so ein Glück?«

»Die wollen eben die Besten«, hielt Galen dagegen und überprüfte seine Waffe mit wenigen kundigen Handgriffen.

»Können die nicht mal nur die Zweitbesten schicken«, stimmte Vincent Li zu. »Ich könnte mal wieder eine Dusche gebrauchen.«

»Riecht man«, lachte Li.

»Fass dich mal an die eigene Nase«, feixte Becky und stieß ihrem Kameraden den Ellbogen spielerisch in die Rippen.

Edgar ließ das gegenseitige Necken einige Minuten lang zu, da es die Anspannung vertrieb, doch sie hatten einen Job zu erledigen und so musste er wieder Ordnung in die Einheit bringen.

»Genug jetzt«, sagte er betont ernst. »Galen?«

Galen nickte und rief die Koordinaten der Absturzstelle ab, die René inzwischen vom Kommandostand aus geschickt hatte.

»Etwa eine Stunde«, meinte der Legionär. »Und das auch nur, wenn nichts dazwischenkommt.«

»Dann wollen wir uns mal auf den Weg machen«, wies Edgar sie an und drehte sich in die angegebene Richtung um. Seine Legionäre folgten zwar schweren Herzens, doch nicht minder professionell als zuvor. Sie achteten peinlich genau auf ihre Umgebung und sicherten den Trupp auch nach hinten ab. Schließlich wollte niemand Überraschungen erleben.

Währenddessen behielt Edgar seine trüben Gedanken wohlweislich für sich. Sie marschierten auf den einzigen Ort des Planeten zu, an dem sie todsicher eine große Anzahl Drizil finden würden. Ohne Unterstützung. Ohne Verstärkung. Jedenfalls nicht in absehbarer Zeit. Er sah nachdenklich zum Himmel.

Und so, wie es aussah, würden sie die Absturzstelle auch nicht mehr vor Tagesanbruch erreichen.

Sie benötigten fast zwei Stunden, um die Absturzstelle zu erreichen. Das Schiffswrack war in einem gebirgigen, schwer zugänglichen Gebiet nördlich der Stadt niedergegangen. Um das Wrack zu erreichen, mussten sie erst einmal einen Weg dorthin finden, was sich als das erste mehrerer Probleme erwies.

Das zweite war die Nachricht, dass von Süden eine recht große Driziltruppe - mehrere Hundert Mann - im Anmarsch war und in etwa zwei bis allerhöchstens drei Stunden eintreffen würde. Sollte Edgars Trupp zu diesem Zeitpunkt noch vor Ort beziehungsweise keine Verstärkung durch Legion oder Miliz verfügbar sein, musste die Mission nicht nur als gescheitert angesehen werden, nein, es war in diesem Fall auch höchst zweifelhaft, ob sich der Feuertrupp würde aus dem Staub machen können.

Das dritte und letzte Problem stellte ein Driziltrupp von zwanzig Mann dar, der bei der Ankunft von Edgars Team bereits dabei war, die Absturzstelle zu sichern.

Edgars Team hatte die Absturzstelle vorsichtig umgangen und sich schließlich von Osten her genähert, da sich dort ein kleines Waldstück befand, das relativ gute Deckung vor feindlichen Jägern bot, und Galen auf der Ostseite des Bergmassivs einen kleinen Trampelpfad ausgekundschaftet hatte, der fast bis unter das Wrack führte.

Die Drizil bei dem Wrack waren nicht schlecht. Sie zogen es vor, noch nicht in das Wrack vorzustoßen, um nach etwaigen Überlebenden zu suchen oder sensible Daten zu vernichten; stattdessen blieben sie außerhalb, richteten einen Sicherheitsbereich ein und hielten ständig Sichtkontakt zueinander. Es war offensichtlich ausschließlich ihre Aufgabe, das Wrack zu schützen, bis ihre Verstärkung eintraf.

Edgar spähte angespannt zum Himmel. Das Fehlen feindlicher Luftunterstützung wunderte ihn gelinde gesagt. Er hätte erwartet, feindliche Jäger über der Absturzstelle kreisen zu sehen. Soweit er wusste, hatte sich die feindliche Flotte nach dem Zusammentreffen mit Lestrade etwas vom Planeten zurückgezogen, um ihre Wunden zu lecken. Möglicherweise hatte der gute Commodore den Drizil härter zugesetzt, als sie alle für möglich hielten.

Edgar warf einen Blick auf seinen Chronometer. Es blieb ihnen kaum noch Spielraum. Wenn sie in das Wrack eindringen wollten, dann jetzt – aber zuvor musste dieser feindliche Trupp ausgeschaltet werden. Falls auch nur einer eine Warnung absetzte, würde die Drizilstreitmacht, die sich im Anmarsch befand, alles tun, um möglichst schnell hier einzutreffen. Vielleicht würden die Drizil es sogar doch riskieren, Jäger zu entsenden.

Der Pfad, den sie ausgekundschaftet hatten, brachte ihnen bis knapp dreißig Meter vor dem ersten Drizilposten Deckung; von diesem Moment an, wäre ein Feuergefecht unausweichlich. Edgar erwog einen Moment die Möglichkeit, die Posten lautlos auszuschalten, doch er verwarf die Idee sofort wieder. Dies würde vielleicht bei einem oder maximal zwei Gegnern funktionieren, aber die übrigen würden trotzdem Alarm schlagen.

Vorsichtig schlich der Trupp näher, bis sie knapp am Ende ihrer Deckungsmöglichkeiten waren. Edgar warf einen schnellen Blick in die Runde. Galen nickte, Becky ebenfalls, Li gab mit keinem Muskelzucken zu erkennen, dass er seine Kameraden überhaupt wahrnahm, doch das war nicht besorgniserregend. Edgar kannte den Mann gut genug, um zu wissen, dass sich dieser gerade mental auf den Kampf vorbereitete und hoch konzentriert war. Vincent sah nervös zur Seite, riss sich schließlich zusammen und nickte ebenfalls.

Edgar musterte das undurchsichtige Visier seines Helmes einige Sekunden lang und wandte sich schließlich wieder um. Er wusste immer noch nicht, was er vom jüngsten Teammitglied seines Feuertrupps halten sollte. Seit den Geschehnissen auf Vector Prime wirkte Vincent – falls überhaupt möglich – noch unsicherer. Dabei war sich Edgar völlig darüber im Klaren, dass die vorübergehende Trennung von der Einheit nicht Vincents Schuld gewesen war. Ganz und gar nicht. Selbstzweifel waren jedoch etwas Furchtbares. Sie nagten an einem und fraßen sich durch die Eingeweide, bis in den eigenen Augen jede Entscheidung zum unkalkulierbaren Wagnis wurde. Edgar nahm sich vor, Vincent gut im Auge zu behalten. Nur für alle Fälle.

Die Drizil hatten sich gut positioniert. Im Abstand von jeweils fünf Metern bewachten sie den einzigen gangbaren Weg in Richtung Wrack. Und zwar nicht in einer einzelnen, sondern gestaffelt in zwei Linien, sodass es fast unmöglich schien, sie alle auf einmal oder zumindest in kürzester Zeit auszuschalten.

Die Situation behagte ihm gar nicht.

»Becky?«

»Ja, Boss.«

»Nach links. Nimm Li mit. Galen nach rechts. Auf mein Zeichen nimmst du sie unter Dauerfeuer. Vincent bleibt bei mir.«

»Verstanden, Boss«, bestätigte Galen und robbte in die angegebene Richtung. Becky und Li waren ebenfalls bereits dabei, ihre Position einzunehmen.

Die Sache musste möglichst rasch über die Bühne gehen. Alles hing vom Faktor Geschwindigkeit ab. Sobald Galen mit seinem Schnellfeuer-Nadelwerfer die angetretenen Drizil bestrich, würde der Rest des Teams unter dessen Feuerschutz vorrücken und alle ausschalten, die Galens Feuer überlebt hatten. Sollte es einem der Drizil doch gelingen, die Verstärkung zu alarmieren, mussten sie hier sehr schnell wieder verschwinden. Sein – zugegebenermaßen einfacher – Plan sah daher einen Angriff aus drei Richtungen vor, um den Gegner ins Kreuzfeuer zu nehmen.

»Los!«, schrie Edgar und stürmte feuernd aus der Deckung. Becky und Li kletterten – abwechselnd feuernd – links von seiner Position über die Felsen. Rechts hörte er das charakteristische Knattern von Galens Waffe.

Die hauchdünnen und doch so durchschlagskräftigen Projektile fegten wie eine Sense durch die Reihen der Gegner. Bereits in den ersten Sekunden zählte Edgar mindestens sieben gefallene Drizil. Li und Becky erledigten noch einmal vier und er selbst zwei. Vincent blieb hinter ihm und hatte noch keinen Schuss abgefeuert, was aber daran lag, dass sie auf dem engen Pass nur hintereinander gehen konnten und Edgar mit seinem Körper das Schussfeld seines Kameraden blockierte.

Die überlebenden Drizil reagierten schneller, als Edgar gehofft hatte, und hechteten in Deckung. Er fluchte unterdrückt. So viel also zu dem Thema, sie alle auszuschalten. Einer von ihnen war jetzt bestimmt bereits dabei, die Verstärkung über den Angriff zu informieren.

Galen verharrte auf seiner Position und zwang die Drizil durch rücksichtslose Verschwendung von Munition in Deckung. Leider ließen sie sich dadurch auch erst ins Visier nehmen, wenn der Trupp direkt über ihnen stehen würde.

Edgar stürmte weiter.

Die Anstrengung machte sich inzwischen bemerkbar und sein Atem ging nur noch stoßweise. Schweißbäche strömten Bauch und Rücken hinab und durchtränkten die Innenseite seines Kampfanzuges, doch darüber konnte er sich im Moment nicht sorgen.

Vor Edgar tauchte eine schmale Kluft zwischen den Felsen auf - er überbrückte sie mit einem Satz. Doch dadurch geriet er für einen Sekundenbruchteil aus dem Gleichgewicht. Direkt vor ihm tauchte ein Drizil auf und erkannte seine Chance. Für den Einsatz von Schusswaffen war die Entfernung zu gering. Der Drizil zog ein hässlich aussehendes Kampfmesser aus dem Gürtel. Die Klinge war gebogen und auf beiden Seiten gezahnt. Sie war eindeutig dazu geeignet, in einen terranischen Kampfanzug einzudringen und diesen aufzureißen. Außerdem zweifelte Edgar keine Sekunde daran, dass sie dazu dienen mochte, Eingeweide herauszureißen.

Der Drizil stieß blitzschnell zu - beinahe schneller, als Edgar ihm mit den Augen hatte folgen können. Er riss sein Nadelgewehr hoch und blockte den Stoß geschickt ab, doch der Druck, den der Drizil mit seinem Angriff aufbaute, drängte Edgar einen Schritt zurück. Er stand nun mit dem Rücken zur Kluft, die er soeben übersprungen hatte.

Galens Waffe ratterte immer noch in gleich bleibendem Stakkato irgendwo zu seiner Rechten. Ein weiterer Drizil tauchte zwischen den Felsen auf.

Na großartig! Galens Dauerfeuer zwingt die Drizil genau in meine Richtung.

Hinter ihm knallte ein Nadelgewehr und der Kopf des zweiten Drizil platzte in einer Blutfontäne auseinander. Vincent war also noch immer irgendwo hinter ihm. Das war zwar beruhigend, brachte ihn aber bei seinem aktuellen Problem keinen Schritt weiter, denn er stand genau in Vincents Schusslinie zu seinem ersten Gegner.

Sein Gegner holte erneut mit seinem Kampfmesser aus und wieder blockte Edgar den Hieb ab. Diesmal gelang es ihm knapp, die Stellung zu halten. Der Drizil beabsichtigte offenbar, ihn in die Kluft zu stoßen.

Er wusste, dass er nicht mehr viele solch wilder Attacken überstehen würde, also tat er das Einzige, was ihm in dieser Situation einfiel - er ging zum Angriff über.

Mit einem wütenden Schrei benutzte er den Kolben seines Gewehrs wie eine Keule und erwischte den Drizil dort, wo bei einem Menschen das Jochbein gewesen wäre. Sein Gegner taumelte, schien jedoch eher wütend denn wirklich schmerzhaft getroffen. Er hatte jedoch erreicht, was er wollte. Der Drizil wich reflexartig einen Schritt zurück und ließ ihm den Spielraum, den er für seinen nächsten Zug benötigte.

Edgar ließ sein Gewehr fallen, zog in einer fließenden Bewegung das eigene Kampfmesser aus der Scheide am Gürtel und griff noch aus derselben Bewegung heraus an.

Der Drizil wich einen weiteren Schritt zurück und entging Edgars zustoßender Klinge nur um Haaresbreite. Der Drizil öffnete den Mund. Es kam kein Laut heraus. Jedenfalls keiner, den Edgar hätte wahrnehmen können, doch sein Anzug informierte ihn darüber, dass ein Angriff mit Schallwellen im Gange war, die entsprechenden Frequenzen ausgefiltert wurden und derzeit keine Gefahr bestand.

Edgar lächelte verkniffen.

Das war wohl nichts.

Der Drizil begriff im selben Moment, dass sein Angriff keine Wirkung zeigte. Er machte ein Gesicht, das verblüffende Ähnlichkeit mit der menschlichen Mimik von Frustration besaß. Die Ähnlichkeit war so frappierend, dass Edgar unwillkürlich kicherte.

Der Drizil stieß erneut vor. Dieses Mal jedoch wich Edgar behände aus, sodass der Angriff des Drizil ins Leere ging. Edgar schlug mit dem Ellbogen blitzschnell zu und traf den Drizil am Kehlkopf. Ein heiseres Keuchen drang aus der Luftröhre des feindlichen Soldaten. Ein erschreckend menschlicher Laut, doch Edgar ließ sich davon nicht beeindrucken. Das Messer kam hoch und drang knapp unterhalb eines Knorpels, wo bei einem Menschen der Adamsapfel saß, in das weiche Gewebe des Unterkiefers ein und drang bis zum Gehirn durch. Der Körper des Drizil erzitterte für eine Sekunde und erschlaffte schließlich.

Edgar kniete sich neben die Leiche und wischte sein Messer an dessen Panzerung ab, bevor er es wieder in der Scheide verstaute.

Der Kampflärm ringsum war inzwischen verstummt. Er öffnete eine Verbindung.

»Becky?«

»Ich bin hier.«

»Status.«

»Der feindliche Trupp ist ausgeschaltet. Keine Verluste.«

»Gut. Wir rücken so schnell wie möglich weiter zum Wrack vor.«

»Verstanden. Als du beschäftigt warst, kam eine Meldung von Castellano durch.«

»Und?«

»Es rücken feindliche Trupps von Norden und Süden gegen uns vor. Jeder mindestens zweihundert Mann stark. ETA in vierzig Minuten –

falls wir Glück haben. Eigene Verstärkung ist noch zu weit weg, um Unterstützung leisten zu können.«

»Super! Der Tag wird besser und besser. Den Drizil ist das Wrack ja einen ziemlich großen Aufwand wert.«

Er hob sein Gewehr auf und winkte Vincent weiter. »Dann sollten wir uns besser beeilen. Ich habe keine Lust, noch hier zu sein, wenn sie eintreffen.«

Das Wrack bestand aus einem Teil des Bugaufbaus inklusive mehrerer Geschützbatterien, einem Bereich, der wie eine Transportbucht aussah, einem Hangar sowie der Brücke, die oberhalb des Bugs thronte. Es war schon erstaunlich, dass dieses Trümmerteil den Absturz in so relativ gutem Zustand überstanden hatte. Bei einem menschlichen Schiff wäre die Brücke mit Sicherheit beim Wiedereintritt in tausend Stücke zerbrochen.

Das einzige Licht, das die verwinkelten Gänge des fremdartigen Schiffes zumindest ein wenig beleuchtete, drang durch Risse in der Außenhülle, die entweder durch Beschuss oder den Absturz in die Panzerung gesprengt worden waren.

Der Trupp rückte eiliger vor, als es Edgar unter normalen Umständen gewagt hätte, doch die Zeit drängte und mit jeder Minute kamen die Drizil näher, um ihr Eigentum wieder in Beschlag zu nehmen.

Er war sich des Risikos nur allzu deutlich bewusst, in schnellem Tempo Richtung feindlicher Brücke vorzurücken. Niemand konnte sicher sein, dass die Drizil, die sie erledigt hatten, der einzige Trupp waren und sich im Innern des Wracks nicht noch weitere feindliche Soldaten aufhielten.

Sie hatten jedoch keine andere Wahl.

Nachdem sie mehrere Druckschotten aufsprengen mussten, kamen sie in isolierten Abteilungen an unzähligen Drizilleichen vorbei, die oftmals Anzeichen explosiver Dekompression zeigten. Diese Kerle waren keinen leichten Tod gestorben.

Trotz der bedrohlichen Situation sah sich Edgar ebenso aufmerksam wie fasziniert in dem Schiffswrack um. Es war das erste Mal, dass er sich in einem feindlichen Schiff aufhielt, und er konnte nicht anders, als zutiefst beeindruckt zu sein. Die Schiffsbauweise der Drizil war ebenso einfach wie effizient. Kein Platz wurde verschwendet, alles war in höchstem Maße funktionell und technologisch weit fortgeschritten. Wenn man den Drizil das erste Mal Auge in Auge gegenüberstand, neigte man dazu, sie zu unterschätzen, doch in diesem Schiff wurde Edgar bewusst, wie falsch man mit dieser Einschätzung lag.

»Becky? Wie viel Zeit bleibt uns?«

»Etwa dreißig Minuten«, antwortete die Legionärin hinter ihm. »Eigene Verstärkung ist etwa zehn Minuten dahinter.«

»Oh-oh, das wird verdammt knapp.«

Ausbildungssergeant Angela Flynn führte eine gemischte Truppe aus Legion und Miliz durch die Wälder von Perseus in Richtung des abgestürzten Drizilschiffes.

Mit einer knappen Geste bedeutete sie den folgenden Truppen, stehen zu bleiben. Mithilfe ihres internen Kompasses bestimmte sie die Marschrichtung ihres Trupps und die ungefähre Richtung ihres Ziels, als ihr voraus zwischen den Bäumen etwas auffiel. Sie glaubte zunächst lediglich an ein Tier, das zwischen den Bäumen umherstreifte, doch dann fiel ihr weitere Bewegung auf. Sie fluchte unterdrückt und öffnete eine Verbindung zum Hauptquartier.

»Hier Castellano.«

»Flynn hier. Colonel, hier draußen ist eine Menge Bewegung. Starke Drizilpräsenz, die sich Richtung Absturzstelle bewegt. Anweisungen?«

»Cutters Feuertrupp benötigt noch eine Weile. Halten Sie sie auf.«

»Verstanden.«

Sie beendete die Verbindung.

Gott, ich hasse solche Tage!, dachte sie, entsicherte eine Schallgranate und warf sie in hohem Bogen mitten unter einen Driziltrupp.

Die Brücke des Drizilschiffes war noch relativ gut in Schuss. Ein großes Fenster dominierte eine Wand gegenüber der Kommandostation. Das Fenster war beim Eintritt in die Atmosphäre geborsten und nur noch einige scharfkantige Splitter zeugten davon. Auf der Brücke lagen die Leichen von mehr als drei Dutzend Drizil verstreut, teilweise in verdrehten, verrenkten Posen. Sie hatten beim Absturz noch gelebt.

Die Brückenkontrollen waren so ausgelegt, dass sie von Wesen mit der einzigartigen Physiologie der Drizil benutzt werden konnten. Stühle oder andersartige Sitzgelegenheiten gab es gar nicht. Die Besatzung versah ihren Dienst wohl im Stehen.Edgar notierte die Beobachtung in Gedanken.

Nur durch Zufall sah er nach oben und bemerkte dort einige Stangen, die an der Decke befestigt waren. Dies legte den Schluss nahe, dass zumindest ein Teil der Besatzung ihr Schiff möglicherweise auch kopfüber bediente. Allein bei der bloßen Vorstellung wurde ihm schwindlig.

»Macht so schnell wie möglich und dann nichts wie weg hier«, wies er seine Leute an. »Packt alles von Wert ein.«

Durch das gebrochene Brückenfenster konnte er in einiger Entfernung schwache Kampfgeräusche vernehmen. Flynn hatte die Drizil bereits angegriffen. Besser, sie machten, dass sie hier wegkamen.

Edgar versuchte, einige Konsolen zu aktivieren, doch die Bildschirme blieben tot. Wäre auch zu schön gewesen.

Becky und Vincent sammelten mehrere Geräte ein, bei denen es sich möglicherweise um das Driziläquivalent zu mobilen Speichervorrichtungen handeln könnte. Die Spezialisten der Legion waren vielleicht in der Lage, den Drizilgeräten ihre Geheimnisse zu entlocken.

Währenddessen untersuchten Galen und Li die Leichen der feindlichen Brückencrew. Gut möglich, dass sie in deren Taschen etwas Interessantes fanden. Galen untersuchte gerade drei blutüberströmte Leichen, die in der Nähe der geborstenen Fensterscheibe lagen, als Li bei der Untersuchung seiner Drizilleiche stutzte.

»Boss?«

»Ja?«

»Du solltest besser mal herkommen.«

»Was ist denn?«

Als er näher trat und auf die Leiche herabsah, schlug diese unvermittelt die Augen auf und musterte ihn aus untertellergroßen Pupillen. Edgar widerstand dem Impuls, erschrocken einen Schritt zurückzuweichen. Stattdessen trat er einen Schritt näher. Er könnte sich zwar irren, aber auf ihn machte es den Eindruck, als hätte der Drizil Angst.

Li sah mit großen Augen zu seinem Truppführer auf. »Dieser Drizil ist ja noch am Leben.«

»Habe ich Sie gerade richtig verstanden?« René Castellano wechselte einen überraschten Blick mit seinem Kommandanten.

»Positiv«, bestätigte Edgar Cutter über Funk. »Wir haben vier überlebende Besatzungsmitglieder auf der Brücke des Drizilschiffes gefunden. Einer könnte der Kommandant sein, zumindest, wenn ich von seiner farbenprächtigen Uniform ausgehe.«

Carlo Rix widmete der Unterhaltung nur einen Teil seiner Aufmerksamkeit, mit der übrigen beobachtete der Kommandant der 18. Legion den Vormarsch der Drizil im nördlichen Teil der Stadt. René beschloss, seinen Freund und Kommandanten mit dieser Angelegenheit nicht mehr zu behelligen als unbedingt notwendig, und fällte eine eigene Entscheidung.

»Exekutiert sie!«

»Nein!«, widersprach Carlo plötzlich mit erhobenem Zeigefinger.

»Einen Moment, Lieutenant«, sagte René in sein Funkgerät, bevor er es deaktivierte.

»General?«

»Sie sollen die Überlebenden des Drizilschiffes mitbringen.«

»Bitte um Verzeihung, Sir ...«, begann René ungewohnt förmlich. Carlo gebot ihm mit erhobener Hand Einhalt.

»Ich weiß, was du sagen willst, aber die Drizil könnten uns wichtige Informationen liefern. Cutter soll sie mitbringen. Unverzüglich!«

René sah sich verschwörerisch im Kommandozentrum um und senkte seine Stimme um einige Nuancen. Es entsprach nicht imperialer Sitte, den Befehl des eigenen Kommandanten vor Zeugen infrage zu stellen. Noch nicht einmal der stellvertretende Kommandeur sollte sich eine solche Frechheit erlauben.

»Du erhoffst dir Informationen? Von den Drizil? Ich weiß ja nicht, wie es um deine Sprachkenntnisse bestellt ist, aber ich habe mein Drizil-Wörterbuch zu Hause vergessen. Und selbst wenn wir uns mit ihnen verständigen können, ist es immer noch fraglich, ob sie uns etwas mitteilen werden ... oder wollen.«

»Ich verstehe deine Einwände«, flüsterte Carlo mit Blick auf Cavanaugh und Lecomte, »aber in dieser Phase der Invasion müssen wir einfach alles versuchen, um an Informationen zu kommen. Die Drizil sind überall auf dem Vormarsch und wir sind kaum in der Position, Herr der Lage zu werden. Mir ist klar, dass ich nach Strohhalmen greife, aber in unserer derzeitigen Situation ist mir alles recht. Also ... lass sie herschaffen. Wir brauchen sie unbedingt lebendig.«

René überlegte kurz und nickte schließlich, bevor er die Verbindung zu Cutter reaktivierte.

»Lieutenant?«

»Ja?«

»Schaffen Sie die Überlebenden hierher. Lebendig und unverletzt.«

»Sir?«, hakte Edgar zweifelnd nach.

»Sie haben den Befehl verstanden. Tun Sie es.«

René deaktivierte den Funk erneut und musterte Carlos Profil, während dieser die Gegenoffensive gegen den Drizil-Vormarsch plante.

Ich hoffe sehr, du weißt, was du tust, dachte René widerwillig. *Um unser aller willen.*

19

Torpedoschnellboot 118 wurde aus der Bahn geschleudert, als zwei Energiestrahlen eines feindlichen Zerstörers so dicht an ihm vorüberfauchten, dass Lack und die Registrierungsnummer auf der Backbordseite weggebrannt wurden.

Angelo Matris hielt sich mit der Kraft der Entschlossenheit - oder war es eher Verzweiflung? - an den Lehnen seines Kommandosessels fest.

Sein Schnellboot gehörte zu einem Verband aus zwanzig Schiffen, die Lestrade dazu abkommandiert hatte, einen feindlichen Versorgungszug aus acht Transportschiffen anzugreifen, die offenbar dazu dienten, die feindlichen Schiffe mit frischer Munition und die Truppen auf der Oberfläche mit Nachschub zu versorgen. Es hätte ein relativ einfacher Angriff werden sollen.

Rein, ein paar saubere Treffer anbringen und wieder raus. Lestrade hatte sich durch den Angriff eine Verschärfung der Versorgungslage der Invasoren erhofft. Großkampfschiffe waren inzwischen Mangelware und viel zu wertvoll, um sie für so einen Angriff zu vergeuden.

Angelo knirschte mit den Zähnen. Auf Torpedoboote konnte man leichter verzichten. Es war ein unwillkommener - vielleicht sogar ein wenig unfairer - Gedanke. Immerhin wurden Torpedoschnellboote genau zu diesem Zweck gebaut. Leichte, schnelle Einheiten, die dazu verführten, geopfert zu werden.

Im Moment hätte er sich nichts sehnlicher gewünscht, als auf einem Schlachtkreuzer der Swordmaster-Klasse Dienst zu tun.

Ein anderes Schnellboot - der Kennziffer auf dem Bug nach 102 - kreuzte den Bug von Angelos Boot. Nur Sekunden später trafen sich am Heck die Strahlen aus zwei feindlichen Geschützen und brannten sich den ganzen Weg durch das Heck bis hin zur Brücke. Das Schiff löste sich vor Angelos Augen buchstäblich auf.

Der Angriff verlief bedauerlicherweise nicht mal annähernd so wie von Lestrade erhofft. Der Versorgungszug hatte sich als Falle entpuppt. Zwischen den Transportern versteckt lagen zwei feindliche Zerstörer auf der Lauer und warteten auf Beute. Für die Sensoren der Schnellboote hatten sie lediglich wie zwei weitere Frachtschiffe gewirkt – bis sie ihre Waffen hochfuhren.

Im Grunde genommen war es nur eine Frage der Zeit gewesen, bis so etwas passierte. Lestrades Torpedoboote hatten in den vergangenen Tagen immer wieder feindliche Versorgungszüge angegriffen und schwer getroffen. Da Lestrade den feindlichen Hauptverbänden gekonnt auswich und ihnen die Genugtuung einer offenen Schlacht vorenthielt, blieb ihnen eigentlich gar keine andere Wahl, als auf derartige Taktiken zurückzugreifen.

Lestrade hätte es vorhersehen müssen, fluchte Angelo unterdrückt. *Er hätte es vorhersehen müssen.*

Der Angriff verlief für die imperialen Einheiten sehr schlecht. In den letzten Minuten hatten sie neun Schnellboote verloren. Im Gegenzug hatten sie lediglich ein einzelnes Transportschiff ausgeschaltet und einen der Zerstörer leicht beschädigt. Das Ergebnis rechtfertigte den Preis, den sie hatten zahlen müssen, keineswegs.

Angelo erwog, Lestrade um Hilfe zu bitten, verwarf die Idee jedoch sofort wieder. Der Commodore würde keine Hilfe schicken. Nicht um elf angeschlagene Schnellboote zu retten, die ohnehin mit an Sicherheit grenzender Wahrscheinlichkeit zerstört waren, bis er am Ort des Geschehens eintraf. Nein, eher würde er den Verlust einfach abschreiben und weitermachen. Angelo wollte den Mann dafür verdammen, war sich jedoch über dessen prekäre Situation im Klaren. An dessen Stelle hätte er vermutlich ebenso gehandelt.

Rückzug kam für die Schnellboote ebenfalls nicht infrage. Auf der Flucht wären sie für die beiden Zerstörer noch bessere Ziele, als es jetzt im Nahkampf der Fall war. Nein, so bitter die Erkenntnis auch war, sie waren erledigt. Das stand praktisch felsenfest.

Angelo atmete einmal tief durch. Also schön ... wenn sie erledigt waren, sollten sie wenigstens den Preis für den Gegner noch einmal kräftig in die Höhe treiben, bevor man sie in Stücke schoss.

»Marc, Befehl an die übrigen Schnellboote: Wir konzentrieren das Feuer auf den angeschlagenen Drizilzerstörer.«

Angelo hatte Widerspruch oder zumindest Stirnrunzeln bei seinem Befehl erwartet, doch sein Waffenoffizier, der seit dem Tod ihres Kommunikationsoffiziers eine halbe Stunde zuvor auch dessen Funktion ausfüllte, gab den Befehl, ohne zu murren, weiter. Es war entweder ein Zeichen für dessen Resignation oder für dessen Erschöpfung, doch Angelo war im Moment nur zu gern bereit, auch kleine Geschenke des Universums an seine Person dankbar anzunehmen.

Die elf überlebenden Schnellboote drehten auf Angelos Befehl bei und griffen den bereits beschädigten feindlichen Zerstörer an. Jeweils vier griffen die Steuerbord- respektive Backbordseite an, während die übrigen drei, zu denen auch Angelos Boot gehörte, die Deckaufbauten mit der Brücke attackierten. Die Erfolgsaussichten waren denkbar gering, aber immer noch besser, als wenn ihnen die Drizil ihre Energiestrahlen direkt in den Hintern jagten.

Sobald die Drizil bemerkten, dass die imperialen Torpedoboote keineswegs ihr Heil in der Flucht suchten, zerstreuten sich die Frachter schnellstmöglich, während die beiden Zerstörer ihr Abwehrfeuer verstärkten.

Noch bevor die Schnellboote ihre Trägerlast abwerfen konnten, zerstrahlten die feindlichen Schiffe drei weitere Schnellboote. Die Boote jagten in halsbrecherischem Tempo heran, ungeachtet der allgegenwärtigen Todesgefahr, in der sie schwebten.

Angelos Finger verkrampften sich. Nicht zum ersten Mal, wünschte er sich, ein Torpedoschnellboot hätte zu seinem Schutz über mehr Bewaffnung verfügt als nur die Lenkwaffen. Doch die Besatzungen solcher Boote waren zur Hilflosigkeit verdammt, bis ihre Gefährte in der richtigen Position waren.

Zwei weitere Schnellboote gingen verloren. Eines wurde am Heck getroffen, geriet ins Trudeln und bohrte sich in einer spektakulären Explosion in die Backbordpanzerung des Drizilzerstörers.

Angelo wartete gerade lange genug, um sicherzugehen, dass der Schuss saß. Eine zweite Chance würden sie nicht bekommen.

»Feuer!«

Marcs Finger flogen über die Tastatur und Torpedoschnellboot 118 schleuderte seine ganze Wut gegen das feindliche Schiff. Die überlebenden Boote folgten dem Beispiel nur Sekunden später.

Angelos Boot war das einzige, das noch über die Deckaufbauten des feindlichen Schiffes flog. Die vier Torpedos, die das kleine Vehikel entließ, zielten auf Herz und Seele des feindlichen Schiffes - die Brücke.

Der Drizilkommandant konnte nichts anderes mehr tun, als der drohenden Vernichtung ins Auge zu blicken, die auf ihn zuraste. Er ordnete zwar noch hastig Ausweichmanöver an, doch es war längst zu spät. Die Torpedos löschten die Brücke und die zwei Decks darunter komplett aus.

Die Geschosse der anderen Schnellboote vervollständigten die Zerstörung, als sie backbord und steuerbord die Panzerung aufrissen und das Schicksal des Zerstörers besiegelten.

Im Moment der Zerstörung gab Angelo Befehl, auf vollen Schub zu beschleunigen, und raste der drohenden Vernichtung davon, die hinter ihm nach dem Schnellboot griff. Die anderen Schiffe hatten weit weniger Glück. Soweit sie der Explosion des Zerstörers entgingen, fielen sie der Rachsucht seines Begleiters zum Opfer, der sie eines nach dem anderen in kosmischen Staub verwandelte, bis nur noch Angelos Boot übrig war.

Seiner Bewaffnung beraubt, blieb dem kleinen Schiff nichts anderes mehr übrig als die Flucht. Dem Schnellboot gelang es, drei Salven gekonnt auszuweichen, doch die vierte schnitt wie ein Skalpell durch die Antriebssektion und tötete jeden, der dort noch am Leben war.

Das Schiff sackte so plötzlich ab, dass Angelos Kiefer schmerzhaft aufeinanderschlugen. Seinem Navigator gelang es irgendwie, das Schiff abzufangen, bevor er vollends die Kontrolle verlor. Dieses Erfolgserlebnis dauerte jedoch nur wenige Sekunden, dann traf eine weitere Salve aus einem Drizilgeschütz die Metallschicht direkt oberhalb der Brücke und durchschlug die dünne Panzerung. Sein Navigator war auf der Stelle tot. Die Brücke füllte sich mit alarmierender Geschwindigkeit mit heißem Qualm, der das Atmen zur Tortur werden ließ.

Marc erhob sich schwankend, schubste die Leiche des Navigators von dessen Sessel und quetschte sich selbst hinter die Station. Seine Bemühungen und Initiative waren bewundernswert, doch Angelo hatte bereits erkannt, was Marc sich noch weigerte zu akzeptieren. Torpedoschnellboot 118 würde sich von diesem Treffer nie wieder erholen.

Angelo sah mit vor Anstrengung mahlenden Wangenknochen aus dem Fenster.

Vor ihm wurde der Planet Perseus immer größer.

Edgar spähte durch das dichte Blätterwerk. Die Monde von Perseus spendeten nur wenig Licht. Es reichte jedoch völlig aus, um die fünfhundert Drizilsoldaten zu beobachten, die ihr Lager am westlichen Stadtrand von Misarat aufschlugen.

Die Drizil bewegten sich inzwischen über das Antlitz des Planeten, als würde er ihnen gehören. Seit der Mission auf dem abgestürzten Drizilschiff waren inzwischen zwei Tage vergangen. Zwei Tage, in denen sie immer wieder dasselbe Lied spielten: Angriff, Rückzug, Angriff, Rückzug.

Es wurde immer schwerer für imperiale Einheiten, sich halbwegs ungesehen zwischen einzelnen Stellungen zu bewegen. Erst zwölf Stunden zuvor war eine Einheit der Miliz - zweihundert Mann - von den Drizil in einen Hinterhalt gelockt und bis auf den letzten Mann aufgerieben worden. Derartige Meldungen waren inzwischen an der Tagesordnung und drückten die Moral der Verteidiger auf einen absoluten Tiefpunkt. Nicht wenige glaubten, dass die Invasion nicht mehr zu stoppen sei.

René Castellano hatte schließlich schweren Herzens eine Aufklärungsmission autorisiert, um festzustellen, wo sich Teile der Drizilarmee befanden.

Edgars Befehl lautete eigentlich, lediglich Stärke und Position feindlicher Truppenkonzentrationen zu melden und sich anschließend sofort wieder zurückzuziehen.

Warum er es in diesem besonderen Fall nicht tat, wusste er selbst nicht zu sagen. Statt den Befehl zu befolgen, wartete er geduldig im Unterholz und beobachtete die feindliche Einheit. Sein eigener Feuertrupp lauerte ganz in der Nähe und war zweifellos richtig angepisst von seinem Verhalten. Seine Leute wollten zurück in die Unterkünfte, etwas essen und endlich mal wieder halbwegs ausschlafen. Dass er sie jetzt hier draußen festhielt, würde ihm keine Freunde einbringen.

Trotzdem wartete er.

Etwa zwei Stunden später merkte er auf, als sich eine weitere Drizileinheit zur ersten gesellte. Die zweite war sogar noch stärker. Es handelte sich um vielleicht sechs- bis siebenhundert Mann, womit die Gesamtstärke auf etwa zwölfhundert stieg. Die Drizil planten etwas für den nächsten Tag, gar keine Frage.

Die feindlichen Soldaten unterhielten sich gedämpft; hin und wieder meinte Edgar, so etwas wie heiseres Lachen zu vernehmen. Es waren Geräusche, die er alle zur Genüge kannte. In menschlichen Heerlagern war die Geräuschkulisse ganz ähnlich. Es war ein verstörender Gedanke, dass Drizil und Menschen etwas gemein haben sollten, trotzdem drängte er sich auf.

Plötzlich fing einer der Drizil an zu singen. Es war eine leichte, melodische Weise, einem alten Soldatenlied von der Erde ganz ähnlich, das er einmal gehört hatte. Leider fielen ihm weder Titel noch Text ein. Es war auch schon zu lange her.

Die Drizilsoldaten hörten dem Sänger gebannt zu. Edgar konnte nicht anders, als es ihnen gleichzutun. Was ihn dabei am meisten verstörte, war die Tatsache, dass Drizil überhaupt in der Lage waren, in dieser Tonart zu singen, da sie es für gewöhnlich vorzogen, sich auf einer Tonlage zu unterhalten, die Menschen nicht wahrnehmen konnten.

Es war das Schönste, was er je gehört hatte, und es wirkte unfassbar unpassend an diesem Ort – einem Ort, den die Drizil heimsuchten, um alles zu zerstören, was er liebte und was er geschworen hatte zu beschützen. Seine Gedanken wanderten zurück nach Marianna, einer einstmals lebendigen Welt, die von den Drizil zerstört und in einen felsigen, leblosen Klumpen Gestein im Weltall verwandelt worden war.

Nein, er konnte und durfte in den Drizil nichts anderes sehen als den Feind.

Er schüttelte entschlossen den Kopf, um die eigenen Gedanken zu klären.

Wäre er dazu in der Lage gewesen, er hätte einen Luftschlag gegen das feindliche Lager angefordert, aber Lestrades Einheiten waren zu weit entfernt, und selbst wenn der Commodore Einheiten für einen solchen Schlag übrig gehabt hätte, wäre die Genehmigung hierfür niemals erteilt worden. Zu kostbar waren Raum- und Lufteinheiten inzwischen. Aus demselben Grund konnte er keinen Bodenangriff befehlen. Es gab keine Einheiten in Reichweite, die es mit dieser Truppe aufnehmen könnten. Doch irgendetwas musste er unternehmen. Diese Einheit war nicht ohne Grund hier. Sobald die Sonne aufging, würden diese Soldaten frühstücken, ihre Waffen aufnehmen und mit ihrer Mission beginnen, wie auch immer die aussehen mochte. Falls er raten müsste, würde er sagen, sie planten einen Angriff gegen die Stellungen der Miliz zehn Kilometer südlich von hier. Es war die größte Ansammlung von Miliztruppen, die es in und um Misarat noch gab. Der Drizilangriff würde die Miliz mit an Sicherheit grenzender Wahrscheinlichkeit zerschlagen.

Edgar überlegte fieberhaft. Ein verzweifelter Plan reifte im hintersten Winkel seines Verstandes. Es war kein guter Plan. Er war noch nicht einmal besonders fein gegenüber den Drizil, doch das war ihm herzlich egal. Dies war die größte feindliche Truppe im Umkreis von zehn Kilometern. Sie auszuschalten, würde diesen Teil von Perseus um einiges sicherer machen, und allein das war es schon wert, ganz zu schweigen von den Verlusten, die er der Miliz am nächsten Tag ersparen würde.

Er öffnete die allgemeine Befehlsfrequenz seiner Einheit.

»Leute? Seid ihr noch da?«

»Wo sollen wir denn sonst sein?«, fragte eine mürrische Becky.

»Geht's endlich heim?«, wollte Vincents schlaftrunkene Stimme hoffnungsvoll wissen.

»Noch nicht. Aber bald. Vorher haben wir noch etwas zu erledigen.«

»Nämlich?«, fragte Galen.

»Wir schalten diese Driziltruppe aus.«

»Das ist ein Scherz, oder?!« Becky schien sich nicht ganz darüber im Klaren zu sein, ob sie angesichts dieser Ankündigung lachen oder weinen sollte. Als Edgar keine Antwort gab, war klar, dass es sich keineswegs um einen Jux handelte.

»Wir ganz allein?«, fragte sie nach einer schockierten Pause. »Gegen wie viele? Tausend Drizil?«

»Ich schätze eher zwölfhundert.«

»Oh, na das macht auch keinen großen Unterschied mehr.«

»Keine Sorge, ich habe einen Plan.«

»Einen guten?«

»Es ist ein Plan«, schmunzelte er. Das Lächeln musste sich über die Funkverbindung übertragen haben, denn Becky klang mit einem Mal nicht mehr ganz so fatalistisch.

»Und wie sieht der aus?«

»Wie viele Schallgranaten haben wir noch?«

Edgars Plan würde tatsächlich nie in die Annalen von Strategie und Taktik eingehen oder mit den Strategien eines Napoleons oder Sun Tzus verglichen werden, doch er besaß durchaus Potenzial und akzeptable Erfolgsaussichten, und das genügte dem Feuertrupp SCHNELLER TOD bereits.

Die Legionäre teilten die Frustration ihres Anführers über ihre derzeitige militärische Lage sowie dessen Auffassung, dass es nicht so weitergehen durfte, wenn sie noch gewinnen wollten.

Der Plan war vergleichsweise simpel. Sie würden Perseus' Fauna benutzen, um diesen Invasionstrupp zu eliminieren. Hier und jetzt bot es sich an, da sich keine menschlichen Truppen oder Zivilisten in der Nähe aufhielten. Edgars Feuertrupp hatte die Hügel mehrerer Drachengeier-Nester in der Nähe ausgemacht. Auf seinen Befehl hin würde Vincent die Abwehrsysteme am Stadtrand abschalten. Anschließend würden sie die Drachengeier mit Schallgranaten aus ihren Nestern treiben und direkt zu den Drizil führen. Edgar und Becky fiel die unrühmliche Aufgabe zu, als Köder zu fungieren. Über diesen unschönen Aspekt seines Vorhabens war Edgar jedoch bereit hinwegzusehen.

Die Drizil kannten sich auf Perseus nicht aus und daher wussten sie auch nicht, in was für einer großen Gefahr sie sich derzeit befanden. In unmittelbarer Nähe ihres Lagers befanden sich drei große Nester. Edgar schätzte, dass sie drei- bis vierhundert Drachengeier auf die Drizil loslassen konnten. Die Invasoren würden auf alle Fälle schwere Verluste erleiden. Möglicherweise würde der Trupp sogar zersprengt werden. In jedem Fall würde der Angriff auf die Miliz verhindert.

Edgar und Becky legten die schweren Teile ihres Kampfanzugs – inklusive Helm – ab und verstauten sie unter einigen Blättern im Unterholz. Auch ihre Waffen ließen sie zurück. Bei dem, was sie vorhatten, wäre all dies nur hinderlich. Sie nahmen jeweils nur ein Kampfmesser mit, für den Fall, dass sie auf unliebsame Überraschungen trafen.

All ihrer Ausrüstung beraubt, schlichen sie sich zum ersten Bau, wobei sie die dicht stehenden Bäume geschickt als Deckung nutzten.

Edgar bemerkte eine Bewegung voraus und bedeutete Becky anzuhalten. Die beiden Legionäre verschmolzen mit der Finsternis, als zwei Drizilsoldaten zwischen den Bäumen auf der Bildfläche erschienen.

Edgar überlegte fieberhaft. Sie standen ihnen im Weg. Die beiden Drizil befanden sich genau zwischen ihnen und dem größten Drachengeier-Nest.

Mit einer geschmeidigen, lautlosen Bewegung zog er sein Kampfmesser. Becky tat es ihm gleich und bewegte sich nach rechts, ohne ein Geräusch zu verursachen.

Wenn sie die beiden Drizil ausschalteten, mussten sie es schnell tun. Falls sie beiden Wachposten auch nur den geringsten Laut verursachten, würden die übrigen Drizil alarmiert werden, und das wäre das Aus für ihr Vorhaben.

Die beiden Drizil unterhielten sich gedämpft in ihrer unverständlichen, barschen Sprache, wirkten jedoch trotzdem aufmerksam. Edgar und Becky benötigten allerdings nur einen Moment der Unachtsamkeit, um ihr Vorhaben in die Tat umsetzen zu können.

Die beiden Legionäre warteten angespannt zwischen den dicken Baumstämmen auf ihre Chance. Diese kam, als sich einer der Drizil zu seinem Begleiter umdrehte, um etwas zu sagen.

Wie eine zustoßende Schlange glitt Edgar aus seinem Versteck. Sein Messer fand sein Ziel in der Kehle des Drizil, der ihm am nächsten stand. Edgars Angriff war alles an Aufforderung, was Becky benötigte. Sie folgte ihm auf dem Fuße und griff den zweiten Wachposten an. Dieser, vom Tod seines Partners alarmiert, öffnete den Mund, um das feindliche Lager zu warnen. Doch was immer er hatte schreien wollen, erstarb noch in seiner Kehle, als Beckys Messer durch seinen Hals schnitt. Schwarzes Blut sprudelte aus der Wunde und der Drizil ging gurgelnd zu Boden.

Die Legionäre ließen die beiden Leichen im Unterholz verschwinden, damit zufällige Beobachter sie nicht fanden. Es würde niemanden lange täuschen, aber lange genug.

Edgar bedeutete Becky, zum nächsten Drachengeier-Nest zu gehen, während er sich neben den aufgeworfenen Hügel niederkniete, der das größte Nest markierte. Als Becky in Position war, gab er Vincent über Funk ein kurzes Signal - es bestand lediglich aus zwei lang gezogenen Pieptönen. Selbst wenn die Drizil das Signal auffingen, wussten sie nichts damit anzufangen.

Edgar wartete noch zwanzig Sekunden, bevor er die Sicherung der Schallgranate abzog. Er konnte nur hoffen, dass Vincent die Sirenen abgeschaltet hatte, sonst würden die Drachengeier nicht aus ihrer Behausung kommen, ganz egal, wie sehr er sie auch malträtierte.

Die beiden Legionäre warfen die Schallgranaten in die Tiefe. Wie die Granaten explodierten, hörten sie nicht, wohl aber die Schreie der Drachengeier, die sich in ihrer Ruhe offenbar gestört fühlten.

Edgar und Becky nahmen ihre Beine in die Hand und liefen in Richtung des Drizillagers. Hinter ihnen brach die Hölle los, als wüstes Gezeter aufbrandete, so schrill, dass es in den Ohren schmerzte.

Der Boden brach auf und Steine und Erdklumpen flogen in alle Richtungen davon. Edgar und Becky kauerten sich hin. Drachengeier jagten hauptsächlich mit Infrarotsicht. Es würde nicht lange dauern, bis sie die Körperwärme der beiden Menschen aufspürten. Nun galt es, den richtigen Zeitpunkt abzupassen. Warteten sie zu lange, würden die Drachengeier sie zuallererst erwischen, warteten sie nicht lange genug, würden die Drachengeier vielleicht das Drizillager nicht finden.

Ein einzelner schriller Schrei hob sich aus der Kakofonie ab. Das Alphamännchen des Schwarms hatte die Witterung aufgenommen. Jetzt würde es nicht mehr lange dauern.

Die nächtlichen Schreie hatten die Drizil aufgeschreckt. Das ganze Lager war auf den Beinen und versuchte zu ergründen, was vor sich ging.

Edgar spähte angestrengt in die Dunkelheit. Da! Da war etwas. Zwischen den Bäumen. Er riss überrascht die Augen auf, als plötzlich ein halbes Dutzend Drachengeier aus der Finsternis stürzte. Dem Geschrei nach zu urteilen, folgten dahinter noch mehrere Dutzend.

»Lauf!«, schrie Edgar, um das Geschrei zu übertönen.

Becky ließ sich das nicht zweimal sagen und rannte in Richtung der Stadt, Edgar dicht hinter ihr. Ein mit messerscharfen Zähnen gespickter Kiefer klappte nur Zentimeter neben seinem Gesicht zusammen. Edgar schlug zu und schleuderte die kleine Kreatur gegen den nächsten Baumstamm. Er wich behände einem weiteren mit messerscharfen Zähnen gespickten Kiefer aus.

Etwas biss schmerzhaft in seinen Oberschenkel. Er schrie auf und trieb sein Messer in einer kraftvollen Bewegung von oben durch die Schädeldecke des Drachengeiers. Das Tier verbiss sich noch im Todeskampf heftiger in sein Bein und wollte partout nicht loslassen.

Edgar spürte, wie jedes Leben aus dem Tier wich, trotzdem öffneten sich dessen Kiefer nicht, sondern verkrampften sich vielmehr.

Sein Oberschenkel fühlte sich plötzlich warm an, nur um Sekunden später jedes Gefühl in ihm zu verlieren, als das Gift im Speichel des Drachengeiers seine Wirkung entfaltete.

Er zwang sich, das taube Gefühl und sein Anhängsel zu ignorieren, und humpelte hinter Becky durch die Nacht. Hinter sich hörte er Schreie, Schüsse und Aufruhr im Drizillager, als die Drachengeier über die völlig überraschten Invasoren herfielen.

20

»Hältst du das wirklich für eine gute Idee?«

René Castellano war ganz und gar nicht angetan von dem, was sein Freund und Kommandant plante. Genauer gesagt, hätte er nichts lieber getan, als diesen davon abzuhalten, doch Carlo Rix war entschlossen und in dieser Gemütsverfassung war er logischen Argumenten nicht zugänglich.

Die beiden Offiziere standen in voller Kampfmontur vor dem Arrestbereich, der sich unterhalb der Kommandozentrale befand. Lediglich dämmriges Licht beleuchtete den Korridor. In regelmäßigen Abständen standen schwer bewaffnete Legionäre auf ihren Posten.

»Ich will Antworten, René. Und ich will sie jetzt.«

»Das würde mit einschließen, dass die Drizil überhaupt mit dir reden wollen oder dich überhaupt verstehen, was ich ehrlich gesagt bezweifle.«

»Mag sein, aber wir müssen es auf jeden Fall versuchen.«

»Aber warum du? Lass es jemand anderen tun.«

»Ich schicke niemanden da rein. Es ist viel zu gefährlich.«

»Genau davon rede ich«, meinte René leicht verzweifelt. »Schick jemanden rein, der leichter zu ersetzen ist.« Der zweite Kommandant der 18. Legion senkte verschwörerisch die Stimme. »Oder jemanden, den wir überhaupt nicht vermissen würden. Schick Cavanaugh rein.«

Bei dem Gedanken, den nervigen, kleinen Gouverneur zu den Drizilgefangenen zu schicken, schlich sich ein Schmunzeln auf Carlos Gesicht.

»Verlockender Gedanke, aber das muss ich allein machen. Vielleicht können wir Vertrauen zueinander aufbauen.«

»Das denkst du nicht wirklich?«, erwiderte René zweifelnd.

»Nein«, stimmte Carlo zu. »Ich hoffe ehrlich gesagt eher auf taktisch wertvolle Informationen.«

»Und du denkst, die Drizil wissen etwas von Wert?«

»Als Angela die Absturzstelle verteidigte, verloren die Drizil mehr als fünfhundert Mann. Sie waren bereit, einen hohen Preis zu bezahlen, um das Schiff zurückzuerobern. Irgendetwas von Wert muss darin gewesen sein und ich gehe jede Wette ein, unsere Gäste wissen davon.«

»Das hoffst du.«

»Hoffnungen sind das Einzige, was uns noch bleibt. Wir halten das nicht ewig durch. Früher oder später wird es den Drizil gelingen, ihr Funkfeuer aufzubauen, und dann gnade uns Gott.«

»Trotzdem muss es einen anderen Weg geben«, hielt René dagegen. »Die Vorstellung von dir in einem Raum mit vier feindlichen Soldaten behagt mir gar nicht.«

»Du machst dir zu viele Sorgen. Alle notwendigen Vorsichtsmaßnahmen werden ergriffen. Ich verspreche es.«

Mit diesen Worten zog er seinen Helm auf und trat durch die nächste Tür. René folgte ihm, immer noch nicht so recht von den Ausführungen seines Kommandanten überzeugt, doch wenn Carlo einmal eine Entscheidung gefällt hatte, gab es kein Zurück mehr und es war Renés Pflicht, seinen Kommandanten zu unterstützen, ob ihm das gefiel oder nicht.

In dem Raum, den sie betraten, gab es insgesamt acht Zellen, von denen die Hälfte mit Gittern ausgestattet waren, die andere Hälfte mit Kraftfeldern. Lediglich eine Zelle war besetzt. Normalerweise war es gängige militärische Praxis, Mannschaftsränge von den Offizieren zu trennen. Jedoch war man nicht sicher, welcher Gefangene welchen Rang innehatte, also war man übereingekommen, alle vier in eine Zelle zu sperren. Sollte es notwendig werden, konnte man sie noch immer trennen.

Die vier Gefangenen befanden sich in einer Zelle mit Gittern, und das aus gutem Grund. Zum einen sollte es die Kommunikation erleichtern, wenn sich kein störendes Kraftfeld zwischen ihnen befand. Zum anderen befand sich ein vollständiger Feuertrupp aus fünf Legionären im Raum, die auf das geringste Anzeichen einer feindseligen Handlung sofort das Feuer eröffnen und die vier Gefangenen erledigen würden. Ein Kraftfeld wäre nur hinderlich, sollte es sich als nötig erweisen, auf die Drizil zu schießen.

Carlo zog sich einen Stuhl heran und setzte sich etwa einen Meter vor das Gitter der Arrestzelle. Die Legionäre stellten sich hinter ihm im Halbkreis auf, die Waffen auf die Drizil gerichtet. René hielt sich bewusst im Hintergrund. Die Situation war ohnehin schon angespannt genug, er wollte sie nicht noch durch seine Gegenwart unnötig verschärfen.

Die Drizil beobachteten die Menschen mit undeutbarer Miene. Man hatte ihnen ihre Rüstungen und Waffen abgenommen. Unter ihren Panzern trugen sie eine Art Tunika, deren Hauptzweck es wohl sein sollte,

Außenskelett und Haut der Drizil vor dem Aufscheuern durch ihre Rüstungen zu verhindern. Die Tuniken hatte man ihnen gelassen.

Man durfte aber nie aus den Augen verlieren, dass die Drizil noch eine andere Waffe besaßen, eine Waffe, die man ihnen nicht wegnehmen konnte: ihre Stimme, die für Menschen tödlich sein konnte. Aus diesem Grund hatte René darauf bestanden, dass Carlo während des Verhörs seinen Kampfanzug inklusive Helm trug. In diesem einen Punkt war er unerbittlich gewesen.

Carlo begnügte sich beinahe eine Stunde damit, die Drizil in ihrer Zelle einfach nur zu beobachten. Die fünf Legionäre hinter ihm bewegten sich in dieser Zeitspanne keinen Millimeter. Sie wirkten wie Statuen.

Der einzige Mensch im Raum, dem man seine Ruhe zu einem gewissen Grad anmerkte, war René. Er hatte bereits Verhören beigewohnt und wusste daher, dass man Geduld haben musste, um die Wand aus Angst, Wut und Hass seines Gegenübers zu durchbrechen.

Trotzdem wäre er jetzt lieber dort draußen gewesen und hätte an der Seite seiner Legionäre gegen die Invasoren gekämpft. Hier zu stehen wie bestellt und nicht abgeholt, lag ihm überhaupt nicht. Er brachte es allerdings nicht über sich, seinen Kommandanten zu verlassen. Als Stellvertreter fühlte er sich für ihn verantwortlich und er würde ihn, ohne zu zögern, mit dem eigenen Leben verteidigen.

Die Drizil beäugten die Menschen immer noch misstrauisch. René war sich sicher, dass sie angegriffen hätten, hätten sie die Möglichkeit besessen. Ihrer Haltung wohnte etwas Lauerndes inne.

Obwohl sie gefangen waren, wirkten sie zutiefst bedrohlich. Eine Aura unterdrückter Erwartung lag über ihnen, als würden sie nur auf ihre Chance warten. Ein Gedanke, der René mehr beunruhigte, als er einem anderen Menschen gegenüber zugegeben hätte.

Endlich regte sich Carlo. Es war die erste Bewegung, seit er sich vor die Zelle gesetzt hatte. Die Drizil bemerkten die Bewegung ebenfalls und musterten ihren Gefängniswärter mit - wie René fand - neugierigen Mienen.

»Könnt ihr mich verstehen?«, fragte Carlo in die Stille hinein. Die Drizil gaben mit keinem Muskel zu verstehen, dass sie auch nur ein Wort verstanden hatten. Seine Stimme klang durch den Helm blechern und künstlich.

»Versteht ihr die menschliche Sprache?«, fragte Carlo erneut.

Wieder keine Reaktion.

»Habt ihr Hunger?« Carlo öffnete eine kleine Box, die Edgar Cutters Feuerteam aus dem feindlichen Schiffswrack geborgen hatte und in dem sich Drizilnahrung befand – jedenfalls vermuteten sie das.

In der Box lagen die Kadaver kleiner Nagetiere, Mäusen nicht unähnlich. Die Kadaver waren luftgetrocknet und haltbar gemacht, damit sie eine längere Reise überstanden. Die vorherrschende Meinung war, dass die Drizil lebendige Nahrung bevorzugten, jedoch für ihre Reisen im Weltraum die Nahrung vorher töteten und konservierten, um Platz an Bord ihrer Raumschiffe zu sparen. Außerdem musste Lebendnahrung auch gefüttert werden, weshalb man Futter für das eigene Futter einplanen musste. Da ergab es durchaus Sinn, dass sie auf ihren Reisen keine lebendigen Tiere mitnahmen.

Beim Anblick der Tiere bekamen drei der Drizil große Augen und kamen näher an die Gitter. Der vierte jedoch rief die drei mit einem barschen Befehl in ihrer eigenen Sprache zurück. Die drei Drizil gehorchten augenblicklich und mit deutlicher Scham.

René verzog die Mundwinkel zu einem wissenden Lächeln. Auch wenn die Drizil der Versuchung widerstanden hatten, so war dieser Versuch zu einem gewissen Grad doch von Erfolg gekrönt. Carlo hatte herausgefunden, wer von den Gefangenen das Sagen hatte.

Edgar Cutters anfänglicher Verdacht bestätigte sich: Dieser Drizil war eindeutig ein hoher Offizier, zumindest aber von diesen Gefangenen der ranghöchste. Der Art und Weise nach, wie die anderen reagiert hatten, musste es sich sogar um einen ziemlich ranghohen Offizier handeln. René überlegte, ob sie es mit dem Kommandanten des feindlichen Schiffes zu tun haben mochten. Die Spekulation war durchaus nicht von der Hand zu weisen, da sie diese vier Driziloffiziere auf der Brücke des feindlichen Großkampfschiffes gefunden hatten.

»Na schön«, sagte Carlo Rix, »offenbar habt ihr keinen Hunger.« Er schloss die Box wieder und schob sie aus der Reichweite der Drizil.

Mindestens zwei der Gefangenen folgten der Box mit sehnsüchtigen Blicken.

»Dann unterhalten wir uns eben etwas, bis ihr hungrig seid.«

Er deutete auf sich. »Mein Name ist Carlo. Carlo Rix.« Er deutete auf die Drizil und forderte sie damit wortlos auf, sich vorzustellen.

Der Drizil, den René für den Offizier hielt, schnaubte verächtlich und wandte sich demonstrativ ab.

»Glaubst du, das das was wird?«, mischte sich René unvermittelt ein.

»Um ganz ehrlich zu sein ... nein«, erwiderte Carlo ehrlich. »So wird das tatsächlich nichts.«

»Und jetzt?«

Carlo überlegte einen Moment, ohne auf Renés Frage einzugehen. Schließlich griff er zur Überraschung seines Stellvertreters nach oben und löste die Verschlüsse seines Helms.

René war mit einem Mal aufs Äußerste alarmiert. »Stopp mal, das hast du doch jetzt nicht wirklich vor!«

»Es gibt keinen anderen Weg. Sie werden nicht reden, solange ich ihnen nicht auf Augenhöhe gegenübertrete, und dazu muss ich Vertrauen demonstrieren - und Mut.«

»Oder Dummheit«, hielt René dagegen. »Sie könnten dich mit ein paar Tönen umbringen. Mach das nicht, Carlo.«

»Vertrau mir, René.«

»Dir vertraue ich, aber denen nicht.«

René zog die Nadelpistole, die in einem Holster an seiner Hüfte hing, und stellte sich neben seinen Kommandanten.

Zischend lösten sich die letzten Verbindungen zwischen Kampfanzug und Helm und Carlo zog ihn vom Kopf. Er strich sich einmal durch die schweißnassen Haare, bevor er den Helm dann neben sich auf den Boden legte.

Seine Handlung provozierte tatsächlich eine Reaktion vonseiten der Drizil. Sie ließen Carlo keine Sekunde aus den Augen, als dieser den Helm abnahm. Der Driziloffizier trat nach vorne und öffnete den Mund. Kein Laut kam aus der Öffnung.

Carlo griff sich plötzlich mit schmerzverzerrtem Gesicht an die Ohren. René stellte sich instinktiv schützend vor seinen Kommandanten und hob die Waffe. Die Legionäre in seinem Rücken, kamen drohend näher, die Nadelgewehre im Anschlag.

»Aufhören!«, schrie René. »Sofort!«

Um seine Drohung zu unterstreichen, schoss er, ohne zu zögern, einem der Drizil ein Projektil in die Schulter. Dieser schrie gequält auf und taumelte gegen die hintere Wand der Zelle.

Unvermittelt schloss der Driziloffizier seinen Mund. Im selben Moment nahm Carlos Gesicht wieder einen entspannteren Ausdruck an. Aus seinem rechten Ohr floss ein dünner Blutsfaden.

René musterte seinen Freund besorgt. »Alles in Ordnung?«

Carlo nickte. »Ja, es geht schon wieder.«

»Setz deinen Helm wieder auf. Du hast gerade großes Glück gehabt. Hätte auch schlimmer kommen können.«

»Nein«, widersprach Carlo. »Wir machen Fortschritte. Das gebe ich nicht so einfach auf.«

»Das nennst du Fortschritte?«, meinte René ungläubig. »Du wärst beinahe draufgegangen.«

»Wenigstens haben sie reagiert«, antwortete Carlo, während er aufmerksam die Drizil beobachtete. Zwei der Drizil kümmerten sich um den Verletzten, der im hinteren Teil der Zelle kauerte, seine Schulter hielt und vor Schmerzen wimmerte.

Der Driziloffizier stand direkt vor dem Gitter und musterte die Menschen mit undeutbarer Miene. Der Drizil öffnete abrupt den Mund und die Legionäre hoben erneut drohend ihre Waffen, doch dieses Mal verkrampfte sich Carlo nicht angesichts eines unsichtbaren Angriffs. Zu ihrer aller Überraschung begann der Drizil, in menschlicher Sprache zu sprechen.

»Das wird dir alles nichts nützen, Mensch«, sagte der Driziloffizier. »Wir würden eher sterben, als etwas zu verraten.«

Die Worten kamen ungelenk und abgehackt. Eine Drizilzunge war eindeutig nicht dafür geschaffen, menschliche Worte zu formen, und doch drückte sich der Drizil klar und verständlich aus.

Carlo lächelte. »Siehst du, René? Ich sagte doch, wir machen Fortschritte.«

Der Biss des Drachengeiers brannte wie die Hölle. Dass ihn der Biss zudem an einer sehr empfindlichen Stelle erwischt hatte, machte die Sache nicht unbedingt besser. Tatsächlich sah sich Edgar seitdem dem gutartigen Spott seiner Teamkameraden und anderer Legionäre ausgeliefert, den er großzügig ignorierte. In Momenten, in denen er sich unbeobachtet fühlte, schmunzelte er selbst darüber. Es war eigentlich auch ganz schön komisch. Es würde noch eine ganze Weile vergehen, bevor er wieder schmerzfrei sitzen konnte.

Der Raumhafen mit dem angrenzenden Kasernenbereich befand sich inzwischen wieder in Händen der Legion. Es waren zwei Tage lange Kämpfe und fast dreihundert Mann Verlust notwendig gewesen, um das Areal von den Drizil zurückzuerobern. Die Miliz hatte den Angriff unterstützt und dabei über tausend Mann verloren. Verluste in dieser Größenordnung konnten sie sich nicht mehr lange leisten. Sowohl Legion als auch Miliz waren dabei auszubluten. Ihr einziger Trost lag darin, dass es den Drizil nicht anders ergehen konnte. Beide Seiten waren fern jeglicher Verstärkung und beiden Seiten ging mit rapider Geschwindigkeit Nachschub und Munition aus.

Nun, da sie wieder ihre Kasernen beziehen konnten, waren sie wenigstens nicht mehr dazu gezwungen, auf dem kargen Fußboden verlassener Gebäude zu schlafen. Es war kaum zu glauben, wie luxuriös einem plötzlich eine schmale Matratze und eine heiße Dusche vorkamen.

Nach den Kämpfen um den Raumhafen hatten sich die Drizil vorläufig in Richtung Stadtrand zurückgezogen. Die Kämpfe waren auf dem ganzen Planeten vorübergehend abgeflaut. Der Verlust des Raumhafens und die Vernichtung der Einheit durch die Drachengeier hatten die Drizil mächtig aus dem Konzept gebracht, und diese hatten die Pause wohl ebenso nötig wie die menschlichen Verteidiger von Perseus. Edgar hatte keine Ahnung, wie die Drizil die Kampfpause zubrachten, doch die Menschen genossen sie in vollen Zügen. Natürlich bis auf die Einheiten, die dazu abgestellt wurden, die Invasoren im Auge zu behalten, damit diese keine Überraschungen bereithielten.

Galen und Li schnarchten lautstark auf ihren Schlafstätten, während Vincent nur in Gedanken versunken auf seiner Matratze lag und an die Decke starrte. Becky hingegen hatte er schon seit Stunden nicht mehr gesehen.

Heftiger Schmerz durchzuckte Edgars verlängerten Rücken, als er sich auf seiner Matratze bemühte, eine bequeme Sitzposition zu finden, die seinen malträtierten Hintern entlastete.

Die Tür zur Unterkunft öffnete sich und der Feuertrupp Unsichtbar und Tödlich aus der Aufklärungskohorte trat erschöpft und verdreckt ein.

Die Anführerin - Lieutenant Dianeira Kolja - grüßte ihn mit kurzem Nicken, bevor sie ihren Helm auf den Boden stellte und sich schwer auf ihre Pritsche fallen ließ, ohne ihren Kampfanzug auszuziehen. Ihre Teammitglieder blieben gerade lange genug auf den Beinen, um sich etwas zu essen zu schnappen, das auf einem kleinen Tisch bereitstand, und zu ihren eigenen Schlafstätten zu wanken.

»Harter Tag?«, fragte Edgar mitfühlend.

»Hartes Leben«, erwiderte Dianeira gedämpft durch das Kissen, in das sie ihr Gesicht presste.

»Wie ist es draußen?«

»Schlimm«, erwiderte Dianeira ehrlich. »Die nördlichen Bezirke fallen kampflos an die Drizil.«

»Was? Wie denn das?«

»Fast alle Zivilisten von dort sind bereits geflohen und die hohen Offiziere sind der Meinung, dass wir keine Ressourcen einsetzen sollten, um leere Gebäude zu verteidigen, also sind alle Kräfte von dort abgezogen und an wichtigere Punkte verlegt worden.«

»Idioten!«, fluchte Edgar. »Es geht doch nicht allein darum, Gebiet zu verteidigen. Je mehr Territorium die Drizil kontrollieren, desto wahrscheinlicher ist es, dass sie einen geeigneten Ort für ihr Funkfeuer finden.«

»Nur die Ruhe«, beruhigte Dianeira ihn. »Es sind immer noch Aufklärungslegionäre draußen, die ein Auge auf die Drizil haben. Falls sie tatsächlich Anstalten machen, irgendetwas zu bauen, erfahren wir davon.«

»Wenigstens etwas.«

Dianeira gähnte herzhaft. Edgar nahm sich die Zeit, die Rundungen ihres Körpers zu bewundern. Der Kampfanzug lag an wie eine zweite Haut und überließ, was ihre Proportionen betraf, nicht viel der Fantasie.

»Denk nicht mal dran«, sagte sie unvermittelt.

»Was denn?«, fragte er mit Unschuldsmiene.

»Das weißt du ganz genau«, schmunzelte sie zurück. »Dafür bin ich viel zu müde.«

»War ja nur so ein Gedanke.« Ein ehrliches Lächeln begleitete seine Worte.

»Und kein schlechter, aber dafür bin ich wirklich viel zu müde.« Sie grinste schelmisch. »Vielleicht, wenn ich ausgeschlafen bin.«

»Ich nehme dich beim Wort.«

»Hoffentlich.«

Sexuelle Spannungen waren ein häufiger Nebeneffekt, wenn Männer und Frauen zusammen dienten. Jede Legion ging anders damit um. Es gab Kommandeure, die strikte Keuschheit ihrer Einheiten forderten. Andere sahen sexuelle Kontakte unter ihren Soldaten und Offizieren nicht gern, unternahmen jedoch auch nichts dagegen. Die 18. handhabte dies eher zwanglos, indem man sexuelle Kontakte jeglicher Art zuließ, sofern sie nicht im Dienst stattfanden, Offiziere nicht mit Mannschaftsrängen verkehrten und sie den reibungslosen Ablauf der Legion als Kampfeinheit nicht beeinträchtigten.

Das Ergebnis war ein ständiger Partnerwechsel innerhalb der Einheit, was Edgar nicht im Mindesten missfiel. Im Gegenteil. Es baute Spannungen und Aggressionen innerhalb der Einheit ab. Er wagte nicht, sich vorzustellen, was gewesen wäre, wenn Rix zu den Kommandeuren gehört hätte, die strikte Keuschheit forderten. Die 18. Legion wäre auf jeden Fall nicht dieselbe Einheit gewesen. Und das Leben wäre wesentlich weniger angenehm gewesen.

Die Tür zu einem der Nebenräume ging auf und ein dümmlich grinsender Legionär aus einer der Kampfkohorten kam in den Schlafsaal. Er knöpfte sich noch die Hose zu, als er seine Matratze ansteuerte.

Hinter ihm kam Becky in den Raum, die zwar nicht grinste, aber immerhin doch zufrieden wirkte. Sie legte sich auf die Matratze neben Edgar und schloss die Augen.

Edgars Schmunzeln wuchs in die Länge. Damit wäre auch das Geheimnis gelüftet, wo sich Becky die letzten Stunden aufgehalten hatte. Es gab wesentlich schlimmere Dinge, die man im Moment tun konnte. Wenn man ein Leben am Limit führte, in dem einem jede Sekunde irgendein feindlicher Soldat das Lebenslicht auspusten konnte, wollte man hin und wieder einfach nur noch spüren, dass man lebte. Edgar verstand und billigte das. Immerhin fühlte er genauso.

Er wollte gerade die Augen schließen, als er bemerkte, wie Vincents Augen auf Beckys Körper weilten. Als er Edgars Blick bemerkte, drehte er schnell den Kopf weg und tat so, als wäre nichts gewesen. Doch die Röte, die seine Wangen hinaufstieg, verriet ihn.

Der Junge hatte kein rein sexuelles Interesse an Becky, so viel war klar. Edgar warf der Legionärin einen kurzen Seitenblick zu, und obwohl sie die Augen geschlossen hatte, war er sich sicher, sie hatte Vincents Interesse bemerkt. Der Junge wirkte nicht nur verknallt, er wirkte darüber hinaus auch noch eifersüchtig wegen dieser Knalltüte von der Kampfkohorte, mit der Becky zurück in den Schlafsaal gekommen war.

Edgar seufzte leicht. Nun, das war auch ein Nebeneffekt bei Einheiten, in denen Männer und Frauen gemeinsam dienten. Manchmal ließen sich Gefühle wie Lust und Liebe nur schwer trennen und das eine wurde zum anderen. Er hoffte nur, das würde zu keinen Problemen in seiner Einheit führen. Es gab schon genug, um das sie sich Sorgen machen mussten.

21

Das Torpedoboot würde sich nie wieder ins All erheben. Das Boot hatte sich am Rande von Misarat in ein kleines Waldstück gebohrt und dieses entzündet.

Angelo spürte die Hitze auf der bloßen Haut von Armen und Gesicht. Das kleine Schiff brannte inzwischen lichterloh und Flammen leckten aus der geborstenen Kommandobrücke und dem Notausstieg, durch den er gekrochen war.

Er stützte Marc, der sich kaum auf den Beinen halten konnte, während sie versuchten, der Flammenhölle zu entkommen. Sie beide waren die einzigen Überlebenden des Absturzes. Kurz vor dem Eintritt in die Atmosphäre von Perseus hatte Angelo noch einen Notruf abgesetzt, war sich jedoch nicht sicher, ob jemand diesen aufgefangen hatte. Das Einzige, was er außer Marc aus dem havarierten Schiff hatte retten können, war eine Notfallausrüstung gewesen, zu der eine Rettungsbake, ein Verbandskasten und ein paar Notrationen gehörten sowie ein Funkgerät, dessen Reichweite allerdings nicht allzu berauschend war und das von den Drizil vermutlich leicht angepeilt werden konnte, sobald er es benutzte. Alles in allem besaßen sie nichts, was ihnen auch nur entfernt aus dieser misslichen Lage helfen konnte.

Angelo und Marc ließen den kleinen Hain rußverschmiert und in zerrissener Uniform hinter sich, doch der beißende Rauch verfolgte sie noch eine ganze Weile. Sie husteten würgend. Angelo ließ seinen ehemaligen Waffenoffizier auf den Boden gleiten.

»Lange hätte ich das nicht mehr ausgehalten«, meinte dieser. »Verfluchte Hitze!«

»Mann, sei froh, dass du noch lebst. Die anderen hatten nicht so viel Glück.«

Marc nickte und sah sich mit tränenverschleierten Augen um. »Wo sind wir?«

»Keine Ahnung. Irgendwo in den nördlichen Stadtbezirken von Misarat.«

»Feindliches Territorium?«

»Vermutlich.«

»Na großartig! Genau das, was uns noch gefehlt hat.«

»Sieh nicht alles so schwarz. Die Devise heißt jetzt: Überleben. Wir meiden die Drizilpatrouillen und machen uns auf den Weg zu den eigenen Linien. Irgendwo im Süden werden wir entweder auf Miliz oder Legionäre stoßen. Spätestens dann sind wir in Sicherheit.«

»Dein Optimismus kann einem ganz schön auf den Sack gehen.«

Die Unterhaltung mit den Drizil gestaltete sich recht schwierig. Die drei rangniederen Drizil schwiegen die ganze Zeit. Carlo hatte Verbandsmaterial bringen lassen und ihnen erlaubt, ihren verletzten Artgenossen zu versorgen. Er hätte ihnen auch Schmerzmittel oder andere Medikamente bringen lassen, doch er wusste nicht, welche Auswirkungen dies auf die Drizil haben würde. Theoretisch könnte sogar ein einfaches Mittel gegen Kopfweh bei den Drizil ein tödliches Gift sein, also besser kein Risiko eingehen.

Der Driziloffizier ging hin und wieder auf Carlos Gesprächsversuche ein, doch es war klar, dass der Drizil die Menschen verachtete. Nicht gerade die beste Grundlage für eine ausgewogene und informative Unterhaltung.

»Es wäre ein Anfang, wenn Sie mir Ihren Namen verraten würden.«

»Wieso? Wie würde Ihnen mein Name schon helfen?«, fragte der Drizil zurück.

»Helfen würde er mir im Prinzip nicht, aber es wäre ein vielversprechender Anfang, um einen Dialog zu beginnen.«

»Einen Dialog?«, höhnte der Drizil.

»Ja, einen, mit dem unsere Völker vielleicht zu einem Konsens kommen könnten.«

»In diesem Krieg gibt es nur einen Konsens: Die Menschheit muss unterworfen werden - oder vernichtet. Es gibt keinen Raum für Kompromisse.«

Carlo schluckte. Dieser Haltung der Drizil war er sich schon lange bewusst. Man konnte nicht gegen diesen Feind kämpfen und sich über dessen Haltung nicht im Klaren sein. Es war jedoch eine Sache, dies zu erahnen, und eine ganz andere, sie von einem Drizil unmissverständlich ausgesprochen zu hören.

»Und der Krieg ist so gut wie gewonnen«, setzte der Drizil hinzu. Die Mimik eines Drizil zu deuten, war nicht unbedingt Carlos Stärke, doch er war sich ziemlich sicher, einen schadenfrohen Unterton aus der Stimme seines Gegenübers herauszuhören.

»Noch nicht«, entgegnete Carlo mehr aus Trotz denn aus dem Glauben heraus, dass der Drizil im Unrecht war.

»Nur eine Frage der Zeit.«

Der Drizil überlegte einen Moment und hob schließlich stolz den Kopf. »Mein Name ist Taran Stuullonor.«

Carlo nickte. »Jetzt kommen wir endlich weiter. Und Ihr Rang?«

»Der tut nichts zur Sache.«

»Meine Vermutung lautet, dass Sie ein hohes Tier innerhalb der Drizilhierarchie sind.«

»Ihr Glaube ist für mich nicht von Belang«, schüttelte der Gefangene den Kopf. »Ich bin aber neugierig. Warum haben Sie den Helm abgenommen?«

»Ich wollte eine Reaktion provozieren. Irgendeine. Außerdem wollte ich Vertrauen erzeugen.«

Der Drizil gab ein zischendes Geräusch von sich und Carlo vermutete, dass der Gefangene ihn auslachte. »Das war ein wenig naiv, finden Sie nicht?«

»Vielleicht, aber wir reden doch miteinander. Unter diesen Umständen betrachte ich das bereits als Erfolg.«

Der Drizil legte den Kopf schief, als er über Carlos Worte nachdachte, schließlich neigte er anerkennend leicht den Kopf. »Mag sein.«

»Warum zerstören die Drizil einige Welten und besetzen andere?«

»Sie geben einfach nicht auf, oder?«

»Warum sollte ich?«

»Weil Ihre Welt bald unterworfen sein wird. Es würde viel einfacher für Sie und Ihr Volk, wenn Sie das einfach akzeptieren würden.«

»Wir werden niemals aufgeben«, hielt Carlo stur dagegen.

»Ja, ist mir auch schon aufgefallen. Ihr Menschen kämpft oft über jedes vernünftige Maß hinaus weiter.«

»Wir schätzen unsere Freiheit.«

»*Wir* auch.«

Carlo stutzte bei der Betonung des Wortes wir. Die Art, wie der Drizil diesen Satz aussprach, legte nahe, dass die Drizil die Menschheit als Bedrohung ihrer Freiheit ansahen, doch das ergab gar keinen Sinn. Die Menschen hatten nichts gegen die Drizil gehabt, bis diese mit der Besetzung menschlicher Kolonien begonnen hatten.

»Was meinen Sie damit?«

»Das wissen Sie ganz genau!«

Carlo schüttelte verwirrt den Kopf. »Ich weiß nur, dass die Drizil unsere Welten auf der Suche nach Rohstoffen angegriffen haben.«

»Das ist eine Lüge!«, brauste der Drizil jäh auf. »Angefangen habt ihr diesen Krieg. Ihr Menschen!«

Carlo sprang wutentbrannt von seinem Stuhl auf, wobei dieser umfiel und unbeachtet auf dem Boden liegen blieb. Die fünf Legionäre hinter ihm hoben alarmiert die Waffen, um auf das geringste Zeichen einer feindseligen Aktion, die Drizil in der Zelle niederzustrecken.

»Unverschämter Bastard! Ihr habt angefangen, unsere Kolonien an der Grenze anzugreifen. Damit begann dieser Krieg.«

»Wir haben das Recht, uns selbst zu verteidigen. Oder willst du leugnen, das ihr zuerst unsere Welten bombardiert habt, um uns in die Sklaverei zu zwingen.«

»Eure Welten bombardiert? Wir wissen nicht einmal, wo eure Welten liegen.«

»Millionen Opfer, die wir beklagen mussten, sprechen eine andere Sprache«, giftete der Drizil zurück. Der Gefangene riss sich sichtlich zusammen und beruhigte sich langsam wieder. »Aber das spielt ohnehin keine große Rolle mehr. Bald schon treffen Verstärkungen ein und dieses System wird überrollt. Entweder ihr ergebt euch dann oder ihr werdet vernichtet.«

»Sie sprechen von diesem Funkfeuer, das ihr auf angegriffenen Planeten installiert?«

Der Drizil hob überrascht den Kopf.

»Ja, ganz recht, wir wissen davon. Sie können sicher sein, dass wir das verhindern werden.«

»Das bezweifle ich«, erwiderte der Drizil, wobei er sich bemühte, seine anfängliche Überraschung zu übergehen. »Ihr könnt uns nicht ewig davon abhalten – und das solltet ihr auch nicht versuchen.«

»Wieso? Wovon sprechen Sie?«

»Sie haben gefragt, warum wir einige Welten zerstören und andere besetzen? Vielleicht wäre es sinnvoll, darauf eine Antwort zu geben, damit Sie erkennen, wie sinnlos weiterer Widerstand ist.«

»Und?«

»Es kommt darauf an, welcher unserer Schwärme die markierte Welt angreift.«

»Ich kann Ihnen nicht ganz folgen.«

»Wir Drizil organisieren uns in Schwärmen und im Krieg durchstreifen wir den Hyperraum, um feindliche Welten ausfindig zu machen.«

»Das wissen wir.«

»Aber euer Fehler liegt in der Annahme, dass es sich bei den Drizil um ein einheitliches Volk handelt. Wir sind in Clans unterteilt und die Clans wiederum sind in Schwärme unterteilt. In Zeiten des Krieges zwingen die großen, einflussreichen Clans die kleineren in ihren Dienst.«

Carlo überlegte. Das war interessant. Das bedeutete, kleinere Clans dienten den größeren im Kriegsfall als eine Art Vasall. Die Drizil waren also im Grunde eine Feudalgesellschaft. Diese Informationen, die er innerhalb der letzten Minuten erhalten hatte, waren gewichtiger als alles, was der imperiale Geheimdienst in den letzten Jahren über den Feind erfahren hatte.

»Sprechen Sie weiter. Was passiert, falls sich ein kleinerer Clan weigert zu kämpfen?«

»Das geschieht äußerst selten. Dieser Clan würde ... bestraft.«

Carlo musste nicht erst nachfragen, was dies bedeutete.

»Die Schwärme der kleineren Clans dienen dabei als Kundschafter und Stoßtruppen«, fuhr Taran Stuullonor fort.

»Das bedeutet, der Schwarm, der Perseus angreift ...«

»Gehört einem kleineren Clan an, ganz recht. Sobald das Funkfeuer errichtet ist, wird einer der größeren Clans die Fährte aufnehmen und dem Signal bis zu seinem Ausgangspunkt folgen.«

»Perseus«, folgerte Carlo.

Der Drizil nickte. »Und dann wird sich das Schicksal eurer Welt entscheiden. Denn es gibt Clans und es gibt ... Clans.«

»Ja?«, forderte er den Drizil zum Weiterreden auf.

»Einige Clans sind vergleichsweise extrem und fordern die Auslöschung der Menschheit. Sollte einer dieser Clans hier eintreffen, ist das Schicksal eurer Welt besiegelt. Es werden nicht einmal Truppen landen. Sie werden den Planeten einfach aus dem Orbit bombardieren. Andere Clans sind liberaler eingestellt und wollen einfach nur die Bedrohung durch die Menschheit beenden. Sie erlauben den Menschen aber weiterzuleben.«

»Unter der Herrschaft der Drizil.«

»Ja, aber immerhin lebt ihr. Sollte solch ein Clan hier eintreffen, habt ihr Glück. An eurer Stelle würde ich jedoch nicht damit rechnen.«

»Und was ist, wenn Clans mit verschiedenen Auffassungen hier eintreffen?«

»Das wird nicht geschehen. Clans mischen sich niemals in die Kämpfe anderer Clans ein.«

»Also greift immer nur ein Clan ein System an.«

»So ist es. Und wenn der falsche Clan hier eintrifft, wird nichts in diesem System überleben. Noch nicht einmal Mikroben.«

Angelo und Marc versteckten sich in einem ausgebombten Gebäude. Sie warteten an die Wand gepresst, bis die Drizilpatrouille außer Sicht war.

Als der letzte Drizil endlich verschwunden war, stieß Marc zischend den angehaltenen Atem aus. »Die wievielte Patrouille war das jetzt? Die dritte?«

»Die vierte«, korrigierte Angelo und ließ sich neben dem verletzten Waffenoffizier nieder.

»Ganz schön viel Betrieb hier.«

»Ja«, lächelte Angelo, »erinnere mich daran, mich bei der Hotelleitung zu beschweren. Ich hatte ein ruhiges Zimmer verlangt.«

»Ich weiß nicht, was mir mehr auf den Sack geht: dein Optimismus oder deine Witze.« Das Lächeln auf Marcs Gesicht strafte jedoch die Strenge in seinen Worten Lügen.

»Gewöhne dich besser dran. So, wie es aussieht, musst du noch eine ganze Weile mit meiner Gesellschaft vorliebnehmen.«

»Mein Pech nimmt und nimmt kein Ende.« Ein heiseres Kichern begleitete seine Worte, das jedoch schnell in unterdrücktes Krächzen überging. Angelo holte eine Wasserflasche aus ihrem schwindenden Vorrat und hielt sie seinem Crewmitglied an die Lippen, das hastig zu trinken begann.

»Sachte, sachte!«, mahnte Angelo, woraufhin Marc langsamere, kontrollierte Schlucke nahm. Als Angelo die Flasche absetzte, erntete er von seinem Kameraden ein dankbares Nicken.

»Wie weit werden wir noch haben?«

»Keine Ahnung. Kommt darauf an, wie weit sich die Bodentruppen zurückziehen mussten. Wenn wir weiterhin so vielen feindlichen Patrouillen ausweichen müssen, werden wir mit Sicherheit noch zwei oder drei Tage unterwegs scin.«

»So lange, meinst du?«

»Könnte ich mir sehr gut vorstellen.«

»Das kann ja heiter werden.«

Angelo nickte, ohne zu antworten. Marc warf einen besorgten Blick zum Himmel. »Wie es wohl da oben im Moment aussieht?«

»Nicht gut, würde ich meinen, und zwar für beide Seiten.« Angelo kratzte sich nachdenklich am Kinn, an dem ein Dreitagebart zu sprießen begann. Das Erste, was er sich gönnen würde, sobald er die Gelegenheit erhielt, wäre eine ordentliche Rasur. »Lestrade muss in nächster Zeit eine Entscheidung herbeiführen, solange unsere Kräfte noch die Stärke haben, die Drizil zu schlagen. Die Drizil-Streitmacht ist beinahe ebenso am Ende wie wir, allerdings immer noch stark genug, um uns übel mitzuspielen.«

»Wir sollten dort oben sein.«

»Ohne neues Schiff wird das wohl nichts werden.« Angelo lächelte angesichts des Enthusiasmus seines Begleiters. Dabei konnte er ihm dessen Tatendrang nicht verdenken. Er selbst würde ebenfalls nichts lieber tun, als die Drizil für den Verlust von Schiff und Besatzung büßen zu lassen, doch dies stand im Moment jenseits jeder Möglichkeit. Im Augenblick hieß die Devise: In Bewegung und den Drizil einen Schritt voraus bleiben.

»Wir sollten weiter«, meinte Angelo, um den Fokus auf aktuellere Probleme zu lenken, und half Marc auf die Füße. Der Waffenoffizier wirkte schwach und kaum in der Lage, auf den Beinen zu bleiben. Er schien jedoch auch entschlossen, Angelo dies nicht merken zu lassen. Er tat ihm den Gefallen und gab vor, von den Problemen des Mannes nichts zu bemerken. So humpelten sie weiter durch eine vom Krieg zerstörte Stadt, immer auf der Hut vor feindlichen Patrouillen, die hinter jeder Ecke lauern konnten.

»Sind Sie sicher?«, fragte Lestrade im Tonfall eines Mannes, der sich nicht getraute, sich Hoffnungen hinzugeben, die sich als trügerisch erweisen mochten. »Haben Sie den Funkspruch authentifiziert?«

»Aye, Sir. Funkspruch ist authentisch«, erwiderte sein XO. Mueller wirkte nicht weniger zufrieden als sein Commodore.

»Gott sei Dank. Keine Sekunde zu früh.« Nur mit Mühe unterdrückte er das Zittern der Finger, die die willkommene Nachricht hielten. Die Nachricht war relativ simpel und kurz, und doch konnte sie den Verlauf der ganzen Schlacht und sogar das Schicksal des Perseussystems wenden:

Von: Schlachtkreuzer Behemoth-Klasse HMS Crusader
Captain Norman Kusak
An: Schlachtkreuzer Swordmaster-Klasse HMS Vengeance
Commodore Horatio Lestrade

Commodore Lestrade,

Reparaturen im Worgansystem erfolgreich abgeschlossen. Sind auf dem Rückweg nach Perseus mit allen neun Kriegsschiffen und mehr als sechzig Torpedoschnellbooten.
Voraussichtliche Ankunftszeit in etwa fünf Tagen.
Halten Sie durch.
Wir kommen.

Hochachtungsvoll,
Captain Norman Kusak
19. Juli 2848

Lestrade las die Nachricht ein zweites und schließlich ein drittes Mal, um sicherzugehen, dass er nichts falsch verstanden und auch nichts übersehen hatte.

Endlich zufrieden legte er den Zettel ab. Die neun zur Reparatur ins Worgansystem überstellten Kriegsschiffe kehrten einsatzbereit zurück. Und wie es aussah, brachten sie noch ein paar Freunde mit. Freunde, die sie dringend benötigten. Neun Schiffe plus Schnellboot-Geleitschutz stellten eine überragende Verstärkung dar, vor allem wenn man betrachtete, in welch schlechtem Zustand sich die terranisch-imperialen Verbände und die Drizil-Streitmacht im Perseussystem befanden. Die technischen Crews taten ihr Bestes - und oft war es nur diesen Menschen zu verdanken, dass einige von Lestrades Schiffen überhaupt noch operieren konnten -, doch viele Einheiten unter seinem Kommando wurden nur noch durch Spucke und gute Wünsche zusammengehalten. Raketen und Torpedos - sogar Abfangtorpedos - waren inzwischen Mangelware, sodass sich Lestrades Schiffe soweit möglich auf ihre Energiebewaffnung stützten.

Insgeheim hatte er bereits befürchtet, diese Schlacht und somit das ganze System zu verlieren. Doch nun gab es einen Silberstreif am Horizont. Hilfe war unterwegs. Ein Ende der wochenlangen Kämpfe rückte tatsächlich in greifbare Nähe. Alles, was sie tun mussten, war, fünf weitere Tage durchzuhalten.

Das musste doch zu schaffen sein.

Angelo packte blitzschnell zu, als Marc stolperte, und hielt den verletzten Waffenoffizier mühsam aufrecht.

»Alles in Ordnung?«

»Ja, geht schon. Ich bin nur über irgendetwas ...«

Er stockte mitten im Satz, als sein Blick nach unten glitt. Marc erbleichte. Angelo folgte seinem Blick. Unter einem Schutthaufen lugte ein Bein in einem Kampfanzug hervor.

Angelo ließ den verletzten Waffenoffizier an einer Mauer lehnen, während er sich ihren Fund genauer ansah. Es war unzweifelhaft ein Soldat der Legion.

Ächzend räumte er einige Steine beiseite und förderte einen noch grausigeren Fund zutage. Unter der Schutthalde befanden sich mindestens fünf Leichen. Man hatte sie verbogen, um ihre Entdeckung zu verhindern. Es waren allesamt Legionäre der Aufklärungskohorte. Den Wunden zufolge waren Drizilwaffen für ihren Tod verantwortlich – natürlich.

»Warum haben die Drizil die Leichen versteckt?«, fragte Marc fassungslos. »Es kann den Drizil doch egal sein, ob man sie findet oder nicht.«

»Allerdings«, stimmte Angelo zu. »Es sei denn ...?«

»Es sei denn?«

»Sie wollen hier noch etwas anderes verbergen.«

Angelo besah sich ihre Umgebung näher. Sie standen am Fuße einer kleinen Erhebung, die sich etwa drei Meter in die Höhe erstreckte. Es handelte sich ausnahmslos um Überreste von Gebäuden, die in den Kämpfen zerstört worden waren.

»Warte hier!«, forderte Angelo seinen Kameraden auf und begann damit, die Erhebung zu erklimmen. Dies erwies sich jedoch als deutlich schwieriger als ursprünglich gedacht. Bereits nach wenigen Sekunden strömte ihm der Schweiß aus jeder Pore.

Oben angekommen duckte er sich instinktiv. Die Erhebung verbarg eine Mulde von vielleicht fünfhundert Metern im Durchmesser – und die Mulde war voller Drizil. Einige der Invasoren waren offenbar Wachen, andere waren dabei, etwas zusammenzubauen.

Angelo hatte so etwas noch nie gesehen, doch er hatte bereits davon gehört. Die Drizil bauten in dieser Mulde eines ihrer Funkfeuer zusammen. Wie es schien, standen sie kurz vor der Fertigstellung.

Angelo ließ sich die Schutthalde wieder hinuntergleiten, darum bemüht, dabei so geräuschlos wie möglich vorzugehen. Sein Kamerad blickte ihn fragend an, als er ihn erreichte.

Angelo schüttelte immer noch zutiefst erschüttert den Kopf. »Wir haben größere Probleme, als wir dachten.«

22

Charlie und Simon waren Brüder. Seit ihrer frühesten Kindheit hatten sie einen besonderen Draht zueinander und waren in allen Lebenslagen unzertrennlich. Selbst wenn einer von ihnen Ärger bekam, war der andere nicht weit und bekam seinen Anteil an der Bestrafung ab. Dies schuf ein Band, stärker als die meisten anderen.

Als sich einer von ihnen freiwillig zum Dienst in der Miliz verpflichtete, war es keine Frage, dass es der andere ihm gleichtat. Sie absolvierten gemeinsam ihre Grundausbildung, ihr Überlebenstraining und kamen schlussendlich sogar in dieselbe Einheit, was durchaus ungewöhnlich war. Angehörige derselben Familie dienten normalerweise nie in derselben Einheit. Bei der Miliz wurden jedoch solche Regeln oftmals nicht ganz so rigoros gehandhabt wie bei Einheiten der Legion.

Nun standen sie in der nächtlichen Kälte von Perseus sogar gemeinsam auf Wache und froren sich gemeinsam den Hintern ab.

Die beiden Milizionäre bemannten gemeinsam einen schweren Schnellfeuer-Nadelwerfer, der auf ein Dreibein montiert war, auf dem Dach des militärischen Hauptquartiers.

Charlie zog mit zitternden Fingern eine Zigarettenschachtel aus der Uniformjacke und fummelte einen der Glimmstängel heraus. Er benötigte fünf Anläufe, bevor das Feuerzeug endlich gehorchte und eine kleine Flamme erzeugte, mit der sich die Zigarette entzünden ließ.

Simon fuhr herum, als er seinen Bruder hinter sich genussvoll an der Zigarette ziehen hörte.

»Bist du wahnsinnig? Du kennst die Befehle. Kein Licht. Und zieh deinen verdammten Helm wieder auf.«

»Mir ist kalt«, beschwerte sich sein Bruder wispernd.

»Mir auch, aber siehst du mich vielleicht rauchen?«

»In einem Umkreis von acht Kilometern befinden sich keine Drizil, ansonsten hätten uns die Wachposten der Legion längst gewarnt.«

»Möchtest du dein Leben darauf verwetten? Zieh den Helm endlich wieder auf und hör mit Jammern auf.«

»Lass mich wenigstens zu Ende rauchen. Es ist schweinekalt.«

»Und was ist, falls ein Drizil vorbeikommt und Brei aus deinem Hirn macht?«

»Hör auf zu spinnen. Ich sagte doch, es sind keine Drizil in der Nähe.«

»Und das weißt du so genau?«

»Jepp. Vertrau mir.«

»Du bist viel zu leichtsinnig«, gab Simon endlich auf.

Charlie zuckte als Antwort nur mit den Achseln und paffte weiter.

Das Erste, was Simon davon bemerkte, dass etwas nicht stimmte, war Charlies Helm, der zu Boden klapperte. Simon drehte sich verwirrt um. Sein Bruder lag mit schmerzverzerrtem Gesicht auf den Knien und bemühte sich, seine Ohren mit den Händen abzudecken. Aus beiden Ohren und der Nase floss Blut.

»Charlie!«, schrie Simon und griff mit einer Hand nach dem Alarmknopf, der sämtliche Soldaten im Gebäude und dem ganzen Stadtviertel alarmieren würde. Seine Finger hatten den Knopf fast erreicht, als er einen stechenden Schmerz unterhalb der untersten Rippe spürte. Reflexartig griff er danach und seine Finger ertasteten Griff und Klinge einer langen, dolchähnlichen Waffe. Erst als sich sein Blick hob, bemerkte er den Drizil, der an seiner Seite stand und den Griff der Klinge hielt. Das Gesicht des feindlichen Soldaten wirkte bar jeder Emotion.

Mit einem festen Ruck, drehte der Drizil die Klinge in der Wunde herum und stieß sie tiefer in Simons Fleisch. Der Milizionär wunderte sich noch, wie die Klinge derart leicht, die Panzerung seines Kampfanzugs hatte durchdringen können.

Charlie lag bereits regungslos am Boden und Simon war sich sicher, dass sein Bruder im Begriff stand zu sterben. Der Drizil trieb die Klinge noch tiefer in seinen Körper bis hinauf ins Herz. Der Atem des Milizionärs stockte, Blut sprudelte aus seinem Mund und lief unter seinem Helm am Kinn entlang. Schließlich sank er mit einem letzten Seufzen zu Boden.

Der Drizil zog seine Klinge aus dem Toten und gab per Schallwellen ein Zeichen. Die Nacht wurde lebendig, als weitere Drizil über die Mauer schwärmten und in das Gebäude eindrangen.

Carlo Rix wurde aus seinem Gefangenen einfach nicht schlau. Einerseits schien der Drizil inzwischen sehr mitteilsam, andererseits überkam ihn immer noch das ungute Gefühl, der Drizil verachtete die Menschen im

Allgemeinen und ihn im Speziellen weiterhin, sosehr er sich auch bemühte, einen Brücke zwischen Menschen und Drizil zu schlagen.

Trotzdem gelang es ihm hin und wieder, den Drizil zum Reden zu bringen und ihm dadurch ein paar Informationen zu entlocken.

Heute war keiner von diesen Tagen.

Der Drizil musterte ihn nur mit ausdrucksloser Miene durch die Gitter seiner Zelle. Und obwohl Carlo die Mimik seines Gegenübers nicht zu deuten vermochte, hatte er den Eindruck, hinter der Ausdruckslosigkeit belächelte der Drizil seine Bemühungen.

»Ich sehe schon«, gab Carlo schließlich auf, »heute kommen wir nicht weiter.« Als er keine Antwort bekam, sah er sich um. René stand an die hintere Wand gelehnt. Der Kopf war zur Seite geneigt. Aufgrund des Helmes vermochte er zwar nicht, das Gesicht seines Freundes zu sehen, er war sich jedoch sicher, dass sein Stellvertreter zumindest döste.

Die fünf Legionäre umringten die Zelle jedoch stets wachsam, die Waffen auf die Gefangenen gerichtet. Seufzend bückte sich der Kommandant der 18. Legion, um seinen Helm vom Boden aufzuheben. René weigerte sich noch immer standhaft, in Gegenwart der Drizil, seinen eigenen Helm abzunehmen. In den letzten Tagen waren mehrere lebhafte Diskussionen zwischen ihnen die Folge gewesen. Begriffe wie *dumm* und *leichtsinnig* waren dabei gefallen.

Carlo betrachtete sich selbst jedoch als keines von beiden. Den Helm in Gegenwart der Drizil abzunehmen, stellte ein kalkuliertes Risiko dar. Er wollte den Gefangenen einerseits Vertrauen vermitteln und andererseits zeigen, dass er vor ihnen keine Angst hatte. Dass die Drizil ihm nichts tun würden, entsprang aber eher Carlos Glauben an deren eigenen Selbsterhaltungstrieb. Würden sie ihn angreifen, wären sie in derselben Sekunde tot. Er bezweifelte, dass sie bereit waren zu sterben, sonst hätten sie längst etwas unternommen.

Carlo rieb sich müde die Augen und nickte dem Feuertrupp zu. Der Anführer der Legionäre erwiderte das Nicken und trat einen Schritt zurück, um seinem Kommandanten Platz zu machen.

Der heutige Tag war wenig produktiv gewesen. Einziger Lichtblick war, dass es keine Berichte über nennenswerte Drizilaktivitäten gab. Leider war der Bericht der Aufklärungslegionäre, die die Drizil im Auge behalten sollten, längst überfällig. Er erwog, weitere Soldaten auszuschicken, um nach dem Verbleib der Aufklärer zu forschen.

In diesem Moment schrillten die Alarmsirenen des Gebäudes los.

René war von einer Sekunde zur nächsten hellwach und an der Seite seines Kommandanten. Carlo warf der Zelle mit den gefangenen Drizil einen schnellen Blick zu. Taran Stuullonor wirkte abgelenkt. Er hielt seinen Kopf in die Luft, als würde er Witterung aufnehmen. Seine Lippen kräuselten sich zum Driziläquivalent eines Lächelns.

Carlo fluchte und setzte eilig seinen Helm auf.

Drizil! Sie sind im Gebäude!

Mit René und dem Feuertrupp im Kielwasser trat er durch die Tür – und hinein ins Chaos.

Die Stromversorgung des Gebäudes war teilweise zusammengebrochen und daher setzte das Licht immer wieder flackernd aus, nur um Sekunden später erneut aufzuflammen. In diesem Dämmerlicht kämpften albtraumhafte Gestalten einen Kampf auf Leben und Tod.

Legionäre und Soldaten der Miliz hielten sich nur mit Mühe eine Kampfeinheit der Drizil vom Leib. Die Invasoren und die Verteidiger des Gebäudes kämpften auf engstem Raum und Mann gegen Mann.

Nicht alle Verteidiger waren voll ausgerüstet oder auch nur zur Gänze angezogen. Carlo erkannte, dass einige im Schlaf überrascht worden waren und nur Teile ihrer Kampfanzüge trugen. Wer seinen Helm nicht schnell genug hatte aufsetzen können, hatte schlechte Karten in dieser Schlacht. Mindestens ein Dutzend Soldaten lagen mit blutenden Augen, Ohren oder Nase am Boden. Die übrigen kämpften um ihr Leben. Der Kommandant der 18. Legion erkannte, dass der Feind das Überraschungsmoment perfekt ausgenutzt hatte und zahlenmäßig überlegen war. Sollten sie nicht bald Verstärkung erhalten, würde das Gebäude mit an Sicherheit grenzender Wahrscheinlichkeit in die Hand des Feindes fallen.

Vor ihm schälte sich eine riesige Gestalt aus dem Dämmerlicht. Sie hob ihren rechten Arm. Carlo sah die daran montierte Energiewaffe aufblitzen. Der Kommandant der 18. Legion warf sich blitzschnell zur Seite. In einer fließenden Bewegung zog er die Nadelpistole aus dem Holster an seiner Seite.

Die Entladung der Drizilwaffe schlug hinter ihm in die Tür ein und brannte ohne nennenswerten Widerstand ein Loch durch die zehn Zentimeter dicke Panzerung. Carlo feuerte zwei Projektile ab, die das Visier des Drizilhelms durchschlugen. Schwarzes Blut spritzte durch die Luft, der Drizil heulte gequält auf und stürzte rücklings. Ein Mitglied des Feuertrupps, das hinter ihm stand, wurde aus der Dunkelheit heraus zweimal getroffen und gegen die Wand geschleudert. Der Mann stöhnte mehr vor Überraschung denn vor Schmerz auf, bevor er starb. Weitere Drizil kamen die Treppe herunter, die in dieses Stockwerk führte. Carlo schätzte, dass die Verteidiger mindestens zwei zu eins in der Minderheit waren. Es gab nur eines von Wert hier unten: die Gefangenen. Sie waren hinter den gefangenen Drizil her.

Unter normalen Umständen hätte er den Rückzug befohlen und den Drizil ihren kleinen Sieg überlassen, indem sie die Gefangenen befreiten. Nur leider ging das diesmal nicht. Die Drizil blockierten den einzigen Fluchtweg, den es gab. Sich dort hindurchzukämpfen, würde zu ihrer vollständigen Auslöschung führen.

Er packte René an der Schulter. »Los, sammle so viele Leute, wie du kannst. Wir verschanzen uns hier.«

»Hier? Bist du sicher?«

Carlo deutete wortlos Richtung Treppe. René folgte dem Wink und erkannte in derselben Sekunde, was sein Kommandant meinte. Ohne weiteren Kommentar eilte er davon, um die Überlebenden in diesem Teil des Gebäudes zusammenzurufen.

Der Feuertrupp, der die Drizil bewacht hatte, formierte sich im Halbkreis um die Tür und Carlo. Er schätzte, dass sich inzwischen mindestens vierzig Drizil hier aufhielten, und es wurden ständig mehr. Der Kommandant der 18. Legion überprüfte das Magazin der Nadelpistole. Vielleicht war heute der Glückstag der Drizil. Sie bekamen die Gefangenen und ihn.

Edgar schlummerte so tief wie schon seit Wochen nicht mehr, als der Alarm der Kaserne losging und die Kohorten der 18. Legion in den Kampf rief.

Mit einem derben Fluch auf den Lippen sprang er von seiner Matratze auf und streifte die wenigen Teile seines Kampfanzugs, die er während des Schlafens nicht trug, mit mechanisch wirkenden Bewegungen über.

Die Kaserne füllte sich zusehends mit Leben, als Männer und Frauen gleichermaßen in ihre Kampfanzüge schlüpften und sich den Schlaf aus den Augen rieben.

Sobald er den Helm überstreifte, schaltete er das Funkgerät auf den allgemeinen Befehlskanal der Legion und lauschte dem wirren Sammelsurium verschiedener Meldungen. Langsam klärte sich das Bild des Vorfalls. Ein weiterer Fluch kam über seine Lippen.

»Boss?«, fragte Becky.

»Die Drizil. Sie haben das Kommandozentrum überfallen. Rix und Castellano sind dort und vermutlich in Schwierigkeiten.«

»Wie viele? Ist es eine neue Offensive?«

»Glaub ich nicht. Sieht eher nach einer Kommandooperation aus. Auf jeden Fall haben sie die Wachmannschaft kalt erwischt.«

Major Akira Hitoshi, in Carlo Rix' und René Castellanos Abwesenheit der ranghöchste Offizier der Legion, stürmte durch die Tür, sein Nadelgewehr über die Schulter gelegt.

»Legion. Ihr habt es vermutlich schon gehört, aber die Drizil haben es auf unser Nervenzentrum abgesehen. Die Miliz stößt auf dem Weg zum Kommandozentrum zu uns. Formiert euch zu Feuerteams und rückt aus! Sofort!«

Ohne weitere Worte drehte er sich um und stürmte aus dem Schlafsaal. Die Männer und Frauen der Legion strömten durch die Türen ins Freie. Edgar bemerkte Dianeira Kolja, die ihren Aufklärungs-Feuertrupp um sich sammelte und nach wenigen Schritten bereits in der Nacht verschwunden war. Die Aufklärungslegionäre würden den Weg bis zum Kommandozentrum auskundschaften, mögliche feindliche Hinterhalte identifizieren und ausschalten und so den Weg für die nachrückende Streitmacht um einiges sicherer machen.

Edgar verzog die Mundwinkel zu einem schiefen Lächeln. Die Drizil, die Kolja über den Weg liefen, waren wirklich nicht zu beneiden. Sie würden in den meisten Fällen noch nicht einmal merken, was sie getroffen hatte.

Langsam kam Ordnung in das bestehende Chaos, als sich die einzelnen Feuertrupps formierten. In diesem Teil von Misarat hielten sich derzeit etwa achthundert Legionäre auf. Ihnen stand eine Drizil-Streitmacht in unbekannter Stärke gegenüber, deren Aufgabe es offenbar war, der Schlange den Kopf abzuschlagen.

Galen lud einen Ladestreifen in seinen Schnellfeuer-Nadelwerfer. Becky und Vincent unterhielten sich in einiger Entfernung gedämpft, während Li die Funksprüche von Miliz und Legion nach wertvollen Informationen durchforstete.

Aufklärungslegionäre schwärmten aus, um die Peripherie der Streitmacht zu schützen und nach etwaigen gegnerischen Einheiten Ausschau zu halten.

Akira Hitoshi gab das Zeichen zum Abmarsch und die Streitmacht setzte sich in Richtung Kommandozentrum in Bewegung.

Edgar hoffte, dass sie nicht zu spät kamen.

Carlo riss reflexartig den Arm hoch, als ein Drizil vor ihm durch die Luft segelte und nur eine Armeslänge vor ihm auf dem Boden aufkam.

Der Drizil schwang eine gefährlich aussehende Klinge, die mühelos die Panzerung an Carlos Kampfanzug durchdrang und ihm tief ins Fleisch schnitt.

Der einzige Grund, aus dem der Kommandant der 18. Legion nicht den Arm verlor, war, dass ein Legionär hinter dem Drizil herumwirbelte und dem Gegner zwei Projektile in Rücken und Hinterkopf schoss. Dem Drizil rutschte im Todeskampf das Messer aus den Händen und er stürzte wild zuckend vor Carlos Füße.

Carlo riss einen Stofffetzen aus der Uniform eines gefallenen Milizionärs und band ihn sich eilig um die heftig blutende Wunde. Der dünne Stoff bot lediglich unzureichend Schutz und schon nach wenigen Sekunden war der Fetzen mit Blut durchtränkt. Überdies brannte die Wunde wie Feuer.

Carlo erfasste ihre Situation mit einem Blick. Das Stockwerk wurde noch von etwa dreißig Verteidigern gehalten, denen mindestens sechzig bis siebzig Gegner gegenüberstanden. René hatte eine provisorische Verteidigungslinie im Zellenbereich aufgebaut. Der Bereich war leicht zu verteidigen, da er nur einen Ein- beziehungsweise Ausgang besaß. Die Drizil mussten durch einen Engpass, um sie zu erreichen, wodurch die Schlacht für sie zu einem verlustreichen Unterfangen wurde. Worin auch immer der Sinn dieses nächtlichen Überfalls bestand, so hatten ihn sich die Drizil sicher nicht vorgestellt. Diese Position hatte jedoch auch einen entscheidenden Nachteil: Sie standen mit dem Rücken zur Wand.

Ein Legionär ging mit einem faustgroßen Loch in der Panzerung direkt über der Brust zu Boden. Das Nadelgewehr entfiel seinen kraftlos gewordenen Fingern.

Carlo eilte zu ihm und riss ihm den Helm vom Kopf. Mit zitternden Fingern suchte er nach dem Puls. Er fand nichts. Frustriert und wütend erhob er sich wieder. Die Lichtverhältnisse hatten sich nicht gebessert. Die Leuchtröhren an der Decke fielen immer wieder aus, was das Kämpfen erschwerte. Viele der Verteidiger griffen immer wieder auf die Infrarotsicht ihrer Helme zurück.

Die Drizil bewiesen ein unheimliches Geschick für den Kampf in der Dunkelheit. Carlo hatte dies bereits in früheren Schlachten auf anderen Planeten bemerkt. Wer diese Wesen kämpfen sah, musste sie einfach bewundern. Ihre Anmut, ihre Schnelligkeit - ihre Tödlichkeit.

René eilte an seine Seite. Der Kampfanzug war an Schulter und Hüfte aufgerissen, Brandwunden bedeckten die linke Hand, an der er keinen Handschuh mehr trug.

Er hielt sich mit verzerrtem Gesicht das linke Handgelenk. Sein Stellvertreter versuchte vorzugeben, die Wunde sei nicht schlimm, doch Carlo kannte den Mann lange genug, um sich davon nicht täuschen zu lassen.

»Du solltest dich etwas ausruhen«, mahnte Carlo seinen Freund, »und deine Wunde versorgen lassen.«

»Geht schon. Ich werde es wohl überleben.« Zeitgleich fielen ein Legionär und zwei Milizionäre im unbarmherzigen Dauerfeuer des Feindes.

»Vielleicht«, fügte René kleinlaut hinzu.

Durch den Engpass konnte nur etwa die Hälfte der Verteidiger zur selben Zeit kämpfen, die übrigen saßen auf dem blanken Boden, leckten ihre Wunden und ruhten sich aus. Etwa alle zehn Minuten wurde gewechselt, sodass sich jeder mal von den Strapazen erholen konnte.

»Wie es wohl im Rest des Gebäudes aussieht?«, fragte Carlo und sah nachdenklich zur Decke. »Ob da oben noch jemand lebt?«

»So darfst du nicht denken«, wies René ihn zurecht. »Es können nicht so viele von ihnen sein. Das wäre unseren Vorposten nicht entgangen.«

»Mag sein. Außerdem scheinen sie sich auf unser Stockwerk zu konzentrieren.«

»Sie sind hinter den Gefangenen her«, nickte René und warf der Tür, hinter der sich die Gefangenen befanden, einen düsteren Blick zu.

»Vielleicht könnten wir sie als Geiseln benutzen, um die Drizil zum Rückzug zu zwingen?!«

Carlos Augenbrauen zogen sich Unheil verkündend über der Nasenwurzel zusammen. René hob abwehrend die Hände, wobei er die Verletzung seines Handgelenks vergaß und schmerzerfüllt zusammenzuckte.

»Schon gut, war ja nur ein Vorschlag«, wehrte er ab.

»Das ist nicht unsere Art, René. Wir benutzen keine Kriegsgefangenen als Schutzschilde. Außerdem fühle ich mich wohler, wenn sie dort bleiben, wo sie sind. Dann kann ich mir wenigstens sicher sein, dass sie nichts im Schilde führen. Es reicht mir, wenn von einer Seite Gefahr droht.« Er deutete auf den Kampflärm, als die Angreifer zu einer erneuten Attacke ansetzten.

René sah nun ebenfalls zur Decke. »Ob Cavanaugh und die anderen Gouverneure wohl in Ordnung sind?«

»Keine Ahnung.« Nur wenige Zentimeter über Carlos Kopf schlug die Entladung einer Drizil-Energiewaffe in die Wand ein und Staub rieselte auf sie herab. Carlo und René zogen aus einem Reflex heraus die Köpfe zwischen die Schultern. »Im Moment können wir sowieso nichts für sie tun.«

Edgar warf sich hinter eine Mauer, während ein Drizil-Heckenschütze aus seiner Engergiewaffe seine Stellung mit Dauerfeuer belegte. Etwa ein Dutzend dieser lästigen Gesellen tummelte sich auf dem Dach des Kommandozentrums und nahmen die Straße unter Beschuss.

»Galen! Bericht!«

»Hab ihn gleich, Boss. Nur noch eine Sekunde.«

Galens Waffe röhrte stakkatoartig los. Beinahe augenblicklich wurde der Beschuss vom Dach merklich schwächer. Edgar riskierte einen Blick. Die großkalibrigen Geschosse Galens rissen faustgroße Löcher aus der Mauer, hinter der sich die Drizil versteckten. Zwei Drizil konnten nicht schnell genug in Deckung gehen und die Geschosse durchschlugen ihre Panzerung und schleuderten sie zurück. Zwei weitere stürzten vom Dach auf den zwölf Meter tieferen Asphalt, wo ihre Körper zerschmetterten.

Die Überlebenden von Galens Angriff zogen sich eilig zurück. Akira Hitoshi, der sich rechts von Edgar vorarbeitete, gab ein knappes Handsignal. Ein halbes Dutzend Feuerteams rückten im Feuerschutz anderer Legionäre zum Eingang des Gebäudes vor.

»Irgendwo im Gebäude sind die Gouverneure, General Rix und Colonel Castellano«, hörte Edgar die Stimme Akira Hitoshis über das Funkgerät in seinem Helm. »Sie zu finden und ihre Positionen zu sichern, hat oberste Priorität.«

»Wir gehen mit rein«, wies Edgar seine Leute an. »Becky, Vincent, rechte Flanke. Galen und Li nach links.« Edgar erhob sich und sprintete im Zickzack über die Straße, bis er den überdachten Eingang erreichte. Kein feindliches Feuer folgte seinem Weg und versuchte, seinem Leben ein Ende zu bereiten.

Entweder hatten sie die Heckenschützen vertrieben oder diese lauerten nur auf eine bessere Gelegenheit. Sein Feuerteam wartete bereits zu beiden Seiten des Eingangs auf ihn. Die Spuren der Schlacht waren allgegenwärtig. Milizionäre und Legionäre lagen gleichermaßen verdreht und zerbrochen wie Spielzeug am Boden. Der Angriff musste sie vollkommen überrascht haben.

Geräusche hinter ihm lenkten seine Aufmerksamkeit zurück auf die Straße. Legionäre stürmten links und rechts am Gebäude vorbei. Hitoshi hatte damit begonnen, das Areal zu sichern. Wie auch immer der Kampf weiter verlaufen mochte, spätestens jetzt kamen die Drizil nicht mehr hier weg. Sie saßen in der Falle. Das machte ihren Gegner nur umso gefährlicher. Ein Tier, das in der Falle saß, durfte man bekanntlich nicht unterschätzen.

Edgar gab seinem Team mit einem Nicken zu verstehen, das Gebäude zu betreten. Im Inneren schalteten sie sofort auf Infrarot. Die Sichtverhältnisse waren schlichtweg erbärmlich. Der Boden war übersät mit Toten. Die Drizil hatten gehaust wie die Barbaren. Der überwiegende Teil bestand aus zivilen Mitarbeitern, Sekretären, Assistenten, dann natürlich Milizionären, hin und wieder einem Legionär und viel zu selten Drizil. Die Befehle der Drizil lauteten offenbar, keine Gefangenen zu machen – oder keine Zeugen zurückzulassen.

Weitere Legionäre drangen hinter Edgars Trupp ins Gebäude ein. Eines der Teams wurde von Dianeira Kolja geführt.

Edgar kniete sich auf den Boden, das Gewehr über das Knie gelegt. Dianeira gesellte sich zu ihm, wobei sie die Umgebung zu keinem Zeitpunkt aus den Augen ließ.

»Nach oben oder nach unten?«, fragte sie ihn.

Edgar zuckte die Schultern. »Mir egal.«

Dianeira holte eine Münze aus einer der Taschen ihres Kampfanzugs und sah ihn auffordernd an. »Sag an.«

»Kopf, du gehst nach oben, Zahl, du gehst nach unten«, erwiderte er. Sie nickte. Dianeira warf die Münze hoch in die Luft, fing sie anschließend geschickt wieder auf und präsentierte das Ergebnis. Es war Zahl.

Edgar nickte. »Viel Glück.«

»Dir auch«, antwortete die Legionärin und führte ihren Trupp und die Hälfte der anderen Legionäre in die tieferen Stockwerke.

Edgar erhob sich und bedeutete dem Rest der zurückgebliebenen Soldaten, ihm zu folgen. In diesem Teil des Gebäudes war es gespenstisch ruhig. Man hatte fast das Gefühl, eine Gruft zu betreten. Nur hin und wieder hörte man gedämpftes Waffenfeuer, das ihn daran erinnerte, dass noch immer gekämpft wurde und es Menschen gab, die weiterhin am Leben waren und Hilfe brauchten. Nur mit Mühe bezwang er den Drang, die Legionäre zur Eile anzutreiben. Eile war der Tod eines Soldaten.

Im dritten Stock des Gebäudes fanden sie die Leiche von Major Marie Schneider, der Kommandantin der Kampfkohorte Rigidus. Ihr Körper war über den Stufen zusammengesunken, von einem Dutzend Wunden gezeichnet.

Einige der Legionäre in seiner Begleitung gehörten Schneiders Einheit an. Edgar musste ihre Gesichter unter den Helmen nicht sehen, um zu erkennen, welche Gefühle sie bewegten. Ihre Körper wirkten starr, die Hände verkrampften sich um die Waffen. Er hatte Schneider nur vom Sehen gekannt, sie hatte innerhalb der Legion jedoch einen guten Ruf genossen. Diesen Tod verdiente sie nicht. Niemand verdiente ihn. In ihrer unmittelbaren Nähe lagen drei tote Drizil. Sie war zumindest nicht kampflos gestorben.

Edgar führte die Truppe weiter, bevor die Legionäre zu viel Zeit zum Nachdenken hatten. Sie näherten sich dem fünften Stock und Edgar hörte immer häufiger Kampflärm, Schreie und kleinere Explosionen. Sie näherten sich dem Brennpunkt des Geschehens.

Er bemerkte eine Bewegung voraus. Mehr aus Instinkt und antrainierten Reflexen warf er sich zur Seite. Die Entladung einer Drizil-Energiewaffe fauchte an ihm vorbei und schlug in die Wand ein. Soweit möglich zerstreuten sich die Legionäre. Edgar und Becky erwiderten das Feuer. Galen warf sich flach hin und entging nur um Haaresbreite dem zweiten Angriff. Eine Entladung streifte Lis Kampfanzug und hinterließ eine rauchende Schramme am Arm.

»Li?«, schrie Edgar.

»Alles in Ordnung«, erwiderte dieser. »Die Panzerung ist nicht durchschlagen.«

»Becky, gib ihm Deckung. Galen, Unterdrückungsfeuer.«

Galen brachte seine Waffe in Anschlag und feuerte in Richtung des Angriffs. Drizilschreie belohnten seine Bemühungen und das feindliche Feuer endete abrupt.

»Ausschwärmen«, befahl er den Legionären hinter sich. »Jeden Raum durchkämmen, aber gebt euch gegenseitig Feuerschutz. Vincent, du bleibst bei mir.«

Die Legionäre rückten ins Stockwerk vor, wobei sie mit äußerster Vorsicht vorgingen und jeden Raum auf mögliche Hinterhalte überprüften.

Edgar und Vincent gingen mit einem Dutzend Legionäre einen lang gestreckten Korridor entlang. Bereits nach wenigen Schritten kamen sie an vier toten Drizil vorbei, die von Galens Feuer niedergemäht worden waren.

Den Schusswechsel, den er meinte, gehört zu haben, war inzwischen verstummt. Er mochte gar nicht daran denken, dass dies unter Umständen bedeutete, dass die Drizil den letzten Widerstand in diesem Stockwerk zerschlagen hatten.

Der hintere Teil des Korridors war in tiefe Schwärze gehüllt. Es gab nicht einmal mehr flackernde Leuchtröhren. Er ging davon aus, dass die Drizil die Lichtquellen absichtlich zerstörten, um ihre Gegner zu behindern und sich selbst einen Vorteil zu sichern. Edgar schaltete auf Infrarot um. Seine Nackenhaare richteten sich schlagartig auf. Für den erfahrenen Truppführer ein untrügliches Zeichen bevorstehender Gefahr.

Bevor er noch Zeit hatte, die Warnung, die sein Unterbewusstsein ihm übermittelte, zu verarbeiten, griffen die Drizil an. Aus drei Richtungen stürmten versteckte Soldaten auf die vorrückenden Legionäre ein.

Edgar nahm zwei Angreifer aufs Korn, sein Gewehr hustete mehrmals auf und beide Drizil fielen, ein weiterer nur Sekunden später. Dann waren die Drizil auch bereits über ihnen.

Im Korridor brach ein wüstes Handgemenge aus. Drizil und Menschen kämpften auf kürzeste Distanz. Nadelgewehre und -pistolen heulten auf, Energiewaffen fauchten, Dolche und Kampfmesser blitzten im Widerschein der Mündungsfeuer auf.

Edgar ließ sein Gewehr fallen und griff sich seine beiden Kampfmesser. Er kreuzte beide Klingen vor seinem Gesicht und blockte einen feindlichen Angriff nur wenige Zentimeter vor seinem rechten Auge. Der Drizil fletschte angriffslustig die Zähne.

Edgar ließ sich davon jedoch nicht aus der Ruhe bringen. Er federte mit den Oberschenkeln leicht nach hinten, doch nur, um Kraft zu sammeln. Mit einem wüsten Aufschrei schleuderte er seinen Angreifer zurück. Der Drizil prallte gegen die nächste Wand, er erholte sich jedoch schneller, als Edgar es gehofft hatte, und griff erneut an.

Edgar wich seitlich aus, sodass der Angriff ins Leere ging. Er wirbelte eines seiner Messer herum und trieb es dem Drizil in den Nacken. Die Kreatur kreischte markerschütternd auf und fiel.

Zu seiner Linken fiel ein Legionär mit zerfetztem Kampfanzug und einem Drizilmesser in der Brust. Ein weiterer rutschte mit durchtrennter

Kehle, aus der das Blut in hellen Fontänen sprudelte, an der Wand entlang zu Boden.

Er sah Vincent unter dem wilden Hieb eines Drizil wanken, der Angreifer sah seine Chance gekommen und setzte mit einer Abfolge von Stößen nach, die Vincent allesamt nur knapp parieren konnte. Plötzlich stolperte der Legionär und fiel hintenüber. Edgar konnte es nicht beschwören, doch er glaubte, Vincent sei über die eigenen Füße gestolpert. Der Drizil heulte siegessicher auf.

Edgar sprang ihn, ohne auf seine eigene Sicherheit zu achten, an. Beide Kämpfenden gingen in einem Gewirr aus Armen und Beinen zu Boden. Der Drizil fauchte ihn, seiner sicher geglaubten Beute beraubt, wütend an.

Der feindliche Soldat stieß mit seiner Klinge nach dem weichen Stoff, der die Verbindung zwischen Edgars Helm und Kampfanzug bildete. Eine unvermeidliche Schwachstelle jedes Legionärs.

Edgar wich im letzten Moment seitlich aus. Das Messer ritzte den Stoff leicht auf und verletzte die Haut darunter. Edgar biss die Zähne zusammen und rammte dem Drizil den eigenen Kopf mitsamt Helm ins Gesicht. Das Visier des feindlichen Soldaten zersprang in unzählige Scherben, wobei dem Drizil einige in die Augen drangen. Die Kreatur kreischte erneut auf, diesmal vor Schmerz und ließ für einen Sekundenbruchteil in der Konzentration nach.

Edgar schlug beide Hände des Gegners beiseite und stieß ihm eins seiner Messer tief in den Rachen. Die Kreatur erschlaffte sofort.

Edgar stand stöhnend auf. Der Kampf im Korridor ebbte langsam ab. So, wie es aussah, hatten sie den Angriff zurückgeschlagen. Fast die Hälfte der Legionäre lag am Boden. Viele rührten sich nicht mehr. Aus der Richtung, aus der sie gekommen waren, strömte weitere Verstärkung heran. Mindestens zwei Dutzend Legionäre und vielleicht das Dreifache an Miliz eilten vom Kampflärm angelockt herbei und halfen, die letzten Drizil niederzumachen.

Edgar hielt Vincent die Hand hin, der sie nach kurzem Zögern ergriff, und half ihm auf die Beine.

»Ich muss ausgerutscht sein«, meinte der Junge verlegen und sah betreten zu Boden.

»Natürlich«, sagte Edgar wenig überzeugend und klopfte ihm aufmunternd auf die Schulter. Der Junge musste seine Unbeholfenheit und Unsicherheit unbedingt in den Griff kriegen, sonst waren die Konsequenzen nicht abzusehen. Bestenfalls würde es nur sein eigenes Leben kosten, doch Edgar hatte mit solchen Soldaten bereits Erfahrungen gemacht. Meistens rissen sie andere Legionäre noch mit in den Tod. Er nahm sich vor, später mit ihm darüber zu reden. Er warf Becky einen nachdenklichen Blick zu. Oder er würde jemanden mit ihm reden lassen, auf den er vielleicht eher hörte.

Edgar sammelte die Überlebenden des Gefechts um sich und machte sich daran, das restliche Stockwerk zu durchkämmen. Auf Drizil stießen sie nicht mehr, aber auf etwas anderes.

Der Türrahmen des letzten Zimmers ganz am anderen Ende des Korridors war mit Stühlen und Tischen verbarrikadiert. Im Innern fanden sie die Gouverneure, etwa zwanzig Soldaten, die stoisch die Stellung hielten, sowie die Majore Abby Cummings und Sam Hutchinson. Hutchinson lag bewusstlos in einer Ecke. Ein Sanitäter kümmerte sich um ihn. Sein rechter Arm lag in einer Schlinge und ein Druckverband bedeckte eine üble Wunde am rechten Oberschenkel, die eine Drizilklinge geschlagen hatte.

Die Gouverneure waren alle mehr oder weniger unversehrt, doch die Gesichter, die sich ihm beim Betreten des Raumes zuwandten, wirkten kalkweiß.

Edgar aktivierte sein Funkgerät. »Major Hitoshi? Wir haben die Gouverneure. Sie sind unverletzt. Position gesichert.«

»Gut gemacht, Lieutenant«, erwiderte der Major prompt. »Lieutenant Kolja hat inzwischen Rix und Castellano gefunden. Beide haben Blessuren davongetragen, sind aber am Leben. Das Gebäude ist gesichert. Wir haben es geschafft.«

Bei dieser Nachricht seufzte Edgar erleichtert auf, doch sein Blick fiel auf die Toten und das Blut, das den Boden bedeckte.

Geschafft vielleicht, aber zu welchem Preis?

23

Der Besprechungsraum war notdürftig instand gesetzt worden. Es würde seine Zeit dauern, die Spuren der Schlacht zu beseitigen. Carlo Rix sah sich unter den Anwesenden aufmerksam um, bemühte sich, ihre Gemütslage und Stimmung festzustellen.

Die sichtbaren Spuren des Gefechts der vergangenen Nacht würden lange nicht solche tiefen Narben hinterlassen wie die unsichtbaren. Sein Blick fiel auf den Platz, den normalerweise Marie Schneider innehätte. Ihr Tod riss eine tiefe Wunde in ihre Mitte. Er würde sich schon bald Gedanken über ihre Nachfolge machen müssen. Die Kampfkohorte RIGIDUS benötigte einen Anführer. Er riss sich zusammen. Dafür war später noch Zeit. Nun galt es, Dringenderes zu erledigen. Perseus' Schicksal stand auf des Messers Schneide.

Die Wunde an seinem Arm schmerzte immer noch wie die Hölle, doch er ermahnte sich selbst, dass es anderen schlimmer erging. Renés Blick, der neben ihm am Tisch saß, wurde in unregelmäßigen Abständen glasig, was auf eine Gehirnerschütterung hindeutete. Ein blutiger Verband bedeckte seine Stirn.

Außer ihm selbst und René saßen die übrigen Kohortenkommandeure am Tisch sowie die Gouverneure und Milizgeneral Lecomte. Die Gouverneure wirkten noch immer zutiefst geschockt von den Geschehnissen der vergangenen Nacht. Am liebsten hätte er ihnen etwas Ruhe gegönnt, doch die veränderten Umstände, die er nur wenige Stunden zuvor erfahren hatte, zwangen ihn, die Dinge zu beschleunigen.

Commodore Lestrade nahm über eine Direktverbindung an der Besprechung teil. Sein lebensgroßes Hologramm stand aufrecht hinter Carlo, während er still die Männer und Frauen im Raum musterte.

Der Einzige am Tisch, der halbwegs adrett aussah, war Lecomte, aber auch nur deshalb, weil er erst eine halbe Stunde zuvor aus seinem Kommandostand angekommen war.

Carlo räusperte sich. Augenblicklich richtete sich die Aufmerksamkeit aller Anwesenden auf ihn. »Die Vorkommnisse von vergangener Nacht sind eine Tragödie, keine Frage. Wir haben alle Opfer und Verluste erlitten, doch ich befürchte, wir dürfen es uns nicht erlauben zu trauern. Nicht jetzt. Es wird eine Zeit dafür geben, doch vorher müssen wir dafür Sorge tragen, dass Perseus überhaupt eine Zukunft hat.«

»Wie konnte das passieren?«, fragte Cavanaugh, ohne Carlos Worten Beachtung zu schenken. Die Stimme des Gouverneurs war bar der üblichen Arroganz. Der Mann starrte auf die Tischplatte, als könne er dort die Antwort auf seine Frage finden.

»Das wissen wir nicht genau«, meinte René an Carlos statt. »Es waren nicht mehr als zwei- oder dreihundert von ihnen, vermutlich ein handverlesener Kommandotrupp. Sie müssen im Schutz der Nacht unsere Linien infiltriert haben.«

»Ohne dass die Legion etwas bemerkt hat?«

»Nicht nur die Legion, auch die Miliz hat nichts bemerkt«, hielt René mit einem Anflug kaum unterdrückter Wut dagegen. Sein Blick zuckte in Lecomtes Richtung. »Nichts für ungut.«

Der Milizgeneral zuckte die Achseln. »Schon gut, Sie haben ja recht. Niemand hat etwas bemerkt.«

»Woher wussten sie nur, dass wir dort waren?«, sinnierte Cavanaugh. Carlo verdrehte innerlich die Augen. Schock hin, Schock her, die Arroganz des Mannes würde wohl nie schwinden. Er schien der festen Überzeugung, die Gouverneure wären das Ziel des Angriffs gewesen. Carlo erwog für einen Moment, ihn in dem Glauben zu lassen, sein Pflichtgefühl diktierte ihm jedoch eine andere Vorgehensweise.

»Wussten sie vielleicht gar nicht«, antwortete er. Der Kommandant der Legion wechselte einen schnellen Blick mit René. »Wir glauben, der Angriff galt den gefangenen Drizil.«

Cavanaughs Kopf zuckte hoch. »Sie leben noch? Lassen Sie sie hinrichten. Augenblicklich!« Die Augen des Gouverneurs blitzten vor Zorn.

Doch Carlo schreckte davor nicht zurück. Er lehnte sich vor, stützte beide Ellbogen auf die Tischplatte und legte sein Kinn auf die gefalteten Hände. »Das werde ich nicht tun.«

»Aber ...«

»Lassen Sie mich eines ganz klarstellen, Lord Gouverneur Cavanaugh. Das ist eine rein militärische Entscheidung – die ich zu treffen habe.« Die letzten Worte betonte er auf eine Weise, dass jedem klar sein musste, die Entscheidung war getroffen und würde sich nicht ändern. »Die Gefangenen haben sich als außerordentlich hilfreiche Informationsquelle erwiesen und die werde ich nicht aufgeben.«

»Ihre Anwesenheit ist eine Gefahr«, hielt Cavanaugh dagegen. »Das haben wir doch alle letzte Nacht am eigenen Leib erfahren.« Eines musste man dem kleinen Wiesel lassen, er gab nicht so schnell auf.

»Ich befürchte, ich muss James zustimmen«, sprang Dominique Vargas unerwartet an seine Seite. »Wir sollten die Drizil töten. Solange sie hier sind, müssen wir mit weiteren Aktionen wie vergangene Nacht rechnen.«

Carlo erinnerte sich, dass die Gouverneurin von Worgan beim nächtlichen Überfall zwei persönliche Assistenten verloren hatte. Eine davon war ihre Schwester gewesen.

»Das wird schon sehr bald keine Rolle mehr spielen«, lenkte Carlo das Gespräch in Richtung des Themas, das er bereits die ganze Zeit hatte ansprechen wollen.

»Inwiefern?«, wollte Lecomte wissen.

»Das sollte wohl besser Commodore Lestrade erklären.« Carlo blickte auffordernd in Richtung des Hologramms. Das Abbild des Commodore nickte verstehend. Das Hologramm flackerte alle paar Sekunden irritierend. Die VENGEANCE änderte ständig den Kurs, um ein Anpeilen der Übertragung durch die Drizil zu vermeiden.

»Vor etwa zwei Tagen gab es ein kurzes und recht einseitiges Gefecht ganz in der Nähe von Perseus. Ein Geschwader Schnellboote griff etwas an, das wir für einen Nachschubkonvoi hielten. In Wirklichkeit handelte es sich um eine Falle. Der Gegner musste zwar Federn lassen, doch wir verloren das komplette Geschwader.«

»Das ist ja alles sehr tragisch«, unterbrach Lord Gouverneur Finier ungeduldig, »doch worin liegt der tiefere Sinn Ihrer Geschichte?«

»Dazu komme ich jetzt«, erwiderte Lestrade, ohne sich seine Verärgerung anmerken zu lassen. »Eines der Boote wurde abgeschossen, doch ihm gelang eine Notlandung. Es gab zwei Überlebende. Diese fanden etwas solcher Tragweite, dass sie es riskierten, sich mit ihrem Notfunkgerät zu melden – und das, obwohl die sehr reale Gefahr bestand, dass die Drizil die Sendung auffangen.«

»Was haben sie gefunden?«, fragte Akira Hitoshi mit emotionsloser Stimme. Der Gegenangriff, den der Major vergangene Nacht organisiert und geführt hatte, hatte vermutlich alle Anwesenden am Tisch gerettet. Dem Mann waren jedoch die Strapazen anzusehen. Vor Müdigkeit hatten sich tiefe Furchen in sein Gesicht gegraben und Carlo bezweifelte, dass er in den letzten vierundzwanzig Stunden geschlafen hatte.

Auf Hitoshis Frage hin betätigte Lestrade einen Schalter außerhalb des Sichtfeldes des Hologramms. Kurz darauf blitzte ein kleines Hologramm über dem Tisch auf. Es zeigte eine Mulde, in der Hunderte von Drizil dabei waren, etwas aufzubauen.

»Die Drizil haben offenbar einen Standort für ihr Funkfeuer gefunden«, erklärte der Commodore schlicht.

Schweigen senkte sich über den Raum, als die Anwesenden diese unerwartete Information verdauten. Cavanaugh war der Erste, der sich zutraute, das Wort zu ergreifen.

»Wann kann es seine Arbeit aufnehmen?«

»In einem, vielleicht zwei Tagen«, erwiderte Carlo. »Maximal.«

»Was tun wir jetzt?«, fragte Lecomte atemlos. »Aufgeben?«

»Niemals!«, erwiderte Carlo mit harter Stimme, die keinen Widerspruch duldete.

»Aber welche Chancen haben wir jetzt noch?« Die Stimme des Milizgenerals grenzte zwar nicht an Panik, aber zumindest an tiefe Resignation, was sich in der momentanen Situation als ebenso gefährlich erweisen konnte.

»Wir haben bereits einen Plan«, antwortete Carlo und warf Lestrades Hologramm einen weiteren Blick zu.

Der Commodore nickte. »Unser Plan sieht ein gemeinsames Vorgehen gegen die Drizil vor. Boden- und Raumstreitkräfte. Zur selben Zeit.« Lestrade sah auf seine Uhr. »In fast genau fünfzehn Stunden. Dann dürften meine Schiffe in Position sein, um den Feind anzugreifen.«

»Irgendjemand von uns muss durchkommen, um zu verhindern, dass das Funkfeuer fertiggestellt wird oder den Betrieb aufnimmt. Entweder unsere Bodentruppen brechen durch und erledigen den Job oder ...« Carlo blickte Lestrade vielsagend an.

»Oder die Flotte durchbricht die feindlichen Linien und führt ein Orbitalbombardement durch«, beendete der Commodore den Satz. »Ganz so, wie es die Flotte bei Vector Prime gemacht hat.«

»Ein Orbitalbombardement?!«, meinte Cavanaugh zweifelnd und betrachtete das kleine Hologramm der Apparatur, die über Perseus' Freiheit oder Versklavung entscheiden konnte.

»Das gefällt mir genauso wenig wie Ihnen«, stimmte Carlo unumwunden zu. »Das Gebiet, in welchem die Drizil ihr Funkfeuer aufbauen, ist jedoch praktisch menschenleer. Es dürfte also nur ein Minimum an zivilen Opfern geben. Als die Flotte bei Vector Prime den Planeten bombardierte, opferte sie ein immer noch dicht besiedeltes Gebiet, um die Drizil aufzuhalten.«

»Aber die Aktion bei Vector Prime war ein Fehlschlag«, gab Gouverneur Diether Loos zu bedenken. »Die Drizil kamen trotzdem.«

»Weil das Funkfeuer bereits aktiviert war«, sagte Lestrade. »Das ist bei uns definitiv noch nicht der Fall und der Plan sieht vor, unter allen Umständen dafür zu sorgen, dass das auch so bleibt.«

»Können Ihre Schiffe die verbliebenen Drizilkräfte im System schlagen?«, fragte Sam Hutchinson. »Soweit ich weiß, sind ihre Einheiten nicht mehr im allerbesten Zustand.«

»Die Drizil auch nicht«, gab Lestrade zurück. Sein Tonfall wurde ein wenig eisig. Der Einwand des Majors traf den Commodore wohl in dessen beruflichem Stolz. »Außerdem kehren innerhalb der nächsten zwanzig Stunden neun Schiffe von Worgan zurück, die darüber hinaus eine große Anzahl Schnellboote mitbringen. Mit dieser Verstärkung können wir die Drizil schlagen.«

»Sie wissen aber nicht, wann die Verstärkung genau eintrifft, oder?«, beharrte Hutchinson.

»Nein«, gab Lestrade unumwunden zu.

»Spielt auch keine Rolle«, mischte sich Carlo ein. »Wir können mit unserem Angriff nicht länger als fünfzehn Stunden warten. Jede weitere Stunde vergrößert die Gefahr, die von dieser Apparatur ausgeht. Falls die Verstärkung nicht rechtzeitig eintrifft, schaffen wir es auch ohne sie.«

Nicht alle am Tisch wirkten von dieser martialischen Ankündigung gänzlich überzeugt, doch niemand widersprach. Was hätten sie auch sagen können? Keiner von ihnen wollte sehen, wie Hunderte Drizilschiffe über Perseus auftauchten. Dieser Angriff war ihre einzige Hoffnung. Falls Perseus fiel, würden die anderen Planeten dieses Sektors ebenfalls über kurz oder lang fallen und niemand wollte dies miterleben.

Carlo wandte sich seinen Offizieren zu. »Kehren Sie zu ihren Einheiten zurück und instruieren Sie Ihre Offiziere. Sorgen Sie dafür, dass alle Truppenteile in Position sind, sobald das Signal zum Angriff erteilt wird. Und machen Sie allen eines klar: Irgendjemand muss durchkommen. Entweder die Bodentruppen erobern die Apparatur und zerschlagen die letzten Driziltruppen auf Perseus oder die Flotte führt einen Orbitalschlag durch. Den Drizil darf nicht gestattet werden, das Gerät zu aktivieren, sonst ist alles verloren.«

Carlo zog sich einen Stuhl heran und setzte sich eine Armeslänge von den Gitterstäben entfernt vor die Zelle.

Taran Stuullonor saß im hinteren Teil der Zelle auf dem Boden. Als er die Anwesenheit des Generals bemerkte, stand er auf und trat an die Gitterstäbe heran. Die allgegenwärtigen Legionäre hinter Carlo hoben warnend ihre Waffen. Taran Stuullonor verharrte auf der Stelle.

»Nun? Was kann ich heute für Sie tun?«

»Da bin ich mir ehrlich gesagt selbst nicht so ganz sicher«, erwiderte Rix ein wenig unsicher. »Ich hatte einfach das Gefühl, mit Ihnen sprechen zu müssen.«

»Ich nehme an, ich sollte mich geehrt fühlen.« Überraschenderweise fehlte dem Tonfall des Drizil jeder Sarkasmus, tatsächlich wirkte er eher amüsiert.

»Eigentlich nicht.« Carlo zuckte mit den Achseln.

Die beiden verfeindeten Offiziere starrten sich gegenseitig einen endlos scheinenden Moment an, bis der Drizil den Blick abwandte und stattdessen die Gitterstäbe musterte. »Wäre der Angriff vergangene Nacht erfolgreich gewesen, wäre die Lage jetzt umgekehrt. Dann würde ich jetzt dort draußen sitzen und Sie hier drin.«

»Oder ich wäre tot.«

»Oder Sie wären tot«, bestätigte der Drizil.

»Ich hatte schon vermutet, dass der Angriff Ihnen galt. Ich wusste, dass Sie wichtig sind, aber wichtig genug, um einen solchen Angriff zu rechtfertigen«, er schnalzte mit der Zunge, »das hat mich dann doch überrascht.«

»Überraschungen verleihen dem Leben Würze, nicht wahr?«, lachte der Drizil. »So sagt man doch bei Ihnen?«

»In der Tat, aber auf manche könnte ich gut verzichten.«

Der Drizil musterte ihn plötzlich ernst. »Warum sind Sie wirklich hier?«

»Ich weiß es nicht«, antwortete Carlo ehrlich. »Ich weiß es wirklich nicht. Ihre Leute haben damit begonnen, ein Funkfeuer aufzubauen.« Warum er dem Drizil das erzählte, wusste er selbst nicht zu sagen. Es erschien ihm – richtig.

»Ist es bereits einsatzfähig?«

»Nein, aber das wird es schon sehr bald sein.«

»Ah, ich verstehe«, sagte Taran Stuullonor. »Sie haben vor, das Gerät anzugreifen, bevor es so weit ist.«

»Ja, das ist richtig, die kommende Schlacht wird Perseus' Schicksal entscheiden.«

»Der Kommandant sucht nach Einsichten am Vorabend der Schlacht. Ist es das? Sind Sie deswegen hier?«

Carlo begann, Tarans Scharfsinn zu bewundern. Der Drizil besaß ein erstaunliches Gespür für die Dinge, die ihn bewegten. Eigentlich hätte er erwartet, Spott in der Stimme des feindlichen Offiziers zu hören, stattdessen nahm er so etwas wie Mitgefühl wahr. Und noch etwas anderes. Respekt?!

»Vielleicht.«

»Die kommende Schlacht wird den Krieg nicht beenden.«

»Das nicht, aber sie wird Perseus sicher machen.«

»Nur vorübergehend. Selbst wenn Sie Erfolg haben und das Gerät erobern oder zerstören, bevor es aktiviert wird, ist das nur eine vorübergehende Lösung. Sie können sich nicht ewig verstecken. Früher oder später wird mein Volk Sie finden. Sie werden nicht hier im Perseussystem bleiben. Sie werden Schiffe ausschicken, um zu erfahren, was in anderen Systemen vor sich geht. Sie können nicht anders, es liegt in Ihrer Natur. Und irgendwann wird einer Ihrer Schiffskommandanten einen Fehler machen und einen weiteren Schwarm hierher führen. Sie haben vielleicht noch einmal Glück und reiben diesen Schwarm wieder auf – und den übernächsten, der Sie findet, vielleicht auch, aber wir brauchen nur einmal Glück zu haben und nur einmal das Funkfeuer zu aktivieren, und dann werden alle Drizil wissen, wo Sie sind.«

»Schon möglich, aber wir werden auch diese bekämpfen.«

»Sie werden verlieren.«

»Sie wollen mir wohl den Mut nehmen?«, lächelte Carlo, doch das Lächeln erreichte seine Augen nicht.

»Nein, ich will Ihnen eine Alternative aufzeigen.«

»Kapitulation?«

»Überleben.«

»Wir kämpfen weiter. Auch das liegt in unserer Natur.«

Der Drizil überlegte und musterte Carlo währenddessen nachdenklich. Schließlich sprach er weiter. »Wollen Sie wissen, warum dieses Gebäude heute Nacht angegriffen wurde?«

Carlo nickte verwirrt. Worauf wollte der Drizil nur hinaus?

»Sie wurden deshalb angegriffen, weil diese Soldaten mich unbedingt befreien wollten. Das liegt in unserer Natur. Ich kommandiere nicht den

Schwarm, der Ihre Welt angreift, sondern ich führe den Clan, dem dieser Schwarm angehört.«

Carlo stockte der Atem. Er hatte von Anfang an vermutet, dass Taran Stuullonor wichtig war, doch er hatte keine Ahnung gehabt wie wichtig. Der Drizil sprach ungerührt weiter.

»Ich bin Taran Stuullonor, Erster meines Clans, Sohn von Kare Stullonor, Führer der Klick'Taldo-Drizil von der Welt Kerem-da.« Der Drizil sah Carlo erwartungsvoll an.

»Warum erzählen Sie mir das?«

»Weil es keinen Grund für weiteres Blutvergießen gibt. Ich will Ihnen aufzeigen, dass es einen Ausweg gibt. Unsere Völker werden weiterhin Krieg führen, und zwar so lange, bis eine Seite unterworfen oder vernichtet ist. Das bedeutet aber nicht, dass wir keinen Frieden schließen können. Wir beide.«

»Wovon sprechen Sie?«

»Mein Clan ist nur klein, nur wenige Schwärme groß. Aus diesem Grund gehören wir zu den Clans, die ausgeschickt werden, feindliche Welten zu finden. Trotzdem habe ich gewisse Möglichkeiten.«

»Möglichkeiten?«

»Ergeben Sie sich meinem Clan und Ihre Welt steht unter meinem Schutz. Kein Clan würde es wagen, eine Welt anzugreifen, die bereits von einem anderen Clan unterworfen wurde. Ihre Leute werden leben, egal ob Soldaten oder Zivilisten. Ihre Ehre bleibt unangetastet.«

»Sie stellen sich das sehr einfach vor«, sagte Carlo.

»Es ist einfach. Sobald ein größerer Clan dieses System findet oder von uns hierher geführt wird, ist keine Einigung zwischen uns mehr möglich. Ihr Schicksal hängt dann ganz davon ab, welcher Clan Ihr System für sich beansprucht. Und unter Umständen könnte dies für Ihre ganze Bevölkerung böse enden. Sie haben bereits Welten besucht, die befriedet wurden, Sie wissen, wovon ich spreche.«

»Ja, das weiß ich. Das ändert nichts daran, dass Ihr Vorschlag unannehmbar ist.«

»Wieso? Wenn Sie diese Schlacht auskämpfen, werden viele sterben. Ihre Leute und meine Leute. Ich will nur das Blutvergießen beenden. Ihre Welt wird sicher sein. Alles, was Sie tun müssen, ist, Ihre Waffen niederzulegen und Ihre Schiffe zu übergeben.«

Carlo sah den Drizil scharf an. »Würden Sie an meiner Stelle dieses Angebot annehmen?«

Der Drizil musterte sein Gegenüber, bevor er sagte: »Nein, das würde ich nicht, aber wir sind auch dabei, diesen Krieg zu gewinnen. Daher muss ich mir diese Frage gar nicht stellen. Wie lange kann Perseus ohne die Unterstützung weiterer Welten überleben? Ohne Nachschub und Reparatureinrichtungen?«

Beinahe hätte Carlo einen schweren Fehler begangen und dem Drizil von Worgan und den anderen Welten dieses Sektors erzählt, die zusammenhielten und sich geschworen hatten durchzuhalten. Der Drizil musste nicht alles wissen.

»Wir werden sehen«, sagte er stattdessen. »Ich werde Perseus aber nicht der Unterwerfung preisgeben.«

»Dann werden Sie sterben. Vielleicht nicht heute, aber sicher irgendwann.«

»Mag sein, aber wenigstens bin ich mir dabei treu geblieben.«

Carlo stand auf und stellte den Stuhl zurück. »Ich danke Ihnen für das Gespräch. Sie haben mir tatsächlich einige wichtige Einsichten verschafft.«

»Nämlich?«

»Dass wir die bevorstehende Schlacht nicht verlieren dürfen.«

Mit diesen Worten drehte sich Carlo um und steuerte die Tür an, doch der Drizil hielt ihn ein letztes Mal zurück.

»Sie sind ein mutiger Mann, Carlo Rix. Ich hoffe, wir sehen uns wieder. Ich wünsche Ihnen Glück.«

Zu Carlos grenzenlosem Erstaunen, hörte er die Ehrlichkeit aus den Worten des Drizil heraus.

Edgar setzte sich auf die oberste Stufe eines leer stehenden Gebäudes, lud ein frisches Magazin in sein Nadelgewehr und genoss die Sonne, deren Wärme sich angenehm auf seiner Kopfhaut anfühlte. Niemand wusste, ob sie morgen die Sonne noch genießen durften.

Edgar war ein ruhender Pol inmitten hektischer Betriebsamkeit. Der Angriff würde innerhalb der nächsten fünf Stunden beginnen und entweder sie schafften es, zur Drizilapparatur durchzubrechen, oder Perseus wäre verloren.

Eine Gestalt verdunkelte für einen Augenblick die Sonne, bevor sie sich neben Edgar niederließ. Als der Legionär den Helm abnahm, erkannte er Dianeira Kolja. Die Aufklärungslegionärin schenkte ihm ein verschmitztes Lächeln.

»Ist dir langweilig?«, fragte sie offenbar belustigt.

»Nicht wirklich«, erwiderte er. »Ich überprüfe nur noch ein letztes Mal meine Ausrüstung.«

»Ein letztes Mal?«, wiederholte sie. »Eine etwas unglückliche Formulierung, nicht wahr?«

Edgar lachte kurz auf. »Da hast du wohl recht. Tut mir leid.«

Sie zuckte leichthin mit den Achseln. »Glaubst du, wir können es schaffen?«

Der besorgte Tonfall in ihrer Stimme ließ ihn aufhorchen. »Wir sind die 18. Legion. Wir schaffen alles.«

Daraufhin schenkte sie ihm einen schrägen Blick.

»Hoffe ich«, fügte er schmunzelnd hinzu.

»Deine Laune kann nichts verhageln, oder?«

»Im Moment gibt es auch noch keinen Grund dazu.« Er musterte sie aus dem Augenwinkel. »Du denkst zu viel nach. Kann das sein?«

»Schon möglich, aber ich muss immer wieder darüber nachdenken, was wohl passieren wird, falls wir gewinnen.«

»Hm ... keine Ahnung. Vermutlich werden wir erst mal Perseus wiederaufbauen. In den letzten Monaten ist viel zerstört worden. Es wird sicherlich einiges zu tun geben. Und falls wir verlieren ... nun ... dann brauchen wir uns wenigstens darüber keine Sorgen mehr zu machen.«

»Du hast einen verdammt makabren Sinn für Humor.«

Trotz ihrer eher harten Worte schlich sich in ein Lächeln auf ihre Züge, das jedoch schnell wieder schwand. »Ich habe andere Dinge gehört. Gerüchte.«

»Was für Gerüchte?«, fragte Edgar mit einem Mal hellhörig.

»Falls wir gewinnen, ziehen wir in den Krieg. Rix hat vor, weitere Welten für den Kampf gegen die Drizil zu mobilisieren und den Kampf zum Feind zu tragen. Eventuell kehren wir sogar nach Vector Prime zurück, um der 24. und ihrer Schwesterlegion zu helfen und die Drizil von dort zu vertreiben.«

»Oh, das ist übel ... alles in allem.«

»Alles in allem?«

»Egal wie der Kampf auch ausgeht, wir werden für eine Weile nicht in der Lage sein, einen Feldzug zu führen. Zu viele Verluste, zu viele Lücken in unserer Aufstellung. Diese müssen wir erst mal ausgleichen.«

»Aus deiner Stimme höre ich ein Aber heraus.«

Edgar nickte.

»Aber sobald wir wieder Sollstärke haben, würde ich es gar nicht so schlecht finden, wenn wir die Erfolgsbilanz der Drizil ein wenig zu unseren Gunsten verschieben.«

»Du würdest eine Fortsetzung des Krieges gutheißen?«

»Der Krieg geht so oder so weiter, ob wir ihn fortsetzen oder nicht.« Sie wirkte nicht überzeugt und er fühlte sich genötigt nachzubohren. »Oder bist du anderer Meinung?«

»Ich habe mit anderen Truppführern gesprochen. Viele sind der Meinung, dass wir unsere Bemühungen auf Perseus beschränken und uns hier etwas aufbauen sollten.«

»Und falls die Drizil zurückkehren? Dann würden wir allein dastehen. Genauso wie wir die anderen menschlichen Welten allein gelassen haben. Nein, den Kopf in den Sand zu stecken, ist keine Lösung.«

Dianeira überlegte eine Weile und schüttelte schließlich den Kopf. »Vielleicht hast du recht, aber die Entscheidung wird ohnehin von denen getroffen, die mehr zu sagen haben als wir.«

Nicht sicher, was er darauf erwidern sollte, lächelte er lediglich.

Sie stand auf und machte Anstalten, ihren Helm aufzusetzen. Kurz bevor ihr Gesicht unter dem Helm verschwand, zwinkerte sie ihm noch ein letztes Mal zu. »Erinnerst du dich noch an unser Gespräch in der Kaserne? Falls wir beide den Tag überleben, würde ich gerne den Umstand feiern, noch am Leben zu sein.« Ihr aufkeimendes Lächeln wurde durch den klobigen Kampfhelm verborgen und sie verschwand in der Menge, bevor Edgar darauf etwas erwidern konnte.

Seine Aufmerksamkeit wurde von Becky abgelenkt, die sich durch die umhereilenden Soldaten arbeitete. Sie hielt jedoch nicht auf ihn zu, sondern auf Vincent, der seine Ausrüstung etwas abseits überprüfte. Edgar zog fragend eine Augenbraue hoch. Das dürfte interessant werden.

Vincent hätte sich selbst in den Hintern beißen können. Er galt innerhalb der Legion und des Feuertrupps SCHNELLER TOD noch immer als Frischling - und das mit Recht.

Während des Kampfs in der Kommandozentrale war er nicht auf dem blutbesudelten Boden ausgerutscht. Er hatte versucht, sich das selbst einzureden.

Ohne Erfolg.

Er war über seine eigenen Füße gestolpert, als dieser Drizil ihn angriff, und er war sich sicher, dass Edgar es bemerkt hatte. Vincent verfluchte seine Tollpatschigkeit. Sein Leben lang hatte er sich nichts sehnlicher gewünscht, als Teil der 18. Legion zu sein, doch seit sich sein Traum erfüllt hatte, zweifelte er daran, dass er tatsächlich am richtigen Platz war.

Sobald er in die Gesichter seiner Teamkameraden sah, bemerkte er in deren Augen Spiegelbilder der eigenen Zweifel. Und sie hatten recht, ihm zu misstrauen. Der Kampf in der Kommandozentrale hatte es wieder einmal gezeigt.

Er war über seine *Füße* gestolpert, um Himmels willen! Wie lächerlich war das denn? So etwas erwartete man von grünen Rekruten der Miliz, nicht von einem gut ausgebildeten Legionär.

Mit knappen, wütenden Handbewegungen nahm er sein Nadelgewehr auseinander, um eine Fehlfunktion in der Munitionszuführung zu beheben. Als er die Waffe in seine Einzelteile zerlegt hatte, sah er das Problem.

Eines der Projektile war nicht sauber aus dem Magazin in den Lauf transportiert worden und hatte sich verklemmt. Mit derben Flüchen auf den Lippen bemühte er sich, das störrische Projektil zu entfernen. Ohne Erfolg.

»Probier's mal damit«, sagte plötzlich eine über ihm aufragende Person. Vincent blinzelte im hellen Sonnenlicht und erkannte Becky, die ihm eines ihrer Kampfmesser hinhielt.

Peinlich berührt warf er einen Blick auf seinen Waffengürtel, der unberührt neben ihm lag und in dem seine eigenen Messer steckten. Darauf hätte er eigentlich selbst kommen können. Er konnte das angebotene Messer jedoch nicht mehr ablehnen, ohne dass es jetzt noch peinlicher für ihn werden würde. Mit einem gemurmelten »Danke« nahm er es an.

Becky setzte sich neben ihn, während er sein auseinandergenommenes Gewehr bearbeitete.

Sie saßen eine Weile schweigend nebeneinander. Becky starrte in den Himmel und Vincent arbeitete weiter, während er vorgab, nicht zu bemerken, welche Wirkung ihre Nähe auf ihn ausübte. Sie roch nach einer Mischung aus Schweiß, Waffenöl und Erde, doch das spielte keine Rolle. Ihr Duft brachte sein Blut in Wallung. Als hätte er nicht schon genug Probleme.

Vincent dachte schon, sie würde gar nichts sagen oder auch einfach aufstehen und wieder gehen, doch stattdessen entschied sie sich, ein Gespräch zu eröffnen.

»Du bist hier nicht am falschen Platz«, sagte sie ohne Einleitung.

Vincent sah perplex auf und fragte sich, ob sie Gedanken lesen könne. Seine Überraschung musste sich auf seinem Gesicht widergespiegelt haben, denn Becky lachte auf. Ein melodischer Klang, der so gar nicht in diese Umgebung zu passen schien.

»Nein, ich kann nicht Gedanken lesen«, erwiderte sie auf seine unausgesprochene Frage. Sie wurde unvermittelt ernst. »Deine Unsicherheit ist nur für jeden sichtbar, der Augen im Kopf hat.«

»Du hast doch gesehen, was vergangene Nacht passiert ist«, antwortete er, senkte den Kopf und arbeitete verbissen weiter an dem Problem seiner funktionsuntüchtigen Waffe.

»Ja, das habe ich. Du bist gestürzt.«

»Über meine eigenen Füße!«, brauste er auf. »Meine *Füße.*« Als mehrere Milizionäre in der Nähe bei seinem Ausbruch neugierig herübersahen, senkte er die Stimme wieder. »Ein toller Legionär bin ich.«

Becky lächelte. »Du bist ein Legionär. Ein Soldat der 18. Legion.«

»Dass ich ausgewählt wurde, muss ein Fehler sein«, beharrte er.

Becky lachte laut auf. Zu Vincents Überraschung lag kein geringer Grad an Erheiterung darin. »Was ist so komisch?«

»Du kennst doch Sergeant Flynn. Glaubst du, sie würde jemanden, der es nicht wert ist, auswählen, in die Legion aufgenommen zu werden? Du machst wohl Witze. Sie muss etwas in dir gesehen haben, das du selbst nicht siehst.« Sie legte ihm freundschaftlich die Hand auf die Schulter. »Und ich sehe das auch. Nun musst nur noch du es erkennen.«

Vincent senkte beschämt den Kopf. »Das kann ich irgendwie nicht glauben.«

»Es ist so«, blieb sie beharrlich.

Mit einem letzten entschlossenen Ruck löste sich das Projektil aus der Laufzuführung und fiel zu Boden. Vincent stieß einen erleichterten Seufzer aus und gab das Messer zurück.

Becky nahm es lächelnd an sich. »Ein Problem gelöst.« Sie stand auf und streckte ihre Muskeln. »Vergiss nie, dass du ein Mitglied der Legion bist. Du bist einer von uns. Und das wird niemand, der es nicht verdient.« Mit diesen Worten ging sie davon.

Vincent starrte ihr hinterher, noch lange nachdem sie bereits außer Sicht war, und ausnahmsweise dachte er diesmal nicht an ihren schlanken, attraktiven Körper. Vielmehr dachte er über ihre Worte nach. Konnte es tatsächlich so einfach sein? In einem Punkt hatte sie recht: Angela Flynn war sehr pingelig, wenn es darum ging, wer in ihre geliebte Legion eintrat. Aber tollpatschig blieb tollpatschig, da gab es nichts dran zu rütteln.

Er machte sich daran, das Gewehr wieder zusammenzusetzen, doch während seine Finger mit äußerster Präzision ihrer Arbeit nachgingen, drehten sich seine Gedanken immer wieder um das soeben erlebte Gespräch.

24

Commodore Horatio Lestrades Nerven lagen blank. Sein Körper saß stocksteif auf seinem Kommandosessel, jede Faser gespannt wie eine Sprungfeder angesichts der erwarteten Schlacht.

Lestrades Flotte war seit Stunden dabei, sich in der Nähe des achten Planeten zu sammeln. Seine Streitmacht bestand noch aus einem Dutzend Kriegsschiffen unterschiedlicher Klassen und etwas mehr als achtzig Schnellbooten. Er gab sich keinerlei Illusionen über die Fähigkeiten seiner Schiffe hin. Sie alle hatten in den vergangenen Monaten zum Teil sehr schwere Schäden erlitten. Es war keines unter ihnen, das nicht unter Fehlfunktionen aufgrund von Gefechtsschäden litt. Hüllenbrüche und ausgefallene Waffensysteme gab es zuhauf. Die technischen Crews hatten alles gegeben und nahezu Übermenschliches geleistet, weit mehr, als irgendjemand zu hoffen gewagt hätte. Trotzdem würde die bevorstehende Schlacht sie alle an ihre Grenzen und darüber hinaus führen.

Die Drizil verfügten noch über etwa zwanzig bis fünfundzwanzig Kriegsschiffe und vielleicht ein halbes Dutzend Versorgungsschiffe im System. Lestrades einziger Trost war es, dass die Drizil unter genau denselben Problemen litten wie die Verteidiger. Die ständigen Angriffe, die Abfolge von Offensiven und Gegenoffensiven hatten beide Seiten zermürbt. Doch man durfte nicht außer Acht lassen, dass die Drizil zahlenmäßig überlegen waren, und auch wenn die meisten ihrer Schiffsklassen kleiner und leichter waren als terranische Schiffe, so mochte gerade das Ausmaß der erlittenen Schäden sich für den Ausgang der Schlacht als Zünglein an der Waage erweisen. Lestrade bedauerte, dass die erwartete Verstärkung aus dem Worgansystem noch nicht eingetroffen war. Mit ihr im Rücken hätte er sich bedeutend wohler gefühlt. Sie mussten es einfach ohne sie schaffen.

»Wie lange noch, Eugene?«, fragte er seinen XO.

»Die Majestic und die Mercury nehmen gerade ihre Positionen innerhalb der Formation ein. Das sind die Letzten.«

Die Majestic war ein Schlachtkreuzer der Behemoth-Klasse und die Mercury ein Kreuzer der Ares-Klasse. Beide Schiffe hatten sich bewährt und es war beruhigend, sie an seiner Seite zu wissen. Er hatte ihnen bewusst Positionen zugewiesen, die es ihnen erlauben würde, ihr Feuer und ihre Manöver zu koordinieren und zu kombinieren. Die beiden Schiffe und ihre Besatzungen hatten seit Beginn der Invasion gut zusammengearbeitet und mehrere erfolgreiche Schläge gegen den Feind geführt.

»Ausgezeichnet. Rix wird mit dem Vormarsch auf die feindliche Stellung bereits begonnen haben. Wir müssen uns exakt an den Zeitplan halten.«

Der Zeitfaktor war tatsächlich von essenzieller Bedeutung. Es war unbedingt erforderlich, dass Bodentruppen und Flotte zur selben Zeit gegen den Feind vorgingen. Der Angriff von Lestrades Schiffen würde verhindern, dass die Drizilschiffe ein Orbitalbombardement durchführten oder ihre Jäger gegen die Truppen der Legion aussandten. Eine erfolgreiche Offensive ohne Beteiligung der Flotte war undenkbar.

Mueller nickte, während er die Formation der Flotte auf etwaige Schwachstellen überprüfte. Lestrade hatte sich dafür entschieden, bei seinem Anflug auf die Drizilkräfte auf Finessen zu verzichten. Es gab ohnehin keine Tricks in seinem Repertoire mehr, mit denen er die vorliegende Situation zu seinen Gunsten verbessern könnte.

Die Drizilschiffe sammelten sich im Orbit über Perseus, genau über der Apparatur, der ihre Aufmerksamkeit galt. Die Drizil ahnten, dass etwas im Gange war. Vermutlich hatten ihre Aufklärer oder Sensoren ihnen auch bereits mitgeteilt, dass sich menschliche Kräfte zu einem Angriff massierten.

Lestrades Formation sah vor, seine schwereren Schiffe im Zentrum zu halten, während die leichteren mit Unterstützung der Torpedoboote die Peripherie der feindlichen Flotte bedrängten. Mit etwas Glück würde es ihnen gelingen, die feindliche Flotte vom Planeten abzudrängen.

Mit sehr viel Glück.

Lestrade sah ein letztes Mal auf den Chronometer.

»Also schön, Eugene. Es ist so weit. Geben Sie der Flotte das Signal zum Auslaufen.«

Er lehnte sich erwartungsvoll in seinem Kommandosessel vor.

»Wir greifen an.«

Die Streitmacht von Legion und Miliz traf etwa sechs Kilometer vor ihrem Ziel zum ersten Mal auf Widerstand.

Dem Feuertrupp SCHNELLER TOD schlug heftiges Abwehrfeuer entgegen.

Dieser Teil der Stadt war von den Drizil bereits vor Tagen erobert worden und glich nunmehr einer Ruinenstadt, sodass es keinen Mangel an Deckungsmöglichkeiten gab. Dies war allerdings kein Garant für eine sichere Zuflucht.

Die Energiewaffen der Drizil trugen innerhalb weniger Sekunden die Hälfte der Mauer ab, hinter der sich Edgar verbarg. Der Truppführer zog den Kopf tiefer und lugte zwischen zwei Steinen hervor, um die feindlichen Stellungen auszumachen.

»SCHNELLER TOD an Kommandostand«, meldete er.

»Hier Kommandostand.« Trotz der Verzerrungen und Störungen, die den Funkverkehr beeinträchtigten, erkannte er Carlo Rix' durchdringende Stimme. Der General führte die Operation von einem mobilen Kommandostand etwa einen Kilometer hinter der Front. »Bericht!«

»Starke feindliche Kräfte vor uns.«

»Wie viele?«

»Unmöglich zu sagen, es sind aber viele.«

»Höchstwahrscheinlich wissen sie, was unser Ziel ist, und massieren ihre Kräfte. Wir haben Berichte aus Haaras erhalten, dass die Drizil dort abgezogen sind.«

Kein Wunder, dachte Edgar. *Die sind alle hier.*

Es folgte eine Pause, kurz darauf ertönte Rix' Stimme über den allgemeinen Befehlskanal, den alle Legionäre und Milizionäre empfangen konnten.

»Hier spricht Carlo Rix an alle Einheiten. Ich weiß, es ist schwer, aber wir müssen die Linien der Drizil durchbrechen, koste es, was es wolle!«

»Dann heißt die Devise also Angriff«, meinte Galen über die private Verbindung des Feuertrupps.

»Du sagst es.« Edgar fletschte kampflustig die Zähne. »Ihr habt den Mann gehört. SCHNELLER TOD ... Vorwärts!«

Die Drizilfregatte wurde von einem halben Dutzend Torpedos aus den Rohren der VENGEANCE getroffen und verging in einem spektakulären Feuerball, der das All für einige Sekunden wie mit einer zusätzlichen Sonne beleuchtete.

»Feindlicher Zerstörer auf Annäherungskurs«, meldete Mueller und hielt sich an einer Konsole fest, als die Brücke des Schlachtkreuzers aufgrund mehrere Lasertreffer vibrierte.

»Status der Panzerung?«, verlangte Lestrade zu wissen.

»Am Bug etwa sechzig Prozent, Steuer- und Backbord jeweils ungefähr fünfzig.«

»Das Feuer auf den feindlichen Zerstörer konzentrieren.«

Die Laserbatterien der VENGEANCE spuckten Megajoule an Energie aus. Die Strahlbahnen fraßen sich tief in die Panzerung des gegnerischen Schiffes, ohne sie jedoch zu durchbrechen.

Der Drizilzerstörer konterte mit einer eigenen Salve, die das Deck unter Lestrades Füßen erneut zum Zittern brachte. Beide Flotten näherten sich kontinuierlich an. Bald würde die Distanz, in der die Torpedos effektiv eingesetzt werden konnten, unterschritten sein und erst dann würde das Schlachten richtig beginnen.

Zwischen und um die riesigen Kontrahenten tobte eine wilde Jägerschlacht. Imperiale und feindliche Jäger flogen halsbrecherische Manöver, um in eine möglichst gute Schussposition zu gelangen. Jäger beider Seiten zerplatzten. In einigen Fällen sandten Rettungsbojen schwache Signale aus und deuteten auf ausgestiegene Piloten hin, die auf Aufnahme hofften, doch davon durfte sich Lestrade im Moment nicht aus der Ruhe bringen lassen. Dafür konnte er kein Schiff entbehren. Falls sie die Schlacht gewannen, würden sie Zeit genug haben, die Piloten zu retten, und falls nicht ... nun ... dann konnte niemand den Piloten mehr helfen.

Lestrade beobachtete auf seinem taktischen Display wie eine Staffel schwerer Mammoth-Jäger an der VENGEANCE vorüberzog, verfolgt von mehreren Blutstachel-Jägern. Die Geschütze der Mammoth drehten sich um hundertachtzig Grad und nahmen die Verfolger aufs Korn. Lichtimpulse aus den Zwillingsgeschützen fegten vier der Feindmaschinen aus dem All, bevor die übrigen abdrehten und sich entschlossen, nach leichterer Beute Ausschau zu halten.

Torpedoboote in Gruppen zu zehn oder fünfzehn stürzten sich auf einzelne Drizilschiffe und torpedierten sie im Vorbeiflug. Auf diese Weise verloren die Drizil innerhalb weniger Minuten einen Träger und eine weitere Fregatte, ein Zerstörer wurde schwer getroffen, blieb jedoch intakt. Lestrade büßte im Gegenzug ein Dutzend Schnellboote bei dem Unterfangen ein. Doch so makaber der Gedanke auch war, der Tausch lohnte sich.

»Notruf von der KING ARTHUR.«

»Durchstellen.«

Praktisch ohne Verzögerung drang die panisch klingende Stimme des Captains der KING ARTHUR aus den Lautsprechern von Lestrades Kommandobrücke. Auf seinem Display beobachtete der Commodore, wie der Träger sich langsam von der Kampflinie entfernte.

»Wir wurden von mehreren Kapseln getroffen. Wiederhole: Wir wurden von mehreren Kapseln getroffen. Die *Grüne Pest* dringt an mindestens acht Stellen ins Schiff ein.«

Lestrade schloss voller Mitgefühl die Augen. Acht Einbrüche, das waren bei einem so kleinen Schiff zu viele, um wirkungsvoll etwas unternehmen zu können - viel zu viele. Das Schiff war verloren. Lestrade verfluchte seine Hilflosigkeit.

Noch während er den Flug der KING ARTHUR verfolgte, verließen einige Fluchtkapseln das zum Untergang verurteilte Schiff. Gleich darauf trafen weitere Kapseln das Schiff und durchschlugen die Panzerung.

»Die Brückenpanzerung wurde durchbrochen«, fuhr der Captain der KING ARTHUR hektisch fort. »Oh mein Gott ... oh mein Gott ... die Brücke wird infiziert ... die ...«

Lestrade schaltete die Meldung ab. Seine eigene Brückencrew musste der Besatzung der KING ARTHUR nicht beim Sterben zuhören. Es wäre eine schmerzliche Erinnerung daran, was ihnen allen für ein Schicksal blühen konnte. Lestrade zählte die Rettungskapseln, die es aus dem Träger geschafft hatten. Es waren lediglich sieben.

Lestrade knirschte mit den Zähnen. Mal ganz davon abgesehen, dass der Verlust von Schiff und Besatzung für jeden Menschen eine Tragödie war, so stellte die Zerstörung der KING ARTHUR auch ihn vor ungeahnte Probleme. Er hatte mit der KING ARTHUR seinen letzten Träger im System verloren. Nun hatten seine Jäger keine Möglichkeit mehr, ihren Munitionsvorrat aufzufüllen, aufzutanken oder notdürftige Reparaturen durchzuführen, es sei denn, sie steuerten Perseus selbst an. Es war allerdings mehr als fraglich, ob sie den Planeten durch die Blockade hindurch erreichten.

Er spürte, wie die Ecke eines Schneidezahns abbrach, und stellte das Zähneknirschen unwillkürlich ein. Falls sie die Blockade nicht bald durchbrachen, würden in nächster Zeit eine große Anzahl Piloten sterben. Neue Entschlossenheit durchflutete seinen Körper.

»Commander, wir starten eine Offensive gegen die linke feindliche Flanke. Die VENGEANCE führt den Vorstoß. Weisen Sie die MAJESTIC, die MERCURY und die NIGHTFALL an, uns zu folgen. Die restlichen Einheiten sollen den Feind beschäftigt halten. Wir versuchen jetzt durchzubrechen.«

Ein Drizilsoldat fiel mit einem halben Dutzend von Edgars Projektilen im Leib. Noch im Tod verkrampften sich die Muskeln des Gegners und er sandte noch einige Energiestöße aus seinen Waffen, die allerdings keinen Schaden anrichteten.

Die Legion rückte langsam, doch stetig durch die Gassen der Stadt vor. In ihrem Kielwasser folgte die Miliz. Edgar war nie ein großer Freund der Miliz gewesen, doch seit Beginn der Schlacht hatte sich seine Meinung über die ungeliebten Verbündeten etwas gebessert. Sie hielten sich wacker, wichen nicht zurück und unterstützten die Legion nach Leibeskräften bei ihrem Vorstoß.

Edgar hielt sich vor Augen, dass die Miliz längst nicht über die hervorragende Ausrüstung der Legion verfügte, weder was Waffen noch was Kampfanzüge anbelangte. Daher musste es sehr viel Mut erfordern, sich diesem Gegner zu stellen.

Aus einer versteckten Stellung fegte plötzlich ein Sturm an Energie durch eine Parallelgasse. Schreie ertönten über Funk, doch der Hinterhalt war so nah, dass Edgar sie trotz des Gefechtslärms direkt vernahm.

»Li! Becky! Das Nest ausräuchern.«

Edgar hielt die Position, während die beiden Legionäre sich vorsichtig auf die feindliche Stellung zubewegten. Er wagte es nicht zurückzublicken, doch Vincent und Galen mussten irgendwo zu seiner Linken sein. In unregelmäßigen Abständen vernahm er das Dröhnen von Galens Waffe, häufig begleitet von Schmerzensschreien der Drizil.

Li und Becky hatten den feindlichen Posten fast erreicht. Er bestand aus mindestens acht Drizil. Becky feuerte eine Salve durch das, was von einem Fensterrahmen noch übrig war, und zwang die überraschten Drizil in Deckung. Li zog eine Schallgranate ab und warf sie einer von Beckys Salven hinterher.

Der Sprengkörper explodierte mit einem dumpfen Geräusch, nur Augenblicke später stürzten kreischende Drizil, die sich verzweifelt die Köpfe hielten, aus dem Gebäude. Li und Becky erledigten sie mit präzisen Salven.

Edgar nickte zufrieden und wollte gerade aufstehen, um den Schwung des Angriffs zurückzuerlangen.

Vor ihm ragte plötzlich der größte Drizil auf, den er je gesehen hatte. Die bullige Kreatur schien direkt vor ihm aus dem Boden zu wachsen. Edgar riss sein Gewehr hoch, doch der Drizil holte mit seiner Klaue aus und wischte das Gewehr einfach beiseite. Die Wucht des Schlages, kugelte beinahe Edgars Arm aus. Der Truppführer wich einen Schritt zurück und zog seine beiden Kampfmesser, der Drizil zog ein Messer, das beinahe so lang war wie Edgars Unterarm. Er schluckte schwer.

Der Drizil griff blitzschnell an. Die Klinge verfehlte Edgars Kopf, der es gerade noch schaffte, sich unter dem Schlag wegzuducken.

Der Drizil hatte eine viel größere Reichweite als er. Seine einzige Überlebenschance war es, so dicht wie möglich an seinem Gegner zu bleiben. Edgar stieß vor und bohrte eines seiner Messer dem Gegner in die Seite, an einer Stelle, an der das Außenskelett eine kleine Lücke aufwies. Der Drizil kreischte, doch ihn beschlich das ungute Gefühl, sein Gegner kreische eher vor Wut denn wirklich vor Schmerz.

Bevor Edgar auch sein zweites Messer anbringen konnte, fuhr der Drizil herum und schleuderte Edgar gegen die nächste Mauer. Der Aufprall trieb die Luft aus seinen Lungen und seine Ohren klingelten, was zumindest auf eine leichte Gehirnerschütterung hinwies.

Edgar schüttelte die vorübergehende Desorientierung ab und stieß sich von der Mauer ab. Er musste hier dringend weg. Mit dem buchstäblichen Rücken zur Wand hatte er gegen diesen Gegner keine Chance. Doch der Drizil bewegte sich überaus behände. Bevor Edgar wusste, wie ihm geschah, war der feindliche Soldat heran und schleuderte ihn zu Boden. Der Drizil stand über ihm. Siegessicher. Triumphierend. Der feindliche Soldat hob seine Klinge. Sie zielte direkt auf Edgars Kopf. Er bezweifelte, dass sein Helm der Klinge würde standhalten können.

Edgar griff nach seiner neben ihm liegenden Waffe, doch der Drizil pflanzte einfach seinen Fuß auf Edgars Arm und nagelte diesen fest.

Unvermittelt schlugen mehreren Projektile in den Drizil ein. Die Projektile waren zwar nicht in der Lage, seine Rüstung und sein Außenskelett zu durchstoßen, doch sie brachten ihn aus dem Konzept und Edgar genügte das. Er griff sich eines seiner am Boden liegenden Messer und trieb es dem Drizil tief ins Bein.

Der Drizil schrie auf. Weitere Projektile schlugen in den Gegner ein. Dieser holte jedoch unbeirrt mit seiner Klinge aus. Edgar stieß noch mal zu. Das Gesicht des Drizil verzerrte sich vor Schmerz, er ließ sich aber von seinem Vorhaben nicht abbringen. Er wollte Edgars Kopf.

Eine Gestalt huschte durch Edgars Sichtfeld, kaum mehr als ein Schemen, doch der Drizil verschwand mit einem Mal und auch das Gewicht seines Fußes wich von Edgars Körper.

Edgar zog sich schwerfällig auf die Beine. Sein ganzer Körper fühlte sich zerschunden an. Nur einen Meter entfernt, lag der Drizil auf dem Rücken und wehrte sich gegen einen auf seiner Brust knienden Vincent. Der Legionär schlug wie besessen auf seinen Gegner ein, wobei er den Gewehrkolben als Keule einsetzte. Doch noch immer wollte der Drizil nicht aufgeben. Er packte Vincent und schleuderte ihn wie ein Spielzeug zur Seite. Der Legionär rutschte knirschend über den Boden.

Jetzt hab ich aber die Schnauze voll! Edgar hob sein Gewehr auf und richtete es auf das Gesicht des gerade wieder auf die Beine kommenden Drizil. Und nicht, ohne ein wenig Schadenfreude zu empfinden, drückte er den Abzug durch. Die auf Vollautomatik gestellte Waffe konnte auf diese Entfernung ihr Ziel gar nicht verfehlen. Dutzende Projektile hämmerten erst auf den Helm seines Gegners ein. Als dieser zersprang, pflügten sie sich durch Fleisch, Muskeln, Knochen und Gehirn.

Der kopflose Torso des Drizil blieb noch einige Sekunden lang aufrecht stehen, bevor er zur Seite kippte.

Erst jetzt nahm sich Edgar Zeit, tief durchzuatmen. Er ließ die Waffe zu Boden gleiten und humpelte zu Vincent, der sich schwach regte.

Edgar löste die Verschlüsse von Vincents Helm und nahm diesen zischend ab. Vincent sah genauso aus, wie Edgar sich fühlte, war jedoch am Leben und schien nicht ernstlich verletzt zu sein.

»Boss!«, drang Beckys Stimme über Funk. »Boss! Bist du da?«

»Ja, ich bin hier.«

»Für einen Moment dachten wir, wir hätten dich verloren. Wir sahen nur diesen Drizil, wie er dich hinter eine Ruine schleuderte.«

»Es geht mir gut.« Er widmete dem kopflosen Leichnam einen beiläufigen Blick. »Dem Drizil weniger. Vincent ist bei mir.«

»Wie geht es ihm?« Ehrliche Besorgnis sprach aus Beckys Stimme.

Edgar warf dem toten Drizil noch einen letzten Blick aus dem Augenwinkel zu und musterte schließlich den am Boden liegenden Vincent, der zu ihm aufsah und sich immer noch bemühte, wieder zu Atem zu kommen.

Edgar lächelte.

»Er ist einer von uns.«

Die MAJESTIC lag brennend im All. Immer noch verließen Rettungskapseln den Behemoth-Schlachtkreuzer. Die Deckaufbauten inklusive der Brücke waren kaum noch als solche zu erkennen. Feindliches Feuer hatte die Panzerung an einem halben Dutzend Stellen durchbrochen. Flammen leckten aus dem Inneren ins All, die vom Sauerstoff im Schiff genährt und immer wieder angeheizt wurden. Schadenskontrollmannschaften gab es längst nicht mehr und die Feuerbekämpfungsmaßnahmen waren offline.

Der Kreuzer der Ares-Klasse HMS Mercury zog sich aus allen Rohren feuernd zurück. Seine Panzerung war geschwärzt und tiefe Furchen zogen sich kreuz und quer über den Rumpf. Torpedoboote eilten herbei und deckten den Rückzug des angeschlagenen Kreuzers.

Lestrades Vorstoß verlief ganz und gar nicht nach Plan. Zwar hatten sie es geschafft, ein halbes Dutzend feindlicher Schiffe auszuschalten, darunter sogar ein feindliches Großkampfschiff der Intruder-Klasse, doch der Gegenangriff der Drizil hatte sie zurückgeworfen.

Die Majestic war verloren, die Mercury schwer angeschlagen. Darüber hinaus hatten sie noch eine Korvette und einen Begleitkreuzer der Guardian-Klasse bei diesem Unterfangen verloren. Die Drizil schienen mehr als bereit, ihre Bodenoperationen zu schützen, und der Preis, den sie zahlten, war furchtbar. Inzwischen verfügten die Drizil nach einer schnellen Zählung durch Mueller noch über sechzehn Schiffe. Trotz ihrer Verluste waren die Drizil den Verteidigern aber immer noch etwa zwei zu eins überlegen.

Lestrade musste es sich eingestehen: Sie verloren die Schlacht.

Der Behemoth-Schlachtkreuzer HMS Crusader materialisierte an der Spitze einer Streitmacht von insgesamt neun Kriegsschiffen und Dutzenden Torpedobooten am Rande des Perseussystems.

Captain Norman Kusak blinzelte die Lichtblitze, die ein Austritt aus dem Hyperraum jedes Mal vor seinen Augen tanzen ließ, weg und rief sein taktisches Hologramm auf. Der Bordcomputer sammelte automatisch alle verfügbaren Daten und wertete sie aus.

Das Bild, das sich Kusak bot, war kurz gesagt katastrophal.

Der Captain straffte seine Schultern und wandte sich an Commander Natalja Norowitz, seine XO.

»Commander. Schicken Sie eine Nachricht an Commodore Lestrade mit folgendem Inhalt: Sind im System eingetroffen. Nähern uns mit Maximalgeschwindigkeit Perseus. Gezeichnet Captain Kusak an Bord der Crusader.«

»Aye, Sir.«

»Und dann wollen wir mal beten, dass wir noch nicht zu spät kommen, wenn wir Lestrade erreichen.«

Li stöhnte vor Schmerz, als Galen den Kampfanzug über dessen Schulter zur Seite zog, um die Wunde in Augenschein zu nehmen. Die Energieentladung des Drizil hatte den Legionär übel erwischt, doch er war noch am Leben. Andere hatten nicht so viel Glück.

»Er braucht dringend einen Sanitäter, Boss.«

Edgar nickte.

»Warum eigentlich immer ich?«, fluchte Li lautstark.

Die Hölle brach überall los. Je näher sie dem Standort des Funkfeuers kamen, umso erbitterter wurde der feindliche Widerstand. Die Miliz verlor im Schnitt vier von sechs Mann. Die Legion war nur unwesentlich besser dran. Allein in der letzten halben Stunde hatten sie acht komplette Feuerteams verloren. Das Abwehrfeuer der Drizil war im wahrsten Sinne des Wortes mörderisch.

René Castellano robbte geschickt die vorhandene Deckung nutzend von einer Stellung zur anderen.

Als er bei Edgars Feuertrupp ankam, atmete er hörbar schwer. Er bemerkte sofort Lis Verwundung.

»Ist es schlimm?«

Edgar zuckte mit den Achseln. »Könnte schlimmer sein, aber er muss versorgt werden. Wie sieht es da draußen aus?«

»Übel«, meinte der Colonel. »Wir kommen weder vor noch zurück. Die Drizil haben uns festgenagelt.«

»Uns läuft die Zeit davon, Colonel«, drängte Edgar.

»Ich weiß.« Der Colonel seufzte hörbar. »Ich weiß.« Er öffnete eine Verbindung zu Carlo Rix. »General? Hier Castellano.«

»René«, antwortete Carlo augenblicklich. »Gib mir einen klaren Lagebericht. Ich will aber keinen Scheiß hören. Sag mir die Wahrheit: Schaffen wir es durchzubrechen?«

René wägte die nächsten Worte sorgfältig überlegt ab. »Nein«, erwiderte er schließlich schweren Herzens. »Der Verteidigungsring, den die Drizil um ihre Apparatur gezogen haben, ist zu schwer. Selbst wenn wir ihre Linien durchbrechen, werden unsere Verluste so hoch sein, dass ein Sieg keine Bedeutung mehr haben wird.«

Eine bedrückte Pause folgte. Edgar konnte förmlich hören, wie es in Carlo Rix' Hirn ratterte.

»Danke für deine Einschätzung«, sagte der Kommandant schließlich. »Dann hängt jetzt alles von Lestrade ab. Bleibt auf Position und beschäftigt die Drizil, ich werde mit Lestrade sprechen.«

»Tut mir leid«, sagte René tief betrübt.

»Muss es nicht«, erwiderte Carlo mitfühlend. »Ihr habt euer Bestes gegeben. Wir brauchen uns nicht schämen, dass wir nicht durchkommen.«

»Ich verstehe, General Rix«, sagte Commodore Lestrade, der der Unterhaltung nur mit einem Ohr folgen konnte.

»Sie müssen die Apparatur unbedingt bombardieren«, wiederholte Rix, dessen Stimme durch die Störungen des Gefechts blechern klang und immer wieder aussetzte.

»Verstanden. Wir tun unser Möglichstes. Lestrade Ende.« Die Verbindung wurde gekappt.

Die Raumschlacht nahm unterdessen eine entscheidende Wendung. Die eingetroffene Verstärkung befand sich seit knapp einer Stunde in Gefechtsdistanz zur gegnerischen Flotte, und auch wenn es sich nur um wenige Schiffe handelte, so waren diese Schiffe in weit besserem Zustand als jede menschliche oder Drizileinheit im System.

Die Schlacht um Perseus hatte beide Seiten ausgeblutet und das bloße Auftauchen frischer Kräfte sorgte für ein Auflösen der feindlichen Front.

»Sir«, sprach Eugene Mueller seinen Kommandanten an. »Wir empfangen Signale von Perseus. Die Drizil fahren das Funkfeuer hoch.«

Oh Gott!, schoss es Lestrade durch den Kopf.

»Sendet es schon?«

»Negativ, aber es dürfte sich nur noch um Minuten handeln.«

Eine imperiale Korvette aus Lestrades zusammengewürfeltem Kommando, lieferte sich ein Duell mit einem feindlichen Zerstörer. Der Zerstörer perforierte die Panzerung des viel kleineren Schiffes mit allem, was es an Waffen noch zur Verfügung hatte.

Die Panzerung riss oberhalb des Hecks auf und eine Stichflamme schlug mehrere Kilometer ins All, genau an der Stelle, an der sich der Reaktorraum des Schiffes befand. Eine Sekundärexplosion erfolgte, die das Schiff in Stücke riss.

Die CRUSADER und die VENGEANCE schossen sich auf den Zerstörer ein, der die Korvette und ihre Besatzung gerade in den Tod geschickt hatte. Megajoule an Energie peitschten über die Panzerung, die Blasen warf und an mehreren Stellen aufplatzte. Die schwere Laserbatterie am Bug der Crusader beendete den ungleichen Kampf schließlich, indem sie tief ins Innenleben des Zerstörers vordrang und alles auf ihrem Weg verdampfte. Das feindliche Kriegsschiff flog buchstäblich auseinander.

Nur noch wenige Drizilschiffe kämpften im System, nach einem oberflächlichen Blick Lestrades weniger als ein halbes Dutzend. Zwei Kreuzer der Ares-Klasse und ein Begleitkreuzer der Guardian-Klasse drängten das letzte feindliche Großkampfschiff der Intruder-Klasse im System vom Planeten ab. Der Weg war frei. Endlich.

»Eugene, nehmen Sie den Standort des feindlichen Funkfeuers ins Visier. Bereiten Sie einen Präzisionsschlag aus den Schiffsbatterien vor.«

»Aye, Sir.«

Lestrade konnte nun den Standort der feindlichen Apparatur auf seinem Hologramm ausmachen. Ein rhythmisch pulsierender roter Punkt markierte ihn und beleuchtete ihn für die Geschützmannschaften.

»Plötzlich flackerte das Hologramm und wurde unscharf. Als es erneut an Schärfe zunahm, war der rote Punkt verschwunden.«

»XO, was ist passiert? Bericht!«

»Die Drizil haben eine Art Störfeld aufgebaut. Sie maskieren damit den Standort des Ziels, außerdem beeinträchtigt es unsere Sensoren. Wir können das Ziel nicht mehr ausmachen oder den Standort mit den Waffen fixieren.«

»Verflucht! Dann beschießen Sie den ungefähren Standort.«

»Um sicherzugehen, dass wir das Ziel eliminieren, müssten wir einen Flächenbeschuss durchführen und das würde halb Misarat auslöschen, inklusive der dort lebenden Bevölkerung und fast der kompletten dort unten kämpfenden Bodentruppen. Der Verlust an Leben wäre ...«

Verdammt, irgendetwas ist doch immer!

»Ja, ich verstehe«, lenkte Lestrade ein. »Verschaffen Sie mir eine Verbindung mit Rix. Wir haben große Probleme.«

Angelo und Marc saßen über dem kleinen Notfunkgerät und lauschten seit Stunden angespannt den wenigen uncodierten Gefechtsmeldungen, die über den Äther liefen. Nach der Entdeckung des Drizilgerätes, hatten sie sich im Keller eines Gebäudes knapp einen Kilometer hinter der Front versteckt. Hier wollten sie die Köpfe einziehen und abwarten, bis alles vorbei war.

Die Schlacht wogte mal in diese, mal in jene Richtung, doch in letzter Zeit schien sich die Waagschale des Kriegsglücks zugunsten der Verteidiger zu neigen. Doch unvermittelt änderte sich die Tonlage der Übertragungen. Sie wurden zunehmend hektisch, beinahe panisch. Vor allem die Quantität codierter Übertragungen nahm exponentiell zu. Leider waren diese für die beiden Offiziere mit ihrem Notfunkgerät nur als pulsierendes Rauschen wahrzunehmen.

»Was ist das los?«, fragte Marc. »Es lief doch alles so gut.«

»Keine Ahnung.« Angelo griff nach dem Regler und suchte nach einer anderen Frequenz. Plötzlich drang die uncodierte Stimme Lestrades aus dem Lautsprecher.

»Die Bombardierung ist unmöglich. Wir müssten einen großen Teil der Stadt einäschern, um überhaupt sicherzugehen, dass wir das Funkfeuer erwischt haben.«

»Sie müssen das Ding doch irgendwie orten können?«, erwiderte eine gehetzt klingende Stimme.

»Ich glaube, das ist Rix«, sagte Marc. Angelo nickte und lauschte angespannt dem Gespräch.

»Keine Chance. Unsere Sensoren können den Drizil-Tarnschild nicht durchdringen. Wir haben alles versucht. Sie müssen den Job mit Ihren Bodentruppen erledigen.«

»Unmöglich. Wir kommen nicht weiter. Die feindlichen Linien sind zu stark.«

Angelo sah missmutig auf. »Die haben Probleme.«

»Scheint mir auch so. Sie können das Gerät nicht anpeilen.«

Angelo überlegte fieberhaft. Tiefe Sorgenfalten zerfurchten seine Stirn, als ihm plötzlich ein Geistesblitz durch den Kopf schoss.

»Auf welcher Frequenz sendet eigentlich das Funkgerät?«

Marc zuckte die Achseln. »Keine Ahnung. Wieso?«

»Die VENGEANCE kann das Gerät vielleicht anpeilen, wenn man aus dem Tarnfeld der Drizil heraus ein Signal sendet.«

»Mit dem alten Ding? Bist du verrückt? Außerdem kommst du niemals schnell genug weg, bevor der Schlachtkreuzer das Gebiet einebnet.«

»Wenn ich es nicht tue, sind wir ohnehin alle tot. Und ganz Perseus ebenso.«

Angelo packte entschlossen das Funkgerät und stand auf. Marcs Hand auf dem Arm hielt ihn zurück.

»Das lasse ich nicht zu.«

»Lass mich los, Marc!« Der Offizier zuckte vor der Härte in Angelos Tonfall zurück.

»Das ist Wahnsinn!«

»Schon möglich, aber ich muss es tun. Sonst ist niemand in der Nähe, der sich darum kümmern kann. Du bleibst hier. Das ist ein Befehl!«

Marc sah seinem kommandierenden Offizier nach, als dieser die Treppe erklomm und den Keller mit dem Funkgerät unter dem Arm verließ.

Angelo näherte sich vorsichtig der Mulde, in der sich das Drizilgerät befand. Die Schlacht fand hinter einer kleinen Erhebung südlich von ihm statt. Der Kampflärm war ohrenbetäubend. Die Legion versuchte offenbar trotz des erbitterten feindlichen Widerstands einen Durchbruch. Sie mussten verzweifelt sein. Da sich der Kampflärm nicht näherte, war die Aktion wohl nicht von Erfolg gekrönt.

Es waren kaum Drizil zu sehen. Nur auf einigen Dächern standen im Ganzen vielleicht ein Dutzend Wachen. Einen Moment lang wunderte er sich, warum hier so wenige Posten standen. Dann rief er sich in Erinnerung, dass vermutlich die meisten Drizil gegen die Legion und ihre Milizverbündeten kämpften. Die Drizil waren der Meinung, ihr Hinterland sei sicher. Eine trügerische Hoffnung, wie Angelo ihnen vor Augen halten würde.

Er erwog die Möglichkeit, den Generator zu suchen, der das Tarnfeld generierte, damit die VENGEANCE diesen Ort wiederfinden könnte, doch er verwarf die Idee gleich wieder. Der Generator könnte überall sein und er hatte keine Zeit, danach zu suchen. Außerdem würde er mit Sicherheit schwer bewacht. Die Erfolgsaussichten des ursprünglichen Planes waren höher.

Angelo ging hinter einer flachen Mauer in Deckung und spähte in die Mulde. Näher kam er nicht heran. In der Mulde selbst befanden sich mindestens zwanzig Drizil und das hier war die letzte Deckungsmöglichkeit, die es vor dem feindlichen Gerät gab. Er stellte das Funkgerät so leise wie möglich ab.

Plötzlich hörte er hinter sich ein Geräusch.

Er wirbelte auf dem Absatz herum – und sah sich einem Drizil gegenüber. Der feindliche Soldat musterte ihn mit ausdrucksloser Miene – zumindest war der Teil ausdruckslos, den man unter dem Helm erkennen konnte. Der Drizil hob den Arm und deutete mit seiner Energiewaffe auf Angelo.

Der Offizier verfluchte sein Pech, dass ihm ausgerechnet jetzt ein Drizil über den Weg lief. Er hätte nur noch zwei Minuten gebraucht, um die Sache zu einem Ende zu bringen.

Hinter dem Drizil löste sich ein Schatten von der Hauswand. Der Schatten stürzte sich von hinten auf den Drizil und warf ihn durch den Schwung des eigenen Gewichts um. Der Angriff überraschte den feindlichen Soldaten völlig und er wand sich unter dem Gewicht seines unbekannten Gegners. Dieser griff sich einen Stein und hämmerte auf den Helm des Drizil ein: einmal, zweimal, dreimal. Zunächst brach der Helm, dann der Schädel des Drizil. Blut und Gehirnmasse ergossen sich auf den Asphalt.

Angelo sah verwirrt auf seinen unerwarteten Retter.

Es war Marc.

Die beiden Offiziere blickten sich an.

»Ich sagte doch, du sollte in dem Keller bleiben!«, sagte Angelo, als er endlich seine Stimme wiederfand.

»Heute bitte keine Befehle mehr«, erwiderte Marc wehmütig lächelnd. »Und jetzt schalte endlich das verdammte Funkgerät ein, bevor ich es mir anders überlege.«

Angelo nickte und betätigte den Sendeknopf.

Lestrade war ganz gehörig frustriert. Die Raumschlacht war so gut wie gewonnen und dennoch schien es, als würden sie Perseus nicht retten können. Inzwischen kämpften nur noch drei Drizilschiffe: das Großkampfschiff der Intruder-Klasse und zwei Zerstörer. Die übrige feindliche Flotte lag zerstört im All und würde für niemanden je wieder eine Bedrohung darstellen.

Der Intruder erwies sich allerdings als äußerst hartnäckig und widerstandsfähig. Das Schiff tauschte mit der CRUSADER und der VENGEANCE immer wieder gewaltige Breitseiten aus.

Die CRUSADER erlitt einen schweren Treffer mittschiffs und einen am Bug, doch die Panzerung hielt stand. Die VENGEANCE traf es da weit härter. Eine Reihe von Treffern pflügte über die Bugpanzerung und brach sie an zwei bereits geschwächten Stellen auf.

Augenblicklich dröhnten Sirenen und rote Warnlampen über die Brücke und buhlten um die Aufmerksamkeit der Besatzung.

»Wir haben zwei Hüllenbrüche auf Deck drei und sieben«, meldete Mueller.

»Die Schadenskontrolle soll sich darum kümmern.« Lestrade studierte das taktische Hologramm. Der Intruder zeigte bereits an mehreren Stellen Gefechtsermüdung seiner Panzerung. Noch ein paar wenige Salven und die Lage wäre geklärt.

»Sir? Wir erhalten soeben eine Übertragung von Perseus!«, sagte XO unvermittelt. Der Mann stutzte kurz. »Und zwar uncodiert, über einen Notkanal.«

»Lassen Sie mal hören.«

»Hier sprechen Lieutenant Angelo Matris und Marc Lemond auf Perseus. Sind in der Nähe des Drizil-Funkfeuers. Peilen Sie das Signal dieser Übertragung an.« Das war alles. Von diesem Moment an wiederholte sich die Übertragung immer wieder.

»Lieutenant Neroy«, wies er seinen Navigator an. »Kurs auf Perseus. Bringen Sie uns in einen hohen Orbit über dem Signal.«

»Aye, Sir.«

In diesem Moment feuerte der Intruder erneut. Mehrere Energiebahnen peitschten über die bereits überstrapazierte Panzerung. Eine der Strahlbahnen fand eine Schwachstelle und brach sie auf. Direkt oberhalb der Brücke.

Lestrade bedeckte sein Gesicht mit den Händen, als eine Hitzewelle über die Brücke hinwegfegte, gefolgt von zwei kleineren Explosionen und einem Schauer aus geborstener Panzerung. Das Licht fiel flackernd aus und wurde durch die rote Notbeleuchtung ersetzt.

Als Lestrade wieder hinsah, wirkte seine Brücke wie aus einem Albtraum. Konsolen waren explodiert, zwei kleinere Feuer waren ausgebrochen und die Luft stank nach Tod, Erbrochenem und Blut.

Neroy hielt sich den rechten Arm. Von der Schulter bis zum Handgelenk war die Uniform blutdurchtränkt. Norman March, sein Waffenoffizier, war über seiner Konsole zusammengesunken. Sein Hinterkopf fehlte und eine Masse, die verdächtig nach Gehirnfragmenten aussah, tropfte auf seinen Nacken.

»Eugene«, bellte Lestrade heiser von der rauchgeschwängerten Luft. »Die taktische Station.«

Sein Erster Offizier taumelte benommen zu dem toten Offizier und zog ihn von seiner Konsole. Nachdem er sich auf dessen blutbeschmierten Sessel gesetzt hatte, überflog er die Anzeigen.

»Wir sind fast in Position, Commodore.«

Lestrade hustete unterdrückt.

»Feuern Sie, sobald wir einen vernünftigen Schuss anbringen können. Und schicken Sie eine Meldung an Rix, er soll seine Truppen sofort zurückziehen. So schnell und so weit wie möglich. Das wird nicht gerade ein Präzisionsschlag.«

Angelo und Marc sahen zum Himmel, als ein Schatten die Sonne verdunkelte. Die Umrisse der VENGEANCE im Orbit waren sogar vom Boden aus noch problemlos zu erkennen.

»Sie feuern gleich ihre Laser ab«, sagte Angelo. Marc nickte lediglich.

Angelo musterte seinen Schiffskameraden mit neu erwachtem Respekt. »Bereust du es?«

»Dass ich dir nachgekommen bin?« Marc überlegte und schüttelte schließlich den Kopf. »Jein.«

Angelo lächelte. »Danke noch mal.«

Marc erwiderte das Lächeln ehrlich. »Gern geschehen.«

Dann feuerte die VENGEANCE ihre Waffen ab und löschte das Drizilgerät, die feindlichen Truppen in der Umgebung und auch Angelo und Marc in einem Sekundenbruchteil aus.

Epilog

Nachwehen

Terranisch-Imperiale Liga
Äußerer Sektor 18/1-A
Koloniewelt Perseus

01. August 2848

General Carlo Rix stand nachdenklich hoch über dem Schlachtfeld, das bis vor Kurzem noch die nördlichen Stadtviertel von Misarat gewesen war.

Die entscheidende Schlacht war erst einen Tag vorbei und der Gestank von Qualm, Blut und Tod lag wie ein Leichentuch über den Straßen und rief bei jedem Atemzug Würgreiz hervor.

Von der Signalboje der Drizil war nicht mehr als ein Bombenkrater im Boden übrig. Nicht einmal Trümmer konnte man identifizieren. Der Beschuss der VENGEANCE war schnell und effizient über den Feind gekommen.

Leichen - gleichermaßen Drizil wie Menschen - bedeckten fast alle Straßen in der näheren Umgebung dieses Ortes. Der Anblick schmerzte Carlo in jeder Faser seines Körpers.

Wie konnte das alles nur passieren?

Nicht nur die Legion, die Miliz und die Bevölkerung von Perseus hatten geblutet. Vielmehr blutete der Planet selbst aus einer Vielzahl von Wunden, die nur schwer heilen würden. Falls überhaupt.

Nachdem Lestrade die Signalboje ausgelöscht hatte, waren die letzten Drizilschiffe zerstört worden. Die meisten feindlichen Bodentruppen waren zusammen mit ihrem Gerät bombardiert und ausgeschaltet worden. Möglicherweise hatten es einige Drizil geschafft, sich zu zerstreuen und in die Wildnis zu entkommen. Doch falls dem so war, ging von ihnen keine Bedrohung aus. Sie waren geschlagen und sie wussten es. Die Miliz würde die Wildnis durchkämmen und auch noch die letzten Drizil zur Strecke bringen.

René Castellano trat zu seinem Kommandanten und hüstelte diskret. »Carlo?«

»Ja?«

»Lestrade hat sich gemeldet. Sie haben das ganze System abgesucht und sind sich sicher, dass kein Drizilschiff entkommen ist. Er ist überzeugt, dass es keine Überlebenden gibt.« Er zögerte und fügte dann hinzu: »Jedenfalls keine in Freiheit.«

Carlo nickte, ohne zu antworten. Es spielte für ihn im Moment alles nur eine untergeordnete Rolle. Perseus würde nach dieser Schlacht vielleicht nie mehr das werden, was es einmal gewesen war. Die vergangenen Schlachten hatten zu tiefe Wunden geschlagen.

René trat einen Schritt näher und legte mitfühlend seine Hand auf die Schulter seines Kommandanten und Freundes.

»Carlo?«

Er reagierte nicht.

»Sir?«, versuchte René es erneut.

»Hm?!«, gab Carlo lediglich unbestimmt zur Antwort.

»Was tun wir jetzt? Ich meine jetzt, da Perseus sicher ist.«

Carlo drehte sich ruckartig um. René nahm schnell die Hand von der Schulter, erschrocken über den Ausdruck von Wut gepaart mit Verzweiflung im Gesicht seines Freundes.

»Sicher? Ist es das denn?«

René entschied, dass es besser wäre zu schweigen. Die Frage war ohnehin nur rhetorischer Natur.

»Können wir denn wirklich sicher sein, dass die Drizil das Funkfeuer nicht haben aktivieren können?«

René nickte bestimmt den Kopf. »Die VENGEANCE hätte das Signal aufgefangen.«

Carlo drehte sich erneut um und betrachtete das Schlachtfeld unter ihm. »Vielleicht.«

»Eines verstehe ich aber immer noch nicht«, meinte René nach einer nachdenklichen Pause. Carlo gab ihm mit einem Wink zu verstehen, er möge weitersprechen.

»Bei all der Macht der Drizil, bei all ihren technischen Möglichkeiten, unseren Schiffen im Hyperraum zu folgen, warum benötigen sie ein Funkfeuer auf einer unseren Welten, um uns zu finden?«

Carlo zuckte mit den Achseln. »Wer weiß? Vielleicht funktioniert die Raumfahrt der Drizil anders als unsere? Vielleicht vereinfacht das Funkfeuer lediglich das Finden eines Planeten und die Drizil finden uns auch ohne Funkfeuer. Immerhin haben sie auch das Solsystem gefunden und ich kann mir nicht vorstellen, dass die Drizil dort unbemerkt eine Funkboje hätten installieren können. Vielleicht finden wir nie heraus, was es mit dem Funkfeuer wirklich auf sich hat. Ich habe leider auch nicht auf alles eine Antwort parat, mein Freund.«

»Das bedeutet, es ist nicht ausgestanden und die Drizil könnten jederzeit zurückkehren.«

»Ja, damit müssen wir rechnen.«

Renés Tonfall nahm an Härte zu. »Es schmeckt mir nicht, darauf zu warten, dass ein Feind vor unserer Tür steht.«

»René, es gibt ohnehin genug zu tun bis dahin, und wir sollten uns nicht den Kopf über Dinge zerbrechen, auf die wir keinen Einfluss nehmen können. Er seufzte tief. »Was wir jetzt tun? Was wir müssen. Überleben. Falls möglich, weitere Kräfte für den Kampf sammeln. Es gibt bestimmt noch andere Legionen und Militäreinheiten auf anderen Welten, die weiterhin Widerstand leisten. Die müssen wir finden.

Außerdem müssen wir wiederaufbauen, was zerstört wurde. Wir haben die Drizil einmal zurückgeschlagen, aber das heißt nicht, dass sie uns nicht jederzeit wiederfinden können. Und ich bin mir nicht sicher, ob wir in der Lage sind, sie ein weiteres Mal aufzuhalten.«

»Das meinst du nicht ernst«, hielt René dagegen, in dem Bemühen seinen Freund aus dessen fatalistischer Stimmung zu reißen.

Carlo sah verlegen zu Boden, ein Lächeln umspielte seine Mundwinkel. »Nein, vermutlich nicht. Verzeih meine düsteren Gedanken.«

»Falls die Drizil zurückkommen, treten wir sie zurück zu ihren Heimatwelten«, fuhr René kämpferisch fort.

»Ihre Heimatwelten«, sinnierte Carlo vor sich hin. »Wo immer die auch sein mögen.«

Carlo sah nach unten. Aus den Gassen strömten Legionäre und Milizsoldaten und begannen, Ordnung in das Chaos zu bringen. Sie bargen die eigenen Toten und bahrten sie auf. Die Toten der Drizil wurden zur späteren Einäscherung lediglich auf einen Haufen geworfen.

Sanitäter schwärmten über das Schlachtfeld aus auf der Suche nach Verwundeten. Carlo war sich sicher, sie würden nicht viele finden. Die Zerstörung dort unten war zu komplett.

So viele Opfer. So viel Tod. Und all das, um die Finsternis noch eine kurze Zeit von Perseus fernzuhalten. Es gestaltete sich für Carlo äußerst schwierig, nicht schon wieder in düstere Gedanken abzudriften.

»Hast du schon die Verlustlisten?«

»Noch nicht vollständig, aber mir liegen genügend Zahlen vor, um uns ein erstes Bild zu machen.«

»Sprich weiter.«

»Lestrade verfügt noch über etwas mehr als einem Dutzend Schiffe, was mehr ist, als wir zu hoffen wagen durften. Viele seiner Schiffe sind schwer beschädigt, einschließlich der VENGEANCE, aber er meint, die meisten könnte er wieder gefechtsklar kriegen. Aufgrund der vielen zerstörten Schiffe im System dürfte es kein Mangel an Ersatzteilen oder Elektronikkomponenten geben, die wir für die Reparatur brauchen.«

Carlo nickte und René verstand es sehr richtig als Aufforderung weiterzusprechen.

»Mehr als zweitausend gefallene Legionäre. Mindestens das Doppelte an Milizsoldaten.«

»Sechstausend Tote alles in allem.«

»Die Verluste der Flotte und die erheblichen zivilen Verluste nicht mitgerechnet.«

»Was für ein Blutbad.« Carlo kämpfte mit seinen Gefühlen, brachte sie aber mit jahrelang angeeigneter Professionalität wieder unter Kontrolle. »Sag Angela Flynn Bescheid. Sie muss umgehend mit Rekrutierungsmaßnahmen unter der Bevölkerung beginnen. Wir müssen unsere Verluste so schnell wie möglich ausgleichen. Falls es erneut zum Kampf kommt, müssen wir bereit sein.«

»Was geschieht jetzt mit unseren ... Gästen?«

Carlo verzog die Mundwinkel zur Andeutung eines Lächelns angesichts von Renés Wortwahl.

»Taran Stuullonor hat sich als ergiebige Informationsquelle erwiesen. Wir behalten ihn und seine Offiziere vorerst hier. Mal sehen, wie sich die Dinge entwickeln.«

»General?«, hakte René überraschend förmlich nach.

»Ja?«

»Ist das Imperium am Ende?«

Eine gute Frage. Eine Frage, die Carlo bereits beschäftigte, seit er vom Fall des Solsystems erfahren hatte. War das Imperium am Ende? Dies war vielleicht eine dieser Fragen, die jeder für sich selbst beantworten musste.

Falls das Imperium Geschichte war, warum waren diese Männer und Frauen dort unten gestorben? Wofür hatten sie gekämpft? Zumindest die Antwort auf diese Frage war einfach: Für Perseus. Für die Menschen, die hier lebten.

Seine Gedanken fokussierten sich auf das Motto der 18. Legion: Ehre und Hingabe. Diese Worte wurden gerade jetzt so wichtig wie noch nie zuvor. Das Banner des Imperiums durfte nicht fallen. Nicht, solange noch ein Fünkchen Leben in ihm war.

Carlo hob stolz den Kopf. »Nein. Solange es überhaupt noch irgendwo verteidigt wird, lebt das Imperium weiter. Die Erde ist vielleicht verloren, aber wir sind es noch lange nicht. Die 24. und die 26. Legion kämpfen auf Vector Prime. Wir kämpfen hier. Für die Sicherheit der Menschen auf Perseus und um unseren Treueschwur dem Imperium gegenüber einzuhalten. Wir werden nicht aufgeben. Wir werden nicht versagen.«

Plötzlich leuchtete ein Lächeln in Carlo Rix' Gesicht auf. René verzog misstrauisch das Gesicht.

»Was geht dir gerade durch den Kopf?«, fragte der zweite Kommandant der 18. Legion.

»Weißt du, was die Drizil am allerwenigstens erwarten würden?«

»Was?«

»Dass wir in die Offensive gehen.«

René seufzte voll düsterer Vorahnungen. »Was genau hast du vor?«

Carlo Rix' Lächeln breitete sich von einem Ohr zum anderen aus.

MARTIN KAY
KAMPF UM
THARDOS